〔清〕錢謙益 撰集
許逸民 林淑敏 點校

列朝詩集

第二册

中華書局

列朝詩集目録

甲集前編第九

郭參軍奎三十九首

甲集前編第十

周侍御史伯琦二首

陳學士基五十一首

甲集前編第十一

甲集第一

甲集第二

甲集第三

袁御史凱《在野集》古今詩一百八十八首

甲集第四之上

甲集第四之中

甲集第四之下

高太史啓《缶鳴集》古今詩二百五十九首

甲集第五之上

甲集第五之下

高太史啓《姑蘇雜詠》一百首

甲集第六

列朝詩集甲集前編第九

郭參軍奎三十九首

奎字子章，以字行，巢縣人。嘗從青陽余闕學治經，青陽亟稱之。世亂，飄零江湖間，仗劍從軍，從事吴國公幕府。辛丑歲，皇侄朱文正開大都督府，節鎮洪都，太祖特選子章以儒士爲輔佐參謀。乙巳歲，文正得罪，子章以不諫阻被誅。

擬古思友

鶗鳴歲將晏，蒹葭凄以霜。思君隔山海，道路悠且長。睇彼參與辰，清夜悲未央。狂飆西北至，一雁方南翔。言念疇昔歡，與子同衣裳。安知異寒暑，日月不我將。天高則有斗，川涉愁無梁。憂心隱如惄，出户徒彷徨。

寄李彦端

嘉樹藹夏緑，清風動虚襟。念君有高趣，勞我徑寸心。佇立東城曲，日夕見雲岑。以兹世多故，忘彼升與沉。聊樂在書籍，佩玉懷所欽。華池散帙步，當户鳴幽禽。蘭生已覆井，泉響迴出林。醉將山口月，彈作絃上音。明月照别鶴，遺音戛南金。何當坐松石，從爾聽瑶琴。

次錢子貞蘇門感懷

燕支木葉落，盧龍秋色來。空閨有思婦，清夜悲且哀。錦書爲君寄，寳鏡誰敢開。膏沐不復容，緑髮棲浮埃。團團皎月輝，照彼單于臺。馳心在萬里，出户聊裴回。

長相思

長相思，小山下。蘼蕪秋深没行路，王孫年年歸不去。江南木落天色寒，鴻雁滄波連日暮。我思昔兮金佩環，美人座上花如顔。紫芝叢桂紛兩間，下有流水清潺湲。吹笙鼓瑟心長閑，别來歲久鬢髮斑。青雲猿鶴不可以企及，魂飛夢往愁鄉關。長相思，何時還？

烏夜啼

石頭城上烏，遥夜鳴相呼。紫清道士有兩樹，烏啼不離樹高處。千聲啞啞復萬聲，中堂酒闌夢未成。呼童把燭起開户，照樹惟恐鄰人驚。庭前再拜爲爾説，我家舊住長淮北。慈親已老返哺違，零落猶爲異鄉客。嚴霜滿天江月輝，東方未白群星稀。明朝日出當早飛，莫使涕淚沾裳衣。

夜坐吟

江風蕭蕭吹古樹，關月蒼茫海生霧。北斗漸落明河微，城頭烏啼天欲曙。客子不寐憂無衣，東征三年猶未歸。蟋蟀在户歲將暮，洞庭霜白芙蓉稀。男兒生當百戰死，不執金吾即挾匕。閉門勿用長夜歌，騏驥終能致千里。

次劉仲孚韻

地遠孤雲白，秋深一雁過。泪因明月下，心在故鄉多。列郡方傳檄，連營未息戈。羈危萬里思，江上逐馳波。

送孫良玉還同安

送君江上去，山路雨初晴。落日平淮樹，春潮帶皖城。酒因今日醉，人是故鄉情。莫説王孫怨，芳洲緑草生。

送王素行

昔日從遊處，舒州阿那邊。寧親依故國，闢地到何年。月出潮平渚，江深樹接天。同門知己在，應問孝廉船。

客枕

客枕睡不着，天高秋氣清。寒燈照四壁，孤淚滴三更。霜落芙蓉悴，江空鴻雁鳴。無衣復無褐，忽忽歲徂征。

寄孫伯融

吳樹緑如蓋，越山天下奇。遥知戎事暇，總是雅歌時。國士曾持節，將軍已建旗。西宛有名驥，安得爲君馳。

蘄州營作

樹暗啼鶯困，春餘一日殘。愁隨花片減，夢逐雨聲寒。毁譽惟耽酒，辛勤亦枕鞍。令人慚陸抗，四十未封官。

出昌山峽遇雨

山雨凍欲雪，誰憐被褐徒。手持和氏璧，袖有太公符。勳業歸明主，衰遲笑腐儒。年年此時候，行役在長途。

寄陳檢校

遥想紫薇省，郎官直禁樓。瓊花天上去，清夜憶揚州。二十四橋月，玉簫吹兩頭。秋風挂帆席，幾度大梁遊。

秋興 三首

月下清砧響夜闌，征人不寐憶長安。霧迷南國游魂泣，草没中原戰骨寒。直望明河臨象闕，誰霑零露捧金盤。十年關塞無家别，仗策猶悲行路難。

龍門疏鑿禹時功，江漢滔滔亦匯東。萬古山河今異域，百年禮樂舊同風。忽思鱸鱠慚張翰，將學丹砂就葛洪。衹恨兵戈猶在目，秋來衰鬢對飛蓬。

露氣凄凉草木衰，倚樓看鏡不勝悲。秦王警蹕瞻天遠，漢武旌旗出塞遲。江國再逢南雁信，鄉關徒倚北風思。那知人事同摇落，醉裏狂歌《九辯》詞。

早秋旅夕

初月凉風夜向闌，倚樓愁到笛聲殘。天高閶闔銀河白，露滴梧桐金井寒。多病馬卿猶是客，幾時張翰也辭官。年年怕近清秋日，憶殺湖邊舊釣竿。

當途客舍

姑孰溪邊獨倚樓，江城二月似深秋。孤雲無處求親舍，先隴何人祀首丘。花落始知寒食過，雁歸渾是夕陽愁。故山應有王孫怨，春草凄凄没盡頭。

臘日

臘日三年爲異客，今年霜雪未全饒。風塵暗滿淮南路，霧雨寒生江上潮。鄉夢有時逢骨肉，此身何處託漁樵。共來吴楚交兵地，烽火依稀似六朝。

山中喜晴

山中十日苦風雪，霧雨作寒才放晴。千澗水從松杪落，半空雲逐馬頭行。居人向暖分茶樹，啼鳥知春喚客名。不惜看花兼問酒，東風歸路布袍輕。

對硯感懷因悼葉宗海

南州葉匯舊情親，石硯相貽色尚新。長憶論詩兼嗜酒，不堪睹物忽思人。樹深黄鳥哀秦士，浦暗青蘺泣楚臣。妻子冤魂應共語，定將憂憤訴江神。

重　吟

重吟《粱甫》自悲嗟，爲惜流年鬢有華。馬上折殘官路柳，雨中過盡野墻花。秦原萬里經圖遠，楚澤三湘眺望賒。人物尚思羊叔子，峴山歸騎詠清笳。

秋夜偶賦

漢高曾唱《大風歌》，壯士無衣奈歲何。永夜蛩聲偏近枕，深秋木葉未辭柯。鶺鴒毛羽嗟零落，騏驥精神困轗軻。尚慕信陵公子客，幾時報德在山河。

過富州贈權伯文

章江寒夜泛舟初，岸曲沙平月色虚。兵氣未銷吴楚分，劍光猶射斗牛墟。明公偶國專封拜，使者交鄰奉簡書。爲喜豐城知己在，别來懷抱定何如？

宿　雨

宿雨瀟瀟悴客心，高窗連日滯秋陰。一枝未遂鷦鷯託，四壁應愁蟋蟀吟。家在淮南青桂老，門臨湖水白蘋深。鯉魚風熟香粳早，釣艇誰撑近竹林？

答王克讓

南朝冠蓋富才華，謝朓新詩五色霞。江水東來歸渤海，河源西上接流沙。如今駿馬誰收骨，自古牽牛不服車。每憶故人王逸少，滄洲拾翠折疏麻。

重憶西巖訪舊

鵓鳩聲中宿雨晴，白雲閒傍馬頭生。東鄰茅屋新烟起，南澗石橋春水平。野鳥見多還問姓，山花開盡不知名。故人宅近青松下，未到柴門已出迎。

亡家

夜看群星指太微，東南豪氣眼中稀。每言富貴心如鐵，才説英雄淚滿衣。杖策鄧生猶未遇，亡家韓信定誰依。凌風欲便乘槎去，天上秋虹跨海飛。

送文景宗

海内干戈未解紛，明朝歧路又離群。他鄉歲暮萍逢水，此去江東樹隔雲。白面書生多國士，黑頭宰相是將軍。寶刀聊用酬知己，同郡名家賴有君。

答王克讓

萬國烟塵海沸波，夕陽誰復倒回戈。華戎雜處衣冠少，吴楚封疆壁壘多。説客成名惟季子，功臣改轍在隋何。故山猿鶴應相訴，桂樹叢生帶薜蘿。

寄劉彦基同知二首

南浦登樓一曲歌，江花潭影照青蛾。謝安不與人同樂，天下蒼生奈若何。

九月征人未授衣，年年書到故園稀。無情恨殺湘東雁，不帶平安一字飛。

開歲卧病二首

多病文園渴未消，自從人日遇花朝。不知楊柳將春色，緑到淮南第幾橋。
一朝卧病藥相扶，才倚晴窗閱地圖。莫説江南風景好，王孫頭白怨蘼蕪。

富池江口夜泊二首

華發青燈共一船，聞鷄獨起看龍泉。風雲未遂平生志，慚愧周瑜長十年。
草昧英雄望列侯，夢中三十六春秋。功名總被儒冠誤，兩岸啼猿一夜愁。

南康除夜二首

去年馬上折梅花，今夕匡廬度歲華。風雪苦寒如北土，每因時節恨無家。
十年客泪不曾乾，丘壠成行骨肉殘。爲報淮南兄與弟，紫髯憔悴未爲官。

早發分宜縣

夜半荒鷄鳴遠村，板橋斜出縣西門。征人衣上霜如雪，猶未曾承國士恩。

劉典籤炳七十二首

炳字彦昺，鄱陽人。父斗鳳，字友梧，虞集、揭奚斯薦爲翰林應奉，未上而卒。彦昺在國初官中書典籤。同郡許瑶撰《澤存堂記》云：「至正之季，彦昺以義旅從軍于浙，時政日乖，其志莫遂。迨龍飛江左，以獻書言事，受知於上。擢官清要，輔政藩閫，出宰百里，兩考而歸，以病告老。」宋景濂《詩叙》云：「彦昺奉命佐戎幕于閩，别去十年，重會秦淮上。」彦昺《洪武己未吊余廷心墓文》自稱大都督府掌記。集載《哀曹國公》詩云：「三年忝記府，龍鍾侍文墨。」又《沐西平挽詩》云：「十年參幕府，慚愧簪纓客。」曹國公以洪武三年領大都督府事，西平以四年同知大都督府。蓋彦昺初任中書典籤，而後從事於都府也。出宰未知何地。汝南周象初《詩集後序》云：「先生職典籤，草戎檄，解銅墨，以歸休乎田里。洪武戊寅，挾其所輯以來，遂鋟梓以傳。」則洪武末彦昺尚在，未知没於何年。彦昺詩集，危素、宋濂序之，以爲兼謝康樂、岑嘉州、韋應物之長，而駸駸進於漢、魏。楊維楨則愛其詩兼諸體，特爲評點，其推重之如此。

左掖門朝退呈吴待制諸公

謬忝金閨籍，聯班趨晚朝。逶迤西上門，窈窕長安橋。殘雪帶遠樹，夕陽在山腰。不有同袍者，疇能慰寂寥。

得漢彝簡周伯寧索香灰

古彝多款識，蟠螭漢篆存。黄金銷土色，翠羽飲雷文。綺席流寒月，銀屏度彩雲。蘭灰能裹寄，長吟盡夜分。

春夕直左掖懷周侍御

晚雨池上晴，逶迤淡將夕。金莖華月生，綺樹流雲濕。窗虚漏聲永，幔卷爐烟襲。憶我同袍人，何由共瑶席。

鐵厓曰：「仿韋也。」

憶園廬

種園在東皋，草荒瓜蔓長。日落秋樹凉，褰衣獨還往。時逢野老憩，自足田園賞。沿溪暝忘歸，古寺烟鐘響。

經汝弼叔故館有感而作呈汝尚叔及彦常弟

山館澹將夕，寒燈對爐熏。墻陰古梅落，池深芳草春。疏櫺帶斜月，連牀非昔人。履綦無往迹，琴册有餘塵。坐感歲時改，心悲文采湮。緘題不忍寫，悽惻淚沾巾。

哀傅子初

柴門對青山，茅屋俯流水。伊吾夜無眠，寒燈墮紅蕊。聲名一朝振，車馬動閭里。書臺淒暮烟，過客猶仰止。

哀辛好禮 敬

王風委蔓草，《大雅》何微茫。嗟哉逮梁宋，孰能繼虞唐。鸞鳳著文彩，雲漢昭天章。九原不可作，悲風摧棟梁。

哀蔣師文 易

道南萬書樓，文藻冠閩土。早起揭文安，子史深汲古。束帛賁丘園，高卧守環堵。便便《五經》腹，皓首心自苦。

哀周白士　上清人。

陰洞懸乳泉，石沁古苔峭。紺粉落秋紅，芙蓉澹斜照。孤吟白日晚，疊嶂玄猿叫。高懷誰與儔，天風遞長嘯。

哀趙子常

晨樵歛山青，暮汲歛水渌。閉户動一紀，守道不干禄。平生《春秋傳》，疑義如割竹。哀哉青城翁，心喪三年哭。

哀高季迪

闔閭門前樹，烏啼華月圓。詩吟倚樓上，午鼓未成眠。翠袖添雕鴨，烏絲寫粉箋。每懷經濟念，鸞鏡感芳年。

哀方方壺

蓬萊五雲宫，金粉飾椒壁。醉時卧氍毹，酒醒灑墨汁。傲世雙眼高，鬼谷白雲濕。玉堂寄書來，落月夢相憶。野鶴弔孤松，哀螢照荒陌。

哀黄季倫

折節委榮寵，頓將生死齊。秋荷補壞衲，空林旅幽凄。懸燈禮綉佛，清齋烹露葵。虎溪流古月，自與遠公期。

哀葉楚庭

船頭酒百壺，船尾書百册。閑騎桃花馬，醉弄西湖月。狂吟捲秋濤，聲撼扶桑折。滄海無還期，哀魂楚雲結。

哀吴用晦

其祖月灣先生也。

滄灣俯空寒，老月懸古色。殘花漂斷沼，野徑繞荒宅。王珣稱短簿，牙笏猶故澤。文藻遺江山，蒼茫暮烟隔。

東武吟

壯年投筆去，手提三尺棰。戎衣纔至骭，短劍光陸離。國士每自許，獨賴相公知。解衣衣我寒，推食充我饑。心懷犬馬報，未有涓埃施。十年在幕府，徒將文墨持。前星一夜落，天地黯無輝。功勛都若夢，部曲各分違。春草門前緑，空遺櫪馬嘶。月痕弓尚掛，雲影旆猶垂。霸氣風雲散，姓名誰復題。落日將軍樹，凄凉過客悲。長哀波浩蕩，不盡淚如絲。

行路難

奉君五綵鳳凰之綺幄，七寶鴛鴦之錦牀，博山氤氳之冰屑，金盤沆瀣之瓊漿。春風無情不相待，朱顔緑鬢年年改。姑蘇臺上鼓如雷，四時歌舞百花開。當年意氣今安在，鬼火如燈秋似海。

桃葉青

桃葉青青杏花吐，樓頭吹笙教鸚鵡。紅牙象版按《梁州》，金縷衣裳美人舞。離情不似月常圓，桃葉青青似去年。美人不來鸚鵡怨，杏花零落畫樓前。

雙桐生空井

井上雙梧桐，秋風易揺落。緑葉墮鳴瑺，清陰捲重幄。紋甃生旅葵，銀瓶響空索。疏枝覆烏臺，交柯臨鳳閣。美人矜容儀，照影傷今昨。鉛華逐波逝，歡賞隨年薄。行客攀轆轤，哀聲隔簾箔。

燕子樓同周伯寧賦

寶瑟凝歌繞珠箔，流蘇結帶黄金索。翠紅香裏宿鴛鴦，春風人間無此樂。杏梁塵暗麝蘭篝，黛鎖眉峰掩畫樓。燈殘枕冷梨雲斷，秋雨人間無此愁①。

① 原注：「楊鐵厓曰：『再不忍誦。』」

寒夜怨

月來愁亦來，心憐月去愁應改。樓高月轉遲，停箏坐倚熏籠待。月落却成眠，誰知枕冷愁仍在①。

① 原注：「鐵厓曰：『古調。』」

經撫河遇雪舟中睡午方起

沙溪風寒飛雪狂，風大不敢開篷窗。蒙頭裹被睡過午，柁底浪急聲春撞。岸上楓林茅屋小，新年家家無米糶。土竈作炊烟滿船，灰壓濕薪蚯蚓叫。山僮不憎途旅艱，靴綻衣薄雙眉攢。艱難末路乃如此，富貴有夢真邯鄲。却憶瓊林侍宫膳，雪花不入黄金殿。酒上朱顔萬國春，花簪烏帽千官宴。錦箋彩筆賜題詩，仙仗頻移出苑遲。衣惹御香羅袖窄，馬蹄歸踏杏花泥。

弔晉安將軍歌

荔枝城頭花簇簇，王孫不歸春水緑。黄金臺前烟草荒，傷心獨倚青雲哭。淚灑鑾江江倒流，楚魂暮咽楓林秋。蕉黄緑醑湘竹語，峴山石斷行人愁。信陵門下簪纓會，珠履筵前幾人在。軍中擊鼓夜不眠，珠翠成行鳴劍佩。王孫王孫真貴人，落筆龍蛇驚鬼神。千金散士馬蹄盡，鐵甲晝卧雙麒麟。桑柘陰陰連大路，野市書聲晚當户。部曲淒凉白髮稀，甘棠猶指將軍樹。玉凫金雁漆鐙殘，化鶴千年何日還。有酒誰澆趙州土，碧血化雨苔斑斑。王孫王孫不可招，仰天擊碎青桐瑶。寸心何處寫哀素，江上年年生暮潮①。

① 原注：「評曰：『可哀。』」

承承堂爲洪善初題　善初，三洪諸孫也。

天狗蝕月歲靖康，血戰于野龍玄黄。神鰲夜泣九淵沸，翠華日薄寒無光。主憂臣辱誓萬死，直以隻手支扶桑。燕山六月雪花大，節旄零落肌膚傷。關河蕭條月色苦，秋風揚沙吹雁行。子卿歸來典屬國，茂陵樹老愁雲荒。至今勛業昭簡册，大書特書遺典章。承承堂前春晝永，牙笏金魚堆滿牀。芝蘭玉樹競娟秀，陶令松菊凝秋荒。盈缸釀酒介眉壽，槐陰覆階萱草長。忠宣盛澤實具美，宜爾子孫宜爾昌。

題方壺畫爲斯貞侄賦

巨然畫與書法同，縱筆所至生秋風。墨飛原氣瀉沆瀣，青摩斗角連崆峒。遠岫平林斷還續，苔根斜迸山泉緑。釣倚丹楓野老磯，門垂碧柳幽人屋。壺公騎鯨白雲鄉，壠樹緑泫煙草黄。風流文采今寂寞，對畫淚痕沾我裳。

題蔡宗文趙氏譜牒後

苔連椒壁雲痕濕，霓旌無色金仙泣。杏花依舊落胭脂，梁苑凝煙春草碧。相逢仿佛説前朝，譜牒香遺古錦幖。前代王孫今老矣，天潢如髮際雲濤。

漢之季哀故御史余公闕守舒城死節而作

漢之季，洪流何湯湯。赤子爲龍蛇，蔓於漢以淮，割我城邑圖不祥。天子曰嘻予何以奉宗廟，朝群臣，登明堂？曰予近臣御史闕，咨爾撫師古舒國，閫以外，爾制之。賜爾三百衛士斧與節，毋黷民，毋究刑，苟附而安，文武并用禮之經。臣闕昧死頓首泣，主憂臣辱敢不力。御史騎馬來，萬姓淚落喜且悲。子我塗炭民，漢官威儀今見之。東市牽牛羊，西市羅酒漿，紛紛列道左，御史下馬相扶將。諭以天子聖且愛，明見萬里外，宵旰不遑食，兵爾饑爾苦顛沛。御史雖愚頗知忠與慈，惟爾患難相扶持。鼓爾鼓，旗爾旗，疾則疾，徐則徐，壯者戰守老者居，俾爾農桑毋奪時。桑青青，麥芢芢，牛羊走丘墟，御史城上行。茅屋人家聞讀書，以心感人心，敵至輒敗不敢窺。城東啼虎豹，城西嘯熊羆。蘄黄攻始退山越，什什伍伍來相圍。裹瘡戰城南，吮血戰城北，大船小船捍江列。嗟城中如流魚，御史奮臂城上呼。悲風揚，塵沙起，白日無光士争死。廩無粟，士氣衰，朝食城上草，暮煮城下萁，癘疫相枕何流離。御史斬愛馬，士卒不忍食。日久援不來，矢盡兵殘益危逼。梟騎死野戰，烏鳶銜肉流尸僵。孤城坐殄瘁，土山地道不可當。御史誠不德，握手謝父老，爾民多殺傷。御史登城北面拜，稱臣萬死無以報陛下，闔室竟與城俱亡。楚山蒼蒼，楚水洋洋，御史之節，功烈顯彰。天之奎壁，地之河嶽，人之綱常，千載弗渝。日月普光，誰能置廟復立社，享爾祀爾百世及天下。

鐵厓曰：「音節古甚，足爲余公傳誦之。古意可哀，琅然漢、魏之音。」

題夏博士晋王羲之右軍像

上東門外胡雛嘯，萬里塵飛洛陽道。潛龍東渡晉中興，群馬南浮國重造。石城龍嵸昔所都，庶事草草嗟良圖。衣冠簡傲禮樂廢，朝廷放曠君臣疏。大令平生最超卓，早年門第居臺閣。内史新除典要樞，右軍任重參帷幄。擅場翰墨出神奇，蔡衛鍾張早得之。晝長燕寢森兵衛，日暖鵝群戲墨池。來禽青李囊盛寄，裹鮓《黄庭》醉後題。春風三月山陰曲，群彦流觴映修竹。一時簪冕屬高風，百年文藻懷芳躅。流落斯文慨古今，後代宸聰復購尋。小字昭陵傳玉枕，數行定武抵千金。忽見畫圖雙眼失，采采豐神驚玉立。羽扇蕭疏晚日晴，烏紗仿佛秋塵襲。繁華如夢轉頭非，典午山河幾落暉。唯有鳳凰臺上月，春風依舊紫簫吹。

予昔與孟思魯參戎事於三衢監司宋公幕府及兵潰得間道還鄉遂歸休之志故歷叙之

嗟嗟漢燧昔沉耀，横流版蕩靡中畿。鬼母啼烟赤電走，天狗墮地金石飛。志士勤王涕沾臆，義旆懸雲昭白日。劍擊風雲向夜悲，楫誓山河仰天泣。君當少年功節殊，短衣倒騎生馬駒。鑾箋草檄墨慘淡，寶刀斫血腥模糊。奏凱對花歌窈窕，量沙卧雪宿氍毹。運籌制勝常輕敵，憑軾降城不顧軀。幕泛碧油陳雅樂，漏殘銀燭合兵符。孤軍轉戰經千里，蕭條榆塞塵沙起。秦樹關河落日低，漢營鼓角西風裏。婺女妖氛壓斷墻，嚴灘殺氣連重壘。羽書援絶門兵稀，古道行人畏蒺藜。霜銜白骨饑烏下，秋入金瘡敗馬嘶。虞姬帳下將軍死，公子門前壯士歸。去國共憐王粲賦，望鄉同擬杜陵詩。壯志無成還故里，城西茅屋苔痕紫。鈎簾聽雨更焚香，拄笏看雲時隱幾。自信胸澄渤海清，寧憐氣與嵩華倚。破浪誰擒北海鰲，穿林學射南山雉。笑傲行將下澤車，經綸懶取圯橋履。草荒三徑掩衡門，舊事相逢不忍論。兩鬢緇塵銷歲月，一雙蠟屐信乾坤。湖上雨晴飛落木，與子登臨散幽獨。杖藜出郭踏江沙，一笑尋僧看修行。

潯陽行

江頭女墻啼野烏，亂石如壘驚濤呼。潯陽九派控吴澤，匡阜千峰迴楚墟。當時形勝誇强土，連雲宫苑旌旗樹。庾亮樓船赴國仇，黥王版籍歸英主。盛年一去水流東，冠蓋繁華處處空。兩岸蘆花浸明月，滿汀煙樹鳴秋風。古戍何人晚吹笛，客船莫向城邊繫。翠袖琵琶夢已寒，青衫易灑天涯淚。

寄徐宗周兼柬楊焕文阮宗泰

李家池頭去年别，大風揚沙天欲雪。贈我鯉魚三十腮，楊柳穿來帶寒血。今年八月芝山樓，我欲少住君不留。蹇驢落日冒秋暑，鬢絲汗溢黄塵流。近過阮公茅屋底，説君沉疴幾不起。九月十月方離牀，强健近來差可喜。相望片雲危石山，來往每嫌消息艱。斯文凋謝少知己，恨不連墻相往還。却憶少年從義日，聞鷄不眠追祖逖。殺敵風吹寶劍腥，打圍雪壓雕鞍濕。諸葛曾懷漢室憂，包胥亦有秦庭泣。投老相看海嶽清，夙昔患難同離情。歸來廬井有桑梓，拜掃丘墓除榛荆。傳家書在晚還讀，負郭田深春自耕。愛君窗前修竹大，聽雨何時對牀卧。却扶藜杖過楊兄，使酒怕渠時駡坐。氣略頗與常人殊，天經地軌談《陰符》。黄岡溪頭懶垂釣，未央殿前思上書。功名定有國士報，肝膽好將民瘼蘇。黄金之臺一千尺，白日横飛虎生翼。吕望八十方致身，五十富貴朱買臣。時來勛業自有待，豈得甘作漁樵人。

題李陵蘇武泣別圖

臣有千古哀，覆水一去難再回。臣有三寸舌，染絲一黑難再白。丈夫瓦裂聲名虧，漢不我得將安爲？吞聲長哀送蘇武，忠肝惟有青天知。烟沙蕭條壓冰雪，心事凄凉淚成血。誰憐冤魄老胡塵，空有丹心瞻漢闕。目斷關河夕照迷，茂陵烟樹草萋萋。將身不似雲邊雁，猶得年年故國歸。

過南湖觜

城頭開船北風起，帆輕直過南湖觜。上水歡呼下水嗟，龍王廟前準燒紙。小婦攀罾楊柳磯，淮鹽换得鱖魚肥。沽來新酒不成醉，卧聽鄰船歌《竹枝》。

義士歌

番陽胡公，字振祖。當元之季，以義起兵，克復郡治，紀功，授饒州府判。後從官軍轉戰至浮梁，與敵相拒，糧盡矢絶，義不辱，憤駡，以身死之。鄉貢蔡淵仲先生爲之立傳，予作歌以表其節義焉。至正甲午也。

崑崙晝裂黄河决，京畿地毛白於雪。鬼母啼秋天雨魚，武庫兵鳴劍飛血。黄屋播越烟塵張，四海感激思勤王。鄱陽胡公軀七尺，義旗塞路寒無光。鳶肩火色萬里壯，虎氣電目千夫强。城頭陣雲壓鼙鼓，釃酒椎牛顯露布。破釜沉船曉更征，囊沙壅水宵還渡。萬乘千旟驃騎營，轉戰直薄浮梁城。孤軍糧盡朝飡草，間道人稀夜煮冰。鐵甲照霜弓影曲，寶刀磨月水痕腥。旄頭芒射前星落，恃勇驍騰身不却。凄凉馬革裹屍歸，誰復聲名寫麟閣。郡侯紀績筆如椽，父老相傳淚泫然。三尺荒墳何處是，忠臣後代子孫賢。

評曰：「義氣悲壯，可念。」

瓊姬墓宋仲珩同賦

野花凝粉鈿，瓊姬醉時面。夕露柳絲長，瓊姬晚黛妝。行人墳上莫回首，一顧春風一斷腸。

田家樂寄張師孟

田家樂，今年莊農好秋作。蟄龍蜕骨桔槔懸，五穀咸登時雨若。官家更憂民力疲，公田折布能輕賫。小姑携筐懶梳洗，拾得綿花如雪肥。大姑軋軋催機杼，疏簾樹影寒蛩語。鬢雲籠霧揚西風，眉月生凉褪秋暑。山徑牛羊下夕墟，蕭蕭榆柳草堂虚。野老杖藜邀小酌，諸孫燈火讀殘書。

七夕對月懷藍明之黄彦美蔣師文先生

碧梧金井生早秋，北斗斜挂銀河流。鵲橋靈車儼若渡，織女有約期牽牛。古傳此事不可詰，五雲仿佛聞笙球。搴衣舉酒酹明月，起舞激烈心悠悠。但恨玉兔搗靈藥，不能醫此萬古之閑愁。眼看明月年年好，古人逝矣今人老。今人還是後人哀，緑鬢朱顔豈堪保。自憐年少心志狂，赤手直欲扳扶桑。琅玕披腹抉雲漢，擬致堯舜垂衣裳。豈無蒼生待霖雨，命與時蹇空昂藏。棄官歸來守鄉土，破硯凝塵百無補。時時引領送飛雲，天華當空秋一羽。今年種豆南山阿，斜日荷鋤仍浩歌。木葉脱落霜露降，時不我延將奈何。明年擬結溪頭屋，亂石環墻種修竹。扁舟載酒弄滄浪，看雪尋梅剡溪曲。

郊居雜興二首

桃李謾成蹊，茅堂習隱栖。泉聲溪碓急，山色野墻低。相領原非燕，圍腰底用犀。不嫌生理拙，抱甕灌吾畦。

風雨行人少，柴門午尚扃。土花沿砌碧，山果墜枝青。病眼耽書癖，衰顔託酒醒。經邦方用武，寂寞抱遺經。

題朱潤槃卷

遥峰連碧澗，茅屋俯青林。徑晚花粘屐，松寒雨潤琴。酒甘和菊釀，詩苦帶荼吟。却憶文園老，歸來雪滿簪。

夜直呈翰林諸友

中使傳金鑰，嚴兵戒紫扉。月高旂影直，風急漏聲微。鵲倦驚龍燭，螢閑綴鳳幃。不眠瞻北斗，拜舞敢遲違。

經白將軍故第

粉墻將暖日，依舊柳條新。上馬臺邊路，春風無一人。畫梁暗巢雀，綺席委芳塵。桃李東園夜，餘香斂翠顰。

青樓曲劉子雍胡伯清程伯羽同賦四首

畫闌落盡絳桃花，依舊尋芳小徑斜。鬢黛壓釵金有暈，臂酥凝釧玉無瑕。三千弱水波清淺，十二巫雲樹碧遮。郎馬不來春已暮，泪痕香斷濕琵琶。

繡剩鴛鴦午睡長，體嬌無力浴蘭湯。生憎寶鏡鸞成匹，死恨銀箏雁作行。舞罷《柘枝》低拜月，歌殘桃葉懶添香。愁來自學秦宫女，簾底吹笙引鳳凰。

楚腰纖細錦纏頭，秋怯珠簾半搭鈎。雲戀陽臺雙作夢，月生湘浦獨成愁。鸞梭折齒花黏髓，螺粉添眉柳帶羞。雁過碧天書帛斷，誤教人倚小紅樓。

寒鎖妝臺粉怯匀，步蓮金小不生塵。徑迷花雨鶯鶯月，枕壓梨雲燕燕春。衾剩半牀閑翡翠，釵分一股擘麒麟。玉梅好似郎顔色，只見東風不見人。

簡戴彥碩

故人結得草堂低，老圃連城近市西。碧注硯池荷葉露，紅粘屐齒杏花泥。書懸牛角朝耕地，飯飼魚苗晚灌畦。只恐長安雲路近，馬蹄催夢聽朝鷄。

旅中除夕簡劉子憲助教張左司

麝煤凝鴨鎖窗虚，虎衛嚴城禁漏疏。鄉夢牽情千里遠，客愁隨臘一年除。酒痕釀暖春連甕，梅粉吹香晚近厨。自寫桃符燒短燭，壯懷那厭食無魚。

早春呈吴待制

上林春早陌塵香，紫禁觚棱射日光。新緑御河摇柳黛，小紅宫樹試桃妝。山連曉氣蟠龍虎，臺枕東風憶鳳凰。心折故園幽興獨，尋僧看竹過鄰墻。

春寒寄魏居敬

上苑春寒花信遲，東風不放鎮帷犀。柳塘沙冷迴鴛夢，草閣梁深落燕泥。苔蝕井榻蝸觸角，篝連香灺麝凝臍。典衣剩欲銷塵鬢，暖日城南信杖藜。

寄許永明公冕昆季得夫先生

少年曾共請長纓，雲壓旄頭劍氣腥。諸葛有心扶漢室，包胥無淚哭秦廷。九鰲夜徙龍沙黑，八駿秋迷鳥道青。一别關河俱白首，斷腸煙樹滿長汀。

寄賈文彬巡檢

故人爲别動經春，野渡維舟送夕曛。銀燭照窗秋聽雨，角弓懸壁晚看雲。山城旗影中流見，草閣書聲隔岸聞。江漢茫茫多舊識，猶能俎豆説將軍。

文樓早朝柬程邦民諸公

紫禁觚棱曙色微，五更三點聽朝鷄。門開鳳闕鳴鞭肅，駕備鸞輿簇仗齊。玉座衮衣銀燭爛，金罌湯鉺翠簾低。小臣簪筆還朝晚，路繞芙蓉小苑西。

與子昇弟觀捕魚

柳條風脆已梳黄，潮落溪毛石露梁。帆脚壓霜寒殺網，柁牙移月夜鳴榔。載車有獵曾占渭，鼓枻無歌豈濯湘。叉得錦鱗長尺半，鄰翁新酒正吹香。

呈西平侯沐公

股肱竭力定皇都，開國功成與衆殊。玉帶朱纓持虎節，翠支金鉞護龍車。秦關柱石風雲會，漢室山河日月扶。慚愧腐儒無補報，得從門下曳長裾。

寄表弟朱永容永實昆季

渭陽河畔畫樓西，紅粉闌干柳樹齊。窗底折花騎竹馬，街頭籠草鬬山鷄。銀屏褥隱鴛鴦並，綺户香凝翡翠棲。回首繁華成舊夢，對牀今雨不堪題。

燕城懷古

廣寒宫殿玉爲樓，萬歲鰲峰壓九州。番國胡僧青鼠帽，天魔宫女綵龍舟。鈎陳蒼闕山南拱，太液紅橋海北流。唯有瀘溝溝上月，年年鴻雁不勝秋。

過錢朝陽故居有感柬程伯羽汪宗彝

短墻依舊草堂深，蘭徑重過思不禁。芍藥紅殘花漂雨，甘棠緑嫩樹成陰。帖臨青李池遺墨，曲奏朱絲壁憶琴。回首風流陳迹冷，山陽鄰笛淚沾襟。

拜外舅陳公禹謨墓柬陳原輔

貳館東風憶昔年，笙歌如沸酒如泉。麒麟錦帳銷銀燭，孔雀雲屏列玳筵。井塌銅瓶渾卧雨，香闌瓊佩已迷烟。傷心孤冢楓林外，寒食殘花墮紙錢。

和九日韻寄朱見中

野樹荒臺帶晚陰，昔年歌舞憶登臨。桃花紈扇西風冷，蔓草銅駝夕露深。舊夢青雲連館閣，多情華髮老山林。江南庾信傷秋倦，疏雨檐櫳怯暮砧。

次秋日韻奉汝弼叔二首

墨池秋浄水痕澄，曲几焚香袖手憑。霜煞柳條清栗里，雨荒瓜蔓覆東陵。戰餘趙壁車還列，説下齊城軾獨憑。因憶少年隨驃騎，西風笳鼓醉呼鷹。

三徑歸來菊未荒，半凋楊柳弄春凉。銀屏紈扇題秋句，金鴨羅衣换夕香。老憶風雲趨北闕，夢無花月待東墻。狂遊尚記秦樓别，翠袖紅綿拭淚行。

鄱城歸舟同何希憲共載劇談悲歌有感

霜落長河見遠洲，天晴歸棹喜同舟。青連碧樹山迴轉，白涌寒砂水倒流。弓影浮杯疑老病，鷄聲牽夢動離愁。英雄過了前三十，晚景桑榆愧白頭。

同周伯寧連榻劇談悲歌有感

醉來拔劍砍珊瑚，懶向侯門更曳裾。夜半聞鷄眠不着，草堂秋雨讀《陰符》。

聞魯志敏訃音

故國猶傳箭，中原未解戎。遥聞故人死，雙淚落秋風。

秋　詞

廣寒樓閣玉爲梁，月裏姮娥百寶妝。流水莫題紅葉句，人間天上隔宫墻。

題葉楚庭醉漁卷簡彭敬宗劉子原子載子明

落盡荼蘼草覆裀，二分流水一分塵。小車都載鵝黄酒，蘇小墳前醉過春。

泊瓜洲懷舊寄顧利賓王又新隱居

潮聲月色滿江船，回首春風十六年。憶得石橋楊柳巷，珠簾銀燭聽歌眠。

望丹陽郭經楊子橋二首

楊子橋邊楊柳新，青簾斜照送行人。明日揚州看花去，祇憐不似舊時春。
暖風晴日丹陽郭，處處東風是舊遊。記得杏花寒食候，紫簫紅袖宿江樓。

同周伯寧連榻劇談悲歌有感

漂零書劍愧無成，日夜秋風白髮生。倘得黄金三萬兩，肯將籌策讓陳平。

東湖憶舊簡劉子雍胡伯清汪宗彝

蕭家巷口花如霧，紅粉闌干酒旆斜。記得少年曾繫馬，如今無樹可啼鴉。

離懷寄汪宗彝楊孟瑄魏居敬

垂垂江雨作春波，江上行人晚唱歌。莫遣青燈照衣袂，酒痕不似淚痕多。

暮春寫懷四絶

晴雪飛綿柳樹斜，雨餘紫陌净無沙。春衫日日騎官馬，兩袖東風看落花。

官筵題就送春詩，簪筆承恩出殿遲。病目塗鴉不成字，粉箋香墨惜烏絲。

揚州書記鬢蒼蒼，每向春歸欲斷腸。剩欲典衣酤酒飲，風流無復少年狂。

青梅煮酒蕨芽肥，倦客懷家入夢思。想得故園風景好，一庭香雪落荼蘼。

秋　詞

紫電宫嬪曉貫魚，静鞭當殿肅金吾。近臣知有天顔喜，東殿疏囚有諫書。

吴萬户訥五首

訥字克敏，休寧人。少學兵法，習騎射，從父總管禮於靖江收復五溪蠻峒。至正末，蘄、黄盗破徽州，待制鄭玉、前進士楊維楨薦其才於浙省，授建德路判官兼義兵萬户，與元帥李克魯會軍昱嶺關，同復徽州。維楨爲文送之，勉以張睢陽事。丁酉歲，天兵臨郡，隨元帥阿魯輝退屯浙西札溪源，巡邏至界首白際嶺，戰敗不屈，引刀自刎死，年二十七。有《吴萬户詩集》五卷。

戰昱嶺關

鼓角聲雄隊伍齊，揚兵曉戰昱關西。黄金匣動雙龍出，赤羽旗開萬馬嘶。露布不煩諸將草，詩篇還效古人題。沙溪春酒甜如蜜，醉卧花陰聽鳥啼。

東歸

躍馬東歸古歙州，鐵衣如雪照清秋。半生叨食君王禄，百戰深遺母氏憂。城上彩旗翻白虎，帳前金絡控黄騮。英雄出處緣忠孝，豈爲人間萬户侯。

破紅巾

君不見蘄黄兒，紛紛白馬張紅旗。去年陷湖北，今年陷淮西。遂令深山之民皆帶甲，四海澒洞含瘡痍。堆金積玉亦何有，略地攻城徒爾爲。又不見黄連寨，左帶溪山右淮海。天兵如日照雪霜，百萬紅巾一朝敗。親王按劍定中原，丞相分兵救吴會。邊人不識韓將軍，極口争誇鐵元帥。八座東開昱嶺關，群偷欲度愁躋攀。奇兵間道絶歸路，可憐白骨高如山。桂林老臣再徵起，坐鎮西垣幾千里。昨聞餘黨犯其鋒，血作龍沙半江水。南方猺獠勇莫當，自謂效義收蘄黄。賊徒一見驚喪膽，堅壁不出知天亡。諸君力盡在此舉，巢穴不平鼠爲虎。相期麟閣畫丹青，却憶虞廷舞干羽。

楊鐵厓曰：「克敏謁予七者寮，出其所爲詩，予奇其人。適垣府相臣招致名士，講及三關之事，克敏慨然有擊楫中流之志。無幾遂統士會諸軍於昱關，予聞而益奇之。其才勇忠義實得于天性，則知向所爲詩，皆筆櫝之餘耳。」

李將軍歌

太倉積粟皆紅腐，群猫晝眠鼠變虎。前鋒不見李將軍，何人爲發千鈞弩。去年我從昱嶺來，匹馬馳突三關開。北平未入衛青幕，郭隗獨上燕昭臺。近聞西府羅俊彦，人人自謂能酣戰。誰似當年背水軍，赤幟才臨趙城變。英雄報國如等閒，馬革裹屍銅柱間。明朝按劍收中山，謗書慎勿回天顔。

【補詩】

孔從善一首

續龍爪石壁題句

方行以元義兵萬户守昱關，與天兵再戰不利，退守札溪，題怪石落花一聯於石壁，遂自刎。永嘉孔從善爲足成之。

萬里西風起馬蹄，金戈回日塞雲低。未爲豫讓先亡趙，欲效田單獨報齊。怪石有痕龍已去，落花天主鳥空啼。至今天與英雄恨，嗚咽泉聲下札溪。

列朝詩集甲集前編第十

周侍御史伯琦二首

伯琦字伯温，鄱陽人。元末，歷官浙西肅政廉訪使，招諭張士誠，拜江浙行省參知政事，進左丞，分治於蘇。至正二十四年，除江南諸道行御史臺侍御史。後三年，浙西平，引歸鄱陽。洪武二年，卒于家。伯温爲士誠所羈，留平江十餘年，堅卧不出。吴亡，伯温與陳敬初俱獲免。吴寬《平吴録》云：「伯琦被留於吴，張氏爲造第宅於乘魚橋北，厚其廪給，日與諸文士以文墨留連，因亦忘歸。」

答復見心長老見寄二首

浙水東頭佛舍連，蒲庵上士坐忘年。五雲古衲層瀾涌，百寶浮圖列宿躔。牀上貝書多譯梵，門前海船直通燕。比丘喜得階蘭秀，應種菩提滿法田。

九載違離得遠書，幾更歲歷斗旋樞。華星秋月超元白，峻嶺重江限越吴。柏子樹陰浮碧砌，蓮花漏水響銅壺。老夫素有林泉癖，一曲何當乞鑒湖。

陳學士基五十一首

基字敬初，臨海人。少與其兄褧〔一〕，受業于黄侍講溍。從溍遊京師，授經筵檢討。嘗爲人草諫章，力陳並后之失。上怒，欲罪之，遂引避歸里。奉母入吴，教授諸生。南州用兵，朝廷開行樞密府，起爲都事，轉江浙行省郎中，以本職參張士信軍事。自杭來吴，參太尉府軍事。太尉稱王，基獨諫止，太尉欲殺之，不果。已而超授内史，遷學士院學士。吴平，召入，預修《元史》，賜金而還。洪武三年十月，卒於常熟河陽里之寓舍。敬初在藩府，飛書走檄，皆出其手，敵國分争，語多指斥。吴亡之後，吴臣多見誅戮，而敬初以廉謹得免。今所傳《夷白集》者，指斥之詞儼然臚列，後人亦不加塗竄。太祖之容敬初，何啻魏武之不殺陳琳。聖朝寬大垂三百年，語言文字一無忌諱，於乎休哉！

〔一〕「褧」，原作「聚」，據甲前七下陳褧小傳改。按《明史》卷二百八十五《陳基傳》亦作「聚」，當是剿襲此書而誤。

寄姚子章

聞君又作錢塘客，多在青樓少泉石。佳人姓蘇名小小，占斷西湖好春色。沙棠爲舟桂爲檝，驚起鴛鴦飛兩兩。有時醉倒百花間，不記六橋新月上。行樂須當少壯時，英雄自古皆堪悲。歸來莫負張京兆，鸚鵡窗間喚畫眉。

偶成二首

武陵溪水碧灣灣，窈窕幽期不可攀。戴勝桑間飛自得，王雎洲上語相關。歌成桃葉臨流和，采得蘋花帶月還。見説荔枝漿已熟，不分涓滴到人間。

南州五月尚兼衣，白苧窗間未脱機。青李來禽書不至，荔枝盧橘賦多違。水晶簾箔圍晴晝，艾納鑪薰逗夕霏。爲問上都城裏客，菖蒲花發幾時歸？

賦楊花

巷南巷北晝冥冥，摇蕩春風未肯停。薄命不禁巫峽雨，前身曾化楚江萍。已於謝女詩中見，更向劉郎曲裏聽。腸斷不堪回首處，並人飛過短長亭。

次錢伯行韻

五月東林水竹凉，新荷葉小柳絲長。且臨大令鵝群帖，不戀尚書鷄舌香。走客謾誇千樹橘，杜陵共愛百花莊。滿天風露枇杷熟，歸奉慈親取次嘗。

次沈仲説韻

楝樹飛花雪打蓬，居人行樂四時同。波涵太澤平如掌，雲割西山半入空。金刹遠瞻樓閣壯，畫船争載綺羅紅。如何越女承恩後，不逐吴王住甬東。

織錦篇

佳人織錦深閨裏，恨入東風淚痕紫。三年辛苦織回文，化作鴛鴦戲秋水。秋水悠悠人未歸，鴛鴦兩兩弄晴暉。料應花發長安夜，不見閨中腸斷時。

次韻趙君季文贈杜寬吹觱篥吟

寒竹初裁蘆葉秋，夜吹百花洲上樓。千金縱有狐白裘，難買杜寬一藝優。妙知音律能周鍐，薛家小童安敢侔。江空月白爛不收，冥搜罔象悲陽侯。哀泉嗚咽秦隴頭，何年變曲爲《凉州》。神工太古開黄牛，驚浪出峽風颼飀。落葉秋隨渭水流，渭水有盡情無休。綿綿又若繭緒抽，要眇寧以智力求。須臾水激龍騰湫，熊羆夜咆魑魅愁。勸君不用皓齒謳，側耳聽此消百憂。寬也胡爲淹此留，自合天上參鳴球。飄然我欲歸帝丘，仙人張樂烟霧浮。蒼龍爲車挾翠虬，千秋萬歲遲子同遨遊。

寄友人

扁舟三月到江城，匹馬先尋北郭生。雨過小樓春寂寂，鳥鳴修竹曉嚶嚶。家無黄耳傳鄉信，門有蒼頭記客名。見説終南真可隱，剩判秋色爲君清。

寄匡山人

早春相見又經秋，秋水迢迢阻泛舟。每見玉山問消息，茘漿何日寄江樓？

再題葛仙翁移家圖

列仙之人，其道無爲，超然物表，遊于希夷。厚禄不足致，好爵不足縻，所以許由辭堯不受禪，巢父聞之猶爲洗耳河之湄。奈何葛仙翁，與世猶支離，求爲勾漏令，所欲何卑微。觀翁此行亦良苦，妻子辛勤童婢饑。翁知學仙不學吏，委以民社將安施。仙家雖云足官府，奈此人間小黠并大痴。君不見陶潛棄官歸故里，又不見馬援謗興由薏苡。縱得丹砂亦不多，誰信翁心澹如水。雲門山，有靈藥。歸去來，山中樂。牛羊任所之，鷄犬從人縛，急將印綬送還官，變却姓名稱抱朴。

題杏花鬬鵲

爾鵲莫逐朝飛雉，雙雌争雄俱鬥死。爾鵲莫逐營巢燕，吴宫失火難相見。飲啄不離碧山阿，棲止還依嘉樹柯。王孫縱有黄金彈，紅杏花間奈爾何。

題徽廟馬麟梅

内家春色少人知，玉蕊冰葹看轉宜。説與宫中小兒女，畫樓瓊琯莫輕吹。

鴻雁篇

鴻雁雙雙度雁門，相呼相唤不離群。晝銜蘆藋防矰繳，夜宿關河同夢魂。稻粱既足江南闊，秋水增波葉微脱。洞庭湖畔雲卧沙，彭蠡磯頭弄烟月。一朝無事忽相違，一向東飛一向西。西飛渺渺秦山曲，東去悠悠滄海湄。秦山滄海遥相望，顧影徘徊各惆悵。山有猩鼯與網羅，水有蛟鼉與風浪。回頭却恨不同棲，辛苦皆因獨自飛。不問天南與天北，何時相見得同歸。

遣懷

策杖江皋每獨行，園林二月未聞鶯。紅塵陌上應千尺，白髮春來又幾莖。自分才疏甘屏迹，久判人棄任浮萍。漢庭亦有中常侍，安得才如馬長卿。

次韻錢伯行飛雲樓小集懷王季野

爲惜春光一半過，如澠美酒泛金波。共知此會情偏重，獨恨平生飲不多。鼓瑟欲終仍緩節，投壺才罷即高歌。却憐燕子樓中客，蘇小橋邊奈樂何。

寄葛子熙楊季民

去年客京師，與江西葛子熙、楊季民飲於濟南張署令家，以櫻桃薦酒，時季民將赴灤陽，屬予賦詩，而子熙爲之書。予還江南一載，而二子尚留京師，張君亦未離太常，感時撫事，悵然興懷，因賦長句一首奉寄。

去年京國櫻桃熟，公子親沾薦廟餘。色映金盤分處近，恩兼冰酪賜來初。酒酣惜與楊生別，詩罷叨從葛老書。今日江南春雨歇，亂啼黄鳥正愁予。

次韻吴宗師生日感恩詩

化國真人慶日長，五雲晴色映金堂。草徵漢室芝房瑞，露浥堯時寶甕漿。桂觀燕居陵倒景，行宫齋宿候朝陽。詠歌恩澤期天保，傳到人間雨露香。

簡鄭山人

國士文章海内傳，丘園風雨故依然。空聞太守延徐稚，猶喜諸生禮鄭玄。官樹鶯啼初繫馬，講堂雀下或銜鱣。廣文方築招賢館，肯使先生老一氈。

送庸田司寶惟善經歷

籍甚中朝彦，翩然萬里情。禮從蓮幕重，詩到水曹清。未雪辭吴會，先春入薊城。殷勤黄閣老，能不問蒼生。

八月十三夜泛姚城江二首

畫船撾鼓唱回波，皓齒青蛾不用歌。好月愛看輪未滿，清秋莫問夜如何。明將織女機絲動，寒恐姮娥白髮多。天上清光應更足，羽衣安得共婆娑。

何年江水出姚城，轉覺東南地勢傾。彩月夜當河漢動，客星秋入斗牛明。一波不起魚龍静，百穀初登海宇清。生喜太平身少壯，浩歌擊楫豈無情。

陳湖秋泛

平湖秋色曉蒼蒼，鼓枻聲傳浦漵涼。鴻雁欲來天拍水，蒹葭初老露爲霜。菊荒甫里人何在，鱸入松江興轉長。不用臨流重懷古，葦花菱葉滿滄浪。

雲文閣爲鄒伯常賦

公子愛修潔，宴坐焚椒蘭。朱火生青烟，絪温升博山。裔雲成五色，佳麗不可殫。忽然爲芝蓋，輪囷殊未蘭。輕風散紛鬱，流芳花竹間。曲户春窈窱，綺疏日蘭珊。霏霏縈舞袖，歡樂有餘閒。

次韻錢伯行江上春暮

太湖之水近當門，荇葉芹芽暖正繁。不問主人還看竹，每逢鄰叟爲開尊。燕歸王謝江邊宅，犬吠朱陳柳外村。步屧春風歸去晚，野童篝火候籬根。

送范德煇赴缙雲教諭兼簡高則誠

不逐扁舟泛五湖，一官迢遞缙雲墟。遺民世守軒轅鼎，博士家傳魏國書。夜月定聞鄰縣鶴，秋風莫憶故鄉魚。到州爲謝高書記，日日相思賦索居。

秋懷 六首

寒暑有代謝，人事亦推移。蹉跎慨疇昔，俯仰念復兹。籬落委秋蔓，餘葩含夕姿。物化諒難窮，吾生知有涯。皎皎碧山侶，依依青桂枝。相從恐遲莫，悵望起遐思。

梧桐墮金井，寒蛩棲露叢。離居在萬里，一夕生秋風。秋風忽已暮，離居邈何處。獨寐在重幃，相從乃中路。

秋夜何迢迢，搖搖不能寐。起坐彈孤琴，寫此千古意。《鳴鳳》久寂寥，《猗蘭》亦憔悴。往聖既莫作，後賢孰當繼。獨憐商山翁，去去復遐逝。空谷亦何有，紫芝聊可餌。如何末路中，亦墮留侯計。羽翼倘不成，鴻鵠將垂翅。苟可利生民，寧辭暫紆轡。區區後世名，於翁胡足記。

秋水不可涉，美人安得從。眷彼芙蓉花，盈盈秋水中。非無舟與楫，所畏蛟與龍。臨流不能採，零落委芳叢。

群動夜已息，秋聲適何從。仰視天宇高，微雲浩無踪。明月在庭户，河漢上横從。既莫知所始，何由究其終。我獨絃我琴，微風入疏桐。寫作清商調，感激意無窮。

昨日值炎暑，端居厭煩渴。手短河漢高，井深轆轤折。此夕秋已清，一洗塵世熱。紈扇委深笥，輕羅换疏葛。天運無停機，人生自悲悦。急景一以遷，流芳遂衰歇。洞庭生微波，明河湛初月。落葉辭故枝，驚鴻亦飄忽。爲謝同心人，胡爲久離别。

通州

渡江潮始平，入港濤已落。泊舟狼山下，遠望通州郭。前行二舍餘，四野何漠漠。近郭三五家，慘澹帶藜藿。到州日停午，餘暑秋更虐。市井復喧囂，民風雜南朔。地雖江海裔，俗有魚鹽樂。如何墟里間，生事復蕭索。原隰廢不治，城邑靳可託。良由兵興久，羽檄日交錯。水陸飛芻粟，舟車互聯絡。生者負戈矛，死者棄溝壑。雖有老弱存，不足躬錢鎛。我軍實王師，耕戰宜並作。惟仁能養民，惟善能去惡。上官非不明，下吏或罔覺。每觀理亂原，愧乏匡濟略。撫事一興慨，悲風動寥廓。

如皋縣 以下皆辛丑歲張士信出鎮淮安，敬初以左右司員外郎往參其軍事而作也。

曉行過如皋，草露淒已白。井邑無人烟，原野有秋色。緇褐兩三人，牢落徒四壁。似訝官軍至，拱立衢路伊。伊昔淮海陬，土俗勤稼穡。潟鹵盡桑麻，閭閻皆貨殖。及兹值兵燹，道路紛荆棘。十室九逃亡，一顧三嘆息。王師重拯亂，主將加隱惻。戒吏剪蒿萊，分曹理鹽策。眷眷恤瘡痍，遲遲歷阡陌。上天合助順，九土期載闢。白首忝戎行，臨風增感激。

海安

淮海水爲利，轉運有常程。積渠如積金，守防如守城。近聞渠堤壞，水決劇建瓴。我軍賴神速，戮力障中興業，斯事力當行。陋儒無良算，觸物有深情。冉冉趨畏塗，戚戚慎宵征。
沃野富吳荆。草萊日加辟，饋餉歲彌增。勿使土遺物，坐令儲侍贏。東南力可舒，根本計非輕。欲弘
頹傾。舊防幸已復，新修亦宜興。古人重舉衆，日費千金并。剋敵務給糧，足邊資力耕。矧兹淮甸間，

爛泥洪

猛虎尚可搏，蛟龍亦易屠。惟有爛泥洪，蚊虻天下無。蚊觜甚蝎螫，虻聲殷雷如。壯士不敢觸，觸者無
完膚。一嘬使筋露，載咂令骨枯。牛馬嘬盡死，矧兹甿者軀。造物仁萬類，稔此獨奚需。得非庶草蕃，
變化劇蚍蜉。譬如蟣與虱，所貴日爬梳。否則必滋蔓，蔓草苦難圖。我欲訴真宰，憤切擬包胥。上帝
必震怒，下令行天誅。蓐收將中軍，風伯爲前驅。一鼓清八極，斯醜諒安逋。爾虻法必殲，爾洪理難
潴。聽甿秉耒耨，庶草悉誅鋤。要令衆蚋都，化爲粳稻區。作貢奉明祀，庶足報錙銖。

泰州

吳陵古名邦，利盡楊州域。舊城雖丘墟，新城如鐵石。昔爲魚鹽聚，今爲用武地。國經百戰餘，士耻一
夫敵。征人還舊鄉，下馬問親戚。躊躅慨蒿藜，徘徊忍阡陌。桓桓霍將軍，出入光百辟。位重言益卑，
功高志彌抑。誓欲報仇讎，不肯懷第宅。人羨過家榮，驚喜争太息。白日照旌旗，閭里有顔色。皓首
《太玄經》，雖勤竟何益。

聽歌水調有感

江流清復清，江草接江亭。何人歌《水調》，餘韵入青冥。歌者不知苦，聽者有餘情。坐令離別客，白髮鏡中生。

群珠碎傷吴帥潘元紹衆妾作　潘七妾皆青年絶色，善纂組歌詞，因潘出軍，恐致疑，皆自經。

繡紋刺綺春纖長，蘭膏鬌鬌瓊肌香。芳年艷質媚花月，三三兩兩紅鴛鴦。翠靴踏雲雲帖妥，海棠露濕胭脂朵。冶情紛作蝶戀春，新曲從翻玉連瑣。畫堂銀燭天沉沉，揚眉一笑輕千金。明珠買得緑珠心，欲揮魚腸掃妖彗。主君勿疑心似醉，一宵痛擊群珠碎。門前鐵騎嘶寒風，奇勳解使歸元戎。

織錦篇

絡緯秋啼金井根，佳人當窗織鳳麟。流雲拂拭春無痕，頃刻化作鴛鴦文。銀漢含風星斗摇，虚空迸出黄盤雕。爲君裁作宫錦袍，奪得當年盧肇幖。妾家本住牽牛渚，與君誤結同心縷。人間怪多離别苦，夢落陽臺不成雨。腸斷無心爲君織，向君抛却支機石。何時頭戴蓮花巾，相伴雙成禮白雲。

謝從義參軍自京還言危中書見問且訝無書因寄謝

參軍過我夷白庵，爲言廊廟高巖巖。故人誰爲國柱石，臨川先生危大參。猥蒙問及且見訝，十載尺書無一緘。憶昔相從客燕趙，削去崖岸無猜嫌。辱陪五更佐三老，勸講《六經》陳二南。御史不容丞相忌，司隸側目宫臣讒。脱身黨籍走吴楚，託迹丘園求孔聃。孰令展禽三見黜，自分嵇康七不堪。平生不解帶刀劍，晚歲强使閑韜鈐。髀消怕騎將軍馬，面皺羞着從事袒。折冲師旅非夙習，奔走戎行真可慚。危言重畏速官謗，微禄不逮供親甘。慰情屢抱犨絲女，與國未辦添丁男。胡爲長年在道路，席不暇暖突不黔。幾回乞身向藩省，未許曝背歸茅檐。終當投核謝寮友，徑去結屋依山嵐。鄙夫出處蓋如此，爲報先生聊口占。先生事業則異是，論道經邦民具瞻。早令四海偃兵甲，盡遣百姓趨農蠶。時和歲豐我所願，功成身退公當諳。它年若訪赤松子，一笑相逢掀紫髯。

送侄讓還吴

西風蕭蕭鴻雁鳴，行子悠悠隨旆旌。百年衣食仰奔走，四海甲兵紛戰争。猥將筆札事卿相，叨備戎行陪俊英。軍中草檄吾何有，馬上操觚汝所能。人稱阿買八分好，我愛永興戈法精。吾女呷嘎學言語，汝兒讀書知姓名。中年竊禄正爲此，使有石田歸力耕。汝今還家我羈旅，各勸加餐調寢興。陞堂再拜謁從母，兒妹踉蹌欣走迎。扁舟石湖上先隴，霜露既降草木零。丁寧爲我戒樵牧，慎勿剪傷松柏青。

我欲還山結茅屋，五嶽逍遥期向平。乞身時宰苦未許，南望白雲勞我情。

孟冬觀淮水

孟冬日日東風狂，長淮水與風争强。層濤如山勢欲立，怒潮逆上相頡頏。大舟亂流流轉急，人馬蟻集駭欲僵。篙師捩柁誇好手，迎風簸浪抑且揚。小舟徑渡矜勇捷，翩如一葉凌空翔。須臾掀舞浪花裏，回瀾百折争低昂。我聞夏后分四瀆，百川受職皆循良。邇來洪河恣陸梁，清濁混淆隳舊防。昨者王師搤淮口，坐制鯨鯢如犬羊。天吴罔象不敢動，河失故道誰之殃？漢武當年塞瓠子，勞民兆亂紛搶攘。中原父子化魚鱉，至今千里無耕桑。我欲訴帝敕河伯，使復故道安天常。清者自清濁者濁，勿冒約束干明章。不然帝怒速致討，河伯戮死吁誰傷。

送高元善太守赴任杭州

高侯别我錢塘去，雨暗江城秋欲暮。憶從傾蓋楚公門，握手論交如有素。羡君家世爲牧守，出典方州人愛慕。楚公賓客君最先，日把詩書佐神武。折衝師旅文字間，飲馬長江竟飛渡。戲下三軍皆虎勇，幕中一掾驚鸞翥。開口瀾翻説劉項，抵掌縱横論遷固。我時落魄大布衣，公亦招徠俾馳騖。西樞上馬常並轡，南省聞鷄復聯步。我曾記侯松雲巢，侯亦醉我芙蓉署。交情過辱如兄弟，話别愁聞戒徒御。南風九月無秋聲，積雨三吴靄氛霧。侯乘高車駕五馬，方面公卿加禮數。錢塘兵革嗟屢輕，民社誅求尚無度。省中郎署盡知己，左右樞機當要路。雖云勢分有上下，若語同寅實親故。古來太守二千石，今則藩翰深倚注。東南所重在保障，絲繭區區何足務。曲令市井復承平，莫遣湖山廢游豫。爲謝分垣馬左司，使便無令惜書疏。

闕鄉驛用故翰林宋顯夫韻

爲問西來使，長安去幾何？檄書飛棘道，征戍動交河。鸚鵡承恩舊，葡萄入貢多。平生二鳥賦，感慨未能磨。

次韻懷華幼武

滑滑春泥滿郡城，出門騎馬不堪行。未能學道從緱母，且復忘憂對麯生。流水小池垂釣影，春風深巷賣花聲。停雲賦罷心如渴，安得滄浪濯我纓。

與學古文仲遊至正觀

西郭維舟水滿津，從容鄭圃得尋真。蓬萊路隔人間世，桃李花開劫後春。風雨或聞鮫杼響，絃歌曾與草堂鄰。交游不忝羊求輩，歲晚相期迹未塵。

次韻答秦文仲郭羲仲聯句見寄

客路尋常江海上，春光强半雨聲中。習池無酒醉山簡，蓮社有心期遠公。香爐旋温婆律火，茶烟輕揚石楠風。不因二仲聯詩至，安得從容一笑同。

春日邵氏園池

寂寞園林帶夕暉，昔年曾此戀芳菲。柳塘水暖鴛鴦浴，花徑風酣蛺蝶飛。蔓草拂衣人不剪，畫梁無主燕空歸。洛陽池館關興廢，我欲春山賦《采薇》。

次韻蔡彦文寄謝省院諸公二首

西山雪後色逾妍，拄笏相看每自憐。豈有異才參廟略，謾陪時俊列賓筵。玉笙錦瑟留人醉，翠葉銀花壓帽偏。却笑當年潘騎省，爲誰雙鬢早皤然。

此日東湖接勝遊，風流欲與古人儔。城南官酒春初熟，湖上漁罾晚未收。才愧機雲遥入洛，功高絳灌重安劉。謀參帷幄輸公輩，巢父歸歟盍掉頭。

秋日雜興五首

彈鋏歸來嘆薄遊，西風吹老黑貂裘。裁詩見慰慚錢起，掃榻相延愧隱侯。擬學楚人歸種橘，虚勞蜀客望牽牛。五湖烟景依然在，還許扁舟伴白鷗。

關山摇落雁飛遲，江漢飄零有所思。倦客自憐蘇季子，故人誰問介之推。露催絡緯窗間織，風緝蠨蛸户外絲。獨荷慈親念遊子，倚門日日數歸期。

江頭久客日思家，坐覺微霜上鬢華。節序又催秋後燕，風光争發雨前花。倦游已夢莊生蝶，不飲何憂廣客蛇。怪底朝來衣袖薄，一川白露下蒹葭。

一夕西風木葉飛，畫梁落月淡餘輝。銀燈夜照還家夢，金剪秋裁寄遠衣。霜信早隨新雁至，素書深訝故人稀。無因爲謝東曹掾，鱸美蒓香莫便歸。

明河如練月娟娟，坐對清光只自憐。夜久不知沾白露，夢回猶記到鈞天。汝南遺老推黄憲，海内諸公憶鄭虔。萬里歸來無寸補，論交慚愧到忘年。

寄沈仲説二首

欲采芙蓉寄所思，秋江風露正離離。每因見月懷玄度，可但看詩説項斯。溪上燕辭華屋早，槎頭魚上碧波遲。太平無事差科了，歸共原泉理釣絲。

野人籬落並江濆，竹裏流泉竹外雲。好學橐駝惟種樹，莫誇司馬最能文。小橋斜接漁樵路，落日爭呼雁鶩群。獨憶詠歸亭上客，久留城府思紛紛。

十一月晦與同幕諸公登南高峰因過湖上小集二首

共上南屏第一層，海風吹鬢雪鬅鬙。山盤地脈來天目，地抱江流似蔣陵。近郭晝行多畏虎，並湖寒盡未收冰。倚闌閑説承平事，知是昆明劫外僧。

落日湖頭艤畫船，買魚沽酒不論錢。共過天下登臨地，却憶官家全盛年。緑水映霞紅勝錦，遠山凝黛澹如烟。相攜此夕干戈際，一聽笙歌一慨然。

淮陰雜興四首

千里相逢淮海濱，一枝誰寄嶺梅春。老來易感山陽笛，年少休輕跨下人。失侶雁如秦逐客，畏寒花似楚遺民。每過百戰瘡痍地，立馬西風爲損神。

落水蕭蕭雁度河，西風裊裊水增波。甘羅營裏秋聲急，韓信城頭月色多。淮市有魚聊可食，楚山無桂不須歌。古今無限關心事，付與當年春夢婆。

江左妖氛掃未盡，山東豺虎又縱橫。欲令斥堠收烽火，須挽天河洗甲兵。老馬獨嘶時北望，賓鴻相喚盡南征。腐儒愧乏匡時術，搔首風前百感生。

兵火燒殘百草根，人烟無復萬家村。黄金莫鑄忠臣骨，白馬空招帝子魂。易水有情人已逝，睢陽無援事難論。何當親斬樓蘭首，仗節還朝報至尊。

福山港口待潮

吴山如畫楚江平，消得孤帆半日程。潮落沙頭才一尺，舟停江口復三更。時清不識風波險，世亂方知性命輕。坐擁貂裘待明發，臨流空愧魯連生。

癸卯二月十一日官軍發吴門

去年移戍秋將半，今歲渡江春正分。晋國偏裨歸宿將，漢庭旗鼓屬元勳。戈船十萬盡犀弩，鐵騎三千皆虎賁。却笑高陽老狂客，謾憑口舌下齊軍。

二十日福山港寄省院張思廉陳惟允諸友

漢將西征肅羽儀，簡書日日有程期。東溟潮上犀船發，南斗星横虎節移。青入楚封山點點，白添吴鏡雪絲絲。美人宴罷芙蓉署，一色銀花翠壓枝。

舟中看虞山有感

一望虞山一悵然，楚公曾此將樓船。間關百戰捐軀地，慷慨孤忠罵寇年。填海欲銜精衛石，驅狼願假祖龍鞭。至今父老猶垂涙，花落春城泣杜鵑。

此詩爲張士德被擒而作，余别有記，甚詳。「孤忠罵寇」，亦指斥之詞也。

二十二日狼山口觀兵

官軍野次狼山口，鐵騎犀船盡虎貔。杼軸萬家供饋餉，旌旗千里亘江湖。膝行擬伏諸侯將，面縛行中兩觀誅。淮海父兄争鼓舞，將軍恐是漢金吾。

遊狼山寺三首

天風吹上狼山頂，看見扶桑日出初。淮海北來吞兩楚，江湖南去控三吴。珠宫貝闕馮夷宅，古木蒼藤帝釋居。爲訪祖龍鞭石處，拇窠履迹定何如。

鯨波渺渺四無涯，閶闔天低手可排。一塔倚空凌浩劫，兩潮争港撼層崖。半晴半雨龍歸海，銜暖銜寒雁度淮。安得乞身依佛日，遍尋靈迹訪齊諧。

五峰相顧若枝撑，力障狂瀾與海争。下界人居龍伯國，上方僧住梵王城。佛庖香訝山無蕨，公膳腥嫌市有鯉。王事匆匆騎馬去，落花啼鳥總關情。

二十六日自通州赴淮安

海虞城外經旬泊，狼五山前信宿留。六計西來思撓楚，三軍左袒欲安劉。龍光夜吐雌雄劍，魚尾朝銜甲乙舟。今日南風催掛席，浪花飛雪打船頭。

二十九日至淮安城南十五里述懷

欲向江湖覓釣磯，此心長與事相違。添丁未辦盧仝計，算老空知伯玉非。淮甸草肥宛地馬，楚州人着漢官衣。將軍奏罷平西捷，還許山翁倒戴歸。

分省諸公邀西湖宴集

湖上相逢宴屢開，紫薇花下約同來。水光釀緑凝歌袖，山色分青入酒杯。蛺蝶影隨羅扇動，琵琶聲逐畫船回。獨憐英骨埋芳草，南拱枝頭蜀鳥哀。

送于彦成次玉山韻

著屐溪頭日日過，驪駒歌斷奈君何。虎丘山下東流水，争似春愁一半多。

次韻虞隱君堪潘閭掾谷雨中見寄

吴箋新製玉鸞紋，衝雨殷勤寄蓽門。燕子不來人獨立，自拈湘管認啼痕。

饒右丞介八首

介字介之，臨川人。自翰林應奉出僉江浙廉訪司事。張氏入吴，杜門不出。士誠慕其名，自往造請，承制，以爲淮南行省参政。家采蓮涇上，日以觴詠爲事。吴亡，俘至京師伏誅。釋道衍曰：「介之爲人，倜儻豪放，一時俊流如陳庶子、姜羽儀、宋仲温、高季迪、陳惟寅、惟允、楊孟載輩，皆與交，衍亦與焉。書似懷素，詩似李白，氣焰光芒，燁燁逼人。然其志大才疏而無所成，爲可恤也。」介自號華蓋山樵，亦曰醉翁。

與虞山人勝伯陳山人惟寅談及仙遊事醉後賦詩三首兼呈二賢

掃除狡獪蓄神機，開頂葫蘆不置扉。人物已從垣外見，真形漸向市中微。杯成白鶴衝霄去，劍化雙龍破浪歸。自此更無毫髮累，緑毛繞體欲成衣。

獨據胡牀醉不移，坐深簷露滴髭眉。蕭蕭風水成音樂，澹澹星河起鷺鷥。語罷欲乘黄鶴去，興來忽使白雲馳。火龍□傲烹茶□，不析扶桑一氣炊。

冪冪松陰布網羅，鶴巢松頂吸天河。是何道士圍棋坐，若個樵夫對酒歌。看月也知爲爾好，憑風無奈欲歸何。送君直過橋西去，還記垂楊葉不多。

病中對梅花一株欣然有作録似西塾孟載季迪兩先生一笑

病中雅量豈堪論，澄水能清撓即渾。除却妙香無長物，衹應静坐洗煩言。幾叢晚菊今耆舊，一樹寒梅老弟昆。曾住鍾山安石里，旁人猶恐我争墩。

夜坐

學默三年漫不應，流光一去意無徵。緣如髮白因循染，道似山青自在凝。猶有形骸生影迹，却將文字寄名稱。一川月色多於水，更着秋霜見底澄。

夢中

流水無心競，孤雲與我同。坐深明月下，行盡亂山中。花落聞啼鳥，松凉愛御風。懸知皆夢境，一笑萬緣空。

藜科

藜科叢生庭中，白露日，割而爲帚。是日取藜無蟻。諺云。

堂下生旅藜，堂上秋風起。藜生何重重，秋風落無子。子落尚復生，根枯爲誰死？朝乘白露降，採割辭螻蟻。但知傷藜根，誰治藜生地。我非厭爲羹，爲帚爲厥始。

送秦文仲博士還三沙

東望大瀛海，影落扶桑弓。三洲直如矢，正射三山中。三山負曉日，曉日波浪紅。仙人不騎鶴，所適多御風。秦君家三洲，長與仙人通。即之不可見，忽爾能相面。翩翩頭上巾，舉舉塵中扇。高談清溽暑，知子不貧賤。閑居寡良儔，有酒不自薦。此日亦足醉，况得邦之彦。小醉須解酲，大醉不用醒。平生慎許可，祇有一劉伶。太湖三萬頃，七十二峰青。頗貽山水秀，閉門修酒經。白雲生硯石，疏雨灑窗櫺。子上三洲去，手杯猶未停。

玉笥生張憲〔一〕七十四首

憲字思廉，山陰人。負才不羈，薄遊四方，誓不娶不歸鄉里。嘗走京師，創言天下事，衆駭其狂。還入富春山中，混緇黄以自放。一日，升高望遠，呼所親曰：「亟去。」三日而逃寇猝入，兵死五百餘家，始悔不用生言。淮張據吴，禮致爲樞密院都事。吴亡，變姓名走杭州，寄食報國寺。旦暮手一編，人不得窺。死後視之，其平生所作詩也。楊廉夫云：「吾用三體詠史，古樂府不易到，吾門惟張憲能之。」又曰：「吾鐵門稱能詩者，南北凡百餘人。求其似憲及吴下袁華輩者，不能十人。」

〔一〕原刻目録作「張都事憲」。

琴操有序

干戈不息者殆十年，余流連江湖間，幽憂奮憤，不見中興涯際。四方諸侯，又無小白、重耳之舉。思欲終老深山大澤中，且所不忍。將欲仗劍軍門，而可依者何在？作《琴操》十二以寄意焉。俾能琴者尋聲而鼓之，余倚歌而和之，或者可以少泄余梗梗云。

瀍水東奔兮澗水攸同，禾黍離離兮薺麥蓬蓬。周召不作兮桓文告終，王曰以公兮雅降爲風。烏乎！平既自夷兮赧寧得不窮！

右憫周。

秋草兮芊芊，黄金臺兮夷爲淵。悵廣宇兮裂瓦，望離宫兮生烟。淚可盡兮目可穿，思昭王兮不可言。

右懷燕。

渭水淵淵兮函谷嶙峋，我馬西逝兮意將涉秦。父老止我兮子宜愛身，子毋遽西兮秦其有人。

右涉秦。

古有所思行

我思古之人兮不可從，乃在黄土之底，青編之中。青編幾帙載名姓，黄土萬冢埋英雄。重泉黯黯隔白日，宰樹颯颯生悲風，雖我有語誰爲通。皇天不肯惜人物，百年轉眼如飄蓬。秦皇漢武氣焰蓋一世，彭殤丘跖俱成空。黄帝升鼎湖，橋山葬遺弓。虞舜死九疑，鑾輿不還宫。明王聖主只如此，紛紛餘子真螻蟻。二女泣兮湘竹斑，群臣歸兮弓劍閑。吊古昔兮望遠，見江上之青山。白玉椁，黄金棺，千年滯魄生辛酸。功名震主亦閑事，不若樽前且破顔。

行路難

行路難，前有黄河之水，後有太行之山。車聲宛轉羊腸坂，馬足蹭蹬人頭關。白日叫虎豹，腥風啼狗犴，拔劍四顧使我摧心肝。東歸既無家，西去何時還？行路難，重咨嗟。乞食淮陰市，報仇博浪沙。一劍不養身，千金徒破家，古來末際皆紛拏。行路難，多歧路。馬援不受井蛙囚，范增已被重瞳誤。良禽擇木乃下棲，不用漂流嘆遲莫。

將進酒

酒如澠，肉如陵。趙婦鼓寶瑟，秦妻彈銀筝，歌兒舞女列滿庭。珊瑚案，玻璃罌，紫絲步帳金雀屏。客人在門主出迎，蓮花玉杯雙手擎。主人勸客客勿停，十圍畫燭夜繼明。但願千日醉，不願一日醒，世間寵辱何足驚。珠萬斛，金千籯。來日大難君須行，胡不飲此長命觥。君不見劉伯倫王無功，醉鄉深處了平生。英雄萬冢瘞黄土，惟有二子全其名。

楊花詞

東風吹春春不醒，桃花杏花空娉婷。萬絲剪緑暗如霧，千里相思長短亭。亭前女兒十六七，手挽長條惜春日。六街馬蹄騰黄塵，雪花漫天愁殺人。

發白馬

朝發白馬津，莫及陳留縣。兵事急星火，驛路疾雷電。左挾弓，右擎箭。獨飛一騎報軍書，百里王城馳急變。丞相真静才，清談白羽扇。天子蔽九重，張樂絳霄殿。内門三日不得朝，咫尺天威無路見。三十萬衆解甲降，錦繡封疆成廣薦。明日腥風虜騎來，背城借一誰堪戰？孌幸竊魯弓，姦諛賣紀甗。銜璧牽羊事已非，束手蕃臣忘入援。抆淚踏邊塵，含愁别宫院。回首東南漢月高，淅瀝風沙破顔面。白草黄雲望莫窮，西樓尚隔湯城淀。木葉山前下馬時，背水始悟降王賤。使者來，君早見。

神絃十一曲

朝行青溪曲，莫宿青岩阿。女蘿施長松，白蘋依緑荷。神來水生風，神去水無波。朝雲不爲雨，夕露將如何。

右宿阿。

子夜吴聲四時歌

朱雀街頭雨，烏衣巷口風。飛來雙燕子，不入景陽宫。爲問秦淮女，還知玉樹空。
瓦上松雪落，燈前夜有聲。起持白玉尺，呵手製吴綾。纔得征袍縫，邊庭草又青。

莫種樹

莫種樹，種樹枝葉多。枯楊易生稊，鈍斧難伐柯。秋風動悲思，春月夜如何？

估客行二首

發舟石頭城，繫舟梅根渚。江月夜寥寥，照見家人語。
割裳作家書，刺指題日月。不知何時到，但記今朝發。

房中思

紅象作小梳，髾龍盤漆髮。香泥搗守宮，染透桃花骨。白馬不歸來，倚牀弄紅拂。桂陰綠團團，坐對玲瓏月。

銅雀妓

陵樹日沉西，秋風石馬嘶。芳樽傾繐帳，詎肯濕黄泥。慘慘笙歌合，遥遥望眼迷。玉人脆如草，能得幾回啼。

出自薊北門行

出自薊北門，遥望瀚海隅。黄沙落寒雁，衰草號雄狐。河水血成冰，土冢碑當塗。乃知古戰場，本是賢王都。武皇昔按劍，一怒萬骨枯。半夜下兵帖，六郡皆歡呼。將軍各上馬，百道追匈奴。羊馬滿大野，萬帳收穹廬。英英長平侯，六騾走單于。至今青史上，猶壯武剛車。

當壚曲擬梁簡文帝

初八月上弦，十五月正圓。當壚設夜酒，客有黄金錢。歡濃易得曉，別遠動經年。相送大堤上，舉杯良可憐。

胡姬年十五擬劉越石

胡姬年十五，芍藥正含葩。何處相逢好，并州賣酒家。面開春月滿，眉抹遠山斜。一笑既相許，何須羅扇遮。

春晝遲

樓觀參差半空起，縹緲闌干烟霧裏。緑萍一道浸鴛鴦，笑聲只隔桃花水。柳下粉墻斜靠街，當晝紅門半扇開。遊絲冉冉挂檐角，燕子一雙何處來。

江南弄

茭尾蒲芽新水足，沙暖小桃紅夾竹。誰家燕燕倦東風，戢翼畫梁春睡足。螭頭舫子載醽醁，勿惜千金買詞曲。明朝風雨蔽九川，千里江南芳樹緑。

哀亡國

買桑喂蠶絲不多，鑿窪種藕蓮幾何。廣陵夜月瓊花宴，結綺春風玉樹歌。君不見黑頭江令承恩早，白髮蕭娘情未了。狎語淫人夢不醒，宫城緑遍王孫草。昏昏黄霧塞宫門，白練寒生玉頸痕。錦綉江山春似畫，幾傷風雨弔迷魂。

瑶池曲

曼倩啼饑桃未熟，綺窗珠樹層陰緑。上清童子書臨闕，鸞尾掃雲方種玉。芙蓉畫闌春晝長，簫《韶》一派起回廊。八龍未暇送周穆，三鳥遽能迎漢皇。風雨蒼蒼隔玄圃，不勞西望祠王母。贈君桃核大如杯，歸植茂陵陵上土。

火府告斗

黄巾騎馬騰紅雲，緑章細書天篆文。芙蓉小冠切白玉，伏地夜奏中天君。灼灼桃花映羊首，電繞魁罡百怪走。九皇一笑帝車移，銀鹿作羓霞注酒。玉衡閃爍招摇光，人間塵土何茫茫。石家買得緑珠笑，五雲踏地椒壁香。短衣吹秋車武子，乾抱流螢照書紙。虚空喉舌政司權，杳杳冥冥注生死。

賣卜翁

三月長安道，雨過街樹緑。下有賣卜翁，危坐營握粟。舉日講仁義，旋式推禍福。不學賈大夫，憂來方賦鵩。

聖母神皇詞

東風未燥昭陵土，感業尼稱天下母。唐室山河忽變周，李氏兒郎更姓武。洛水泱泱出寶圖，黄金爛爛鑄天樞。五王不入迎仙院，二豎能忘受命符。君不見漢家元后號文母，廟食從來侄祀姑。

匡復府

揚州都督開三府，十萬强兵猛如虎。駱生長檄魏生謀，大義精忠照千古。山東豪傑望旌旗，蓄縮江淮立霸基。莫指金陵圖王氣，石梁鵶噪髑髏悲。

雙廟詞

睢陽戰敗血漂杵，力屈猶思爲厲鬼。玄元祠前哭一聲，朝食愛姬暮羅鼠。唐家宫殿秋草生，二十一陵如掌平。獨遺雙廟門前石，日有行人來繫牲。

厓山行

三宫銜璧國步絶，燭天炎火隨風滅。間關海道續螢光，力戰厓山猶一決。午潮樂作兵合圍，一字舟崩遂不支。檣旗倒仆百官散，十萬健兒浮血尸。皇天不遺一塊肉，一瓣香焚海舟覆。猶有孤臣卧小樓，南面從容就刑戮。

燭龍行

燭龍燭龍，女居陰山之陰，大漠之野。視爲晝，瞑爲夜。吸爲冬，噓爲夏。蛇身人面髮如赭，銜珠吐光照天下。天地寬，日月小，烏兔盤旋行不了。窮陰極漠無昏曉，女代天光補天眇。女乃不知日被黑子遮，月爲妖蟆食，五緯無精光，萬象盡奪色，下民婞葼皆昏惑。燭龍燭龍代天職，胡不張爾鬣，奮爾翼，磨牙礪爪起圖南，遍吐神光照南極。補缺兔，無損傷。正畸烏，不傾髟。妖蟆黑子紛誅殛，重光重輪開萬國。胡爲藏頭縮尾窮陰北，坐視乾坤黯然黑？乾坤若崩摧，吾恐女龍有神無處匿。

白翎雀

真人一統開正朔，馬上鞮鞻手親作。教坊國手碩德閭，傳得開基太平樂。檀槽舒呀鳳皇膊，十四銀環挂冰索。摩訶不作兜勒聲，聽奏筵前《白翎雀》。霜嚾嚾，風彀彀，白草黄雲日色薄。玲瓏碎玉九天來，亂撒冰花灑氈幕。玉翎琤玭起盤礴，左旋右折入寥廓。崒嵂孤高繞羊角，啾啁百鳥紛參錯。須臾力倦忽下躍，萬點寒星墮叢薄。砉然一聲震龍撥，一十四絃喑一抹。駕鵝飛起暮雲平，鷙鳥東來海天闊。黄羊之尾文豹胎，玉液淋灕萬壽杯。九龍殿高紫帳暖，蹋歌聲裏歡如雷。《白翎雀》，樂極哀。節婦死，忠臣摧，八十一年生草萊，鼎湖龍去何時回？

怯薛行

怯薛兒郎年十八，手中弓箭無虚發。黄昏偷出齊化門，大王莊前行劫奪。通州到城四十里，飛馬歸來門未啓。平明立在白玉墀，上直不曾違寸晷。兩厢巡警不敢疑，留守親侄尚書兒。官軍但追上馬賊，星夜又差都指揮。都指揮，宜少止。不用移文捕卒李，賊魁近在王城裏。

二月八日遊皇城回華門外觀嘉孥弟走馬歌

春風壓城紫燕飛，綉鞍寶勒生光輝。軟莎青青平似鏡，花雨滿巾風滿衣。潛蛟雙綰玉抱肚，朱鬣分光散紅霧。金龍五爪蟠彩袍，滿背真珠撒秋露。生猿俊健雙臂長，左脚撥鐙右蹴繮。銅鐃四扇繞十指，玉聲珠碎金琅璫。黄蛇下飲電掣地，錦鷹打兔起復墜。袖雲突兀鞍面空，銀甕駝囊兩邊縋。西宫綵樓高插天，鳳皇繚繞排神仙。玉皇拍闌誤一笑，不覺四蹄如迸煙。神駒長鳴背凝血，郎君轉面醉眼纈。天恩剪下五色雲，打鼓歸來汗如雪。

伍拏罕元帥斬新李行

中原惡少稱新李，八尺長軀勇無比。鐵槍丈二滾銀龍，白面烏騅日千里。攻州劫縣莫敢攖，烏羊渾脱縵胡纓。輕車壯士三十兩，戰則爲陳屯爲營。殿前將軍不敢搏，羽林孤兒甘受縛。柳林道上剠寶車，步入中書獨樹堆邊札氈幕。吐蕃老帥西南來，虎頭不掛三珠牌。弊裘羸馬失故態，寶刀繡澀盔生埃。謁師相，願借長纓三百丈。生縛凶魁獻至尊，不使朝廷乏名將。相臣入奏大明宫，玉音特賜天厩驄。親軍百騎備兩翼，綵旗盡出東華東。硬弓二石力逾弩，長驅夜走涿城下①。土岡無樹着伏兵，兩陣相當如怒虎。彎彎弓弰抱團月，點點槍尖飛急雪。神騅未隨白羽僕，賊顱已逐青萍缺。一騎平原報捷歸，天狗有聲流作血。

① 原注：「叶户。」

北庭宣元傑西番刀歌　此刀乃江浙平章等教化公淮西所佩者。

金神起持水火齊，煅煉陰陽結精鋭。七月七日授冶師，手作鉗錘股爲礪。一千七百七十鋒，脊高體狹刀口洪。龍飛蛟化歲月久，阮師舊物今無踪。呱哇綉鑌柔可曲，東倭純鋼不受觸。賢侯示我西番刀，名壓古今《刀劍録》。三尖兩刃圭首圓，劍脊瞨瞨生黑烟。朱砂班痕點人血，雕青皮軟金鉤聯。唐人寶刀誇大食，于今利器稱米息。十年土溷松紋生，戎王造時當月蝕。平章遺佩固有神，朱高固始多奇勛。三公重器不虚授，往繼王祥作輔臣。

橘洲行

太湖之水分三支，注爲長泖，東去無已時。泖灣之口有大橘，一樹盤盤蔭門楣，里鄰呼爲橘洲衆所知。

洲之上，橘之下，矮屋六七間，皆茅茨。孝子萬生，三世以來皆居之。生衣無綾錦華，食無肉作糜。讀書談道操履步，步以古哲自礪不肯苟。爲堂有老母白髮垂，必須甘旨備二膳，家貧不常得，十年客寄爲人訓其兒。所得金，悉以爲奉母資。母病下痢，不能自潔，生即棄業歸。取中裙湔溲穢，手奉虎子，晝夜伺母，不使牀席沾淋灕。母有女贅狠，婿不識孝義惟務利，日思剥取生家貲，甚至湯藥之費亦來掊克，生即與之無吝詞。惟恐致鬩傷母慈，使母不得差，以陷終天無窮悲。卒能護持母病無恙，以終天年之壽期。噫吁嚱！橘洲之水清且漪，橘洲之實碩且飴。飲洲之水，食洲之橘，誰無父母思？嗟哉！萬生孝義今古稀，我詩直欲追韓奇。

抱遺老人玉帶生歌有序

玉帶生，端人也。事文山丞相爲文墨賓，與同館謝先生翱友善。宋革，丞相殉國，死訃聞，生與翱哭於西臺之下。復憫宋諸陵暴露，私相蓋覆，識以冬青木而去。後翱道卒，生今歸會稽抱遺老人，與秋聲子輩爲寮中七客。初，宋上皇以丞相恩賜生紫衣玉帶，至今不改其舊服，故作《玉帶生歌》。

鑾刀夜割黑龍尾，碾作端溪蒼玉砥。花鑌鐵面一尺方，紫霧紅光上書几。銀絲雙纏玉腰圍，翡翠青班綉紫衣。金星雊眼不敢現，案上墨花皆倒飛。景炎丞相魁龍榜，撫玩不殊珠在掌。背銘刻骨四十四①，血録至今猶可想。謝公古文今所師，西臺一慟神血垂。獨持老瓦出門去，冬青樹邊書憤詞。天翻地覆神鬼怒，九廟成灰陵骨露。廬陵忠魄上騎箕，流落端生何所寓。抱遺老人生計拙，愛把文章寫忠烈。

霜毫一夜電光飛，不必矮桑重鑄鐵。

① 原注：「文山硯銘丹山小篆四十四字云：『紫之衣兮綿綿，玉之帶兮粼粼。中之藏兮淵淵，外之澤兮日宣。烏乎！磨爾心之堅兮，壽吾文之傳兮。廬陵文天祥造。』」

夏蓋山石鼓謡 鼓高一丈，徑三尺，下有盤石爲足。諺云：「石鼓鳴，三吴兵。」。

臨平石鼓不自鳴，直待蜀桐魚作形。陳倉石鼓載文字，徒有鼓形無鼓聲。夏蓋之石或自鳴，蓋石一鳴三吴兵。嗚呼！三吴十年厭干櫓，不緣夏蓋鳴石鼓。

汶陽道中

汶水東入海，疾流無已時。可憐齊與魯，荒草秋離離。日淡野水黄，風高木葉飛。繫舟間弔古，不覺淚沾衣。

秋日古城葉希聖見訪

夫君滄江來，訪予清溪曲。清溪窈而深，佳氣散天旭。塘蒲澤新雨，秋意冷可掬。鳥鳴萬山静，猿下雙樹緑。朅來晤語清，餘響起空谷。坐久神宇閑，斜陽在高木。

臨安道中先寄賽京初

朝入臨安山，暮上由拳嶺。周道無行蹤，晴空斷飛影。嚴關固高栅，叠嶂列危屏。荒垌斜日淡，虚市野烟冷。息肩坐茂樹，瞑目發深省。何事馬蹄塵，兵鋒迭馳騁。

送鐵厓先生歸錢塘

團花染累吴蠶繭，五色文綾出金剪。海風吹度滕王宫，南浦西山畫簾捲。天狗夜吠聲如雷，東奎西壁昏煤炱。上洲自可駕黄犢，鐵箸何用畫寒灰。牛酥爛花春未老，湖上同誰剪芳草。真珠酒瀉紫葡萄，金錯刀鎸紅瑪瑙。六橋楊柳香霧深，吴娃一笑千黄金。莫邪不作老龍舞，鐵管自成丹鳳吟。軟輿送别湖源道，江花照人日杲杲。長風吹送書畫船，先生眼空方醉眠。

唐五王擊毬圖

興慶宫前春正熱，緑楊夾道花如雪。球門風起日西斜，五馬歸來汗成血。潞舟别駕醉眼纈，雙袖傾欹擁岐薛。申王按鞚宋王馳，杖撲毬囊手親挈。草平如掌馬力均，玉鞭十里不動塵。黄門扶入五花帳，大衾長枕姁家人。花萼相輝雨氣寒，樓中歌管漸闌殘。紫騮不踏球場路，萬里青騾蜀道難。

中秋碧雲師送蟹

天風吹綻黄金粟，檐前老兔飛寒玉。客窗不記是中秋，但覺鄰家酒漿熟。泖田秋霽稻未鎌，葦箔竹斷收團尖。紅膏溢齒嫩乳滑，脆美簇簇橙絲甜。無腸公子誇钁鑠，兩戟前驅終受縛。匾心晝暖白玉臍，夔牟夜泣紅銅殼。麯生風度亦可憐，且對霜娥供大嚼。酒後高歌繞碧雲，九峰一夜霜華落。

青山白雲圖

青山青青白雲白，一尺小溪千里隔。扁舟艤岸不見人，鷄聲何處秦人宅。桃花流水春粼粼，不識人間有戰塵。待得紫芝如掌大，歸來甘作太平民。

李嵩宋宫觀潮圖

磁州夜走泥馬駒，卧牛城中生緑蕪。炎精炯炯照吴會，大築錢塘作汴都。玉殿珠樓連翠閣，七寶簾櫳敞雲幕。生移艮嶽過江南，不數東京舊帷樂。茂樹盤盤迷緑雲，龍飛鳳舞峰巒奔。玉牀下壓大江小，海水正入東華門。木樨花開秋可數，紞紞靈鼉振天鼓。海門一綫截江來，雪壁銀城晝飛舞。吴商楚估千萬艘，黄龍戰船頭尾高。豈無海道走中土，長驅逐北乘風濤。烟霧蒼蒼繞城郭，屋瓦魚鱗互參錯。百萬驕民事醉醺，坐使中原厭羊酪。因循六帝不復仇，西風八月憑江樓。攢宫人飲白骨恨，洪波不洗青衣羞。邦基削盡師臣逐，軹道人降子嬰哭。綉胸文頸踏浪兒，反首誰能報君辱。廟子沙頭卓大旗，天吴縮頸不敢馳。行人指塔話楊璉，三十六宫秋草飛。

周昉横笛圖

一婦跨鐙如習騎，一婦鵠立類勇士。一婦横笛坐胡牀，客貌衣裳略相似。鬔鬆雲髻作懶妝，丫鬟手擎紅錦囊。人言天寶宫中女，我意梨園舊樂倡。憶昔承平生内荒，宫中消息漸難藏。昨宵一曲寧哥笛，明日新聲滿教坊。春嬌滿眼情脈脈，唤起紅桃親按拍。不將三弄作伊涼，潛把閒情訴秦虢。聲悽調低承索索，砉然有聲如裂帛。月落長安天四更，六宫一夜梨雲白。

太真明皇並笛圖

黑奴絃索花奴鼓，憚奴撫掌閹奴舞。阿環自品玉玲瓏，御手夷猶親按譜。風生龍爪玉星香，露濕櫻唇金縷長。莫倚花深人不見，李謨側足傍宫墻。

贈鎸碑王生歌

太湖之水通吴淞，緑波冷浸青芙蓉。巨靈神斧斫不去，帝命留與歷代賢聖鎸奇功。奇功曠世信希有，至德乃可齊不朽。嗟哉王生習此藝，功德不逢長袖手。虞黄歐揭牛毛多，筆端佞語如懸河。銀鈎鐵畫衒奇麗，天下匠石勞礱磨。王生手握三寸鋼，肥深瘦淺能自量。神椎輕重心應手，白蠹食鐵森成行。詞嚴筆勁逼晉漢，學士何人美詞翰。窅亭五彩護龜趺，峙立通衢人不看。人不看，恐淚垂，晉朝羊公今爲誰？高山深水苦自置，後世誰人想見之。王生王生女當知，功備豈在多文辭？君不見延陵季子碑上僅十字，千載萬載生光輝。

寄天香師

圓帽頂紅毳，方袍搭絳紗。海龍邀早飯，山鹿進秋花。試墨探倭紙，尋泉鬬建茶。時抛紅豆粒，竹下喚頻伽。

贈西僧

西離五印度，東渡獨絪橋。海若擎雙足，天花上七條。胡經函貝葉，飯鉢繫椰瓢。回首流沙路，程途十萬遥。

燈下有懷

憶昔童婆店，高屯生夕曛。樹聲呼出月，石角礙回雲。野雉穿花見，清猿隔澗聞。馬頭三四子，曾縛故將軍。

客問湖源風土

湖源源上路，東與浦陽連。地勝藏春塢，民居小有天。秋山紅入畫，晴野白浮烟。一道桃花水，如今泊戰船。

取青樓夜飲戲葉子肅

酒令傳觴急，燈花嚙燭低。山人清似水，老子醉如泥。天黑月墮地，水寒星在溪。猶吹赤蹄紙，照道畫樓西。

送哲古心往吴江報恩寺

蘭若壓江橋，長廊畫寂寥。鳥啼春後樹，龍定起中潮。花雨隨風散，茶煙隔竹消。客程他日路，清話借通宵。

寄中山隱講師

問訊山中隱，中山第幾重？風廊巡夜虎，雲鉢聽經龍。流水千溪月，寒巖一樹松。無因凈查滓，來共上堂鐘。

柬顧明府

水國差徭重，江城廬舍稀。曉星懸印出，春雨勸農歸。官馬哦新月，公庭散夕暉。欲知通守瘦，但視野人肥。

次趙伯温韻

共是越州客，同爲莊舄吟。潮來鰻井沸，龍起鏡湖陰。烽火臨邊急，池塘入夢深。蘭亭修禊處，無復舊攜琴。

立仗馬

照夜玉狻猊，霜毛鐵鏨蹄。春風金絡腦，小雨錦障泥。御駕馳天上，軍封受海西。日供三品料，緘口不聞嘶。

次鍾君來韻

我愛山中好，全無俗事牽。秋霜溪口樹，春水渡頭船。豆熟白鷴聚，花開錦雉眠。官閑僧舍近，棋罷又詩篇。

投贈周元帥十韻

玉帳臨江近，金城鎮海遥。鼓聲秋動地，劍氣夜衝霄。露下星河白，風高草木凋。山寒旗獵獵，沙浄馬蕭蕭。左廣初傳駕，西船已畏燒。五離才散鼠，六博又成梟。豪傑乘時奮，賢材早見招。紫樞虚上座，黄閣待清朝。會見擒姦操，歸來醉小喬。恩波門外柳，長拂富春潮。

春登永安寺

宿雨忽開霧，憑高散旅愁。野烟啼翠鳥，庭草卧青牛。怪石尖于劍，長杉高過樓。尚懷登絶頂，東北望杭州。

井西丹房

葛井西頭更向西，丹房高與白雲齊。鉛田虎下飛紅電，汞海龍沉結紫泥。山鬼俯欄窺火候，爐神伏地丐刀圭。飲餘一醆中黄酒，坐聽鵑聲松上啼。

與寧子廉馬敬常飲酒得移字

我愛中州雙國士，尊前爲我解金龜。南山石爛歌逾緩，銅柱沙沉迹未移。割土有人窺漢鼎，磨崖無客頌唐碑。狂生雅抱澄清志，况是聞鷄起舞時。

次韻贈張省史從軍南征

震天金鼓紫駝驕，皂纛連珠畫斗杓。甲馬魚鱗開曉日，錦袍花萼上春潮。桄榔雨暗湯泉溢，茉莉風喧海瘴消。幕下何人專草檄，共誇謀議得張昭。

王氏小桃源

一簇林塘隱者棲，天然畫出武陵溪。循墻流水灣灣曲，匝屋桃花樹樹低。春雨閉門山犬吠，炊煙隔竹午鷄啼。幽深直待秦人避，但恐漁郎自路迷。

留别賽景初

暖雲將雨驟陰晴，四月羅衣尚未成。萬點愁心飛絮影，五更殘夢賣花聲。方空越白承恩厚，繡裾諸于照道明。自笑窮途不歸去，空懷漫刺闔閭城。

臨安軍前

寂歷荒城遍野蒿，昔人事業已徒勞。雁將秋色催歸馬，楓引霜華入戰袍。地阻東南鄉信遠，天昏西北陣雲高。不堪屢作還家夢，起向西風撫大刀。

良宵

良宵情緒不堪題，立遍闌干意欲迷。鐵撥頓敲壺口破，金刀頻剪燭心齊。緑分楊柳湘簾細，紅壓櫻桃斗帳低。仿佛第三橋畔宿，月明珠樹夜烏啼。

江雁初飛圖

雁將邊信拍江飛，人倚闌干立翠微。山色忽隨雲影换，秋聲暗向樹頭歸。可憐上國多戎馬，悵恨中原又落暉。於悒客懷仍對畫，不勝老淚濕征衣。

贈宋仲温

江南羽化張天雨，海上神交宋仲温。楷法鍾繇稱獨步，草臨皇象已專門。折釵未墜風前股，漏屋先凝雨後痕。寄語臨池諸俊彦，蚓蛇鷄鶩莫須論。

題畫

晴川渺渺停春水，怪石峨峨插亂山。最愛夕陽煙寺裏，千株古木伴僧閒。

趙集賢枯木竹石

槎牙老樹響天風，寂歷幽篁泣露叢。惆悵玉堂舊公子，故家陵廟月明中。

陳學士秀民二十七首

秀民字庶子，温州人。博學善書。至正中，爲武岡城步巡檢，知常熟州。張氏時，爲參軍，歷江浙行中書省參知政事、翰林學士。入國朝，未詳所終，周玄初《鶴林集》載庶子作《來鶴詩》，在洪武己巳二十二年。

灤陽道中

晨出建德門，暮宿居庸關。風鳴何蕭蕭，月出何團團。短轅駐空野，悲笳生夕寒。我本吴越人，二年客幽燕。幽燕非我鄉，而復適烏桓。前登桑乾嶺，西望太行山。太行何盤盤，欲往愁險艱。寓形天壤間，忽如水上船。役役何所求，吾將返林泉。

送强彥栗歸吴

薊門秋月白，城頭夜啼烏。城中良家子，半是南征夫。或從張都護，或屬李輕車。道傍别妻子，泣下如迸珠。自非英雄具，孰使禍亂除。戎馬暗中國，遊子將何趨。君歸慰父母，繫我獨何如。

燕京客舍送友歸天台

雁鳴沙漠風，秋入燕陵樹。客子衣裳單，寧不畏霜露。驅車國東門，迢迢懷往路。尺壁横道周，誰能一回顧。登山豺虎雄，入海鯨鯢怒。天台隔三江，丹霞夾玄霧。黄精或可尋，胡麻庶當遇。明時有遺佚，歸哉保貞素。我馬病已久，東西厭馳騖。逸駕如可攀，吾將執其御。

題王長史所畫天平龍門圖

月黑山鬼號，蒼龍鬬折角。仙人一掌擘，不令墮深壑。秋高勢峻層，日暮氣慘錯。闌干冰柱懸，凌亂雪花落。路狹僅通人，峰寒不棲鶴。王侯天機峻，躋攀故盤礴。寫作龍門圖，奇氣低五嶽。神魚息天池，有待風雷作。

壬午九月九日與郭希仲紀叔維馬希遠飲周景父晚香堂上紀畫墨菊馬鼓琴既而各賦一首

去年登堂三月三，主人置酒澆春衫。今年登堂九月九，堂上主人復多酒。馬生彈琴紀生畫，郭子題詩美如炙。四明狂客醉欲倒，菊花插帽秋光好。百年節序能幾逢，人生會合何其少。人生會少將奈何，爲君起舞爲君歌。歌殘酒盡更須酌，莫待他年白髮多。

題幻住庵中峰和尚蓮池野亭小像

亭前池水生蓮花，亭中老禪方結跏。雙枝作供净瓶裏，仿佛玉井銜丹霞。世上蓮花亦常有，玉堂不比丹青手。水底冰蠶已化龍，絶世于今故無偶。師是蓮花花是師，亭亭净植涅不淄。胸中五色舌上吐，爛熳寫出蓮花詞。世間物物皆爲幻，我把斯圖作真看。君不見中峰峰上十丈蓮，吹香夜夜到諸天。

送遠曲

誰令車有輪，去年載客西入秦。誰令馬有蹄，今年載客過遼西。車輪雙，馬蹄四，念君獨行無近侍。婦人由來不下堂，側身西望涕沾裳。恨不化爲雙玉璫，終日和鳴在君旁。

至武岡

家居猶旅食，兒子復南征。婁縣千江隔，都梁百日行。雁書天外遠，馬角夢中生。食禄非吾願，何時復舊耕。

至岳州宿岳陽樓

蕩槳溯流光，登樓望八荒。江山出圖畫，天地入舟航。夜静星文動，秋高月色凉。題詩懷李白，搔首鬢滄浪。

山居雜詠

好山看不盡，遊罷更須登。石屋晴猶雨，天池夏亦冰。尋仙碧霞裏，飛步白雲層。松花飄滿地，歸路喜逢僧。

登靈巖

寶殿壓崔嵬，華池頂上開。山從太白出，水自洞庭來。閣樹聯珠塔，巖花照石臺。吴王清暑地，那得有塵埃。

懷古和陳惟寅韻三首

范蠡已霸越，功成淡若無。扁舟五湖上，烏喙不敢呼。冥鴻在寥廓，燕雀下萊蕪。
兔走要離墳，狸啼闔閭墓。寶劍生土花，銀池浴秋露。迢迢郭西門，玉輦迷金步。
海門潮不至，昱嶺掩空關。龍隨白雁去，何時復南還。蕭蕭禁中樹，盡爲樵牧攀。

邳州

青山一發見邳州，落日雲迷故國愁。父老空傳黄石在，仙人已伴赤松遊。乾坤不信無清氣，河水胡爲尚濁流。野樹昏鴉棲未定，數聲哀角起高樓。

漷州望古北居庸諸山

古北居庸一望中，風沙滿眼亂芙蓉。曦車夜轉崑崙脊，華蓋陰移太乙峰。金口水流終到海，玉泉雲起又隨龍。兩京形勝今如此，可擬秦關百二重。

湘鄉道中

日暮倦趨山市遠，解衣聊復憩巖阿。雲迷險道藤穿石，水落懸崖草亂坡。木客下時人迹少，鷓鴣啼處客愁多。向南言語憑誰辯。莫問蠻方事若何。

五月九日調軍入綏寧是夜宿風門嶺值雨

五月官軍入不毛，重岡複嶺接天高。小臣報國寧辭死，大將行兵無乃勞。漠漠野煙啼魍魎，陰陰山木挂猿猱。二更風雨來關峽，自喜挑燈看寶刀。

西湖竹枝詞

鸞鴦宛在水中央，恰似阿儂初嫁郎。擲却郎君金彈子，勸郎切莫打鴛鴦。

姑蘇竹枝詞

吴門二月柳如眉，誰家女兒歌《柳枝》。歌聲裊裊嬌無力，恰如楊柳好腰肢。

吴中柳枝 四首

長洲宫苑草離離，中有吴王舊沼池。至今二八吴中女，爲人歌舞學西施。

館娃宫中花似雲，館娃宫外酒如春。花前把酒花下醉，莫遣春愁惱殺人。

姑蘇城邊楊柳絲，千絲萬絲垂參差。柳絲雖長不禁手，難織迴文錦字詩。

棠梨花開郎出門，宜男草生妾思君。如何宜男草上露，不濕棠梨花底雲。

岳陽樓夜宿

湘靈瑟鼓瀟瀟夜，龍女笙吹淡淡秋。楚曲吴歌互相答，嶺猿巴鳥不勝愁。

寄紹興吕左丞

《輟耕録》云：「張氏據有平江，部將吕珍守越，參軍陳庶子、饒介之在左右。一日，陳賦此詩，饒染翰題扇以寄吕，詞翰雙絶。吕倩人誦罷，大怒曰：『我爲主人血戰守封疆，豈愛一女子不忍驚乎？見則必殺之！』」

後來江左英賢傳，又是淮西保相家。見説錦袍酣戰罷，不驚越女採荷花。

周玄初來鶴詩洪武己巳

天外誰呼衆鶴來，壇前道士本仙才。月明遼海通三島，能載飛瓊數往回。

附見　陳雷一首

雷，字公聲，嘉興人。秀民之子。有《窳庵集》。

早春寄周致堯 梨林，致堯所居之地。

百年身世渾如寄，何處他鄉是故鄉。柳態正須春弄色，梅花自與雪生香。揚雄寂寞玄猶白，賀監風流醉亦狂。倘許勝緣同晚歲，梨林風致即柴桑。

陳經歷汝言 五十首

汝言字惟允，汝秩之弟也。兄弟並有雋才，惟允尤倜儻，知兵。張氏時，客潘元明所，辟藩府參謀，親信用事。嘗騎馬過吴市，遇王止仲徒行，不爲下，以手招之曰：「王止仲，可來我家看畫。」止仲尾之往，弗敢後。其矜伉專己如此。洪武初，官濟南經歷，坐法死，家破。婦吴，育其孤繼，遺書尚數萬卷。惟允與王叔明契厚，叔明知泰安州，廳事後有樓面泰山，叔明張絹素於壁，興至捉筆，三年而圖成。惟允自濟南往訪，方看畫，雪大作，欲改爲雪景，而難於設色。惟允沉思良久，曰：「得之矣。」爲小弓，夾粉筆，張滿彈之，儼如飛舞。叔明叫絶，以爲神奇，題曰《岱宗密雪圖》。圖藏陳氏，徐武功猶及見之。惟允臨難，從容染翰，畫畢就刑。張來儀記其事。惟允西市之日，能以翰墨結習遺豁至怖，視嵇生琴、夏侯瑟尤爲難事。以兵解之法推之，謂之畫解可也。惟允有《秋水軒詩稿》，倪元鎮爲敘。

雜興三首

皎皎秋夜月，流光鑒薄帷。憂思不能寐，况此蛩聲悲。攬衣起徘徊，四顧安所之。故鄉渺何許，身在天一涯。
秋風起蘭皋，蕭蕭墜霜葉。空庭坐無眠，清漏何時徹。美人胡不來，慰我經年別。相思復相思，中腸九回折。
黄鵠四海志，良馬千里心。丈夫誓努力，奚可終陸沉。感此秋節至，砌下蟋蟀吟。愁來不能寫，且復絙吾琴。

從軍八首

蕭蕭戎馬鳴，悠悠赴遐征。灑涕别親戚，前行有期程。骨肉恩難斷，負戈且吞聲。開邊報明主，寧顧死與生。
我非將門子，生本良家兒。少年事馳騁，射獵南山陲。邦家有急難，詔書下丹墀。跨馬出門去，立身當及時。
平沙浩漫漫，行邁不遑歇。父母生我時，豈知從戰伐。風吹隴頭樹，月照原上骨。成功勒燕然，千載名不没。

笳聲與隴水，嗚咽夜復朝。後隊來何駛，前軍去已遥。天高月皎皎，野闊風蕭蕭。寧知主將略，不在弓與刀。去年滅龜兹，今年斬樓蘭。不憂道里遠，但念衣裳單。北風捲沙雪，凄凄日夜寒。安邊在今日，焉敢辭苦難。將以勇而決，兵以煉而精。信賞乃必罰，置死而後生。勿云古人長，勿視今人輕。一念苟忠義，活人有令名。下馬滄海頭，磨洗刀上血。翻思殺敵時，奮勇肝膽熱。丈夫身許國，此心久已決。生當樹功勳，死當立忠節。從軍二十年，歲月忽已久。百戰幸不死，朱顏成老醜。王事尚紛紜，故鄉空轉首。千人萬人中，誰人無父母。

製衣詞

妾把春蠶絲，動向寒窗織。織成鴛鴦紋，洗花染春色。誰知裁剪時，爲郎三嘆息。郎身别已久，長短今未識。聊將夢中見，仿佛試刀尺。霜天萬里途，特寄淚沾臆。願郎衣着時，細看針綫迹。

題春山圖

春雨正霏霏，春林笋蕨肥。魚驚花下艇，犬吠柳間扉。溪水濃如酒，山雲白似衣。悠然玩清景，慮淡已忘機。

亭上

汲清漱晨齒，沐髮冠新幘。閑來歷亭上，對此南山色。天高雲鳥空，秋凈水花白。悠然淡忘歸，孤懷聊自適。

荆溪舟中次子素潘先生韻

二月過荆溪，扁舟思欲迷。家家芳草緑，樹樹早鶯啼。水接遥天闊，雲横遠岫齊。張公洞前石，記得昔年題。

端居

端居息塵情，春明晝初永。風來池上樹，雲度檐前影。處世欲何爲，感時聊自省。閑將篋中紙，謾寫江南景。

送黄尚書之江西

驛路花如霧，春江水似苔。尚書今日去，從者幾時回。解纜聽潮落，張帆趁曉開。相思南浦上，明月滿蘇臺。

秋　閨

華月初生夜，高樓獨倚時。天長人去遠，秋半雁來遲。寶瑟凄凉調，銀箋宛轉詞。應知愁似海，不解鬢成絲。

登溪山第一樓有懷倪元鎮

清晨獨倚樓，秋色净如洗。山青雲弄姿，江白風初起。心隨沙鳥閑，目送征帆駛。對景每懷人，相看隔千里。

秋　夜

蟲鳴秋夜永，木落衆山秋。客館一窗月，故鄉千里愁。不才深自省，何術爲身謀。慈母遥相憶，應添雪滿頭。

送僧之越

江柳絮濛濛，遊方入剡中。山藏神禹穴，草長越王宮。綫衲春沾雨，蒲帆曉趁風。禪心已無礙，去住本來同。

夜宿吴中承天寺

因過城北寺，似與世相違。疏雨生秋思，微雲漏月輝。鶴驚林外磬，螢點竹間衣。悦悟談玄旨，蕭條共掩扉。

秋興二首

暝色上高樓，砧聲處處秋。月從今夜滿，人在異鄉愁。烏鵲棲難定，星河影欲流。鄰家莫吹笛，歸思不能休。

渺渺空江上，孤城起莫烟。艱難逢此日，烽火又經年。興逐秋風起，愁隨夜月懸。故鄉千里隔，回首正凄然。

奉陪遂昌鄭明德錫山倪元鎮宴潘仲昭左丞園亭分得霧字韻

林園春雨餘，竹色浮緑霧。美酒生微波，殘梅雜芳樹。塵喧隔清池，玄賞愜幽趣。偶同文翰遊，及此良時遇。

寄倪雲林

高人只在南湖住，未踏扁舟往見之。詩到每驚陶謝句，别來空負范張期。花明曉日啼黄鳥，谷暖春風長紫芝。此日幽居想無事，水光山色滿簾帷。

題靈巖寺

靈巖之山山木稠，山僧結庵居上頭。蒼松風裏作龍吼，白雲窗前如水流。憑闌始悲人世迫，舉目更感江山秋。千年霸業俱陳迹，落日寒烟生客愁。

過彭城

畫角吹殘曉月明，官船撾鼓發彭城。山峰北去青如染，河水東來勢若傾。兩岸菰蒲天共遠，幾家村落屋初成。長歌激烈空懷古，亞父墻頭草又生。

送謝從義知杭州分題岳王墳

荒墳秋樹影蕭蕭，只有孤僧伴寂寥。二帝遊魂歸不得，百年枯骨恨難消。山空永夜愁寒雨，江闊悲風起暮潮。若到錢塘逢故老，傷心切莫問前朝。

爲吴明遠作南野圖并賦

冉冉庭樹春，盈盈原野緑。鳥弄晝初長，人耕雨新足。閑時一册書，坐對南山讀。豈不樂吾真，淡然忘世俗。

秋　夜二首

蕭寺鐘聲到枕邊，客懷牢落正無眠。才疏自合當時棄，親老惟慚故舊憐。蟲語草根秋欲暮，風摇梧葉夜如年。攬衣起坐空庭月，百感令人思惘然。

喔喔荒鷄唱五更，起瞻北極大星明。佳人搗練秋如水，壯士吹笳月滿城。江海久慚生計拙，干戈深動故園情。尺書望斷南來雁，悵惘空令涕泗横。

題溪山圖

峰巒清翠高千丈，織女機絲手可攀。萬壑雲生春冉冉，一溪花落水班班。人行樵徑蒼蘿裏，犬吠誰家緑樹間。今日看圖懷舊隱，石田茅屋幾時還。

奉同潘友石左丞霅溪泛舟得人字韻

溪水緑生鱗，溪山雨後新。草藏眠渚鳥，花隱浣沙人。意適忘舟遠，情歡藉酒頻。碧雲莫將合，回首隔風塵。

送周仲瞻架閣使高麗

萬里三韓國，南風幾日程。海平蛟室浄，天近使星明。玉帛通新好，梯航續舊盟。歸時應不遠，還與雁南征。

九日

客逢佳節每堪嗟，忽遇君來共憶家。醉裏他鄉今日酒，眼中籬菊去年花。解吟一老頭如雪，學舞雙童臉似霞。更憶明年會何處，不知誰復在天涯。

余久不與文勉聚語忽薄暮見過評論近詩余甚有得也且言明日欲還里中特以云别爲留觴酌明月在地微風動林吾二人者情真意適或飲或詠而不知夜之分矣既酣偶得七言律詩一首遂用援筆走書爲贈

好客評詩過草堂，琴尊留共晚風凉。天邊雲氣不成雨，地上月華渾似霜。渠碗羹浮芹葉嫩，碧筒酒吸藕花香。明朝别我城西去，水色山光引興長。

軍中

風咽悲笳送夕暉，轅門寂寂令嚴威。十年骨肉多離别，萬里鄉關有夢歸。寒雨蕭蕭冤鬼哭，黄沙漠漠戰塵飛。將軍肯念蒼生苦，早決雌雄在此機。

秋日寄王叔明

吴門又是經年别，楊柳花飛兩度春。君去定應歸舊隱，我今仍復走紅塵。天涯戰血流荒草，江上秋風起白蘋。日暮凄凉對城郭，相思獨立轉傷神。

奉美南臺大夫福壽公一首

柏府高寒仰大臣，南來秋氣肅蒼旻。威行江漢風烟净，力挽山河雨露新。虎帳城頭懸①海月，龍戈馬上掃邊塵。他年太史書功績，應是雲臺第一人。

① 原注："「懸」，一作看。"

泊江上

卸帆今夜泊洲渚，颯颯凉風起緑蘋。月底扣舷驚水鳥，船頭打鼓賽江神。青青芳草悲遊子，落落浮雲識故人。我亦少年淹泊旅，聊將濁酒慰情親。

睡起

匡牀午夢鶴驚破，簾外柳花飛白雲。漠漠茶煙當户起，丁丁樵響隔林聞。詩成自刻庭前竹，酒熟還羹澗底芹。春盡江南新漲緑，扁舟何處狎鷗群。

歸來

春城踏踏馬蹄輕，醉裏歸來鼓二更。月滿青樓人不寐，政將新曲按銀箏。

雜詠

空庭清晝永，花落見春莫。誰念未歸人，草色江南路。

姑蘇錢塘懷古詩次韻六首

吊古上靈巖，日暮下琴臺。蕭蕭紅葉落，采香人不來。鴟夷稱得計，句踐亦塵埃。

吴宫事已遠，王珣宅亦無。山鬼話亡國，松關夜相呼。白露泣紅蘭，青燈照碧蕪。

荒丘壞古隧，言是孫策墓。墓草生輝光，零零泫清露。想當立國時，英雄稱獨步。

南渡中興日，君臣此建都。共憤太宰讒，子胥終見屠。武穆何由死，欲聽延秋烏。

國亡喬木在，鳥鳴自關關。人隨歸雁遠，春從沙塞還。怨别惟宫柳，長條復誰攀。

山僧講經地，玉輦昔曾行。寢殿野花落，空岩雲氣生。敗亡猶得士，千古讓田横。

張府判經二首

經字德常，金壇人。父監，字天民，避地荆溪，築良常草堂溪上，倪瓚、張雨皆稱曰「張有道」。至正丙申，張士德渡江，選令丞簿尉以下十有一人，德常徙家起家爲吴縣丞，三年升縣尹，明年除同知嘉定州，壬寅調松江府判官，所至人歌思之。德常爲吏，出士德選擇，歷任遷轉，皆出淮藩，時人有詩云：「楚公賓客誰最賢？」又云：「肝膽豈能酬楚國。」士德手創伯業，知人能得士如此。

次鐵厓先生韻

春風滿袖折花回，高卧雲間百尺臺。天上賜袍香霧濕，河東獻賦日華開。頻煩太守高軒過，屢見元戎小隊來。我欲將軍侍親去，綵衣花底學提孩。

周玄初禱雨詩

崑崙之西東海東，中有一士巢雲松。朱顔黑髮神所鍾，服食雨露乘天風。朝騎黃鶴天門穹，夜被紫霞棲崆峒。人間有急歲有凶，裨補造化多其功。己酉之歲夏五中，連月不雨何當爞。祝融司令百怪叢，妖精吐焰天地霿。火星出走穹壤紅，海水欲竭山爲童。官僚揭虔士庶恫，焚尪剪爪百慮窮。大龍酣睡痴且聾，小龍戢戢潛其蹤。君能獨出超凡庸，拔劍起指天南虹。嘘陰吸陽神且恭，囊括萬象羅心胸。有書直達上帝聰，泥金倒寫不暇封。當空舉手祝未終，霹靂直下西南峰。道人足踏金芙蓉，口呼六甲丁與從。龍神不興吾不容，縱以烈火焚其宫。須臾龍伯施乃工，海波竪立銀河通。桑麻菽粟青且葱，野花石竹俱穠穠。道人之術孰與同，調和燮理偕孤公。方今海内殊未雍，焦頭爛額愁邊烽。煩君爲提九節笻，直上閶闔躋九重。凌風大笑招群雄，一洗宇宙皆冲融。

錢參政用壬二首

用壬字成夫，桐川人。甲寅科南士第一名中選，授翰林國史院編修，出使方面，留掾行臺，除浙省都事。庚子，任江浙行省左右司員外郎。淮安乏守，遂以員外郎往升郎中，擢太尉府參軍。壬寅九月，參平章張士信軍事于淮安，升參政，分鎮淮、徐、邳三州。歸附後，官禮部尚書。洪武元年致仕。

題趙仲穆彦徵畫馬

吴興畫馬名天下，文采風流美無價。子孫兩世皆絶奇，筆意經營亦相亞。分明雙馬如雙龍，玉花對立連錢鬃。圉人緩轡不敢鞚，𢳆𢳆似欲鳴長風。却想當年落筆時，省郎侍彩初來歸。深庭花落白晝静，紅門草緑春風微。回首光陰既非昔，老者已逝難再得。中原武騎更馳奔，展卷令人三嘆息。

蘇編修大年三首

大年字昌齡，以字行，真定人，借寓揚州。元末，官翰林編修。亂後避兵居吴。張氏開藩，特見知遇，用爲參謀，稱爲蘇學士，而實未嘗仕也。先吴亡而卒，不及内附。昌齡爲文章有氣，不喜衰颯，江海襟懷，亦人中之豪也。竹石師東坡，松木師廉宣仲，畫家稱之。

雷塘二首

吴公臺下雷塘路，錦纜牙檣行樂處。當年玉樹後庭花，夢裏相逢惜春暮。君不見東家北舍人未歸，落花滿地蝴蝶飛。

雷塘春雨緑波濃，古冢寒煙蔓草空。斜日欲沉山色近，行人無處問隋宫。

長　橋

緑陰高樹映清潭，一舸夷猶酒半酣。最愛西城城下路，長橋煙雨似江南。

劉左司仁本一十五首

仁本字德玄，天台人。以進士業中乙科，試吏于閩，歷官江浙省左、右司郎中。朱右《羽庭詩稿序》云：「侯以經濟之才，當艱阸之運，爲國家安輯海隅，以通運道。」國史《實録》云：「朱亮祖克温州，獲其員外郎劉仁本。」方谷真本傳云：「谷真兄弟目不知書，同邑劉仁本、張本仁等佐其謀議。」以諸書參考之，谷真海運輸燕，仁本實司其事。仁本之爲省郎，蓋元官也。或谷真請于朝而授之也。國史云「獲其員外郎」，則直以仁本爲方氏之官矣。淮張及慶元幕府辟授，略彷有唐藩鎮承制故事，而國史考之不詳也。方氏盛時，招延士大夫，折節好文，與中吴爭勝。文人遺老如林彬、薩都剌輩，咸往依焉。至正庚子，仁本治師會稽之餘姚州，作雩詠亭于龍泉左麓，仿佛蘭亭景物，集名士趙俶、謝理、朱右、天台僧白雲以下四十二人，修禊賦詩，仁本自爲之叙。又僧恕中記仁本刻詩成，取明州佛藏糊爲書衣，揭去經文，裝潢其詩。吴元年，取明州，朝廷數仁本之罪，鞭其背，潰爛現肝臟乃死。蓋毁經之報也。

戍婦吟

夫君在邊戍，妾身守孤幃。欲往備紉櫛，不如頻寄衣。衣到恐遲遲，不到妾不知。欲知衣到無，明年鴻雁歸。

將軍功未成，持牛勞軍士。將軍豈無家，爲妾語夫主。勿爲賤妾生，寧爲將軍死。賤妾欲從之，軍中無女子。

蕨萁行

閩清縣饑，不報，民采蕨萁爲食而多死者，作《蕨萁行》。

東山有蕨萁，南山有蕨萁。西山有蕨萁，北山有蕨萁。采采蕨萁，晨露未晞。荆棘離披，筐筥携持。長鑱深入土，短褐寒風吹。采采蕨萁，可以療饑。以籔以炊，爲餳爲飴。食少不下咽，食多傷人脾。去年歲歉食無糜，橡栗拾盡民流離。今年歲歉田無稗，蕨萁食盡將安之？美食大官饌，仁心寧汝悲？但見昨日奏麥兩歧，今日進五色芝，呈祥獻瑞無休時，載膏載脂，驛騎驅馳。蕨萁蕨萁，官獨不汝知！已而已而，歲云莫矣。

述言

黄河失故道，横流奔四馳。楮幣更新法，世亂不可支。承平日既久，弛張教乃墮。變故始有作，雖多亦奚爲。是用干戈起，民生未可期。

膠柱難鼓瑟，甚者當解絃。造車不合轍，出門行莫前。絃更紊古調，車徒反舊轅。姚虞世既遠，雅奏不復宣。姬公指南作，矩度誰能傳。

波頽四海沸，勢危天下競。大夫擁專城，陪臣干國政。布衣操刃梃，亦執生殺柄。邊將總兵戎，朝廷孰號令。何日能底平，拯溺躋民命。

桓桓楊將軍，落落真英傑。亹亹却紅巾，凜凜持金節。保障東南區，邊疆靡蹉跌。大功曾未成，身名遽磨滅。誰令養虓虎，逾圈乃自嚙。

東南有壯士，矯激如飛鴻。手持三尺鐵，腰懸兩石弓。去年曾射海，今年能殺紅。歸來在麾下，主將不論功。吁氣爲我言，世道何由隆。

呂秦御大柄，國富兵亦强。耽耽爲虎視，黔首愚莫當。一夫忽作難，鹿走中原場。云胡萬年業，乃止二世亡。王綱盡崩裂，狂翾烏能長。經營百尺構，掄才須豫章。驅馳萬里道，駕馭必乘黄。君看犒櫪姿，羶腫誠匪良。駑駘但刍秣，不可以服箱。工師與從御，取捨當審將。

過楓亭驛和周草庭巡檢韻就寄

饋糧千里又南征，笑犯弓刀擁將星。汗血沙塵前後騎，檄書烽火短長亭。天連閩海團團白，山繞彭湖點點青。遥想環峰三十六，將軍晏坐對滄溟。

再往三山

去歲才從上海還，今年又復戴南冠。榕陰巷陌春風老，荔子樓臺宿雨乾。幾處舊游重載酒，十年往事一憑闌。回頭却羨天台道，有客吹簫跨玉鸞。

方參政行一十六首

行字明敏，黄巖人。詩名《東軒集》，宋濂序曰：「明敏仕於元，嘗參知政事於江浙行中書。」按方谷真據慶元，侄明善據温，授江浙行省平章，又有明鞏、明謙者，明敏或其群從也。復見心《蒲菴集·夜宿東軒東方明敏大參》詩云：「重來濠上得盤桓，剪燭東軒坐夜闌。」國初，元臣例安置濠，見心奉詔住鳳陽，與明敏數倡酬，知明敏亦徙濠也。沐景顒《滄海遺珠》多載國初戍濠之詩，而明敏與焉，知徙濠後又謫滇也。余之初考如此。及觀袁忠徹《古今識鑒》云：「方明敏，國珍子也。柳莊相之曰：『君邊庭赤氣如刀劍紋，二九日有陞進。』隨從父克太倉，授分省參政，調江西。」乃知明敏爲谷真之子。前元之陞授，實以谷真奇子之役，而余初考爲未詳也。袁記又云：「洪武戊午，國珍已没，明謙受剥膚之刑，舉族累禍。」則明敏或於此時得以從輕典戍滇也。《洪武實録》載谷真質子曰關、曰元，後與其子明完、明則俱降。完小名亞關，關即完也。宋濂神道碑載子男五人，其二則禮與完。谷真病亟時，授官以慰之者，其三曰本則、安則。未知此五人者，孰爲明敏者也。谷真諸子侄，内附前後，名字竄改更互，不可考核。史家闕誤若此者多矣，豈獨杞宋無徵爲可嘆哉。谷真竊據時，招延文士，薩天錫、朱右輩咸往依之。劉仁本、詹鼎則親近用事。潛溪盛稱明敏襟度瀟灑，善談名理，於書無所不讀，古詩俊逸超群，律詩婉麗清切，則明敏於國初居然勝流，未可以楊山遺種而誚之也。慶元之父子，淮張之兄弟，右文好士，皆有可書，志勝國群雄者無抑没焉。

清麗曲

江花繞瓊闕，緑水帶朱樓。開宴坐清夜，飛觴凌素秋。美人明月佩，仙客紫雲裘。生世真飄忽，應當秉燭遊。

題吴彦嘉所藏張秋蟾龍圖

張公畫龍人不識，筆法遠自僧繇得。掛向高堂神鬼驚，恍惚電光來破壁。夜當渤澥開筆力，元氣淋淫浸無極。呑吐日月天地昏，摩蕩雲雷太陰黑。江翻石轉窈莫測，雪濤捲空銅柱側。洞庭扶桑非爾誰，顛倒滄溟爲窟宅。乃知前圖只數尺，坐令萬里起古色。何當置我君山湖上之高峰，聽此老翁吹鐵笛。

東歸謡送貝仲璩回吴中

天目青逾藍，上有危峰横空插漢高巉巖。滄海深莫測，下有六鼇迭負蓬壺方丈於其側。山峻極兮水波瀾，千盤萬折行路難。愁看混沌開鑿處，尚有斧迹留人間。殳山仙翁髮如雪，腦蟠太和吐日月。手中煉石輕女媧，五色曾將補天裂。憶聞羽客從之遊，青霞光亂雲錦裘。金鷄叫海白日慘，桂樹四落空山愁。昔年寒月照樽俎，明珠百斛輕於土。君山鐵笛悲向人，羞殺堂前柳枝舞。君歸東吴懷故廬，明星古宅非吾居。會稽泱漭浙江險，誰探千載太史禹穴之遺書。興因東歸發，遂作《東歸謡》。他年相憶五情熱，應知淚濕雙龍綃。

和馬貫五松小龍女歌

五松小姑龍帝女，綽綽飛璫夜行雨。天吴移海醉不歸，江色千年作誰主。漂星輾月流翠滑，青霓曳裾玳窗八。同心鏤結寄玉郎，複疊毾㲪製霞襪。玉罌轉水月獨漉，綷縩香裾蹙蘭屋。閑擲明珠贈宓妃，一片長眉寫新緑。罘罳瑶殿罩何年，排空鳳管銜九天。割鮮不食起鳴弦，水波帖玉無驚烟。

復和五松小龍女歌

東方龍君降靈女，騰飆曳烟軋腥雨。撲花掃海神爲悲，玉帝封爲九河主。貝宫銅龍刺雲滑，彤臺鬬玉蛟柱八。瓊絲絡鳳騎紫霞，金帖瓏瓏水晶襪。鰲頭牽波月歎漉，翠幄銀屏沓珠屋。倒窣天瓢澆火龍，九點齊州一時緑。撾鐘歡飲邀萬年，花宫盤盤象青天。湘妃獻樂鼓冰絃，下窺四海銷氛烟。

贈相虚中上人

一室安禪久，三生結願頻。傳經來帝子，送食下天神。水月虚空相，山雲自在身。慈航如可渡，應許姓龐人。

過太湖

震澤留遺號，行人指太湖。封疆連舊壘，形勢壓全吴。水落魚龍蟄，天寒雁鶩呼。扁舟思范蠡，吾亦老樵蘇。

登秦住山

此地曾經駐蹕來，秦皇遺迹尚崔嵬。採窮滄海無靈藥，歸到驪山有刧灰。萬里黑風迷鬼國，一杯弱水隔蓬萊。詩人弔古應多思，落日高丘首重回。

登子胥廟因觀錢塘江潮

吴越中分兩岸開，怒濤千古響奔雷。子胥不作忠臣死，勾踐終非霸主材。歲月消磨人自老，江山壯麗我重來。鴟夷鐵箭俱安在，目斷洪波萬里回。

送賈彦德訓導霍丘

中都會面得從容，兩載同聽長樂鐘。天近君門嚴虎豹，地寬人海混魚龍。承恩自合歸宣室，論道安能老辟雍。江柳春花增别恨，白頭何日更相逢。

送殷文學奎之關中

博士才名成老翁，又隨聲教向關中。百年禮樂今重見，萬國車書喜會同。泰華雲開仙掌出，昆明水冷劫灰空。他時太史瞻星地，應説奎光聚井東。

楊柳詞二首

韶華無限暗中消，摇蕩春光幾萬條。却怪晚來風定後，雪花飛滿赤欄橋。曲江南陌亂垂烟，勾引春風入管絃。惆悵幾株憔悴盡，與人系繫別離船。

題美人圖

白玉簾開露氣浮，芙蓉花近紫金鈎。陽春一曲無人識，空拂銀箏下翠樓。

閑　居

絃管春深繞畫樓，微風吹動玉簾鈎。倡條冶葉俱無恙，相伴丁香結暮愁。

江南詞

暖風晴嬌杜若洲，沙頭狂客繫蘭舟。采蘋多少江南女，摇蕩春光不自由。

陳平章有定二首

有定，一名友定，字安國，福清人，流落汀之清流。起明溪鎮驛卒。起兵據守全閩，累官福建行省平章政事。洪武元年，執送京師，不屈，被誅。有定爲前元守閩，招致文武士，長樂鄭定輩在幕下，以行省郎中盧州王翰德望，表授潮州路總管。元末，張士誠據吴，方谷真據慶元，皆能禮賢下士。而閩海之士，歸於有定。一時文士遭逢世難得以苟全者，亦群雄之力也。有定起傭伍，目不知書，卒能通曉文翰。其子宗海，善騎射，佐友定據閩十年，亦能賓禮文士。友定被執，宗海自將樂來就死，父子稱完節焉。

送趙將軍

縱横薄海内，不愴别離顔。幾載飄零意，秋風一劍寒。

被收後作詩

失勢非人事，重圍戟似林。乾坤今已老，不死舊臣心。

王總管翰二首

翰字用文，靈武人。先世齊人，陷於元昊，元初從下江淮，授領兵千户，賜姓唐兀氏，鎮廬州，家焉。翰襲爵仕，名那木罕。年十六，領所部，有能名。除廬州府治中，陞同知，又陞理問官，理永福、羅源二縣，拒泉州土師抑莽，四境乂安，擢福建、江西行省郎中。陳友定留居幕府，每有匡益，敬而憚之〔一〕，表授潮州路總管，兼督循、海、惠三州。友定敗，浮海抵交趾界，隱居永福縣東之觀獵山，屏跡爲黄冠服十年。辟書再至，語其家人曰：「吾所以不死者，爲無後也。今有三男子，得死所矣。」長子偁，才九歲，屬其友人吴海，賦詩見志，遂自引決，以洪武戊午之二月也，年四十有六。偁仕永樂中，爲名臣，以譴死。海字朝宗，扁其齋曰「聞過」，學者稱爲「聞過夫子」。元亡，隱居不出，卒於洪武末年，爲文但書甲子。爲翰墓誌，書其没之歲曰「著雍敦牂」，以自寓云。

〔一〕「敬」，原誤作「教」，據小傳本改。

靈源洞

旭日照高岑，天風振遠林。不分滄海色，那識白雲心。瑤樹空香滿，珠林積翠深。坐來明月上，何處起潮音。

雁湖 在觀獵山之巔，群雁所棲集也。

雁去湖空野水深，秋風吹客上遥岑。丹楓盡逐孤臣淚，黄菊空憐處士心。雨後諸峰浮夕靄，霜前一葉送寒陰。停車欲問當年事，尺素何由到上林。

鄭記室定四首

定字孟宣，閩縣人。善擊劍，工古篆行書。陳友定辟爲記室。友定敗，浮海亡交、廣間。久之，還居長樂。高帝末年，徵授延平訓導，歷齊府紀善、國子助教。

南風謡

南風吹河河水滿，百丈牽舟牛力挽。逆流巨浪如登天，牛罷軛重舟不前。作書投河訟風伯，多助南商疏北客。北客家居南海堧，來時南風吹北船。武夷清冷過九曲，匡廬叠嶂聞清猿。片帆摇摇出京口，夜倚淮雲瞻北斗。南風五月經吕梁，兩岸青山如馬走。今年作客還南遊，南風正爾當船頭。風神與我若相識，十日五日成淹留。南風何多北風少，南北人生如過鳥。早晚回船望北歸，直候南風吹到曉。

高郵女兒歌

高郵湖水清且幽，高郵女兒能蕩舟。十八梳妝好高髻，二十嫁夫長遠遊。青菱鏡破寶釵折，翡翠衾寒叠香雪。芳草王孫去不歸，蟪蛄啼處秦樓月。樓前楊柳飛絮多，門外蛛絲成網羅。高郵湖水增夕波，高郵女兒將奈何。

渭上觀獵

草折渭門霜，蕭蕭獵氣黄。飛弓秋萬里，縱馬日千場。雕霧藏沙回，鷹風入樹長。將軍驕意氣，射殺白河狼。

六如亭懷古

香魂艷骨瘞崇阿，瘴雨蠻烟奈爾何。苔上舊碑行客吊，蘿深荒徑野僧過。山花寂寂留妝靨，堤柳青青想翠蛾。落日平湖風乍起，餘情并入采菱歌。

玉峰山人趙善瑛一首

善瑛字廷嶂，成都人。八歲能詩。明《詩》《禮》《春秋》，隱居教授。至正癸卯，明氏據蜀，隱居樂績山中。夏主累遣使徵辟，不就。內附後，徙家成都，築室錦江之濱。洪武丁丑夏，年七十有八，賦《觀化》詩，端坐而逝。南平趙彌爲立傳。

錦里卜築詩

錦里幽棲處，悠然遠俗囂。地偏車馬少，山近市城遥。松竹連蹊徑，藤蘿掩屋茅。閉門窮典籍，修業問芻蕘。見小忘蛙埳，忘機夢鹿蕉。白頭宜此樂，青眼莫相嘲。種菊開三徑，横琴詠九皋。黄葵舒永日，紫芋待終朝。守道居顏巷，嫌喧棄許瓢。薄田多種秫，平阜廣栽蒿。鵝鴨游深沼，牛羊牧近郊。芝蘭香滿砌，枸杞翠連坳。採藥携輕笥，觀蓮涉小舠。《考槃》時諷誦，得句自推敲。丘壑從兹穩，弓旌謾遠招。茗甌供伏臘，土簋薦溪毛。牧子吹羌笛，仙童品玉簫。南山曾採鱉，左手慣持螯。麋鹿爲新侶，松筠是故交。烟霞情浩浩，詩酒樂陶陶。寵辱都忘却，功名盡已拋。唐虞今在宥，許我學由巢。

【補詩】

饒右丞介一首

松石軒 在吴城中

蒼松鬱鬱石嵯峨，上下因依有女蘿。虎魄凝流千歲少，羊群分跪一拳多。所須爲地期相向，遂以名軒示不磨。賓客定如東閣盛，或來醉卧或吟哦。

劉左司仁本三首

南宋故内懷古

山抹微雲鎖鳳腰，御溝流水海鮮橋。西番杖錫居中闕，南渡衣冠盡北朝。九廟山陵孤塔雨，千年城郭半江潮。向南古木何人墓，岳將忠魂黯未消。

大慈寺史丞相墓

山行十里亂峰迴，相國墳塋紫翠堆。石馬秋風兩翁仲，杜鵑春雨幾亭臺。慈雲塔下蒼苔滿，旌德觀前紅杏開。爲憶當年蓴菜美，短篷蘋末過湖來。

宫詞

舞靴輕轉玉階前，憶昔承恩已十年。記得當時供奉曲，上皇新自月宫傳。

列朝詩集前編第十一

吴待制志淳一十一首

志淳字主一，以字行，無爲州人。以父廕，歷官靖安、都昌二縣簿。濠、泗兵起，徙家豫章，徙居鄞之東湖。奏除待制翰林，爲權幸所阻。入國朝，遂不仕。主一工古隸，學《孫叔敖碑》，劉仁本《贈隸書吴判簿》云：「草隸競推吴太史。」以其先官縣簿，後除待制也。

兒牧牛

兒牧牛，豐林清潤縱爾遊。長鞭短策莫輕舉，從渠飲嚙飽即休。老幼年年仰衣食，耕種田園藉牛力。早夜單衣自飯之，祇恐春來或牛瘠。日日丁寧語牧兒，老翁餉爾當及時。籠禽吹笛任相學，慎勿將牛嘗苦之。牛不耕田廪無粟，淮上三年食人肉。

春日遣懷二首

四顧山河歸一統，明君文德似唐堯。幽燕地闊干戈息，吴楚春深雨露饒。中古衣冠存舊制，南來律令有新條。腐儒擊壤茅簷下，爲擬謳歌答聖朝。

貧病相兼氣未舒，田園雖少樂耕鋤。爲儒已入他州籍，垂老頻收故國書。夜雨湖山人去後，春風門巷燕來初。潘生喜遂閒居志，阮籍從教禮法疏。

夏日園中清暑二首

青山地僻車馬稀，十載倦遊歌《式微》。傍溪卜築面流水，拂石展簟消炎暉。老翁過從就蔬食，幼女補綴成絺衣。西亭去家苦不遠，日暮共逐漁樵歸。

東湖萬頃波渺茫，人家多在雲水鄉。《竹枝》調短阿家女，《桃葉》歌長何處郎。疏林歸鳥度花影，近水流螢浮竹光。東山坐待月已出，不覺凉露沾衣裳。

春　遊三首

湖上輕風吹柳絲，湖邊細雨濕花枝。百年總有三萬日，一日都來十二時。杜老每尋崔氏宅，山翁偏愛習家池。乘閑取醉真吾事，度水看花也自奇。

山中蘭麝香滿林，故人清遊能遠尋。燕來已覺社日近，寒退始知春意深。山光入眼凝遠翠，華影到湖生夕陰。慈雲只尺不一去，薄暮還家空復吟。

上日開筵曲水濱，年年相憶在兹辰。千家榆火催寒食，萬點楊花照暮春。紫燕却歸尋舊主，黃鸝到處喚遊人。東來巢父如相問，爲覓風流賀季真。

鄭元明高啓文携友人所畫谷口圖訪予湖山未幾啓文先入城府元明獨留僧舍一月講明古今詩文墨制及秦漢以來書法歲晚將歸永嘉賦餞

竟日過從喜有餘，蕭蕭行李借僧居。江雲影落山窗静，野水光涵夜月虚。石臼松烟和露搗，寒林柿葉帶霜書。天涯回首多離思，空有新詩獨起予。

題小山水景二首

十年小隱在青山，喜有東湖屋數間。門外白雲常在眼，此身渾似釣舟閑。

小舟何處問通津，二月東湖柳色新。老向天涯頻見畫，一枝曾折送行人。

《存齋詩話》云：「『晚凉浴罷閑無事，水閣東頭看月生。』此吴主一得意之句也。惜不得其全什，附識於此。」

孟御史昉〔一〕一十三首

昉字天煒，本西域人，寓北平。至正十二年，爲翰林待制，官至江南行臺監察御史。陳基《孟待制文集序》云：「翰林待制孟君，砥礪成均，揚歷省臺。」張光弼集多載與孟天煒西湖往還之作。蓋天煒自翰林出，歷官江浙，亦在江淮。兵亂之後，入本朝，未詳所終。

〔一〕「御史」，原刻卷首目録作「待制」。

十二月樂詞并引

凡文章之有韵者，皆可歌也。第時有升降，言有雅俗，調有古今，聲有清濁，原其所自，無非發人心之和，非六德之外别有一律吕也。漢、魏、晉、宋之有樂府，人多不能曉。唐始有詞，而宋因之，其知之者亦罕見其人焉。今之歌曲比於古詞，有名同而言簡者，時復亦有與古相同者，此皆世變之所致，非固求異乖諸古而强合於今也。使今之曲歌於古，猶古之曲也；古之詞歌於今，猶今之詞也。其所以和人之心，養情性者，奚古今之異哉？先哲有言：「今之樂，猶古之樂。」不其然歟？嘗讀李長吉《十二月樂詞》，其意新而不蹈襲，句麗而不慆淫，長短不一，音節亦異，傍遘冥思，朝涵夕詠，諧五聲以攤其腔，和八音以符其調，尋繹日久，竟無所得，遂輟其學，以待知音者出而予承其教焉，因增損其語而隱括爲《天净沙》，如其首數。不惟於尊席之間便於宛轉之喉，且以發長吉之藴藉，使不掩其聲者，慎勿曰侮賢者之言云。

上樓迎得春歸，暗黃著柳依依，弄野輕寒似水。錦牀鴛被，夢回初日遲遲。（正）

勞勞胡燕酣春，逗烟薇帳生塵，蛾鬢佳人瘦損。暖雲如困，不堪起舞緗裙。（二）

夾城曲水飄香，掃蛾雲鬢新妝，落盡梨花欲賞。不勝惆悵，東風縈損柔腸。（三）

依微香雨青氛，金塘閒水生蘋，數點殘芳墮粉。緑莎輕襯，月明空照黃昏。（四）

沿華水汲青尊，含風輕縠虛門，舞困腮融汗粉。翠羅香潤，鴛鴦扇織迴文。（五）

疏疏拂柳生裁，炎炎紅鏡初開，暑困天低寡色。火輪飛蓋，暉暉日上蓬萊。（六）

星依雲渚濺濺，露零玉液涓涓，寶砌衰蘭剪剪。碧天如練，光摇北斗闌干。（七）

吴姬鬢擁雙鴉，玉人夢裏歸家，風弄虛檐鐵馬。天高露下，月明丹桂生華。（八）

鷄鳴曉色瓏璁，鴉啼金井梧桐，月墜莖寒露涌。廣寒霜重，方池冷悴芙蓉。（九）

玉壺銀箭難傾，缸花凝笑幽明，霜碎虛庭月冷。繡幃人静，夜長鴛夢難成。（十）

高城回冷嚴光，白天碎墮瓊芳，高飲撾鐘日賞。流蘇金帳，瑣窗睡殺鴛鴦。（十一）

日光灑灑生紅，瓊葩碎碎迷空，寒夜漫漫漏永。串銷金鳳，獸爐香靄春融。（十二）

七十二候環催，葭灰玉琯重飛，莫道光陰似水。羲和迂轡，金鞭懶着龍媒。（閏月）

顧縣尉觀六首

觀字利賓，丹陽人，寓居紹興。元季爲星子縣尉。少攻詩，從趙文敏公遊。危素欲薦之館閣，道阻不果。劉彦昺極賞其詩，有「秋露芙蓉」之句〔一〕。

〔一〕「句」，小傳本作「目」。

爲袁一無題扇

月中仙子種娑羅，樹底遥山隔絳河。吹落秋聲向何處，紫篔窗户晚凉多。

梨花睡鴨圖

昔年家住太湖西，常過吴興霅畫溪。水閣筠簾春似海，梨花影裏睡鳬鷖。

過吴淞江

洞庭一水七百里，震澤與之俱渺茫。鴻雁一聲天接水，蒹葭八月露爲霜。輕風謾引漁郎笛，落日偏驚估客航。我亦年來倦遊歷，解纓隨處濯滄浪。

太白醉歸圖

歌成芍藥倒金壺，並轡宫官馬上扶。樂部餘音隨彩旆，仙班小隊下清都。長庚萬丈文章焰，後世千年粉墨圖。江左青山舊時月，一杯誰慰客墳孤。

送劉彦英

江右衣冠如向日，黑頭兄弟亦還家。重經白下橋邊路，頗憶玄都觀裏花。暮雨疏簾飛舊燕，暖風芳樹哺慈鴉。弓旌處處求巖穴，未許行吟玩物華。

吴彦明秀樾堂

出郭卜居何所似，杜陵浣花溪水頭。榿林吟風草堂静，楠樹接葉茅亭幽。每從圖史慰岑寂，復有琴尊陪燕遊。平生我亦愛清賞，他日訪君須買舟。

錢提舉惟善九首

惟善字思復，錢塘人。至正辛巳，鄉試出《羅刹江賦》，鎖院三千人，皆不知錢塘江爲曲江，思復據枚乘《七發》引用，因此得名，遂號曲江居士。官至副提舉。張氏據吴，遂不仕，退居吴江筒川。與楊廉夫唱和，有句云：「笠澤水寒魚尾赤，洞庭霜落樹頭紅。」又云：「漢史丁公那及齒，陶詩甲子不書年。」蓋感時事也。已而移居華亭。洪武初卒，葬於干山。

送賈元英之照潭

照潭遥望九華山，弓馬蕭蕭日暮還。夢裏無題惟寄内，胸中有策欲平蠻。落花閉户眠黄犬，明月開籠放白鷴。絳灌何曾輕賈誼，早隨鴛鷺入朝班。

故宫春望次平禹成韻

登臨休賦《黍離》章，千里江流接大荒。劍鎖血華空楚舞，鏡埋香骨失秦妝。薜蘿山鬼啼螢苑，荆棘銅駝卧鹿場。寂寞萬年枝上月，夜深猶照舊宫墻。

喜白髮爲陳師復賦

勛業無成散似樗，青銅欣見二毛初。中郎興動秋風起，太傅詩成壯歲餘。皎皎易污時一沐，星星難染漫千梳。等閑得此無情物，自有忘憂滿架書。

和趙季文山齋早春

落梅風細小窗寒，石上餘香點點斑。不惜壺觴千日醉，只愁庭館一春閑。澗雲生白元非雨，江樹排青更有山。携取畫圖溪上去，鶴聲應到夢魂間。

晚雨過白塔

宋宫傳是唐朝寺，白塔崔嵬寢殿前。夏雨染成千樹緑，莫嵐散作一江烟。蒼苔門外銅鋪暗，細柳營中畫角傳。寂寞葫蘆宫井畔，野人拾得舊金鈿。

西湖竹枝詞三首

貧家教妾自當壚，馬上郎君不敢呼。折得荷花待誰贈，葉間紅淚滴成珠。

春日高樓聞竹枝，梨花如雪柳如絲。珠簾不被東風捲，只有空梁燕子知。

日暮天寒野水濱，孤山愁絶四無鄰。誰家處子如冰雪，行傍梅花不見人。

篆冢歌有序

雲間善篆，以所書瘞之細林山中，題曰「篆冢」。爰來徵詩，遂賦長句以寄（雲間者，朱芾孟辯也。又見董佐才詩)。

包羲卦畫龜龍出，頡倗造書鬼夜泣。俯觀鳥獸迒蹏迹，依類象形文字立。以迄五代咸東封，改易殊體靡有同。周官保氏教國子，六書大義開群蒙。太史籀文古少異，小篆從省由秦始。《倉頡》《爰歷》《博學》篇，三家著述初傳世。秦燔經籍獄訟熾，乃當隸書趨約易。古文雖絶漢章行，尉律學童仍課試。東閣祭酒太岳孫，夙嘗受業賈氏門。憫悼俗圖昧所向，博採籀古加討論。揭示上下明指事。轉注假借形聲意。立一爲端亥畢終，分別部居不雜廁。亘千萬古知字原，昭若列星麗躔次。中興斯學曰陽冰，入室操戈何背戾。二徐訓釋浩江河，仲也祛妄言不頗①。吴興張有爾傑出，復古正俗訂舛訛。布衣道士錢道住，玩世端如郭忠恕。二十六舉僅成篇，蟬蛻遺蹤不知處。席中如帶惡安西，鼓皮離禹良可吁。漢家去古尚未遠，成皋印文猶重摹。雲間苦嗜古，手校科蟲辨魚魯。明窗静幾風日佳，臨模一掃千番楮。商彝周鼓真吾師，蝌匾沉著沙畫錐。鸞迴鳳翥龍夭矯，長戈短劍相交馳。書草日積充棟楣，保愛何啻璧與圭。細林山中一抔土，緗笈緘縢重閉之。於乎！禊帖藏玉匣，終致温韜舉茉臿。亦恐虹光夜燭天，定有竊開窺筆法。冢頭草，鳴寒蛩，蘿文瘞筆同高風。後三千年見白日，好事應嘗馬鬣峰。

① 原注：「徐楚金著《祛妄》，辨李陽冰之誤。」

陸進士居仁二首

居仁字宅之，華亭人。以《詩經》中泰定丙寅鄉試。隱居教授，自號雲松野褐。與楊廉夫、錢思復游，歿，同葬干山東麓，號「三高士墓」。

楚人弓

楚人弓，懸兩石，五十萬矢陷强敵。絳人弓，箭三隻，長歌入關成偉績。多箭不如少箭力。制敵若在弓矢間，嗚條牧野高於山。

鐵厓曰：「斷史入詩，箴警多矣。」

國馬足

國馬足，吉行五十轡如沃。天馬足，一日千里更神速。國馬天閑飽芻粟，太行鹽車天馬哭。

丘郎中民二首

民字克莊，江都人。洪武初，爲松江府學訓導。殷孝奎集有《蹋雪入汳城訪丘克莊郎中》詩。顧禄謹中曰：「余年十五，遊郡庠，當時爲師者，全公希賢、丘公克莊、楊公孟載、貝公仲琚、魯公道源、包公叔藴，皆一時名士。由是慕學之士自遠而來，十餘年無慮千數，松江一時文風之盛不下鄒、魯。」《松江志》云：「洪武初，楊孟載爲松江府學訓導，與丘克莊、全希賢同官。當時分教有司得自延聘，皆極州里之選。後皆至大官，全禮部侍郎，楊亦至按察使。」余按：全爲學正，與陸宅之、錢惟善往還，見王逢寄希賢及錢、陸詩，似在元季，非國初也。楊孟載辟丞相府記室，去爲饒介客。吴平，籍録諸陪臣，安置臨濠。本集及高季迪詩備載始末，未聞其僑雲間爲學官也。國初之事，記載錯互，其未可盡信如此。

送友人之杭

又隨南雁度錢塘，不道并州是故鄉。江上秋風蒓菜美，山中春雨石田荒。杜陵老去寧忘蜀，江總歸來不是梁。欲采芙蓉贈君去，錦雲零落倍淒凉。

周玄初祈晴詩

閼逢歲之半，白祲白如烟。野人不敢出，封户聽雨眠。夢跨蒼精龍，六丁相後先。手持五色石，直欲補漏天。剛風忽引去，天門方洞然。忽見一道士，青眉長娟娟。緑章竆紫霞，稽首上帝前。上陳太守辭，下述萬姓瘨。稌無一尺苗，潦涵累百廛。陰霓走白日，黑蜧噓長川。百怪不自閟，三光何由宣。帝怒叱力士，磔裂無留連。即遣東王公，高掣羲和鞭。金鷄恍驚覺，日出榑桑顛。

全殿學思誠三首

思誠字希賢，華亭人。洪武十六年，以耆儒，由本郡學正徵授文華殿大學士，思誠固辭。翼日，賜敕放還。

次雲林韻寄孫君實

腐儒筆耕豈謀生，與世濩落獨高情。緑尊有酒誰共醉，素琴無絃聊自横。湘簾在鈎月當户，羌笛惱人花滿城。幽居不知春事盡，見客只言詩未成。

題趙魏公秋林曉行畫卷

王孫愛畫心獨苦，下筆天機妙今古。涼風蕭蕭涼日落，蹇驢載我出林莽。黄葉打頭秋滿身，青山對面如故人。不須覓句灞橋雪，何用旅食京華春。憶昔玉堂供奉日，一二詞臣同夜直。青綾被冷露華濃，金蓮燭殘河漢没。鵶棲樹底聲喔喔，鶴立螭坳望珠箔。凫鷖散亂不成雙，歸老林泉有餘樂。臨風掩卷老淚落，此畫此人那可作。

送王元章北遊

我從越中歸，山水猶在眼。賀湖天寒水鑒净，禹穴木落雲氣暖。夢中往往復登臨，萬壑千岩姿蕭散。故人山水窟中來，題詩直上姑蘇臺。酒酣目力隘宇宙，少年筆陣排風雷。謝公屐齒小吴越，北望中原更奇絶。終南太華青未了，桑乾之陰多積雪。送君出門歌遠遊，自笑把鋤空飯牛。功成歸來尚黑頭，訪子却覓山陰舟。

魯博士淵一首

淵字道原，淳安人。前進士。初任華亭縣丞，道經新安，爲徽寇所執，守死不屈，逾年始得脱。

累遷浙西副提舉。張氏稱王，擢博士。國初，應召，與梁寅同在禮局，辭還山卒。王逢贈詩云：「相期文苑傳，獨立義熙年。」亦有元遺民也。

題馬文璧秋山圖爲盧仲章賦

野館空山裏，林泉象外幽。淡雲初霽雨，紅葉早驚秋。路轉山藏屋，橋危岸倚舟。直疑人境異，便欲問丹丘。

林泉民張樞二首

樞字夢辰，陳留人。徙家華亭，築室曰「讀書莊」，與諸弟唱和爲樂。兼工行楷。陶南村贈詩云：「幅巾短杖林和靖，斗酒長篇李謫仙。」又云：「寫書竹簡拈鮮碧，臨帖箋藤拓硬黃。」可想見其風致也。貝瓊作《林泉民傳》云：「陳留張氏子夢辰，居華亭之城東門，日與子弟數十人講《春秋》。或勸之仕，不應，人是以高之，稱曰林泉民。年八十餘乃終。」

送友之戍幕

金吾上將開東閣，白髮參軍起曲阿。嚴武故人唯杜甫，馬周知己獨常何。龍蛇久鬥纏兵甲，鴻雁高飛避網羅。慷慨平生兩行淚，哀時更比別離多。

秋　興

百戰關河血未消，將軍誰是霍嫖姚。中原版蕩悲周室，西楚紛披屬漢朝。甲帳珠簾非昨日，玉樓金屋麗層霄。兵麾滿眼歸無處，愁絶秋風柳萬條。

張典寶璧二首

璧字景辰，夢辰之弟。洪武三年鄉舉，除潞城知縣。終蜀府典寶。

嘉　禾

城樓倒影落湖波，湖上風帆鏡裏過。歸客自炊菰米飯，小娃争唱《竹枝》歌。梭頭艇子輕於葉，雪色沙鷗白似鵝。此地將軍戰時血，春來丹漬蘚痕多。

横　溪

扁舟東來歌扣舷，四顧雲水心茫然。蛟龍見窟不見唾，星斗滿身如在天。打鼓賣魚江雨歇，看山濯足溪風顛。解衣典取酒一石，醉伴忘機鷗鳥眠。

王教授嘏二首

嘏字伯純，河東人。由鄉貢擢松江府學訓導，因寓華亭。張太尉辟常熟州教授，辭。嘗護祖、父、妣三喪自維揚還葬洪霍山，鄉里推重。

送秦東海法師遊上清

爲愛仙山絶世氛，蒼苔寂寞路難分。白羊歲久渾疑石，瓊樹春深半是雲。洗藥泉香龍蜕骨，吹簫臺迥鶴成群。隱文秘訣無人識，我欲相從一問君。

寄倪元鎮

赤水丹山隔兩塵，麻姑書信莫辭頻。久知鴻寶飛騰術，獨許青雲磊落人。賓戲能消春晝永，茗香聊試石泉新。東風回首毗陵道，重擬攜書與卜鄰。

余提舉詮二首

詮字士平，豐城人。至正間，爲江浙儒學副提舉。洪武中，僑居崑山。

春夢軒

池青草色暖，蝶曉花枝滿。花滿復花飛，春歸蝶亦歸。蝶歸春杳杳，春夢何時曉。推枕看東風，幾人春夢中。

送張德常之松江判官

萬匯涵濡雨露中，百年文物倏飄蓬。鱸魚獨擅吴中美，驥足寧如冀北空。肝膽幾時酬楚國，里閭從此變王風。吴淞江水秋無底，好與使君襟抱同。

周處士之翰二首

之翰字申甫，華亭人。博極群書，尤精《易》學，自號易痴道人。兵興，隱居神山。頎然長身，松形鶴骨，終日談經論史，典故亹亹不竭。晚年遊涉《老》《莊》、竺、乾等書。卒年七十有六。楊鐵厓云：「吾在九峰三泖間，有李五峰、張句曲、周易痴、錢曲江爲唱和友。」

送馬秋野千户出征淮西

霜原晶晶秋草衰，西風獵獵吹大旗。酒酣仰天數過雁，落日滿地青山低。時艱不作昇平夢，半夜淵龍匣中動。此行乘雪蔡州平，書生擬獻《平淮頌》。

寒夜擁爐瓶梅枯凍戲爲作下火詩

寒勒銅瓶凍未開，南枝春斷不歸來。這回不入梨雲夢，却把芳心作死灰。

吴戎幕哲七首

哲字子愚，華亭人。號淡雲野人。嘗出佐戎幕，歸，教授於鄉，至老不倦。

夜雪有懷范玉厓叔中朱滄洲孟辯

江南地薄雪併寒，緣江矮屋茅復罩。析薪束緼空燎眼，春陽不暖先生槃。田家利酤常苦酸，東家壚頭量子寬。山公八斗焉足醉，少須暫解雙眉蔌。門前柳花飛作團，瑶田珠樹森闌干。鄒枚僵卧竟不起，對此欲賦誰同歡？南州俊髦陸與韓，躁進誤刷凌雲翰。售才阮生急一官，肉眼不肯空曹瞞。滄洲渺彌，玉厓巑岏。二仙者流，同余肺肝。進直任公鉤，退屑淮王丹。宗儒唱導富儒學，妙斡造化歸豪端。乃謂仲尼顔子不死亦易事，忍見後天日月凋雙丸。今夕復何夕，三山皆白鸞。我欲邀二仙，授簡發漫汗。仙兮素愛我，御風諒非難。戒兒預沽客一石，此醉要吸六合萬頃冰壺乾。

題豫章劉孝紀所藏米元暉畫卷時久不得東吴消息

淞陽之居何處尋，展卷聊復慰幽心。門前鶯去春事畢，屋裏雨鳴江樹深。微茫漢月墮燕草，窈窕吴歈成越吟。南宫仙人獨不死，白雲峨峨蒼山岑。

遣興答李道源

徒步何憂髀肉消，賦歸無待《楚辭》招。摩挲藥籠三年艾，濩落人寰五石瓢。蓑笠雨淹滄海釣，斧斤晴趁白雲樵。遊仙枕上西池月，轉覺東華曙色遥。

丙申三月從平章左公總戎臨安過南山訪楊鐵厓先生時溪漲馬不克渡延佇口號

旂旐晨趨十萬軍，衛青幕府事紛紛。卧龍不遠滄溟窟，走馬來看館閣文。春過名山花亂落，雨晴飛瀑路難分。先生高伴洪厓嘯，獨向溪邊望白雲。

七夕漫成

烏鵲梁成歲一過，靈風此夕度鳴珂。鸞釵再合駢金股，牛渚重來失素波。巧落人間徵應少，愁歸天上別離多。迴車月黯無消息，香霧雲鬟奈爾何。

過裏洋河

裏洋河，何湯湯，奔流百折到瀧岡，砂磯灣灣里路長。船頭照見落日黄，愁雲低没雙鳧翔。檣烏孤征心徊徨，遥空半作明月光。凉風忽來吹我裳，荻花夜白含清霜。裏洋河，思故鄉。

小孤山　俗謬爲小姑，上有聖母廟像在焉。

中流玉卓迥無群，大海雄藩自楚分①。絶頂薰薌常蔽日，靚妝樓閣不藏雲。孤根暗直龍栖宅，亂水平鋪鳥篆文。我欲維舟明月裏，爲神鼓瑟候湘君。

① 原注：「宋高宗大書顔其扁曰『海門第一關』。」

孫教授華四首

華字元實，永嘉人，僑居華亭。年十三，郡守課諸生《春陰》詩，操筆立就，落句云：「柳花只在斜陽外，不肯分明過小橋。」守大奇之。誦經考史，以博雅聞。尤好岐黄家，用薦爲醫學教授，有旨待詔尚方，辭免。江浙請署使庸田，亦不就。好修潔，戴折角巾，衣鶴氅衣，望山臨水，步趨翛然。所居小閣，列古彝鼎、法書、名畫，焚香静坐終日。書非佳墨熟紙不作，飲饌非精潔不食，士非賢不與交。年八十餘，楊鐵厓贊其畫像，猶以白首非熊期之。

鳳山懷古三首

宋家事業如漢晉，遺史班班今尚存。南渡衣冠元帝紀，中山廟社靖王孫。海門龍去秋潮横，宫樹烏啼夕燐繁。已恨無人似諸葛，生憎何物學桓温。

王氣中流甲馬營，殘星還繞鳳凰城。斯文自可同三代，諸老猶能語二京。稚帝有車將白璧，太皇無艦載蒼生。只今薄海漸聲教，共戴堯天樂太平。

天兵壓境，陳宜中啟請太后，欲請三宫浮海，且雲舟航已具。后曰：「臨安十萬百姓，能盡載否？」遂迎王師。

莫向登臨起嘆吁，故宫今是梵王都。麒麟騀娑荒荆棘，鸜鵒頻伽張苾芻。輦道久無黄曲蓋，寢垣誰置白浮屠。望江亭子依然好，時有胡僧置酒壺。

楓橋夜泊

畫船夜泊寒山寺，不信江楓有客愁。二八蛾眉雙鳳吹，滿天明月按《凉州》。

葉主簿杞五首

杞字南有，京口人。讀書負材諝。前太史楊瑀守建德，辟掾，辭。兵興，會進士及第李國鳳經略南土，密陳時事十條，李嘉納所言，遥授進義副尉鎮江路丹徒縣主簿，將别任之，而柄移藩鎮矣。有别業淞之吴匯，築草堂魚鱗涇上，扁曰「漪南」。王逢爲《漪南草堂辭》曰：「仁義是漁兮憺口腹，腹不人累兮人誰吾辱？」

感衷二十四韻 記脱脱征高郵召還事。

貢賦通重譯，耕桑被九垓。欻驚氛祲滿，不謂歲時催。丞相興師出，綸音降使開。紫泥封五采，黄道繞三臺。煒煒宣光業，桓桓李郭才。陣雲連朔野，廟略定風埃。香糯江南餉，葡萄塞右醅。馬群金匼匝，毳帳雪毰毸。劍動彭城潰，珠還甓社來。長驅危破竹，密令疾銜枚。王者征無戰，群雄勢欲摧。忽聞君命召，竟勒將旗回。中夏捐鷄肋，清朝隱鴆媒。義聲從此逝，鋭氣一時灰。天迥威弧弛，城孤畫角哀。火狐翻嘯聚，海鰐復喧豗。款附真遺患，除封實戲孩。民情猶耿測，天討尚徘徊。憂憤飛神爽，瘡痍映淚腮。衮衣徒倚注，肉食自輿儓。河漢明如洗，崑崙豈易頹。孰矜黄鵠志，羞上野鷹臺。微效寧無念，篇詩信漫裁。霜晴野空闊，獨立望蓬萊。

輓樂參政　諱執敬。

中臺侍御新參省，南紀妖星正合圍。主將向來推右族，漢人那得預戎機。戈麾落日先身死，雲慘青山未骨歸。惟有鄂王雙宰木，歲寒流水遠含輝。

輓楊員外　諱乘。

太息南冠久陸沉，百年風節見于今。王嘉不就公孫詔，朱泚寧移秀實心。遼海有靈歸夜月，荒原無樹着秋吟。不知江漢新降鬼，曾憶天朝雨露深。

輓楊左丞 諱完哲。

馬首星河半壁天，東南保障豈徒然。越陀新拜中朝命，吴會重頒至正年。故土未歸師竟老，長城雖壞□能全。碧梧池上蹲孤鳳，他日應慚義鶻篇。

輓余忠愍公

淮江風急鳥蛇空，特立旌旗板蕩中。萬里孤懸班定遠，滿城忠烈漢臧洪。瓊林星漢回文運，皖國雲山誓武功。尚憶繡衣行部日，遺民揮涕浙河東。

朱舍人芾 四首

芾字孟辯，以字行，華亭人。才思飄逸，千言立就。工於草書篆隸，鐵厓門人也〔一〕。洪武初，以徵聘至，官編修，改中書舍人。

〔一〕「鐵厓」原誤作「鐵雅」，據小傳本改。

賦得秦淮送宋仲珩

春漲曉澐澐，空明澹孤嶼。中流送行舟，綠波渺南浦。鷗從青鏡下，人立滄溟語。素縠漾凉飆，圓紋散疏雨。桃葉懷舊題，後庭歌弔古。因之寄離情，前洲采芳杜。

寄張子政

野政老人隱者流，清溪繞屋似愚溝。自編蒲葉作素簡，時瀉松花洗玉舟。仲連未遽蹈東海，孺子還復棲南州。别來清事想不廢，詩成應畫李營丘。

自題蘆洲聚雁圖有序

夜窗剪燭聽雨，偶閱叔升錢君所畫古木寒鴉小景，因寫《蘆洲聚雁》以記之。黄德謙曰：「似瀟湘水雲景也。昔年過二妃廟，今復觀此圖，恍若重遊，但少苦竹叢深耳。」予遂添叢篠中其間，殊有天趣，併賦詩一絶云。甲寅春三月修禊日，朱孟辯在西掖記。

夜窗聽雨話巴山，又入瀟湘水竹間。滿渚冥鴻誰得似，碧天飛去又飛還。

爲志學聘君題惠麓秋晴圖甲寅立冬日

第二泉頭坐晚晴，滿林松籟雜谿聲。滌煩老去盧鴻一，謝俗歸來衛叔卿。未必《茶經》隨火化，擬尋茅屋待春耕。卧遊畫裏違清賞，裹茗它年石上烹。

董僉事紀四首

紀字良史，上海人。詞翰俱佳，與陸宅之、吴子愚相頡頏。洪武初，官江西僉事，尋引疾歸。有《西郊笑端集》。

短歌行

山鳥日日喚提壺，勸君酒盡須更沽。千金五花不足惜，莫計囊中錢有無。人生百歲幾時好，大是愁多歡樂少。朝見開花暮落花，昨日朱顔今日老。爲君起舞爲君歌，當年不樂奈老何。

題友人山居

烟蘿寂寂蔭柴扉，路入蒼苔一徑微。江燕定巢來自熟，岩花結子落還稀。修琴有制先抄譜，沽酒無錢更典衣。採藥山童終日去，夜深常與鶴同歸。

海屋爲彝古鼎賦

海上高僧屋數椽，珊瑚碧樹繞階前。過橋雲磬天臺寺，泊岸風帆日本船。龍女獻珠來供佛，鮫人分席與參禪。百年刦數加彈指，眼見桑田幾變遷。

絶句

小徑斜穿入竹林，曲闌通轉亞花陰。墻限勢逼風如旋，落地殘紅幾許深。

顧侍郎彧五首

彧字孔文，上海人。舉明經，爲鄉邑訓導，與錢鼒、賴良結詩盟。國初，累官户部侍郎。

無題二首

灤河還國世還淳，職貢梯航罔不賓。珠樹木難炎土物，紫駝黄鼠朔方珍。雕題火老鏤金珥，漆齒酋王冠玉麟。荒服年來朝覲絶，包茅責入竟何人。

百年功業自天開，化洽周南陋漢才。朱鳥每從東海獲，白禽還自越裳來。繡衣玉斧嚴丹陛，衮冕桓圭列上臺。政典有餘戎備略，秋風滿地獨興哀。

客　夜

露下碧梧白，風生玉簫幽。關河今夜客，天地十年秋。鼓角悲新鬼，衣冠憶舊遊。都將周顗淚，灑遍黑貂裘。

塞上曲

燕山蒼蒼塞土紫，雪花如沙月如水。穹廬酒暖貂裘濕，匈奴角聲全部起。將軍彎弓髮指冠，指墮馬蝟心不寒。士卒並持蘇武節，酋魁莫作李陵看。

滬瀆壘

江迴原野闊，海翻波濤起。征客期門歸，弔古滬瀆水。平疇麥草青，瀝土箭鏃紫。月黑動北風，塞雁聲在水。

王縣丞澤一十一首

澤字叔潤，號青霞〔一〕，天臺人，僑居山陰之江北里。嘗爲華亭縣丞。全室泐公有《送王叔潤》詩云：「平凉來又去，官滿復之官。」則叔潤任平凉，非松華亭也。

〔一〕「青霞」，小傳本作「清霞」。

寄友人

我本東海人，家住東海頭。自從丱角時，便向西州遊。邇來西遊十九載，夜夜思歸夢東海。此身厭逐戎馬間，落魄唯存壯心在。今年始欲向東還，便將歸老天台山。相隨仙人養鷄犬，笑弄緑水桃花間。況聞溪上桃已熟，仙女嬋娟面如玉。春風綰結雙緑鬟，舞腰解按山鷓曲。去年群仙遥見招，謂予自是王子喬。山中何嘗識酒禁，日日爛醉吹瓊簫。昨日才經四明道，故人相見驚絶倒。間關萬死得生還，顔色還同舊時好。忽聞天吴落海隅，到海要拾明月珠。大風三日撼天黑，海底吹折紅珊瑚。洪濤如山老蛟怒，白日江皋塞烟霧。仙山咫尺不得歸，目送冥冥鳥飛去。棹舟惆悵却西回，側望仙山心欲摧。空懷帝子芙蓉闕，遥望中天兩玉臺。愁來昏昏枕書睡，呼酒狂歌不成醉。丈夫出處真可憐，往往長遭不如意。作詩爲謝丹霞仙，金堂石室無清緣。有心未罷歸來約，更待秋風海月圓。

是時方谷真據温臺，叔潤阻兵不得歸，故作是詩。

題十八學士圖

晉陽天人赤龍子，按劍叱咤風雲起。下嫌九土足腥穢，欲將乾坤翻海洗。妖蟆射殺落九重，日月再啟光曈曈。十八文星爛奎璧，玉堂高開連紫宫。天生奇才真羽翼，南金大珠何足惜。鳳凰笙管宴彤庭，日聽四海歌太平。圖形更詔丹青手，不獨雲臺畫將星。君不見嬴家祖龍坑學士，山下看瓜同日死。阿房壁土未曾乾，草緑宫垣哭秋鬼。

趙松雪八駿圖

趙家王孫擅好書，更復畫馬如江都。嘗從玉堂罷春直，慣寫天馬隨監奴。馬來西宛龍八尺，勢或怒驚如鵠立。似疑初浴滎河波，身上龍紋五花濕。王孫寫駿不寫形，運思已入天機精。都將臨池古書法，落筆一掃千人驚。今逢此圖乃八匹，老我見之唯嘆息。人間駑馬漫紛紜，天上龍文誰購得。憶昨八駿登瑶池，崑崙萬里天西陲。風行電邁景恍惚，翠蕤不動天王旗。古來八駿雖已矣，房星在天還不死。雄姿伏櫪世豈無，胡乃唯稱穆天子。

姑蘇感事二首

百二山河已失扃，孤城獨戰血魂腥。覆蕉鹿在寧非夢，篝火狐鳴竟不靈。既與群雄争帝鼎，忍隨降虜到皇廷。致身早得歸麟閣，應共長驅下建瓴。

天星夜落水犀軍，又見吴宫走鹿群。睥睨金湯徒自固，愴惶玉石竟俱焚。將軍只合田横死，國士寧無豫讓存。風雨明年寒食節，□盂誰上太妃墳。

徽宗畫瓶中桂花

玉色官瓶出内家，天香誰貯月中花。六宫只愛新凉好，不道金風捲翠華。

此詩瞿宗吉《詩話》以爲徐幼文之作，今《北郭集》不載。

小遊仙三首

中山千日酒初醒，却愛玄都夜景清。起坐天門吹玉笛，月中珠樹起秋聲。

東度扶桑看日華，却隨王母借飆車。夜凉海色平如掌，倒看青天起赤霞。

獨繞瑶壇歌洞章，青天如水月華凉。閑將一掬芙蓉露，乞與神龍作雨香。

題　畫

茂陵帝子好神仙，別起高樓入半天。望斷巢笙空外下，海山珠樹没秋煙。

竹宫青鳥

阿母瑶池信不通，茂陵松柏老秋風。野垣春雨叢篁緑，青鳥猶來認故宫。

蘆　雁

拍天烟水接瀟湘，蘆葦秋風葉葉涼。何處漁郎夜吹笛，雁群驚起不成行。

鄭洪五首

洪字君舉，永嘉人。

白塔寺

江山襟帶尚依然，王氣銷沉已百年。八葉龍孫東入海，六宫彩女北歸燕。銅駝荆棘秋風裏，石馬莓苔落照邊。玉柙遊魂飛劫火，五陵嘉樹不啼鵑。

周玄初來鶴詩洪武己巳

緑章朝帝駕雲車，白鶴從天下玉除。赤壁已無身後夢，丹丘應有寄來書。五鬣松陰秋落落，三花樹影夜疏疏。琴心三疊蓬萊淺，兩翼剛風響佩裾。

題巳上人墨梅

故園梅樹三年别，長憶看花溪雪晴。巧出疏籬更蕭散，近遭碧水更分明。揚州何遜足詩興，茅屋巳公無俗情。畫圖忽見轉愁絶，遥想月華枝上生。

嘉定嚴希德請賞梨花命妓行酒

瀟灑東闌一樹春，雪膚冰骨玉精神。朝雲著處迷詩夢，暮雨來時想玉人。華屋洗妝歌小小，銀屏推枕唤真真。紫薇花下華繁處，芍藥荼蘼總後塵。

幽致軒

花落晴窗燕拂檐，蕙牙蘭葉翠纖纖。幽谷與雲通小徑，清波四月映疏簾。

劉司令儼一首

儼字敬思，自號樗隱，錢塘人。元世不仕，隱居西湖之上。國朝徵入修禮樂書、方輿續編，授廣東市舶司令，之官未幾而卒。

舟中漫興

青天縹緲吹雲衣，碧水顛倒插翠微。三家五家村舍出，一點兩點沙鷗飛。柳枝裊裊拂過艇，苔花斑斑生釣磯。風塵不到是樂土，莫怪往來城府稀。

沈徵士鉉三首

鉉字文舉，雲間人。世居郊外，築室曰「野亭」，楊廉夫爲記，高青丘有贈詩。

趙松雪故宅

故國西風王氣銷，珊瑚玉樹半漂摇。曾瞻東壁回天象，故着南冠續漢貂。第宅空存森衛戟，墨池乾盡尚蘭苕。高情一去風流遠，夢憶簫聲第幾橋。

放歌贈宋君仲温

宋君曠蕩士，儒服非狂生。筆掃千軍陣，胸藏數萬兵。銛豪破紙竟何益，按圖折禦分縱横。魚麗鳥翼談者易，野雉家鷄人目盲。當時管樂已黄土，白璧往往遭蠅營。荒城不啟塵四塞，拔劍斫地浮雲行。十年驅走尚豪俠，許人一諾千金輕。低頭拜東野，捐官識韓荆。苦心爲知己，嗜膽報仇争。挽輅西入關，裝刀從北征。途窮亦知時不利，俯首抑氣隨將迎。蕭蕭破屋漏星雨，妻子顧笑形神清。東家小兒誇褶鞍，西家老奴項領成。爾獨胡爲昧生理，長軀七尺誇人英。城頭雨聲如建瓴，泥污厚地天無晴。我留君家醉十日，謔浪顛倒呼儂傖。請君棄擲幾上筆，爲君拾留墻角檠。眼中世事如轉目，勿謂貧賤忘交情。氣酣中熱雙耳赤，細語向人肝膽傾。玉壺擊缺歌浩浩，不作老腐呻嚶聲。促君起望東南氣，三臺泰階何夕平。我有長策，君有長纓。危可安，亂可寧。慎勿輕受虞人旌，慎勿虚看處士星。丈夫事業須磊落，富貴逼君君莫驚。

送仲温先生還吴

江城蕭索西風起，行逢故人驚夢裏。憂深自覺少容顔，食盡惟愁拙生理。看君白髮何由得，白髮相逢更悲喜。筆力隨年老愈深，詩思逼人鳴不已。每呼石丈即低頭，獨寶《蘭亭》誇□死。近來英氣減前時，酒量仍非向來比。從渠門第沸如羹，自保情懷澹如水。城南只友高書記，謝官歸來接鄰里。交遊散落苦無多，世事悠悠竟如此。明朝忍去別江頭，楓葉蘋花送行李。

董徵士佐才〔一〕一首

佐才字良用，王逢有《題董良用徵士釋耕所》詩。

〔一〕「徵士」二字，據原刻卷首目録補。

題華亭朱孟辯篆冢詩卷

古初無毫楮，羲畫何繇傳。孰知文字理，已具《河圖》前。神農洎蒼頡，俯仰極人天。穗書與鳥書，創制分後先。龜麟錫禹時，盤銘著湯年。岐陽紀石鼓，史籀稱獨賢。矯若蛟龍蟠，鬱若鎖鈕聯。科斗聿行漆，形體因自然。一從孔壁廢，重爲經籍憐。秦相約籀古，撰次《蒼頡篇》。小篆遂名家，勁健含姿妍。登封及詛神，金石紛雕鐫。下逮隸八分，變化如雲烟。漢經煨燼餘，文教仍敷宣。保氏存六書，學僮誦九千。揚雄纂奇字，杜林解探研。繼迹非無人，意象莫不全。偉哉許祭酒，蒐羅歸簡編。墜緒賴復舉，後學知相沿。陽冰克遠紹，鉉鍇造其玄。近代郚與周，筆勢回奔川。華亭朱茂才，好古喜欲顛。一掃世俗書，習篆忘食眠。秦望并之罘，碧落兼新泉。小者案間列，大者屋壁懸。平生囊槖貲，多充買碑錢。功深學既精，齒壯志亦堅。池魚染皆黑，鐵硯磨將穿。摹拓累萬番，期差古人肩。師法正在兹，什襲比蹄筌。孫樵文自祭，智永筆忍捐。前修不我欺，我癖尤難痊。嵯峨細林山，上與浮雲連。譬彼汲冢書，函之瘞其巔。聚土封若堂，劖石表爲阡。其陽碧樹交，其陰書帶緣。山靈謹訶護，有名如有仙。揮灑人間者，顯晦名非偏。寶劍買胡發，玉柙蔓草纏。何如篆冢光，夜夜映星躔。

錢惟喜《篆冢歌叙》云：「雲間善篆，俞允文撰《崑山雜詠》，疑其爲陸友友仁，今據董詩，乃知爲朱孟辯也。」

劉處士睿〔一〕一首

睿字若愚，一字養愚，括蒼人，治經術，攻古詩文。居青田山中二十年，出遊吴、楚、齊、晋。又二十年歸，隱於好溪，有紫芝玄鶴。著書九篇，名之曰《劉子》。

〔一〕「處士」二字，據原刻目録補。

思親行寄弟子通

今年八月來作客，出門倏忽日已百。自從二十走湖海，零落天涯幾岑寂。幾岑寂，重悲嘆。親在高堂望子還，子在長途衣亦單。準擬明年作官食君禄，歸來共汝舞袖紅斒斕。天目之山去天不盈尺，使我登之徘徊望鄉國。吁嗟，胡不生羽翼？吁嗟，胡不生羽翼？

程縣丞煜〔一〕二首

煜字彦明，揚州人。寶坻縣丞。

〔一〕「縣丞」二字，據原本目録補。

過太湖

擊楫中流去，西風客思催。地吞南極盡，波撼北溟回。鮫館懸秋月，龍宫起夜雷。濯纓人不見，長嘯倒金罍。

題明皇並笛圖

華清宴罷捲霓裳，重立東風並海棠。鳳琯莫吹新製曲，有人乘月倚宫墻。

唐珙二首

珙字温如，會稽人。

題王逸老書飲中八仙歌

前朝書法孰爲盛，蘇黄米蔡得其正。法度難以晉魏論，氣象可與歐虞並。宣和金書類臣稷，筋骨通神工瘦硬。大江南來萬幾暇，翰墨留神縱天性。驅馳羲獻走顔柳，神遊八法輕萬乘。昭回雲翰飛龍章，斡旋天機揮斗柄。長槍大劍竟何用，恢復有志還未定。太平遺老羔羊翁，草書時時發清興。天資自可凌汗漫，筆力猶能造遒勁。年來神品不可得，醉素張顛誇草聖。殘篇斷簡付覆缶，玉軸牙籤同棄甑。摩娑故紙嘆凋落，老眼昏花猶可認。案頭我正理蠹魚，晴日好風窗幾净。

過洞庭

西風吹老洞庭波，一夜湘君白髮多。醉後不知天在水，滿船清夢壓星河。

劉堧一首

堧字公坦，江陰人。童時，趙子昂賞其秀異，書「小齋」二字貽之，遂自號小齋。工詩文，精書法，恬敎自守。至正間，辟帥府照磨，不久謝歸。

題章東孟山水

盧家公子稱三絶，詩妙書精畫亦工。落筆多宗董北苑，高情不減米南宫。天低碧樹春雲合，潮滿滄洲暮雨空。却憶買船同載酒，城南山下醉東風。

邵臺掾思文 三首

思文字彦文，元末爲臺掾，使吴藩。

感　興 二首

聞説昭王未築臺，此生空抱濟時才。青衫外史江南老，白髮中官海上來。自信文章追董賈，可能游俠郊鄒枚。春風處處堪腸斷，莫上層樓看刼灰。

鳳凰山下野花開，又見東風燕子來。主將深宫營玉壘，千官行樂載金罍。裂麻解使陽城哭，作賦徒令庾信哀。多少高人隱屠釣，尚推門第不論才。

白塔寺感懷

浮屠千仞獨崔嵬，宫殿巍巍盡劫灰。玉樹已消龍虎氣，青山長繞鳳凰臺。城頭戰鼓連雲起，沙觜殘潮帶月迴。萬里英魂歸未得，不思泥馬渡江來。

徐　津二首

津字仲盟，江陰人。

客　懷

白雲回首暗巫門，緑髮蒼蒼碧眼昏。亂後情懷千日醉，故交文物幾人存。秋深狡兔先成窟，日落歸鵶尚識村。樓上風高笳鼓急，楚卿多有未招魂。

哀李江州

强虜西來把漢旌，潯陽烽火照江明。朝廷重鎮推虞詡，風雨孤臣失杲卿。戰哭幾家思舊尹，鬼兵長夜護空城。王師百萬知何地，春草春波獨愴情。

袁　舉二首

舉字仲徵，江陰人。號浮游生。

乙巳寒食

香風吹面東方來，櫻桃花發柳眼開。鸞簫聲歇幽蘭笑，十二樓前青爵叫。王母騎龍愁暮雲，碧桃過眼三千春。北山佳城久無主，寒食心摧淚如雨。自驚髮薄不勝梳，心事波摇爲誰語。

舟過三江口

吴淞合流三百里，一幅蒲帆挂春水。青山繞船黄鳥啼，盤迴如在巴渝裏。沙上游龍滴血紅，風吹老魚浪花起。凝雲不流神嫗哭，萬古胥魂招不復。客浩歌，誰相續，棲遲零落漸離築。思家何處問迷津，鷓鴣聲裏垂楊緑。

俞庸一首

庸字子中，華亭人。仕爲推官，書法趙吴興。

病起口占

憶昔辭家塞北遊，朝來何事怯新秋。牀堆藥裹塵侵几，風静書窗月滿樓。伏櫪長鳴憐老驥，引杯含淚惜吴鈎。旌旗明滅西城路，落日長煙起暮愁。

俞俊三首

俊字子俊，號雲東，庸之子也。初仕麗水巡檢，改判平江。

楚州夜泊

漏鼓聲頻欲四更，野航燈火對愁明。城頭楚語驚鄉夢，船尾吴歌動客情。漠漠水雲聽雁度，瀟瀟風雨自鷄鳴。離群遠道何嗟及，未必江湖老此生。

次高原樸見寄韻

年少簪花壓帽簷，飛觴走斝競春纖。空餘老淚青衫濕，遮莫新愁白髮添。生計有涯蠶上箔，公庭無事鳥窺簾。昔人漫説揚州鶴，自笑熊魚豈得兼。

次韻俞仲桓見寄

白髮和愁取次生，關河千里故鄉情。自從秋雁南征後，日日淮邊問客程。

李鄜州垚一首

垚字象賢，雲間人。由府訓導授鄜州倅，卒於官。子銅，字至剛，以字行。舉秀才，累官禮部尚書。永樂中，出知興化府。

和友人過西郊韻

秋原晚蕭曠，杖藜荒徑微。川迴衆漚集，天清孤鸖歸。寒烟蔓草密，積雨豆苗稀。臨流擬結構，息鞅振塵衣。

附見　李至剛一首

題雲林畫

故家池館錫山阿，門徑寧容俗士過。清閟閣空詩社散，蛛絲窗户落花多。

劉原俊一首

原俊字用章，浚儀人。

安將軍歌

安將軍，紫髯鐵面多戰勳，猛氣散作西山雲。前年紅巾入城府，赤子滿城誰父母。將軍血戰城東門，五百健兒齊奮武。更有大郎猛於虎，身屬櫜鞬寶刀舞。匹馬奪橋入賊塢，殺賊盡作河邊土。將軍父子真有功，今日渾如筆畫空。將軍功，豈不好，弁山入雲青不了。

范　立一首

立字叔中，一字中立，錢塘人。洪武九年，有盧兗州挽詩。

送蔣道士還太乙宫

青旄絳節拂瑶空，羽士西歸太乙宫。鬼母畏逢飛劍術，龍公分送渡江風。仙瓢酒熟醒還醉，神鼎丹成老復童。别後有詩憑鶴寄，九峰只在五雲東。

高相掾明二首

明字則誠，永嘉平陽人。至正五年，張士堅榜中第，授處州録事，辟丞相掾。方谷真叛，省臣以温人知海濱事，擇以自從，與幕府論事不合。谷真就撫，欲留置幕下，即日解官，旅寓鄞之櫟社。太祖聞其名，召之，以老疾辭，還卒於家。

題孟宗振惠麓小隱　宗振，孟后之裔。

汴水東邊楊柳花，春風散入五侯家。繁華一去江南遠，閑汲山泉自煮茶。

題支離叟

錢塘門裏支離叟，短髮蕭疏色黧垢。雪霜歲晚結輪囷，風雨年深增老醜。拙藏糊𢇁總無能，欲與冥靈齊上壽。天公怒此怪且懶，敕遣靈官下搜取。勾婁吉利忽飛來，虎倒龍顛盡灰朽。女蘿飄騰白鶴去，琥珀迸裂青羊走。繁陰已逐謝仙車，枯榦徒存韋偃手。邇來好事猶痛惜，嘆息形模無復有。寧知百年皆夢幻，静看萬變互紛揉。榮枯相尋無已時，成壞有數元非偶。南山誰信梓化特，崑崙俄驚柳生肘。朝菌何曾閱晦朔，棫樸那知遮薪槱。全軀孰似櫟社樹，絜之百圍今在否？人生根蒂不可牢，況爲草木計近久。野客空嘆倚江楠，老奴謾泣琅琊柳。寒烟落日西湖邊，衰草荒蘆園數畝。不見當時鐵門限，春蚓秋蛇徒蚴蟉。玄雲飛盡墨池空，直寄亭前誰酹酒。

和李别駕賞牡丹

絳羅密幄護風沙，莫遣牛酥污落花。蝶夢不知春已莫，鶴翎還似暖生霞。詩呈金字懷仙客，手印紅脂出内家。獨羡沉香李供奉，清平一曲度韶華。

唐　元二首

元字本初，姑蘇人。讀書博雅。有船號「一葦杭」，圖書古玩雜列左右，浮游江湖，日哦詩其中，自號葦杭子。每過顧阿瑛溪上，必繫舟柳下，終日譚笑。詩見《草堂雅集》。

東　皋

喧晨步東皋，春風襲杖屨。溪流帶落花，晴烟裊飛絮。濯足竹邊泉，散策松下路。幽禽忽驚起，飛過溪南樹。林深疑無人，俄聞響機杼。

虞山秋夜

迢迢秋夜長，青燈半明滅。棲鵲繞疏枝，濕螢依腐葉。谷虛振幽響，室静生虚白。數聲誰家笛，吹墮西窗月。

束宗庚二首

宗庚字章孟，吴郡人。兄弟並見《草堂雅集》。

登善住寺新成閣得江字

高閣新成俯大江，宏開雄麗控名邦。宿雲不散連飛棟，紅日初升射碧窗。目極蓬萊窮島嶼，神遊閶闔見旌幢。群公此日頻登眺，喜有清吟對怒瀧。

題聽春雨軒

階頭燕雨潤流酥，柳底鷗波已可漁。斗帳沉香欹枕後，青燈綺户把杯初。不愁泥滑妨過騎，喜有田歌起荷鋤。明日雲開花滿眼，好令童子具籃輿。

束宗癸一首

宗癸字□□，吴郡人。洪武間，任華亭教諭。

玉山草堂

草堂只在滄江上，西户馮虛野氣陰。秋屐行隨苔徑曲，春船坐泛柳塘深。久聞好事歸時論，復喜交遊盡苦吟。我欲乘閑來問訊，百壺送酒重論心。

繆　侶二首

侶字叔正，吴之常熟人。年少有俊才，詩工《玉臺》小體，書善楷隸。侶父貞，字仲素，好古博雅，家有述古堂，貯法書古物，故諸郎多翩翩佳子弟也。

和西湖竹枝詞

初三月子似彎弓，照見花開月月紅。月裏蟾蜍花上蝶。憐渠不到斷橋東。

兵後過訪顧仲瑛感賦丙申十月

少年壯志已模棱，憶舊懷親思不勝。我父竟爲逃難客，故人近作在家僧。身居亂世慚何補，哭到窮途去未能。相見莫論生死事，且須泥飲盡寒燈。

王太守立中三首

立中字彦强，蜀之遂寧人，南宋徙長洲。晚年刻節厲行，能以門蔭公子争秀作者之林。元末爲松江太守。入國朝，致仕。生三子：璉字汝器，璲字汝玉，琎字汝嘉。璉吏部主事，璲、琎皆官翰林。

絶句二首

梅粉凝嬌不肯添，晚年籠瞑壓重簷。江南可是春寒甚，十日東風不捲簾。

春波橋頭柳似煙，越王城郭在西邊。我家繞屋皆春水，盡日鴛鴦隨釣船。

竹枝詞

孤山梅花開雪中，恰似阿儂冰雪容。不學畫橋南畔柳，春來容易嫁東風。

顧敬二首

敬字思恭，吴郡人。早年衣貂裘，馳百金馬市中，爲彈射遨遊事。洎長，折節讀書，爲古歌詩，凌轢時輩。

雲林生畫林亭遠岫癸卯五月

雲林八法寫倪迂，夏木幽亭翠幾株。雨後長洲政如此，騎駝山色近何如。

贈婁東朱叔重

海嶽庵頭積翠峰，蒼松兩兩似遊龍。要知米老騎駷去，誰把雲山寫淡濃。

余左司堯臣〔一〕一首

堯臣字唐卿，永嘉人。早以文學著，客居會稽，越鎮帥院判邁善卿、參政吕珍羅致幕下，與有保越之功，薦剡交上，無意仕進，於越之桐桂里治圃結茅，署曰「菜薖」。已而入吴，居北郭，與高啟、張羽爲「北郭十友」，即所謂十才子也。啟《送唐肅序》曰：「余世居吴北郭，同里交善者惟王止仲一人。十餘年來，徐幼文自毗陵、高士敏自河南、唐處敬自會稽、余唐卿自永嘉、張來儀自潯陽，各以故來居吴，而皆與余鄰，于是北郭之文物遂盛矣。」羽《續懷友詩序》曰：「予在吴城圍中，與余唐卿諸君遊，皆落魄不任事，故得留連詩酒。」吴亡之後，與楊基、徐賁同被徵謫濠。洪武二年放還，授新鄭丞。此見於高啟答詩者也。曰司馬，又曰左司，必東越鎮將版授之職銜，而今不可考矣。

〔一〕「左司」，原刻卷首目録作「司馬」。

秀野軒詩

濕翠浮草芽，空青散木杪。輕舟理横塘，歸人渡清曉。棲鵶返故巢，潛鱗濯新藻。倒景淡斜暉，回飆蕩晴昊。衡門夜不扃，燕坐事幽討。落葉秋自飄，殘花春懶掃。我欲往從之，税駕苦未早。揮手謝孤雲，去去没蒼徼。

宋侍書克二首

克字仲温，吴人。偉軀幹，博涉書傳，少任俠，擊劍走馬，彈下飛鳥。見天下亂，學握奇陣法，將北走中原，從豪傑計事。道梗，同流無所合。張氏據吴，度其無成，藩府欲致之，不能得。閩門却掃，工草隸，時賦詩見志。國初，徵爲侍書，出爲鳳翔府同知。家南宫里，高啟作《南宫生傳》。

秋日懷兄弟二首

秋至憶兄弟，蕭蕭木落初。如何去鄉國，不見有音書。漂泊全無定，存亡半是虚。風塵幾時靖，還似昔同居。
相別幾多時，相思淚滿衣。家貧經難久，世亂得書稀。作吏誠全拙，從軍事亦非。鄉心秋塞雁，盡日向南飛。

吕道士敏七首

敏字志學，無錫人。元尚胡服，惟道士許深衣幅巾，志學乃易服爲道士。洪武初，爲無錫教諭。十三年，舉人才，王止仲有文贈行。

書雲林畫林亭遠岫

憶過梁溪宅，于今向廿年。賦詩清閟閣，試茗惠山泉。夜雨牽離夢，春雲黯遠天。鄉情與離思，看畫共茫然。

辛亥五月過弘道西齋重題

葱蒨夏林緑，高齋方夕曛。幽花垂泫露，遠岫斂歸雲。停箑風初至，移尊酒半醺。明朝憶佳賞，回首念離群。

題幼文蜀山書舍圖

雲鎖蜀山秋，重來佛慧遊。含毫得詩句，題入畫中愁。

幼文寫此圖，季迪賦詩於上，衍師兄亦有追感之句。幼文、季迪皆物故，衍師之北平國師，余獨守職無錫冷署，追古感今，聊識此云。丁卯五月重題。

爲惠機長老題徐幼文寫惠山圖

天寒華表鶴歸遲，隔世令人起遠思。偶見漪瀾堂上畫，猶看《悟滄》卷中詩。

幼文爲道機長老寫《惠山圖》，肆筆遒麗，清潤而帶書法。幼文已矣，而畫獨存，感嘆賦此。幼文詩，籤題《悟滄集》。「漪瀾」，即惠山堂扁上也，無錫縣庠吕志學題。實洪武庚申七月也。

寄高季迪

客館俯江郊，秋深不自聊。别來心更苦，思去路還遥。桐葉風俱落，菱花雨半銷。何由似流水，早晚赴歸潮。

再寄高季迪

空谷白駒那可羈，高踪衹欲慕天隨。吴江日去應無恙，甫里春來定有詩。花憶杏園攜酒日，雨思山館聽鶯時。去年亂裏從遊處，肯信于今又別離。

次韻郟仲經同登虎丘長句

山上樓臺山下城，朱旗夾道少人行。春風寂寞鶯花夢，落日悲涼鼓角聲。古冢金精來變幻，天池劍影隨空明。老僧趺坐忘塵慮，石溜何須恨不平。

陳孝廉則 五首

則字文度，崑山人。洪武六年，以秀才舉，任應天府治中，俄進侍郎户部，以閲實户口，調大同府同知，復遷爲守。則文詞清麗，元季僦屋授徒，以工詩名于吴下。高啟「北郭十友」之一也。

題雲林畫

落花愁殺未歸人，亂後思家夢更頻。縱有溪頭茅屋在，也應芳草閉深春。

朝真宫夜陪席煉師

夢徑掩空扉，炎塵逐雨歸。山明餘夕在，草暗一螢飛。姹女鸞和馭，丹仙鶴羽衣。焚香與默坐，初悟幻情非。

二月八日重遊靈應奉簡席煉師

昔年避亂久相依，今日重來却似歸。客意欲隨春北去，雁聲猶帶雪南飛。已多中國棲荆棘，不獨陽山死蕨薇。倘向赤松方外住，願陪鶴從莫相違。

過獅林精舍

清境超塵格，松龕映竹開。魚驚幡影散，鳥聽鉢聲來。梵像敷蓮座，禪宗問木杯。山僧不慮世，白髮也毰毸。

雨後過獅林精舍

當曉一鶯鳴，林收宿雨晴。網殘蟲脱罥，蜂鬧蝶催成。梅氣袈裟潤，香花佛座清。迴廊僧不見，看壁自吟行。

萬鎮撫白〔一〕一首

白字孟素，豫章人。建寧左衛鎮撫。劉永之序劉子高詩云：「豫章萬白、大梁辛敬、襄城楊士弘、秣陵周湞、鄭大同，皆以歌詩自雄，子高與之馳騁上下，名聲相埒。」

〔一〕「鎮撫」二字，據原本卷首目録補。

秋　興

北郭垂楊日夜凋，清秋登望旅魂消。半生江海同浮梗，何處林泉可棄瓢。奔走風塵雙鬢改。羈棲戎馬一身遥。數奇李廣蕭條久，短服韝門獨射雕。

贈播州田宣慰

先朝才傑濟時艱，使節分符鎮百蠻。鸞誥錦雲浮玉篆，龍媒香帊覆雕鞍。中流一柱當霄漢，南土諸蕃拱將壇。佇頌邊城勳業盛，凌煙圖像與人看。

胡悌三首

悌字□□，□□人。

明朝

明朝又上闔閭城，江上春潮一舸輕。過眼落花應有恨，傍人飛絮自多情。本因世亂依劉表，誰謂才多累禰衡。試問龐公歸隱計，南陽何地可躬耕？

贈章伯高二首

共是多情惜歲華，故應美酒送生涯。金齏細斫秋風鱠，玉髓新烹穀雨茶。每愛芙蓉依北渚，還思蝴蝶過西家。江南三月鶯啼遍，不信櫻桃未著花。

平生豪氣慕西州，莫怪眉攢萬國愁。商皓不知秦正朔，荆人曾紀魯春秋。新豐酒美春三月，劍閣詩多歲一周。中夜聞鷄真起舞，齊桓事業在營丘。

李曄三首

曄字宗表，號草閣，錢塘人。

秋宵恨

元序云：「荀卿《賦篇》於知、雲、蠶、箴之辭，始隱而終露，又疊以應之，予嘗愛其異。偶值秋宵，不堪旅次，韻成七恨，以爲一代之新體云。」今取二首。

青蘋葉底聲蓬蓬，當年曾號襄王雄。秋高八月勢轉急，忽來吹我茅屋東。令我夜坐難秉燭，使我髮白成老翁。吁嗟！恨爾之秋風。風

六月一滴不沾土，連夜淋灕獨何苦。紅蕉碧梧語葉上，黄茅屋漏那能補。鷄鳴膠膠天欲曙，況乃蕭條在羈旅。吁嗟！恨爾之秋雨。雨

八月辭

鯉魚吹長風，曲池芙蓉老。白天墜露凉，濕螢滿衰草。蘭房燈燼青，獨宿知秋早。碧波弄明月，自惜顔

色好。起按鴛鴦絃，酸聲攬懷抱。

顧　亮一首

亮字寅仲，上虞人。鐵厓作《顧孝子歌》。

些月氏王頭歌和楊鐵厓

月氏肉，碎如雪。月氏顱，頸如鐵①。快劍一斫天柱折，留取胡盧飲生血。冒頓老魅呼月精，夜酌葡萄隴月明。鬼妻蹋地號我天，可汗天靈哮唬聲嘶酸。於乎！顱兮顱兮汝勿悲，我今酌汝金留犂。黔州都督有血頂。精魂夜夜溺中啼②。

① 原注：「鐵厓曰：『只數語便破鬼膽。』」

② 原注：「鐵厓擊節嘆賞曰：『説出月氏王一副枯骨，作活潑潑底侏儒語。青冢妃不能宣諸宮羽者，兹調宣之。費、憲兩生當讓一籌。』」

李　費一首

費，亦鐵厓門人。

月氏王頭飲器歌和楊鐵厓

太白入月月欲頹，胡風吹度白龍堆①。血函模糊截仇首，半腕刳作玻璃杯。目眦生紅酒微纈，戎王胸堂沃焦熱②。青氈帳下唱胡歌，三十六國皆膽裂③。金篦攬紅紅欲凝，腦中猶作銅龍聲④。千年古恨恨未平，怨魄飛作精衛精。君不見漆身復仇仇未復，地下義人吞炭哭。

① 原注：「鐵厓云：『一起便絶倒。』」

② 原注：「奇語。」

③ 原注：「愈出愈奇。」

④ 原注：「真狐精語。」

余讀費辭，爲之擊几而歌。費真狐精也。時和者稱張憲，明日費辭至，憲拜之曰：「吾當放君一頭。」取己作而焚之。

吴會七首

會字慶伯，□□人。

春晚

風雨春如客，煙霞日似年。鶯歌把酒聽，花落抱琴眠。樹暗藏書谷，香流洗藥泉。好懷無處説，誰與繫江船。

江村

紅樹江村外，黄蘆野水邊。葉深風落地，禾偃潦餘田。雁鶩違寒日，牛羊入遠煙。岸人連棘户，盡室避軍船。

次韻奉題吴彦貞華林别業

郡城南去有華亭，花木成林竹繞汀。照影鳳凰臨月鏡，傳聲鸚鵡隔雲屏。分栽柳入《陶潛傳》，點校茶歸陸羽《經》。我亦延州老孫子，對江相望樂清寧。

題崇山劉氏園亭

西山三疊鬱岧嶢，亭上看山翠欲飄。楊柳小樓風滿席，芙蓉清沼水平橋。美人歌處傾金杓，仙客來時度玉簫。我憶醉眠花底月，滿衣香露夜蕭蕭。

送別陰陽教授

天官藝學久龐紛，太史名家屬有聞。寶曆敬時頒歲正，銅儀窺夜識星文。烏飛圭表移光影，龍咽籌壺定刻分。歸後更詳東井分，五珠何日聚賢群？

題扇贈首坐

提來電掣風千里，放下雲沉月五更。舉似坐中三百衆，定從何處有風生。

宫人欠伸圖

舞困歌慵酒夢遲，小欄舒腕轉腰時。落花垂柳嬌無力，都送春愁上兩眉。

王翊一首

翊字伯良，□□人。

送趙文善之湘陰守

前代王孫夙相家，于今出牧向長沙。神龍正喜騰宵漢，天馬寧容駐渥窪。江水流澌初閣棹，嶽雲點雪又催衙。好懷忍向高人别，折贈寒梅驛路花。

游莊二首

莊字子敬，□□人。

所聞有感

塵飛鹿走力難任，巡幸沙邊悔恨深。鳥篆未經銜軹道，龍文先自徙汾陰。空傳行在淪孤憤，無復寰區遏八音。聖德神功俱泯滅，英雄千載一沾襟。

聞宋子瑜歸

朝辭幕府解戎衣，夕向空山覓紫芝。彈鋏自傷爲客早，折腰方嘆去官遲。蕭蕭白雁西風勁，采采黄花夕露滋。却憶江波垂釣叟，白頭猶作帝王師。

王中一十五首

中字懋建，□□人。

長門怨

昭陽歌吹入，獨自淚雙垂。玉貌無如妾，君恩復在誰？涼風摇繡户，明月墮金閨。愁絶無人見，流螢點翠帷。

秋日述懷

潦倒羈遊子，傷心兩鬢華。途窮唯有淚，世亂更無家。雨暗聞寒雁，風悲急暮笳。艱難今一概，何處問生涯。

天下兵常鬭，山中客未歸。塞鴻南度早，星使北來稀。草草年光度，悠悠世態非。自悲同社燕，幾處傍人飛。

黄家洲客舍留别

數載俱流落，相逢鬢已秋。生涯同寂寞，書劍秪淹留。沙闊隨天盡，江平帶日流。别離殊不愜，回首思悠悠。

田家雜興

烟火中林静，秋風歲律賒。清霜催橘柚，落日照蒹葭。石徑通流水，山橋卧古槎。武陵元世境，不必問桃花。

閒居述興

老來真懶慢，林下復無營。樵牧通名姓，禽魚識性情。卧聞黄葉落，坐看白雲生。更愛茅齋夜，泠泠風月清。

懷方二叔子

聞説臨濠客，衰年謫宦貧。愛憎多異報，消息定誰真。得失雖由命，才史實累身。平生交契重，東望苦傷神。

病後述懷

杖藜初雨後，試步夕陽時。草緑鶯春久，山深得暖遲。病多因識藥，興短倦題詩。寂寞無人問，平居有所思。

泊鏡口

日暮風濤穩，扁舟泊此隅。雲山歸夢杳，鄰舫語音殊。片月寒江永，平沙旅雁孤。無才合漂泊，不敢恨窮途。

夜坐

歲事行將盡，寂寥無所歡。書燈茅屋静，山月夜窗寒。旅况何曾好，人情愈可嘆。亂離雖自苦，垂老值艱難。

為寬。

山中滯雨

渌酒千鍾醉，衰年百念闌。山深茅舍静，春暮雨聲寒。花事隨泥滓，苔痕上井欄。寂寥聞杜宇，羈思若為寬。

漫興

小齋清寂雨晴初，養拙生涯偶自如。夢裏屢尋芳草句，病來慵寫絶交書。鳥啼緑樹輕煙暖，花落閑階過客疏。却羨陶潛幽趣好，長歌吾亦愛吾廬。

初夏寄興

日長庭館倦琴書，久病情懷偶自如。苔遍空墻新雨後，泥香小徑落花餘。耽閑會遣形骸累，向老全將世味疏。風滿北窗清夢覺，翛然心境上皇初。

雨後夕涼柬友人

山中向夕雨初收，窗户無人熠耀流。鳴杵幾家臨積水，征鴻一片度危樓。涼陰滿地梧桐月，露氣涵香薜荔秋。誰道平生甘寂寞，夢闌偏憶太平遊。

暮春即事

塵事勞勞兩鬢霜，愁將清鏡閲年光。磨礱歲月歸吟社，撿束生涯入醉鄉。草引閃情頻悵望。蝶隨春夢屢悠揚。覺餘一啜茶甌罷，短笛清風正夕陽。

陳　安三首

安字克盟，□□人。

高大使吴淞歸興圖

楓落吴江白雁飛，天涯遊子正思歸。香消夜月青綾被，凉入秋風白紵衣。江浦蒹葭含宿雨，驛亭楊柳帶斜暉。分明記得西湖上，載酒蘭舟近翠微。

中秋有感

畫省曾陪冠蓋遊，華筵詩酒宴中秋。星河不動天如水，風露無聲月滿樓。皓齒纖腰催象板，珠簾凉影上銀鈎。于今寂寞江城暮，烏帽西風嘆白頭。

題高理瞻所藏小景圖

昔年爲客楚江邊，雨霽江南二月天。楊柳畫橋深淺水，桃花春岸往來船。新篘白酒浮杯釅，旋買青魚出網鮮。因見畫圖驚舊夢，東風吹面鬢蕭然。

劉廉一首

廉字用正，臨川人。

哀完者公

汝上孤城破，將軍百戰餘。敵勍非劇孟，請援失包胥。鼓竭悲風勁，弓摧落月虚。水盤如劍處，黴纆重欷歔。

鄭昂二首

昂字處抑，永嘉人。

次復叄登華蓋山

野老憂時淚不乾，海天低燕麥風寒。秦關土蝕銅牙弩，漢殿月明金井闌。共喜寇恂重借穎，自慚李願未歸盤。江山如畫人如玉，破帽空悲管幼安。

林處士幽居

山籬短短徑斜斜，屋子三間竹半遮。歲饉無僧供菜把，天寒有鶴守梅花。武陵流水非秦世，姑孰青山落謝家。共約春晴草芽動，杖藜攜酒踏晴沙。

陳訓導燧二首

燧字民初，永嘉人。元末，福建行省左、右司員外郎。國初，授廣州府訓導。

送邵煉師歸江陰

青門隱者人不識，騎鶴來尋華蓋君。姹女夜棲丹鼎火，玉妃春繡紫衣雲。愁聞南國旌旗暗，愛聽中天歌吹分。此去玄都舊時路，桃花紅雨正繽紛。

别景大

力疾微吟苜蓿盤，忽聞君已駕征鞍。江湖千里去來易，故舊一樽離别難。荒草馬蹄山色遠，古藤松樹莫陰寒。錢塘風物歸吟稿，須寄山翁洗眼看。

吴學禮六首

學禮字樂清，雁山人。

郭外夜歸

草田高下亂蟲鳴，凉襲衣襟夜氣清。河漢横秋平野闊，山窗無月一燈明。孤蓬倦倚難成夢，宿鳥相呼忽轉更。近郭不妨歸近夜，到門猶有讀書聲。

泊横舂館

枯葑冰消水路遥，短長亭下一停橈。寒煙兩岸客炊曉，殘月小橋人待潮。山外鐘聲何處寺，柳邊春入隔年條。到城不必争先後，華蓋峰頭手可招。

重過南浦

萬里澄江浸碧天，迢迢人上渡頭船。柘煙旋減蠶成繭，梅雨微晴樹欲蟬。獨客有愁多近暮，亂山無處不聞泉。枳籬門巷依然在，落莫東風二十年。

秋晚書懷

數點寒鴉日又西，轉寒天色易凄迷。青山半出煙涵郭，紅葉亂流霜滿溪。半壁秋燈吟對影，故園夜雨夢扶犁。山人飽聽農歌卧，但願年豐穀價低。

湖邊會飲

秫價年平易索醪，西風野店快持螯。門疏楊柳前峰見，瓦上藤花破屋高。時異最傷嫠婦緯，歲寒方重故人袍。小舟待月同歸去，横直沙頭插短篙。

路傍草

路傍草，路傍草，古路迢迢生不了。百年金谷夕陽天，萬里沙場霜月曉。古路今路一樣平，踏來踏去重青青。吾知此草踏又生，莫教古路無人行。

徐淮 五首

淮字原澤，永嘉人。

送萬敏中之金陵

買舟又上金陵去，風物應憐庾信才。舊燕能言王謝事，夕陽空照鳳凰臺。江邊商女猶教曲，店下吳姬正壓醅。紫府青府風雨近，莫因登眺久徘徊。

登松臺清秋有感

欲澆磊砢惟憑酒，竹葉滿樽翻緑波。攲帽正當風力緊，吹簫無奈月明何。高林紅葉得霜醉，故國青山入夢多。客子長懷有誰識，憑高一笑付清歌。

偕劉景玉周元浩携小妓遊於坡上忘形劇飲故賦

馬如遊龍車若水，劉郎周郎玉相倚。柔風暖日故燕春，紫燕黄鸝自相語。先生染筆寫烏絲，美人持杯唱《金縷》。醉來爲愛落花多，急掃蒼苔坐紅雨。

與劉景玉安固泛舟

雲平水暖魚吹浪，雨潤泥香燕啄花。着面東風濃似酒，扁舟流過白鷗沙。

客舍春莫

蜂兒釀蜜心方醉，燕子營巢語未安。開户不知春事老，滿簾風雨落花寒。

沙可學二首

可學，永嘉人。

詠懷二首

疏鑿功成王氣衰，九重端拱尚無爲。貪夫柄國忠良没，巨敵臨郊社稷危。萬里朔雲沙漠漠，六宫禁御草離離。金輿玉輅無消息，腸斷西風白雁飛。

獨上高城望遠郊，雁飛黄葉下蕭蕭。天旋西極餘殘照，江涌狂波作莫潮。塵世百年雙鬢改，鄉關萬里一身遥。何由從獵灤河曲，霜冷弓强鐵馬驕。

趙次誠三首

次誠字學之，樂清人。

偶成

村南誰唱《飯牛歌》，我正歸耕洗緑蓑。鷗鷺灘隨山意轉，鶯花春背老懷多。文當覆缶亦天爾，飲不盡樽如月何。翠羽聲微天欲雪，古梅樹下醉婆娑。

溪居晚酌

主人呼酒開新屋，緑水繞門光泬寥。山氣隔溪渾似雨，沙禽喧浦欲生潮。江人擊鼓祠荒廟，野客載花歸斷橋。拂石閒吟待明月，茶煙如縷竹蕭蕭。

早梅

江南冬十二月，溪上梅三兩花。載取小舟香影，月明自棹回家。

李廣文延興二十五首

延興字繼本，東安人。先世河南人，元初占籍北平。父士瞻，前翰林學士承旨，封楚國公。少以詩名。至正丁酉，中王宗嗣榜三甲進士，授太常奉禮兼翰林檢討。中原倣擾，隱居不仕，河朔學者多從之，以師道尊於北方。有《一山文集》，其自叙云：「歲壬辰，爲雄邑招致，親夏楚事。」又有《移教房山留别雄縣周尹》詩。繼本辭官設教，士友咸稱廣文先生，不稱故翰林。元季崇師重道，其流風可觀也。又云：「洪武乙卯，典邑校於淶，以口耳之學爲桐子師。丁巳秋，得告還里。戊午夏，永清劉宰招致，攝其鄉學。」國初學官聽郡邑長吏推擇名碩爲之，故繼本雖元亡不仕，猶出典邑校也。《畿南志》皆未詳，故志之。

福源精舍

京城六月日如火，風軒散髮執書坐。頓嫌城市多煩囂，欲買田廬何處可。素几茶甌吹碧香，有客敲扉偶相過。爲言越中好山水，厥土膏腴不偏頗。魏氏之子文貞孫，玉樹臨風色瑳瑳。讀書浙水之東頭，蒐今摭古以自課。夏蓋湖光白湧雲，福祈山氣青孚座。三江帆上莫天長，八月潮平秋水大。亭邊獮猿長如人，月黑林昏盜山果。桃源人家疑此是，洞口雲深晝無鎖。百壺滿醉江南春，擊缶高歌兒子和。

西蜀少陵恒苦吟，南陽武侯尚高卧。文貞昔在貞觀中，大節堂堂不終挫。好將舊學佐朝堂，行見英風振頑懦。索居何日賦歸來，盡理遺書載輕舸。我昔耕牧峴山陽，門前水田足粳糯。十年道阻不可歸，江上秋風茅屋破。舊栽松柏空成林，石墻竹梢添幾箇。向來耆舊安穩無，每一思之淚交墮。福源林壑倘見分，卜鄰擬住山之左。客歸好語仲遠君，歲晚寄書煩報我。

漁陽客邸

城外雲山濃似綺，屋裏琴書静如水。石鑪添火試松香，裊裊篆雲飛不起。天涯倦客此停驂，茶竈煙銷猶隱几。奚奴呼覺日平西，一片秋聲響窗紙。

題　畫

山翠浮空初過雨，山麓晴雲散芳渚。霧合長林生曉寒，人家更在林深處。澗泉六月翻松根，石洞千年隱仙侣。有誰共弈橘中來，無人問路桃源去。白煙遮盡青林花，野簌嫩香應可茹。清幽不減山之陰，只欠蘭亭列觴俎。誰乎寫此怪而奇，莽莽雲山入毫楮。細看猶有遺恨處，胡不著我山之墅。我生本是丘壑姿，誤落京塵幾寒暑。小時耕牧峴山陽，閑從野人學種樹。門前魚浦啼竹禽，屋上鶴巢走松鼠。獨行採藥日莫歸，才得芝术一斗許。縱令服食不得仙，何若長年藝禾黍。小村秋晚鷄正肥，大甕春浮酒新煮。老翁醉舞兒子歌，笑語喧嘩忘賓主。此樂不見十許年，兵火煌煌照南楚。思歸見畫萬感生，悵望風帆橫浦溆。時清即好謝官歸，全家移向山中住。

早過五門

霜白掖樓曉，寒鴉城上啼。微雲閶闔外，斜月建章西。憂國心常切，成功計轉迷。十年京闕下，貧病尚羈棲。

望海虞山得蹤字

青山秋萬疊，詩寫晚愁濃。瀑斷峰頭路，雲藏谷口松。藥爐丹氣上，經藏碧苔封。誰似仙翁静，階前掃鶴蹤。

和睦公九日韵

秋聲横笛外，曉色畫屏中。黄菊雙頭小，青山四面同。船衝官渡雨，木落市橋風。十日燕臺路，途窮興不窮。

窗燈

窗燈摇影細，城柝報更遥。白髮悉偏重，丹心老未銷。雲陰籠月薄，秋氣挾霜驕。歸思如江水，滔滔逐逝潮。

春日郊行

岸柳含煙碧，山桃噴火紅。長松落晴雪，薄袂受暄風。伐木隨樵子，携錢覓酒翁。猶勝狂阮籍，白首哭途窮。

讀賈誼王粲傳

白髮悲王粲，青春羨賈生。萬言詞慷慨，一賦氣峥嶸。弔屈心猶壯，依劉恨未平。懷賢坐長夜，斜月半窗明。

和友人韻四首

亂臣傾廟社，禍本久胚胎。萬里金城壞，千原鐵騎來。人心今日異，天意幾時回。痛哭英雄老，凄凉卧草萊。

恩幸千年遇，艱危一旦遭。人材淹草莽，勛業付兒曹。死戰酬明主，兼金買佩刀。歸來衣甲破，蟣虱費爬搔。

月黑妖星現，雲紅戰火燃。魯連終蹈海，樂毅又辭燕。痛哭懷明主，匡時倚大賢。那堪頻眺望，白雁落霜天。

秋氣滿龍漠，君王忽遠巡。旌旗照天地，哀痛著絲綸。雨雪迷青野，風雲動紫宸。汾陽忠烈大，一戰熄兵塵。

詠懷丙申歲作　三首

白首殊方客，奔馳戎馬間。時危憂母老，歲晚寄書還。凍雪連荒野，寒雲出亂山。蒼茫西日外，痛哭倚柴關。

辛苦憐吾弟，荒山久避兵。素書連月斷，白髮滿頭生。雪翳窗燈影，風涵戍鼓聲。沉思憂百結，寂寞度殘更。

妻子何時見，凄涼病轉侵。虚傳千里信，已負百年心。短帽飛霜滿，空階落葉深。白頭吟正苦，回首淚沾襟。

夕次同川

鴉噪晚涼天，新晴景豁然。柳橋通水市，荷港入湖田。鷺影沙頭月，人煙渡口船。相過又相別，書到是明年。

秋日雜興

飛樓上倚泬寥天，野色荒凉萬井煙。落日荷花白舫外，西風掛樹畫闌邊。明妃夜泣琵琶月，宛馬秋肥苜蓿田。千古河山幾争戰，一登高處一潸然。

贈時中

白首相逢寥落中，失聲一哭莫途窮。霏霏江草愁邊緑，寂寂宫花夢裏紅。海徼歸心懸夜月，柴扉病骨卧秋風。人情任逐東流水，爛熳金樽莫放空。

河上

宛宛寒山入莫煙，河流直到寺門前。店頭買酒風吹幔，浦口叉魚雪滿船。翻覆世情堪大笑，寬閒野屋得清眠。虚堂月色明如畫，獨坐清彈五十絃。

題萬松金闕圖

衮冕曾迎鳳駕來，煙沉金闕半蒿萊。霞蒸日氣紅初上，雲壓松陰黑半開。玉井霆轟龍起蟄，虚窗笙響鶴飛回。前朝事往雲無迹，愁聽江聲入夜哀。

挽張及民老先生

寂寞城南一畝宫，百年遺響寄孤桐。巢由杖屨雲山外，陶阮生涯酒榼中。祠壁鬼燈然夜雨，墓門翁仲嘯秋風。招魂不隔盧溝水，淚灑霜林萬葉紅。

題垂虹亭壁

金樽緑酒蕩晴空，花壓雙鬟舞袖紅。莫唱何堪《渭城曲》，銀箏嗚咽怨秋風。

送白楊長老

鶴隨金錫忽飛還，踏遍吴雲越樹間。一髮遠峰斜日外，認來多是九華山。

李徵士存一十二首

存字明遠，更字仲公，安仁人。穎悟該博，與貴溪祝蕃遠遊上饒陳明遠之門。三以高蹈丘園舉，李秘書舉以自代，皆不起。洪武中卒〔一〕。有《竢庵集》。

〔一〕「中」下原衍「年」字，據小傳本删。

古意　時官軍西征，二年未利，有感而作。

秋風一雁過，彎弓登西樓。臂弱弓不滿，天高雁難求。吁嗟流沙外，風雨何時休。三夜頻夢君，焉知沉與浮。況聞霍嫖姚，已拜萬户侯。

贈李唐經二首

平生尚友心，每欲盡今古。子來適我願，一笑與之語。林深夜闌坐，片月落襟屨。雖無滿壺酒，足洗千劫慮。明年訪廬阜，子肯從我去。

西風雖無情，落葉不自惜。山深每高興，況有遠來客。起行西窗外，覓句了不得。共看天上雲，纖纖薄而白。

雜　詩三首

老去無所爲，結廬在竹莊。竹莊荆棘深，宿昔狐兔藏。豈無江海願，齒髮不足償。生則居庵中，死則埋庵傍。

秋日方杲杲，獨行溪水干。紛然浣紗女，及此清未寒。相語有相厲，晏歲霜雪繁。誰云陶唐風，遠矣不可還。

慕古既多沮，從俗寧可安。吾冠方委塵，政爾不必彈。群醉敢獨醒，孤芳若爲園。秋風況無情，最解吹年顏。

題王氏笑閑亭

笑者不必閑，閑者不必笑。能笑又身閑，涉世何爾妙。利名浩於海，好惡險成徼。躋攀有亡命，憤鬱或大叫。癡如蟻旋磨，饕若魚上釣。不知歲月往，以死復誰誚。之子素相聞，磊落年尚少。構亭頗軒豁，勝概得其要。幽花淡無媚，新葉光相照。倚欄皆可樂，百事弗前料。嗟我玩陳篇，兀兀老蓬藋。雙眉久不展，有臂莫能掉。山根晚雲薄，誓欲隨荷篠。倘子不疵瑕，拂衣共登眺。

寄題汪氏退密庵

紫陽汪大夫，未老先致事。經營百年藏，結庵自休憩。扁之曰退密，有取於《易繫》。相望千里餘，一笑問以偈。云何謂之退，密也果何地？若言早休官，眼底非一二。身雖似閒暇，心或未能止。若言四大離，蓋棺事則已。紛紛長夜者，皆悟退密旨。非但如上云，十目之所視。夫人皆可能，何取密之義？大夫天下士，未必只如此。庵傍皆高山，庵外即清泚。晝饑隨粥飯，夜則伸脚睡。平生易甘苦，一一皆夢爾。不睹不聞問，從來白於水。試語庵中人，如是不如是？

昔年

昔年有語雙白頭，棄我忽作齊粱遊。雲鴻不飛音信斷，寶鏡塵昏秋鬢亂。君心一去如飄風，妾心死與黄河東。清霜昨夜入庭樹，欲寄寒衣不知處。

美葛子熙

臨川葛生樸且文，負檐有力能辛勤。家貧妻死母又老，短窗挾策長云云。忽思句讀送日月，曷若江湖勞骨筋。高碑大碣處處有，篆楷草行兼八分。晝長院静手自打，襟袂染煤常若熏。旁搜遠取到川陝，況乃閩浙江之濆。通都大邑逢好事，羅列古雅逾璣纁。相酬金帛不論直，豈比市井争鈞斤。收藏圖書家若府，下者秦漢高華勳。春初過我因細論，絶勝待食如牢豮。四方達士一時見，野店濁醪常半醺。顧余髮齒久希豁，脱簡尚閲徒逢芸。何當一竹兩芒屩，共逐溪山秋半雲。

早起

短髮梳殘月，輕裳試曉風。無言渾似道，多病欲成翁。竹簡聊千載，藜羹亦萬鍾。昂昂非自異，瑣瑣得無同。

别黄俊昭

歸矣黄夫子，清愁葉葉風。深知疑我獨，無補與人同。天地年年老，江河日日東。相思有新語，并寄鯉魚中。

甘布衣復三首

復字克敬，餘干人。至正之亂，張仲舉僑居雲錦山中，克敬與甘彦初、張可立往從之遊。仲舉少許可，獨推重三君。國初，皆以前元遺才爲士林推重。彦初詩多流傳，克敬集成化中同里趙琥刻之，惟可立不著。

宿山家

木落秋滿山，窗虚夜凉集。風吹海月生，露洗苔衣濕。野客愛清泠，長瓢暝中汲。

晚至陳氏館

虚烟散華池，高蟬暮聲咽。落景對閑眠，新秋入華髮。素懷愜幽賞，微飀灑林末。爲愛竹間凉，相過步庭月。

曉出西園由谷中歸

披褐涉西園，煩襟散清曉。微風動高樹，零露下芳沼。始行幽谷中，忽出青林杪。流水漂餘花，修篁度啼鳥。身緣翠石迴，思逐白雲杳。負杖孤賞懷，春闌緑陰悄。

華布衣幼武四首

幼武字彦清，無錫人。家甚富。師事陳方子貞爲詩，子貞戲題其稿曰《黄楊》，謂其愛計甚篤，而奪於多事，未肆然爲之，如黄楊之厄閏而不長也〔一〕。顔清遂自命其集爲《黄楊》，不以子貞之戲爲憾，君子多之。

〔一〕「厄閏」原誤作「色潤」，據小傳本改。

用道士韻寄彦忠

愛汝題詩枉問安，依依應念得無寒。江魚滿尺長相致，沙雁成行本不單。山徑虎蹄新跡亂，風林鷄語曉光殘。此時何限馳驅意，小字渾宜反覆看。

宿隱微山房

二月蘭舟泊上宫，春雲不雨玉壇空。苔生白石斑斑緑，魚養丹池箇箇紅。對酒燭分花底夜，出簾香散竹間風。高寒未覺仙臺遠，只比相逢似夢中。

寄趙易窗高士慶雲岡上人

昨宵風雨釀春寒，曉色開晴露未乾。棋局定須尋李遠，杖藜還肯過蘇端。翻經坐榻呼龍守，點《易》虚窗倩鶴看。暫假飛鳧挽飛錫，樵蘇不爨罄交歡。

秋夜有感

澤國秋來夜氣凉，飄零猶是未還鄉。蟪蛄泣露梧桐井，絡緯繅風薜荔墻。咫尺故園千里夢，亂離華髮十年霜。仲宣樓上長回首，烽火連山欲斷腸。

葉樵雲顒五首

顒字伯愷，金華人。元末，隱居不出，自號雲顒天民。至正庚子，自刻其詩曰《樵雲獨唱》。洪武中，舉進士，官行人司副。免官家居，授徒甚衆。

讀宋徽宗北狩龍沙賦忍聽羌笛落梅花樂府

一聲羌笛咽龍沙，萬里燕雲獨夢家。吹入中原都是恨，如何只怕《落梅花》。

春雨晚霽

東風吹雨作絲輕，駕勒餘寒放晚晴。滿地濕雲收未盡，一簾花影不分明。

述懷

貌古何妨笑語新，寧憂勳業鏡生塵。芙蓉霧下三更月，薝蔔風前七尺身。偶爾忘懷非造理，或然閉目獨凝神。老身迂懶無迎送，高卧從人話隱淪。

春曉

數點滋花雨未乾，弄晴紅日上闌干。杏花梢上風微動，着意吹人也不寒。

感懷

天步艱難日，人情向背秋。愁無醫世術，喜免抱官囚。發憤尋青史，消愁數白鷗。草廬諸葛輩，幸出爲時謀。

朱朝列希晦 二首

希晦，樂清人。元季有詩名，與四明吴主一、簫臺趙彦銘稱「雁山三老」。國初，召至京師，授朝列大夫，不受。歸，幅巾短策，遊詠林壑，有先代遺民之風，有《雲松巢詩》二卷。

感懷

自嘆頹然一老翁，十年奔走鬢飛蓬。中原虎斗干戈滿，四海人憂杼軸空。葛亮平生恢復計，汾陽材略中興功。何當遠望舂陵郭，佳氣朝來正鬱葱。

自嘆

匠石搜林棄樗散，不材何敢玷簪裾。家貧粗有千金帚，國難曾無一箭書。今日總戎師管葛，明時徵士用嚴徐。野人不作功名念，欲效陶朱共養魚。

徐舫二首

舫字方舟，桐廬人。少與劉誠意遊。誠意被徵，過桐廬，邀之同行。方舟荷蓑笠以見，縱酒賦詩而别。築室江皋，天大雪，獨泛舟釣江中，日夕不肯去，以此終其身。宋景濂銘其墓曰「明詩人徐方舟」。

白雁

出塞風沙不涴衣，要分秋色占鷗磯。遠書玉宇傳霜信，斜落銀箏映冷暉。楚澤雲昏無片影，湘江月黑見孤飛。當年繫帛還蘇武，漢節仍全皓首歸。

桐君山

仙馭乘鸞去不停，青山依舊抱荒城。風香藥草春雲暖，露冷桐花夜月明。縣近胡廬堪認姓，鶴歸華表自呼名。千年往事俱塵土，時聽樵林吹笛聲。

張　洙二首

洙字宗魯，錢塘人。王梧溪之友。

辛丑十一月望日藻仲宗弟率諸生抱琴見枉草堂藻仲偶得風雨抱琴良不惡之句予愛其深得興體因足成唐律

風雨抱琴良不惡，連牀尤盡故人情。書狂屢遣供佳札，飲少惟愁翻巨觥。夜月忽於梅寫影，寒雲不礙雁流聲。看君卻憶誰相似，飯顆山頭太瘦生。

南村圖爲陶九成作

南村老人清且癯，閉户十年工著書。諸生解問揚雄字，使者空求顏闔廬。推窗山在夕陽野，掃徑柳垂春水渠。卜鄰若得從吾願，日日抱琴無日虚。

盧　焕一首

焕，雲間人。

寄張藻仲

草堂又是經旬别，江上梅花欲放春。兩閲尺書煩見問，幾時尊酒復相親。夜琴横月彈山鬼，曉雁呵冰寫谷神。門外雪消春水滿，往來舟楫不妨頻。

馬　弓二首

弓字本勁，會稽人。以《春秋》領鄉薦。

赤烏碑

江勢今從别處回，斷碑無復舊崔嵬。要知三國當時事，須信重玄此日開。凍折龜趺春作夢，爛侵魚腹夜生哀。鸞停鵠峙何由見，除是波神許載來。

陳檜

古本凌空百尺過，根盤如石鐵爲柯。濃陰不礙金蓮座，虛籟猶傳玉樹歌。倦客解衣頻徙倚，老禪卓錫定摩挲。雲門寺裏梁朝柏，身上苔痕想更多。

錢岳三首

岳字孟安，吴興人。元季徙居雲間。任亳縣丞。

赤烏碑

名刹高開滄海邊，豐碑新建赤烏年。悲凉斷刻三江底，想像雄文六代前。潮落雁沙看古篆，月明鰕渚弔枯禪。中興賴有周郎記，回首吴陵慘草煙①。

① 原注：「周郎謂周弼。」

陳檜

上方雙檜鬱岧嶢，不逐禎明玉樹雕。雲擁鶴巢溟海暗，火枯龍骨艮官搖。深根入地應千尺，老榦擎天已十朝。夜半木精聽説法，昔年亡國恨都消。

鰕子禪

舉世爭傳野衲癡，啖鰕聊復見神奇。十千天子俄驚活，五百聲聞總未知。落日胥村波渺渺，秋風蕭寺草離離。只留千古空龕在，靈迹蒼茫不可窺。

劉處士養晦二首

養晦號雪樵，萬安人。元末，避亂龍頭山中。明興，返故廬，堅卧不出。其詩有曰：「謝安原輔晋，李密固興唐。」其志可知也，嘉靖中，後人岐刻其遺集。

王氏招飲席中有感

憶昔至正全盛時，朱門豪家多亭池。池邊女兒縱遊賞，新妝照水明玻璃。春風淡挹芙蓉渠，黄鶯嬌轉垂楊枝。整日歡聲無暫歇，携手花間撲蝴蝶。曉吹龍管迎香風，晚酌金叠邀夜月。珠簾繡幕花氍毹，畫閣朱樓紅地罏。日長無事教鸚鵡，象牙鏤馬閑蒲樗。豈知人事忽更變，瓦礫荒蕪人不見。繁華一去杳難留，空有閑花飛片片。玉堂夜夜客鳴珂，人生在世若大夢，吁嗟易老成蹉跎。君起舞，我當歌，青春去矣難再過。美人如花不長好，黄金白璧徒云多。

野　館

安穩桐溪上，時危久索居。蟻穿庭下穴，蝸篆壁間書。野水臨秋迥，山窗映月虚。十年戎馬亂，歸計定何如？

郭處士完三首

完字維貞，莆田人。元末，隱於壺山，以教授生徒爲業，與方時舉用晦等十二人結社。完卒，自爲壙志。用晦與吴源、王孟寬爲營葬，有詩哭之。又有陳誠中挽詩曰：「有妻正斜被，無子紹殘編。東野詩名在，樊川佚稿傳。」

方士志耕隱

雨衣製青荷，雨笠編新籜。斯人沮溺流，日晏猶耕作。今年擬有秋，烹羊祭先穡。招我食力徒，斗酒聊取樂。酣歌擊瓦盆，昨晚牛生犢。

山中即事

數日別江渚，抱琴過竹溪。山深黄耳遠，日落畫眉啼。識字今何補，懷家計亦迷。明年與妻子，春雨學扶犁。

送馮西美歸三山

橘仙巖下曾相見，沙合橋頭杜宇啼。白髮故人官滿去，一蓑寒雨上春犁。

方布衣炯 一首

炯字用晦，號杏林布衣。

哭郭滄洲

破屋滄洲上，清貧獨可憐。書存無子讀，詩好有僧傳。葬卜中原夜，墳鄰北際邊。窮交空白首，莫贈買山錢。

苕溪耕隱

苕溪環翠入瓢湖，古木雲莊即舊居。每種秫田秋釀酒，剩收桐子夜觀書。雪晴度嶺閒騎犢，客至沿溪旋打魚。老我塵中無隱處，借君餘地著茅廬。

【補詩】

張典寶璧一首

送曹弘道吴

螺女江頭春水長，年年送客折垂楊。多愁怕送東吴客，只爲東吴是故鄉。

顧侍郎彧七首

海上竹枝詞七首

太湖東來滄海西，四十二灣江漸低。源頭受得浙間水，不放渾潮淤作泥。

江流兩岸盡平川，蕎麥如雲樹若煙。不是青龍任水監，陸成溝壑水成田。
沙田疲瘠快秋登，家計渾如水上冰。今日新僉河泊户，阿儂準備學攀罾。
平川多種木棉花，織布人家罷緝麻。昨日官租科正急，街頭多賣木棉紗。
黄浦西邊黄渡東，張涇正與泗涇通。航船昨夜春潮漲，百里華亭半日風。
大浦横塘九里灣，蚤潮船上晚潮還。儂心恰似東流水，直到海門無日閒。
滬瀆祠荒古壘平，東西蘆浦荻芽生。袁崧向時防海處，何物孫恩敢弄兵。

王縣丞澤一首

題方道人壺隱詩

仙城芙蓉青匝溪，鬱蕭瓊館開浮黎。飛甍仰空不可躋，青壁直上緣金梯。仙人星冠紫霞服，萬劫不死中冥棲。山中芝田春雨熟，緑葉如掌人參齊。君曾學仙煉仙骨，丹經夜讀燈燃藜。華星榮熒雲月澹，桂樹露濕青鸞啼。東來却訪赤松子，溪上白石猶眠羝。仙人爲惜别意遠，水墨寫盡仍箋題。仙山本似玉壺好，别貯天地無端倪。只愁洞口緣煙滿，咫尺春澗桃花迷。君今東遊幾千日，青鞋已涴人間泥。豈無黄精掃白髮，落日易接紅塵低。每從畫裏見山水，但覺擾擾隨醯鷄。山中仙人定相憶，每鶴頗寄書來遲。歸時爲問守鼎虎，藥成分我才刀圭。

董徵士佐才一首

方寸鐵爲盧丹

方寸鐵，百煉剛。吹毛劍鋒秋水光，鎸勒妙擬郜竹房。倒薤文，連環紐，通侯累累懸肘後。伏龜趺，蟠螭首，頌德紀功垂不朽。鐵名已著霜滿顱，復將鐵業傳二雛。勿劖元祐黨，勿刻詅癡符。何如往補石經漏，萬古六書存楷模。天下英髦知所趨，伊誰之力丹丘篇。

李廣文延興一首

送李順文

維齊古青州，其地山水秀。嘗遭國大侵，夾輔猶腋肘。宅土稱上腴，財賦等浙右。奇闔久乃隳，完城失封守。妖盜起潢池，跳梁哀林椒。白晝燒通衢，胡馬相踐蹂。屋化飛塵灰，莽莽草木茂。往年大姓家，存者無八九。兵興歲無虚，穡事廢南畝。紛馳赤白囊，烈勳徑何有？上貽國之憂，軫念夜達晝。簡師行天誅，岌岌不敢後。秦中出精甲，長道屈群醜。言言七十城，易若摧瓦缶。大野熄烽烟，多士釋介胄。兩河關梁通，中原絶紛糾。行者如蟻旋，居者如輻湊。濟南李徵君，累業文獻舊。躬耕食其力，園田如錯繡。自經喪亂來，避地東西走。草食面削爪，布衵體盈垢。先師有遺文，一一付君手。萬死逃一生，收藏免脱漏。吾嘗觀其書，篇章燦瓊玖。讀之京華館，霜月動虚牖。尋將刻棗梓，上儷鐘鼎壽。古稱賢弟子，君乎實無負。始予未相識，聞譽則已久。昨枉過山齋，衡扉竹外候。吐飯欣接之，笑語忘辰酉。議論悉超絶，白日雲霧剖。讀書不窺園，焚膏在研究。巢由尚羊裘，禄仕不掛口。譬之天馬駒，不肯戀棧豆。裹糧出都門，歸期迫夏首。春容耀桃李，川色潤栲杻。太行入青雲，千峰淡如帚。黄河浪捲天，風雨怒蛟吼。路經百載場，青苔白骨朽。抵家拜丘墳，狐狸上荒阜。俯仰成古今，野哭雜山溜。莫傷門祚哀，晚節當大就。立言紹前修，蚤夜獵文囿。爲國植英材，民俗盡歸厚。我家漢水上，昔别齒尚幼。艱危十餘年，骨肉知在否。君歸我何如，涕灑滿衣袖。執手河之干，臨風一觴酒。人生會合難，豈不懷親友。相期保令名，良時不可又。

葉樵雲顒二首

月夜梅邊即事

香裏寒雲滿溪，月明津渡人迷。夢入江南舊路，夕陽流水橋西。

與故人序別

六尺形軀消瘦，十年故舊西東。試問市橋官柳，近來幾度春風？

列朝詩集甲集第一

劉誠意基《犁眉公集》一百二十七首

《犁眉公集》者，故誠意伯劉文成公庚子二月應聘以後，入國朝佐命垂老之作也。余考公事略，合觀《覆瓿》、《犁眉》二集，竊窺其所爲歌詩，悲惋衰颯，先後異致。其深衷託寄，有非國史家狀所能表其微者，每盡然傷之。近讀永新劉定之《呆齋集》，撰其鄉人王子讓詩集序云：「子讓當元時舉於鄉，從藩省辟，佐主帥全普庵勘定江湖間，志弗遂，歸隱麟原，終其身弗仕。余讀其詩文，深惜永嘆。嗟乎子讓，其奇氣硉矹胸臆，猶若佐全普庵時，以未裸將周京故也。有與子讓同出元科目，佐石抹主帥定婺越，幕府倡和，其氣亦將掣碧海弋蒼旻。後扳附龍鳳〔一〕，自擬劉文成，然有作，噫喑鬱伊，捫舌騂顏，曩昔氣澌滅無餘矣。」呆齋之論，其所以責備文成者，亦已苛矣。雖然，史家鋪張佐命，論鼚項之殊勳，永新留連幕府，惜爲韓之雅志，其事固不容相掩，其義亦各有攸當也。誦犁眉之詩，而推見其心事，安知不以永新爲後世之子雲乎？謹撰定犁眉公詩居國朝甲集之首，而子若孫之詩附見焉。

〔一〕「扳附龍鳳」，小傳本作「攀龍附鳳」。

漢宫曲

小雨如烟畫掩扉，捲簾忽見燕雙飛。不知春色能多少，總向昭陽柳上歸。

江上曲四首

紫桂香銷五夜霜，碧雲收盡玉蟾光。琅玕不是人間樹，何處朝陽有鳳凰。

月出前山青黛寒，雁聲遥下碧雲端。草根錯認驪珠吐，自是西風白露團。

賓雁來時月滿洲，于今雁去月如鉤。雁來雁去何時了，月照離人又白頭。

紅蓼丹楓一色秋，楚雲吴水共悠悠。人間萬事西風過，惟有滄江日夜流。

寒夜謡二首

良夜悠悠，星河滿天。風吹窗櫺，聲如管絃。無酒可飲，寒不能眠。枯腸饑鳴，百慮交煎。人生一世，不滿百年。寤寐懷思，曷維其然。内省不疚，有愧聖賢。

今夕何夕，歲聿其徂。草木雕落，山川縈紆。瞻彼鴻雁，拂翼天衢。雍雍和鳴，載悠載徐。雖無羽翰，心與之俱。華月出雲，青鐙在隅。歌以寫懷，云何其盱！

長歌續短歌

短歌調促情苦悲，長歌引愁無絶期。短聲欲盡長聲續，似是荆山人泣玉。悲哉荆山泣玉人，但知貴玉不貴身。縱令哭盡歌堪聽，何異春花委路塵。古稱悲歌可當哭，傷心如中金石鏃。更不必聽蔡琰笳，又不必聽漸離筑。長歌飄揚徹九天，短歌嗚咽入九泉。徒言歌哭兩情異，誰知歌聲尤可憐。

望行人

朝聽乾鵲鳴，暮見燈花結。鵲鳴燈結無定期，鏡裏青雲看成雪。人生百歲難長保，天上孤鸞海中老。滔滔逝水不回西，灼灼秋花幾時好。一朝復一朝，一夕復一夕，只恐君心念妾時，妾身已作山頭石。

旅興 四十首

初秋積雨過，衆緑光如濡。莎鷄啼高樹，蟋蟀鳴階除。時物已改故，芳年從此徂。榮名非我願，守分敢求餘。登樓眺遠郊，肆目望天衢。明月出雲中，照我華髮疏。還歸掩關卧，夢到園田居。

憶年二三十，笑人不能勤。誦書欻萬言，落筆飛煙雲。有朋自遠來，講論窮朝曛。一藝耻不知，高蹈躐前聞。寧知有衰老，耳聾目如熏。身世且未保，況敢言功勳。

老不與懶期，身老懶自至。懶不與傲期，力憊難强事。茫茫視天宇，忽忽心如醉。勞生諒何庸，顧爲形所累。弱水隔蓬萊，安得生兩翅。

秋風肅萬物，百蟲競號鳴。蟪蛄最可憐，切切悲其生。屣履步庭除，素月圓且明。玩之不可掇，渺焉忽西傾。回身掩房闥，愴恍煩慮盈。太息以終宵，展轉難爲情。

徼福非所希，避禍敢不慎。富貴實禍樞，寡欲自鮮吝。疏食可以飽，肥甘乃鋒刃。探珠入龍堂，生死在一瞬。何如坐蓬蓽，默默觀大運。

死别不可追，生别那可思。悼往恨節促，待來恚時遲。人生百歲間，苦樂相牽攣。念生復念死，何時一開顔。登高望八荒，目眷飛鳥還。有願不克遂，淚下空潺湲。

秋氣雖可悲，秋色亦可悦。寥寥天宇曠，皎皎縣象晰。雁來山葉紅，龍卧江潭潔。彼美黄金花，含英耀窮節。佳人不可期，明月圓復缺。空庭夕陰盡，露草白如雪。佇立望四方，彌使憂念結。

窮巷屏人迹，開門見青山。青山似故鄉，客子何當還。蟪蛄日夜鳴，緑樹亦已殷。白日駛西征，浮雲不可攀。安得生羽翼，奮飛出玄間。

雨來群山暗，雨過群山明。山明猿鳥喜，山暗猿鳥驚。歲暮陰風起，白日西南傾。寒蟬枝上號，阜螽草間鳴。人生非草木，能無感中情。

赤霞變玄雲，風起烟霧塞。颼颼木葉響，曀曀原野黑。青泥没委巷，關塞生咫尺。水深蛟龍恣，山濕鳥獸寂。留滯荷戈人，艱難去鄉客。翹首望太陽，憂思萃朝夕。

望舒乘罕車，潛蝓躍重淵。二儀烟霧交，九澤風雲連。丘陵冒潢潦，溝澮成通川。鵲鶴失其巢，窮猿鳴可憐。蛙黽一何樂，喧呼聒宵眠。

旻景無還暉，霜露凄已繁。松柏坐榴翳，桃李更何言。旦夕悲風起，黃沙蔽平原。萬物盡凋落，芳華誰獨存。我願化爲鶴，不願化爲猿。鶴鳴聲聞天，猿鳴烟雨昏。空林夜寥寂，躑躅傷精魂。

西風吹碩果，草茅思索綯。摵摵卉木零，唧唧寒蟲號。百川日夜流，泰山何其高。沉浮自有定，汲汲無乃勞。

久雨得晚霽，豁然如醉醒。幽花銜餘紅，遠峰出孤青。獨坐無與娛，蜻蛚吟空庭。良辰能幾何，逝者忽如傾。嘯歌欲自慰，歌竟還傷情。

微風振檐鐸，瑲如環佩響。登高看秋色，俯見明月上。木落天地寬，雲散川原廣。來者不可期，逝者日已往。離居豈無懷，惻愴縈遠想。

日暮登高臺，流目盼雲間。雲間有明月，窈窕芙蓉顏。光輝被四表，萬古一往還。惜無騰化術，仰之不能攀。

江上秋風急，天寒雁南歸。客子眷長途，中心一何悲。顧瞻望四方，有懷當告誰。霜露日夜零，百卉厭其枝。衰謝不待期，榮盛安可追。太息復太息，愴悢涕沾衣。

薄雲斂微雨，返照涵空烟。黃葵間紅蓼，爛若濯錦鮮。老病苦無歡，坐爲憂所纏。自恨非松喬，不能還少年。援琴寫此曲，曲盡心茫然。

翔鵾摶扶搖，九萬一奮翅。驊騮驟康莊，瞬息千里至。谷鮒穴坎窞，鴟鶵集蓬蔚。逼仄豈不憐，飲啄亦何忌。夸父空有勇，精衛良無智。翼折海未枯，身僨杖徒棄。何如抱區區，保己遺世事。倦鳥冀安巢，風林無静柯。路長羽翼短，日暮當如何。登高望四方，但見山與河。寧知天上雨，去爲滄海波。慷慨對長風，坐感玄髮皤。弱水不可航，曾城岌嵯峨。凄凉華表鶴，太息成悲歌。病身如朽木，螬蟻群萃之。生意已無多，雨露空其滋。晨興步庭除，足弱幾不持。論年未應爾，胡爲遽如期。大塊播萬形，一軀非我私。暫假終必還，但有速與遲。居易以俟命，聖言豈吾欺。上古人一心，生榮死同哀。末世自爲心，骨肉多嫌猜。沉沉十日雨，漫漫百畝苔。苔深車輪没，平路生蒿萊。嗚呼張仲蔚，衡門何由開。疏庸厭人事，疲病畏交遊。得閑願已愜，敢有分外求。開門對鍾山，山翠盈我眸。日中市聲遠，草緑空庭幽。登臨觀萬象，玄理足可搜。誰能走逐逐，自使生悔尤。别離多苦懷，三年當百載。來者非所知，往者今安在。浮雲旦夕起，白日埋光彩。天地亦有形，豈能長不改。去去東園公，紫芝猶可採。晨興梳短髮，庭樹生秋風。萬物有容色，與故各不同。碩實屬老成，天柔怨童蒙。英英黄金花，旎旎清露叢。歲暮等淪落，何異蒿與蓬。庭前草華髮，夜凉螢火流。有懷不能寐，超望女與牛。那無一葦航，繁念空悠悠。淚如宵露零，散漫不可收。忡忡坐虚室，暖暖日向暮。空烟斂曾岑，暝色半高樹。緬邈起遐思，逍遥散輕步。嬋娟天上月，的皪草間露。物情豈異昔，人事殊非故。芳歲不可淹，衰年況多慮。諒無彭鏗術，頹齡那能駐。夭夭芙蓉花，向晚猶媚嫵。娟娟明月輝，粲粲當庭户。寒衾耿長夜，夢寐空自語。勞生遘六極，老病在羈旅。將思訴穹玄，恨我摶風羽。

大火没西南，晝短宵已長。志士鬱慷慨，老年怨凄凉。蕭蕭草蟲鳴，肅肅蒼隼揚。物情各有定，人意苦不常。跼步陟崇丘，流目睇康莊。寧爲款段駑，勿作騏驥良。款段駑鼓車，道里有限量。騏驥被重甲，力盡百戰場。死骨賣千金，雖貴亦何償。

青青瀟湘竹，猗猗被寒水。遊子如飛蓬，佳人曠千里。登高左右望，但見黄塵起。鳳凰翔不下，梧桐化爲枳。傷懷不可道，憂念何時已。

吾觀穹壤間，萬變皆有窮。何如順天道，原始以知終。清晨攬衣起，絺綌生秋風。雍雍鳴雁來，灼灼酸棗紅。悵焉念所思，悲感集予衷。佳期在何許，瑶草成枯蓬。佇立望日月，勞心極忡忡。

烏鳴朝啞啞，鵲鳴暮啾啾。聞鵲既不喜，聞烏復何憂。世人務苟得，君子絶外求。滄浪迅風波，無風即安流。胡爲自冰炭，以貽達者羞。

嚴風萃群有，蠅蚊亦無多。所憎雖去眼，若此歲晏何。中夜攬衣裳，起視星與河。出雲未還山，落葉早辭柯。沉思不成寐，太息繼以歌。

寒燈耿幽幕，蟲鳴清夜闌。起行望清天，明月在雲端。美人隔千里，山河杳漫漫。玄雲翳崇岡，白露凋芳蘭。願以緑綺琴，寫作行路難。憂來無和聲，絃絶空長嘆。

秋山青如煙，秋月白如水。登高俯空曠，咫尺見千里。悠悠孤雲行，裊裊涼風起。涼風吹客衣，客心隨風飛。願作滄海潮，朝來莫還歸。

久旱草不生，一雨青滿地。新荑與舊枿，好醜各自媚。喈喈黃鶯吟，習習玄鳥至。閑庭人迹稀，白日澹清氣。平生孟公綽，庶足無妄覬。但願長若斯，撥置身外事。

江城夜來雨，雷音亦何砰。今晨視郊原，草木皆發榮。雙雙布穀兒，來我墻上鳴。園蔬猶可藝，無忘及時耕。倦翮得安巢，感荷天地生。

秋高潦水涸，旻天亦凄清。枯籜響悲音，羈蟲振餘聲。曀曀落日暉，慘慘遊子情。風林無定枝，馳車鮮安旌。自愧匪賢達，默默嗟其生。

山鬼處幽篁，自分不見天。寧知無私照，及此暗井泉。倦鳥思故林，窮魚思故淵。感荷實難忘，庶其保終年。

鎩羽異高風，疲馬厭長道。玄陰促暮節，何物能不老。自非松柏質，敢冀出衆草。登山臨流水，及此晴日好。春芳藹蘭蕙，秋實栗粳稻。黃精肥可食，石泉清可澡。榮名何足言，息心以爲寶。

過蘇州九首

姑蘇臺下垂楊柳，曾爲張王護禁城。今日淡烟芳草裏，暮蟬猶作管絃聲。

姑蘇臺下垂楊柳，落葉蕭蕭日暮風。天地山河有真主，迎來送往總成空。

憶昔吴宫無事時，滿城楊柳舞西施。如今柳盡西施死，恨殺當年陌上兒。
陌上清歌最可聽，誰知此是斷腸聲。就中更有楊枝曲，恨殺昏鴉及曉鶯。
虎丘山下月朦朧，閶闔門前動地風。《子夜》一聲琴一闋，杜鵑聲在碧雲中。
燈映前窗紙不鳴，四鄰無語犬號聲。南陽已起爲霖了，何用人間更得名。
滿地寒風滿面塵，荒煙白草舊通津。宴安鴆毒俱亡國，可但西施解誤人。
成敗由天衆所知，烏江拔劍更何疑。誰言碧海剸蛟手，也學臨春井底兒。
小雨如膏漬陌塵，一溝寒碧曉生鱗。餘年已自無多子，更向途中見早春。

漫　成二首

萱草花空發，丁香子又生。浮雲無處所，孤月不須明。
望帝千年魄，聲聲是淚流。空庭無竹樹，省得一春愁。

老病嘆

我身衰朽百病加，年未六十眼已花。筋牽肉顫骨髓竭，膚腠剥錯瘡與瘸。人皆愛我饋我藥，暫止信宿還萌芽。肺肝上氣若潮涌，舊劑再歠猶淋沙。有眼不視非我目，有齒不嚙非我牙。三黄苦心徒自療，五毒浣胃空矛戈。因思造物生我日，修短已定無舛差。琚瑱不能使之少，盧秦焉能使之加。攻犀鹽朽各有分，梟悲鶴悼何繆耶。不如閉户謝客去，有酒且飲辭喧嘩。

漫成

老去知心更有誰，愁將短髮對花枝。花殘更發新春葉，髮白空垂滿面絲。縱酒放歌憐往日，倚闌聽雁立多時。若爲化得摶風翮，汗漫東西信所之。

有感七首

物换星移事已迷，重來舊處惑東西。可憐如鏡天邊月，獨照棲烏半夜啼。

焚書千古訝嬴秦，逃難茫茫走縉紳。尚憶商山近京洛，白頭容得採芝人①。

甲楯孤棲死不疑，那將宗社换西施。想應嘗膽秋風夜，恰似無忘槜李時。

鴻雁來時月滿天，客途僮僕自相憐。荒村觸眼惟茅屋，榆柳蕭疏起暮烟。

黍穗高低菊有華，廛居恰似野人家。夕陽日向西墻過，只爲微生换鬢華。

魚鹽充牣稻粱肥，誰痦繁華是禍機。日暮無人唁亡國，寒鴉猶帶夕陽飛。

漫漫陽春不見秋，人生得意總忘愁。茱萸謝盡芙蓉發，清夜吹笙月滿樓。

① 原注：「此詩爲己亥匿青田山中，太祖命孫炎遣使鈎致而作。」

古　歌三首

紅葵高花高以妍，清晨方開夕就蔫。美人迢迢隔山水，可望不見心茫然。花開花落日復夜，惟覺新年非故年。人生百歲花一度，何不作樂令人憐。

舊花欲落新花好，新人少年舊人老。佳人見此心相憐，舉觴勸我學神仙。我聞神仙亦有死，但我與子不見耳。只言老彭壽最多，八百歲後還如何。

雙燕雙飛入我堂，銜泥養雛何太忙。養得雛成却飛去，雙燕雙飛復如故。東園桃李春萋萋，日華烘露生紫霓。一朝實熟付人採，葉枯葉折空成蹊。

夜泊桐江驛

伯夷清節太公功，出處非邪豈必同。不是雲臺興帝業，桐江無用一絲風。

松葉酒歌寄梁安宅

道人贈我松葉酒，味似瓊漿色瓊玖。咽之骨爽神魂清，令我壽同金石久。我生疏懶無所能，瘦皮粘骨危峻嶒。病來啖藥猶啖水，夢寐恍惚風中燈。常聞徂徠有嘉木，玄醴滌濯黄露沐。上有兔絲揚翠旍，下有茯苓蹲白鹿。咀華嚼葉咽以津，歲久定化腸爲筋。便從偓佺覲黄帝，身騎肉角青騏驎。我欲求之百憂集，滿眼蚊蠅隨出入。踆烏箭逝纖阿急，日暮空瞻鄧林泣。道人此酒還有方，我欲與子同徜徉。世上神仙亦何限，留侯辟穀應未晚。

侍宴鍾山應制 時蘭州方奏捷。

清和天氣雨晴時，翠麥黄花夾路岐。萬里玉關馳露布，九霄金闕絢雲旗。龍文騕褭驂鸞輅，馬乳蒲萄入羽巵。衰老自慚無補報，叨陪儀鳳侍瑶池。

秋懷 五首

東風吹晨霞，初日垂白足。濕煙屯檐棟，飛雨鳴樸樕。厭厭葉就黄，萋萋草還緑。索居謝喧嚻，庭絶車馬躅。念來多所懷，追往不可復。懶隨老共至，病與年相促。省窮慚寡尤，守分無望福。駑駘立皂櫪，慕敢騏驥逐。

空階走穴蟻，荒垤唳巢鸛。陰氣方騰達，密雨已彌漫。沉沉翳光景，昧昧感昏旦。林鴉濕休飛，檐雀饑相唤。哇步隔關河，四望空慨嘆。凄凄衣裳單，戚戚歲年晏。微生如石火，徒勞暫時焕。永痞爛柯人，萬事一夢幻。

清晨啓扉坐，微風動游龍。離離墻上花，切切砌下蛩。嚶嚶自成音，灼灼各有容。四序迭推移，衰病情所鍾。身羸足已弱，有願不得從。愧負天地生，愴恨填心胸。

蟋蟀已在宇，鴻雁方來賓。天秋風露寒，陰谷何時春。欲爲商聲歌，恐驚梁上塵。衡門掩仲蔚，庶用存吾真。

薄雲散高風，天色青如染。盈庭露輝輝，當窗星焰焰。寒來愛蘭釭，暑往却筠簟。憂思浩無際，起坐數更點。晦明相代謝，避盈乃無歉。未嘗陟孟門，誰識行路險。賈害豈無因，戒之在懷琰。冥豫何可長，用之以自檢。

題謝皋羽傳後

阮籍哭窮途，墨翟哭素絲。賈誼上書期痦主，卞和抱玉無人知。人生有情不可塞，謝生慟哭非狂癡。神奔鬼遁天地革，龍魚猫虎三辰黑。黼裳玄衮換氈裘，鞮唱羌歌滿中國。生也何辜逢此時，有才不用空男兒。伯益丘墟管仲没，孤根弱植誰扶持？既不能學申胥頓首血沾臆，却吴再建荆社稷。又不能學鄒衍長號徹帝闕，飛霜六月淒燕山。空將淚灑荒岡雨，添作秋濤撼江浦。君不見杞梁之妻善哭夫，哭得城崩又何補。夜猿叫罷天晦冥，哭聲摇動虚危星。瀟湘竹死鳳凰去，但見白波連洞庭。嗚呼！此士今安在，金石可銷心不改。應將魂魄化精衛，銜取南山填北海。

秋感二首

老病偏多感，宵長晝亦長。衣冠方謝暑，枕席已驚凉。住事鎸心在，新知過眼忘。籬邊舊栽菊，歲晚爲誰黄。

日白天青木葉凋，雲山漫漫故鄉遥。石牀墜露珠光動，碧砌幽花玉色銷。十載故人俱土壤，五更歸夢負漁樵。懷來憶往成惆悵，蔓草羈蟲對寂寥。

悼廢圃殘菊

舊菊將蕪尚有根，高秋相顧耿無言。芳心不共青莎死，生態猶欺白露繁。要待靈均餐落蕊，從教元亮耻空尊。何人解識淒凉意，分付寒蛩仔細論。

雜　詩五首

白露出草根，顆顆如明珠。黄華炫金錢，亦復盈階除。閒居無尤物，玩之聊可娱。衡門不必扃，此非衆所須。但恐成薏苡，千載令人吁。

服力徇穡事，矻矻望有秋。凌晨荷鋤出，日入且未休。中夜看星辰，旱潦切所憂。西成告豐歲，珠璣滿田疇。飽食幸可期，喜色欲盈眸。寧知霜雪早，零落不得收。荒畦委滯穗，槿籬挂空篝。斜陽照白髮，短褐還飯牛。天命固如此，汲汲復何求。

季世罕上壽，百歲爲長年。軒皇不可見，顔冉復誰憐。安期乘彩虹，羨門駕紫煙。朝遊蓬萊島，夕宿曾城巔。常恐聲風枝，摧折滄海田。徒令驪山客，想望稱神仙。

月明棲鳥動，月暗棲鳥定。茅鴟潛枳枸，大眼挂宵鏡。皇天生萬物，一物畀一性。遂令蓋壤間，擾擾事争競。喧呶窮日夕，豈不慁天聽。化工雖云巧，爲法只自病。沉思令人嗟，欲問誰與應。速成非良器，驟得難久好。桃李望春舒，亦復迎秋槁。蕣英耀朝日，未夕委蔓草。饑農種稙禾，自慶得食早。歲暮寒溧冽，衡門浄如掃。瀛洲對方壺，弱水爲池沼。不有千年花，安得如瓜棗。徐市駕樓船，輕帆迅如鳥。仙人儻可見，常恐三光老。寄書附文鰩，碧雲空縹緲。

舊在杭時爲冷起敬賦泉石歌亂後失之今起敬爲協律郎邀予寫舊作已忘而記其起三句因更足之

君不見吴山削成三百尺，上有流泉發蒼石。冷卿以之調七絃，龍出太陰風動天。初聞涓涓響林莽，悄若玄宵鬼神語。玲然穿崖達幽谷，竽籟飀飀振禾木。永懷帝子來瀟湘，瑶環瓊佩千鳴璫。女夷鼓歌交甫舞，月上九疑啼鳳凰。還思媧皇補穹碧，排抉銀河通積石。咸池瀉浪入重溟，玉井冰澌相戛擊。三門既鑿龍池高，三十六鱗騰夜濤。豐隆咆哮震威怒，鯨魚揵尾驚蒲牢。倏然神怪歸寂寞，殷殷餘音在寥廓。鮫人淵客起相顧，江白山青煙漠漠。伯牙骨朽今幾年，叔夜《廣陵》無續絃。絶倫之藝不常有，得心應手非人傳。憶昔識子時，西州正繁華。箏笛沸晨暮，兜離傑佅争矜誇。子獨倘佯泉石裏，長日松陰浄書几。取琴爲我彈一曲，似掬滄浪洗塵耳。否往泰來逢聖明，有虞制作超莖英。和聲協律子能事，罔俾夔摯專其名。

雪鶴篇贈詹同文

有鶴有鶴丁令威，碧玉爲骨玄霜衣。曾城十二身所依，千年伐毛一度歸。洗髓織女黄姑磯，瑶臺雪花大十圍。食之神爽肉不肥，乘風振羽芳菲菲。丹砂結頂燁有輝，咳唾璀錯生珠璣。朝游明星夕大魄，騰光躡景超巍巍。滕六驂乘虹霓騑，蕊宫仙娥項帝妃。熔雲煉雨成瓊葳，眩晃晝奪扶桑輝。離眸閃爍不可睇，回飆摐摐翼縞旂。白虎觳觫艮厥腓，鸞鷯鳥鴻鶉鵠翬。鷺鶚鸛鵲鷴與鷸，局促縮朒潛嵔崎。惟有皓鶴從之飛，竦翮夜過東皇畿。玲瓏琪樹戛金徽，砉然長鳴驚海圻。海波噴作烟霧霏，馬銜罔象蹲若蘷。鯤鯨夭矯相噓唏，銀河腹堅膠蜾豨。王母桃花凍不緋，五色石裂女媧噫。祝融上訴開九扉，帝命養之青鎖闈。賜以沆瀣憐其饑，朝朝暮暮朝太微。翅翎披拂天香馡，北斗粲爛星依稀。翠裾抱日露未晞，圓臟修趾逸且頎。蹌蹌蹈舞霍以揮，散仙引領空相希。嗟哉清峻天下稀，勿嘆遼東城郭非。桂華窅窪甘露溰，味美遠勝商山薇。擷英爲羞堪咀嘰，比之琅玕亦庶幾。盤空硬語去脂韋，歌以贈君君莫譏。

秋夜聽冷協律彈琴分韻得夜字

秋清衆籟寂，華月耿遥夜。玉琴奏瑶席，逸響發高榭。微微風入林，稍稍泉出罅。閃閃黄鳥春，嘒嘒玄蟬夏。幽憂北鄙語，赫怒西楚吒。初疑廣寒府，和鑾起仙駕。忽驚龍騰霄，雷電劈太華。凄凉漢宫女，萬里異國嫁。逍遥商山老，芝歌意閑暇。斯須變暄凉，要妙奪造化。終焉返淳樸，瑚璉在糱藉。鄭衛失其淫，儀秦失其詐。虎狼失其攫，烏鳶失其嚇。大音信希聲，餘美甘如蔗。持此滌塵心，永與箏笛謝。

青羅山房歌寄宋景濂

若有人兮乃在大江之南，浙河之東。連山掎拔瀛海上，上與河鼓天津通。憶昔四女下天來，遺鬟墮髢根龐鴻。仙華杰出最怪異，望之如雲浮太空。嶔崟崱施嚙不可上，薈蔚雜樹昏朣朧。虎龍咆號猿鶴叫，山鬼呵欻生悲風。嗟哉若人兮，胡爲乎其中！梁檀柟兮柱桂楓，結青蘿兮以帲幪。不剪不伐兮，不鹽以攻。晨嵐暮靄滴晴雨，烟條霧葉相蒙蘢。縿縿兮纚纚。莑莑兮蓬蓬。繚糾要紹兮，若蒼龍垂胡降玄穹。棽麗披離兮，若翠鸞振迅飛氄毦。鸝黄和鳴桑扈應，仿佛牙曠之絲桐。幽泉發竇鏘玲瓏，六月赤日收蘊隆。陽凌陰蓄春融融，岩花澗草紛白紅。有時皇初平清夜，騎羊朝帝君瓊蕤，羽蓋冰玉珮，華月閃爍光成虹。松吹笙兮竹舞翿。影旆旆兮聲颯颯。娱目悦耳兮樂不可言。世間塵土何夢夢。山有芝，隰有蕈，石鑿鑿兮水淙淙。猗若人兮美且充，饑食倦息兮可以保我躬。逍遥兮棲遲，又何必訪廣成于崆峒。

送姚伯淵之清溪河泊所任

清溪之水通秋浦，石白水清魚可數。鰷鱨鯩鰱魴與鱮，小魚如鍼大如杵。侵晨漁艇浮空來，千夫撒網雲煙回。鳴榔擊楫聲如雷，水怪駭喙珠宮開。課魚使者矢魚急，馮夷嘘唏龍母泣。琴高赤鯉縱有神，何暇超騰作人立。吾觀大江之中有壯魚，名曰海豨頭如猪。群行九十其朋徒，噴沫成雨倏欻盲風俱。旌陽仙人上天去已久，平池波濤隨處有。春淵潛鱗陟負冰，時哉罔俾虞人後。小魚瑣碎獺所捐，大魚多膏祇自煎。君不見振振鷺，白玉沙頭見魚饑不啄。一朝飛上瑶華池，紫鴛黄鵠相追隨。俯視禿鶬垂六羽，還共野鳥争腐鼠。

旅　夜二首

昨夜起觀星，月在楊枝上。今宵不見月，星影空摇漾。羽蟲飛拂户，磴吐孤火壯。佇立掩衡門，愁來獨惆悵。

客愁常突兀，今夜燈花生。雖知無喜報，愁亦暫時平。解襟成獨寢，留燈待天明。喜固不可求，客心恒畏愁。

道士周玄初鶴林行

鶴林道士軒轅徒，以飆爲輪雷爲輿。開山養鶴作騏驥，上下二儀周六虛。雛成洗髓扶桑窟，縞練羽毛鏐鐵骨。聲飄碧落玉清揚，影拂太微雲滅没。永夜月明風滿林，竹柏戛擊笙簫音。云是旌陽許縣令，躡蹻佩劍來相尋。靡蓱西枝摇倒景，借去林間兩丹頂。伐蛟北海奠玄冥，斬蜃南訛封浪井。上窮列缺旁九圍，却過度朔山中歸。歸來贈我桃樹枝，朱衣赤郭手所持。令我鞭龍扶虓虎，攝縛臊魃如奴虜。授我堯時松子訣，轉睛出電噓成雨。鍾山秀色連冶城，百花繞屋風泠泠。焚香獨坐誦《真誥》，墜露點滴流華星。土伯駿奔從號令，鶴鳴聞天空谷應。寥陽寶殿歌《步虚》，河漢當窗回斗柄。嗟子衰朽雜病攻，盈顛素髮吹秋蓬。空餘硬骨如瘦鶴，因子致意浮丘公。

爲詹同文題浙江月夜觀潮圖

君不見四時平分成歲功，以秋繼夏獨不同。炎官挾長握天柄，七月赤日熺玄穹。蓐收抱鉞蹲白水，野氣赫赫攄赬虹。陽侯喘汗河伯暍，少昊上訴愁天公。會須萬物長養遂，斯以仲月虚宵中。此夜姮娥魄正滿，命駕四蟾驂兩駴。指揮禺强出玄渚，蕩滌歊熇清霾蒙。河漢發源牛斗下，曲江上與天津通。初看一髮起溟徼，如曳組練來於東。漸聞殷驎鼉鼓發，倏忽萬雷聲撼風。天吴掉尾出溟涬，馬銜揚鬐招海童。霓旌縞帳鷺羽幬，瑶臺十二浮空蒙。蕊珠仙人乘玉輅，騰駕鶴鵠飛氄氃。長庚欻霍掞光耀，靈母扶龍嗥戛銅，宓妃起舞素女從，瓊珮綷縩雲𡾰幪。冰綃霧縠紛颯纚，霜旗雪幡高翳空。鯨魚呀呷鮫鰐遁，蒲牢哮吼馮夷宫。瞿唐巫峽起平地，灩澦若象鏖回潨。先驅已過赤亭嶂，後從始發龕山㟅。商聲爽淅合群籟。澤國凛溧寒欲凍。先生玩月坐樓上，夜氣澄寂神和冲。憑闌快睹煩暑退，呼兒命酒澆喉嚨。自舞自歌歌自作，月照白髮三千緫。歌聲池揚林壑應，竹樹戛擊絲與桐。淵魚躍波棲鳥作，紫桂繞屋清香融。君歌曲終響未終，我歌激烈留征鴻。瞠眸相視俱老矣，况有衆病來交攻。聖明天子御宇宙，威惠與天相比隆。首丘倘許謝羈絆，猶有古月光曈曨。行當唱和三百首，永與潮汐流無窮。

病眼作

君不見昔日方相氏，黄金爲四目。精光倏昱奪長庚，導者趨風觀者肅。一朝竣事歸有司，委棄塵埃同朽木。我生兩眼粗能視，要探天根窺地軸。論價未止連城璧，傳聲共推天下獨。寧知用譽貴含章，鬼物由來闞高屋。三彭上誶三盧聞，乘時作釁何其速。吴回熾炭煎赤汗，灌注清揚發炎燠。赫如巨鱒出淵淪，斐若錦衣蒙綺縠。淚漬紅桃浥露開，眵昏丹雀披煙宿。鷓鴣呼雨荔支垂，布穀啼山蓬虆熟。雪深太白眯碧鷄，霧苦瑶臺落黄鵠。自分衰年已無幾，膂力卒單筋脈縮。春榮秋悴兩茫茫，柳緑花紅非所逐。天公若復可憐生，乞與寸光分粟菽。無勞指點某在斯，不用南陽潭上菊。

秋日即事九首①

秋風吹雨冷翛翛，階下金錢爛漫愁。鴻雁不來巢燕去，草蟲辛苦獨知秋。
春華秋草兩悠悠，素髮多情却滿頭。落葉自隨流水去，遠山空帶夕陽愁。
垂垂密兩䕶修楊，點點青苔繪短墻。不是雁聲天畔過，争知今日是重陽。
秋氣蕭條宋玉悲，西風唯有雁相宜。秦淮岸上青青草，想見繁霜未落時。
寒星無數月如鈎，槁葉呼風入敝裘。人世可憐唯有老，鏡中憔悴夢中愁。
挂壁青缸照不眠，相看到此亦堪憐。露寒霜重殘螢盡，腸斷秋風憶往年。
病眼昏昏四顧迷，獨行渾似雪中鷄。花開葉落真成夢，愁聽門前過馬蹄。
槿華數樹夕陽時，收拾秋光在短籬。自紫自紅還自碧，衹應獨有暮蟬知。
北風吹雁過蕭蕭，旅館青燈共寂寥。蓬鬢一時成白雪，老來禁得幾秋宵。

① 原題作八首，實則爲九首，今改。

贈杜安道

憶昔天兵伐荆楚，舳艫蔽江齊萬櫓。歡聲激烈似雷霆，猛氣烋烋震貔虎。拔栅皖城猶俯拾，探穴九江無險阻。明年大戰康郎下，日月坱圠相吞吐。馮夷蹋浪群水飛，巨鰲掉首三山舞。雲隨太乙擁鋒旗，鼉爲豐隆作靈鼓。將軍金甲箭攢猬，戰士鐵衣汗流雨。火龍熺焰絳天衢，燧象飈煙煎地府。鯨鯢既剪攙搶落，草木熙陽魚出谷。當時從臣皆俊良，近侍共推徐與杜。或操陳子之刀鑷，或負伊公之鼎俎。艱難出入矢石下，鞠躬盡力無摧阻。夙興夜寐事一人，小心不貳帝臨女。只今四海同車軌，葑菲罔遺遵往古。瓊琚赤芾箍鵷行，鞍馬禄食光門户。天鷄一聲金闕啟，龍顔有喜常先睹。顧我愚疏憂患集，病骨峻嶒蒸溽暑。興來懷舊倚長歌，星星兩鬢絲千縷。

春夜一首

春夜迢迢，微風不興。六合無氛，銀河欲冰。月流素波，星回玉繩。孤坐不寐，憂思相仍。壯年已謝，昔非莫懲。如彼老馬，心念超騰。道路崎嶇，勵不可能。俯撥紅爐，仰剔青燈。欲與晤語，誰其我應？

青陽一首

青陽俶載，白日孔昭。草生於野，華發於條。隨氣成形，或蕊或翹。眷眷興懷，中心飄揺。麥有雉雊，藻有魚跳。嚶鳴在樹，磬管簫《韶》。駕言出遊，以猶以陶。皤不可髫，籜不可夭。自非松柏，不能復雕。來者弗畏，往者其消。

新春

昨夜東風來，吹我門前柳。柳芽黄未全，草根青已有。鵓鳩屋上鳴，勸我嘗春酒。我髮日已白，我顔日已醜。開樽聊怡情，誰能計身後。

鷄鳴一首贈宗文侄

鷄鳴朝暉，草露未晞，巢烏于飛。朝露白如玉，我不敢躅，恐濕我足。鷄鳴夕陰，草露淋淫，烏歸于林。夕露光如珠，我不敢逾，恐濕我裾。鷄鳴匪司時，烏舉匪有期。岷之蚩蚩，蓋亦何思。誰謂河弗廣，可航可蕩，風波無期，不如勿往。誰謂林弗幽，可遨可遊，豺虎無虞，不如勿由。中田有禾，園有樹麻。發石有泉，可以爲家。中田有麥，園有樹核。採山有蔬，可以爲宅。

送金華何生還鄉覲省

樓外桃花紅錦披，當花把酒映花枝。慈親飲酒看兒笑，記摘桃花洗面時。

潛溪圖歌爲宋景濂賦

金華山水天下希，潛溪龍門尤絶奇。群峰峻極河漢上，一峰獨立芙蓉陂。先生結廬在其下，文追班揚兼賈馬。遂令此山增壯觀，野有樸樕皆梧檟。上清道士方方壺，乘興爲作《潛溪圖》。丹崖翠麓神仙居，東望日出樹如蘇。溪流穿林還度谷，十里一逹五里伏。龍湫吐景生白虹，藤蘿振雨松呼風。却憶往時清夜月，帝女乘雲下天闕。鏜鏞鏗鍧蕭鼓發，霓裳羽衣飄滅没。初平騎羊前啓行，長髯鬖髿飛玉霜。秦娥吹笙玄鶴舞，牽牛河鼓凝寒芒。相思迢迢頻入夢，夢駕兩鸞從一鳳。覺來毛髮猶爽淅，目送征鴻度空碧。山有蔬，水有魚，幽澗有泉清可斛。何時上疏乞骸骨，寄聲先遣雙飛舄。

有泉在山一首

有泉在山，爰注爲壑。膏火自煎，一室之燭。蔚彼茂林，有檀有松，有梓有桐。可以爲車，可以爲宫。有泉在山，爰注爲淵。膏火之燭，維以自煎。蔚彼茂林，有柞有棫，有檽有櫟。可以爲薪，可以爲杙。

春日雜興五首

春霧冥冥木葉稠，蒼鷹拂羽化爲鳩。莫將松桂誇桃李，柱下先生早白頭。

日自西馳水自東，落花飛絮總隨風。舊巢燕子今何處，烟雨庭臺似夢中。

細雨冥冥晝掩扉，更無芳草有垣衣。人生一世邯鄲夢，老病無眠夢亦稀。

雨隱滄江霧隱山，鄉關迢遞寄書難。病來只盼春風到，不擬春風曉更寒。

日出江空曉氣柔，白蘋風起渚煙收。夜來一餉三更雨，送盡飛花入海流。

感　春三首

日暮東風起，滄江水微波。水深不可涉，路遠將奈何。蘼蕪葉已齊，故鄉隔山河。盛年難再得，芳意其蹉跎。

朝采山上蕨，暮采澗底薇。雖無粱肉味，聊可以御饑。羔羊薦美酒，飽食同豢犧。玄廬苟未閉，彼此誰是非。

人生多憂患，死去百患消。但恨不便得，無由脱羈鑣。浮榮衆所貴，何異掠草猋。一生與一死，一夕復一朝。周器忌盈滿，老子戒矜驕。園林無恒芳，江海有回潮。委心從大化，庶幾永逍遥。

枯樹圖歌

道傍古樹身半枯，白蟻穴根蟲穴膚。風摧雨撼霜雪凍，斷石䟦跪無人扶。憶昔勾芒肇初政，百卉騰達隨呵虚。新柯荏苒舊柯壯，霧露膏沐光如濡。黄鸝翡翠語嬌滑，桑扈戴勝鳴相呼。白鶴來巢鹿止蔭，匠石愕睨争嘆謦。寧知憂患生旦夕，野火倏忽起不虞。燎原烈焰難向邇，孰問柞櫟杉與櫧。枝燔葉焮根半赤，朽腐瞞液非時須。山林摇落歲方晏，聊以薜爲荔衣袽。嗚呼！廣厦棟粱具，委棄草莽同薪芻。皇天未必替生意，更盼玉燭回暘烏。

即事

春半餘寒似暮秋，掩門高坐日悠悠。樹頭獨立知風鵲，屋角雙鳴唤雨鳩。芳意自隨流水逝，華年不爲老人留。浮花冶葉休相笑，自古英賢總一漚。

遣興

江上潮來風捲沙，城頭畢逋烏尾訛。燕泥半濕昨夜雨，蛛網忽粘何處花。孤坐日月自閑暇，出門歧路空交加。漫將白髮對芳草，目送去鴻天一涯。

附見 劉參政璉一十五首

璉字孟藻，誠意伯之冢子。誠意伯家居，璉將命朝謁，無慮八九，至輒，燕見，類家人父子。上喜曰：「伯温有子。」洪武十年，拜考功監丞，兼試監察御史，出爲江西布政司右參政。卒於官，年三十二。《閣門使恩遇録》載太祖聖諭，璉死亦中胡惟庸之毒也。著作多散佚，遺詩有《自怡稿》，僅九十四首。

遣興

緑鳧水中遊，白鶴雲間飛。霄漢有修程，焉能顧卑微。浩蕩展羽翰，崑丘以爲期。雕鶚趨下風，罻羅絶張施。倏忽萬里餘，摧頽不知歸。空林有故巢，繁霜日霏霏。孤雌哺黄口，啁哳將疇依。豈如戲蘋荇，雙棲在漣漪。

秋日旅懷

秋氣生白虹，秋聲入高樹。離離星漢明，杳杳孤鳥度。夜坐不覺久，逍遥散餘步。鬢毛動凄風，羅裳怯零露。寒陰日已侵，芳歲聿云暮。眷言思我鄉，誰與將尺素。

白楊河

白楊河下春水碧，白楊河邊多估客。東風二月柳條新，却念行人千里隔。岸上居人才數家，茅茨深處見桃花。小婦河邊汲新水，老翁門外看雛鴉。桑苗未青麥苗緑，牛羊散落村墟牧。行客年年任往來，居人自住楊河曲。

自君之出矣四首

自君之出矣，金爐烟不㷠。思君如露桃，紅淚墮春曉。
自君之出矣，蟬鬢枯可燎。思君如流螢，持明徒自照。
自君之出矣，瑶瑟塵滿柱。思君如迴風，旋轉無定處。
自君之出矣，芳香銷玉體。思君如河冰，堅凝直到底。

遣悶

天光沉陰歲將暮，客子驅車逐歸路。塞鴻叫入吴江雲，野鳥對立枯桑樹。茫茫四顧少行人，栝蒼之山渺何處。愁心如水水復凍，焉得滔滔向東注。

自武林至丁郭舟中雜興四首

舟行淹宿雨，稍霽泛通川。深霧群山没，長天曠野連。桃開榆莢小，麥秀菜花鮮。却喜昇平象，高飛見紙鳶。
晚來風勢歇，又見日臨曛。遠岫留殘彩，疏星耿薄雲。波流璧月動，舟過鏡天分。何處危樓上，歌聲静夜聞。

寂寞空江上，漁舟起暮煙。明湖天際闊，落日霧中圓。宿鷺毛衣潔，歸鴉羽翼聯。故山千里隔，悵望日凄然。

重到昔遊地，茫然惑去途。高原深蔓草，沃野浸平湖。水闊蛟虬横，山空鳥雀呼。凄凉今古意，落日片孤帆。

集外詩 三首

春日書事

雨收春日融，衆草豐且碧。和風拂輕衣，飛花撲行客。晴空摇翠煙，莽蒼見山色。青年豈長住，感此思夙昔。

秋霽

積雨霽郊甸，凉風來早秋。蒲柳變冶色，寒蛩生暮愁。明月艷素光，青山澹如浮。遊目睇行雲，感此身世憂。故鄉不可見，悵然心悠悠。

錢塘遣懷

江風吹浪雨冥冥，雲暗春山霧壓城。箭鏃不隨錢氏化，黍苗還向宋陵生。海門潮擊千年恨，漁浦帆開萬里情。昔日繁華總徂謝，蒼茫流水亂蛙鳴。

附見　劉閣門璟七首

璟字仲璟，文成公之次子，洪武二十三年，太祖宣諭吏部，命襲父爵，仲璟回奏有長兄之子廌在。上大喜，命廌襲封。考宋制，除仲璟閤門使，隨駕傳旨。次年八月，陞谷王府左長史。建文遜位，稱疾不起。見上猶稱殿下，云：「殿下千百年後，逃不得這一個字。」下詔獄，自經死。仲璟弱冠好學，知兵，偉貌豐髯，議論英發，尤深禪學。一時尊宿，推爲作家。有《易齋文集》十卷、《無隱集偈頌》二卷。

橫雲山居　爲唐伯讓知州賦。

山蒼蒼兮欲雨，雲橫覆兮歸汝。有龍兮不霖。使雲橫兮愁我心。絃枯桐兮我琴鳴，鳥不聞兮孰爲我音？

古意三首

昨夜起觀星，北斗懸中天。牛女隔河漢，跬步不得前。東方有一士，被褐露兩肩。積雪寒蓬廬，中心常泰然。高歌商頌篇，激烈浮雲旋。士心亦何求，長爲知者憐。

妖蟆蝕明月，玉川欲刳之。惜無登天梯，涕泗空漣洏。哀哀卞和玉，惻惻魯女葵。桓侯諱其疾，扁鵲乃見疑。長嘯郭林宗，高風邈難追。

萇弘歿已久，其血化爲碧。堅貞逾瓊玉，光耀貫奎壁。豈惟忠誠著，乃是元氣積。冰霜恣銷鑠，劫火屢焚炙。不磷亦不緇，還爲補天石。

向無心下竺維那卷

浮屠清净世難倫，細行威儀總是真。方外未能無職事，人間應識有君臣。靈山一會閑緣了，劫石三生拂性純。從此坦然雲水客，木人花鳥度青春。

寄葆光子偈

秋雨高槐噪暮蟬，芸窗書客思悠然。時危已幸身無辱，性達何憂路未便。魚蠹入書循簡缺，蛛絲有網遍窗延。此時一物無相染，莫是渠家得趣禪。

狂夫雜興

平生適興多閑話，付與時人作浪猜。一酌曹溪知水味，白雲無意若爲來。

雲門道忞贊《元隱集》云：「無隱公雖處仕途，翼贊王公，乃於無隱之法用隱身之述，故能敲空作響，與世混同。若有耳目聰明文字學者，莫能測其涯涘也。吾觀閤門公謁見太宗皇帝時，當機一語，聲前句後，斬盡葛藤，何等斤兩！公又有《雜興》詩云：『老禪真個野狐精，談聒滔天信不行。睚到盡頭無一物，碧天流水若爲情。』此處用得耳目聰明文字學否？請雲門老漢再下一語。」

附見　小誠意劉廌二首

廌字士端，誠意伯基之孫，江西右參政璉之子。洪武二十三年十月襲封。明年，以其叔閤門使事有連，上赦之，貶秩歸里。築室於里第西鷄山之下，命曰「盤谷」。洪武丁丑，謫戍甘肅。越三月，太祖上賓，赦還。建文及太宗皆欲用之，以奉親守墓力辭。永樂某年，卒於家。公侯伯襲封底簿，據兵部貼黄：「廌以洪武二十三年十月襲爵，次年九月卒。」《吾學編》諸書並同。考廌所著《盤谷集》及《括蒼陳谷閒閒先生傳》，乃知廌罷官適戍本末，且永樂中尚無恙。貼黄載廌以襲封次年卒，諸家因之，皆誤也。余别有考，甚詳。廌有《盤谷集》十卷、《盤谷倡和集》二卷。

柬馬都指揮

樗散承恩貶舊封，全生猶得遠從戎。朱衣赤紱關河夢，白草黄沙雨露重。日月遲回華表鶴，風雲愁寂鼎湖龍。欲持兩淚憑流水，送繞秦淮第一峰。

會寧道中别姜惟清主事

八千道路邊疆去，回首甘凉憶舊遊。沙塞孤城胡騎接，玉關落日酒泉流。哈灤果實供盤饌，蘇魯麻芻解客愁。此日故人重會别，秣陵歸思不勝秋。

列朝詩集甲集第二

袁御史凱一百十六首

凱字景文，華亭人。自號海叟。父可潛，以詩鳴淞中。凱幼孤，力學，少以《白燕》詩得名，人呼爲「袁白燕」。洪武間爲御史，上慮囚畢，命凱送東宫覆審，東宫遞減之。凱還報，上問：「朕與東宫孰是？」凱頓首曰：「陛下法之正，東宫心之慈。」上不懌而罷，以爲持兩端，心銜之。凱惶懼，託癲疾辭歸。上使人詗之，佯狂得免。生平負權譎，有才辨，雅善戲謔，卒以自免於難。歸田後，每背戴方巾，倒騎烏犍，往來峰泖間。好事者圖以入畫。楊鐵厓《改過齋記》曰：「至正九年，予遊淞。刑臺張叔温携數客來見，中一人昂然長，癯然清，言議英發可畏。問爲誰，則曰袁景文氏也。」王叔明《秋山讀書圖》題云：「景文袁先生以布衣拜御史，數月謝政歸，讀書淞水之陽九峰山中，翛然有出塵之趣。黄鶴山人王蒙爲寫其逸態云。」《海叟集》四卷，叟手自編定。弘治中，陸深子淵購得京師寫本，力爲表揚，盛行於世。李獻吉曰：「海叟師法子美。集中詩，《白燕》最下最傳，諸高者顧不傳。」何仲默曰：「我朝諸名家集多不稱鄙意，獨海叟較長。叟歌行法杜，古作不盡是。要其取法，必自漢、魏以來。」程孟陽曰:「海叟詩氣骨高妙,天然去雕飾,天容道貌,即之泠然。《古意》二十首,高古激越,雄視一代。七言古詩,筆力豪宕,鮮不如意。七言律詩,自宋、元來學杜未有如叟之自然者,野逸玄澹,疏蕩傲兀,往往得老杜興會。空同諸公全不悟此。七言絶句,似乎率易似古樂府,亦是老杜法脉。」

傅巖操

日之將出兮,余趨乎築之所,杵丁丁而不息兮,汗淫淫之如雨。日既入而始休兮,飯粗糲而不飽①嗚呼其命兮,余何辭乎此苦。

①原注:「叶。」

渭濱操

渭之岸盤盤兮,其流湯湯。我居其下兮,于今幾霜?朝飲其水兮,莫食其鯉與魴。我日斯邁兮,於余心以何傷。

門有車馬行

主人堂上坐,門前車馬來。車馬一何廣,遠近生塵埃。好客不厭多,惡客何爲乎?寄言主人道,結客毋草草。

江南曲

江南好，流水中有鯉魚與雁鳧。汝出取魚與雁鳧，養我堂上姑。姑今年老，嗚聲嗚嗚。聲嗚嗚，良可哀。生而不能養，死當何時回？死而不回，嗚嗚良可哀。

短歌行

昨日舊穀没，今日新穀升。壯年不肯住，衰年日憑凌。日月行于天，江河行于海。海水不復回，日月肯相待。日月不相待，自古皆死亡。死亡不能免，安有却老方。仙人鄭伯僑，于今在何方。爾骨苟未朽，螻蟻生肝腸。獨有令名士，可以慰情傷。

鷄鳴

鷄鳴雙户間，行人出門闌。出門一何易，入門一何難。君今行遠地，妾欲致微意。燕趙尚豪俠，殺人爲意氣。鄒魯多儒生，彬彬守經義。臨歧不惑，古稱爲明。送子遠遊，聽我《鷄鳴》。

紫騮馬

君騎紫騮馬，遠上燕山去。老母倚門啼，淚濕門前路。淚亦何時乾，馬去無回步。前月附書還，置身在郎置。月賜既已多，取得尚書女。身榮自可樂，母死無人顧。多謝鄰里人，將錢治墳墓。

從軍行

烽火塞上來，發卒備戎虜。翩翩長安兒，力未勝弓弩。幸蒙車騎念，出入在幕府。風烟一朝息，歸來受茅土。番笑李將軍，血戰自辛苦。

獨漉篇

仰天天無窮，俯地地無垠。天地自無盡，誰爲百年人？百年之中，人復能幾。汝不成人，憂我父母。

苦寒行

雨雪雨雪，淒風如刀，我行中野，而無緼袍。我寒我饑，誰復我知。四無人聲，但聞熊羆。羆欲攫我，羆復奪我。我身煢煢，進退不可。進固難矣，退亦何止。還望舊鄉，遠隔江海。江波湯湯，海波洋洋。我思我鄉，死也可忘。

芳樹

芳樹生後園，棘生芳樹傍。蟲來嚙樹根，終也被棘傷。棘傷蟲即死，樹葉自芬芳。忠賢在君側，四夷敢陸梁？不獨君與臣，亦有弟與兄。兄弟宜相近，不宜遠相忘。相忘亦何難，外侮不可當。君看《芳樹》辭，辭短義則長。

遊子吟

遊子行萬里，母心亦如之。陸行有虎豹，水行有蛟螭。盜賊凌寡習，風露乘寒饑。誰云高堂安，中有萬險危。寄言里中子，親在勿遠離。

銅雀妓

流塵拂還集，粻精儼然陳。歌吹自朝暮，君王寧復聞。松柏有時摧，妾非百年人。願爲陵上土，歲久得相親。

楊白花

楊白花，飛入深宮裏。宛轉房櫳間，誰能復禁爾。胡爲高飛渡江水？江水在天涯，楊花去不歸。安得楊花作楊樹，種向深宮飛不去。

送貢先生入閩

日月異行，川岳異途。嗟嗟我人，胡能並居。衎衎夫子，奕世之儒。嬰耽世華，而味道腴。伊余後生，固陋荒蕪。學匪上達，質爲下愚。既蒙不鄙，通家視余。朝趨函丈，夕陪座隅。話言諄諄，既霑且濡。其霑如何，如彼時雨。膏液滲漉，萌芽翹舉。庶幾有成，實堅實好。如何翩然，遠邁于道。肅肅王命，孰敢後之。峨峨閩關，載驅載馳。湯湯江流，泛泛行舟。剸剸僕夫，負擔以趨。悠悠長林，蕭蕭逝波。瞻望弗及，爲之奈何。昔爲長葛，松柏是依。今爲轉蓬，蕩然無歸。山則有徂，河則有渚。嗟嗟我人，獨行踽踽。天高無窮，地長茫茫。允矣夫子，何時可忘。

蔣氏壽萱堂

湜湜黄浦，東流爲莆。維莆之陽，季碩氏居。維季碩氏，夙失其怙。母氏是拊，是復是顧。是乳是哺，燥濕易處。不敢笑語，不敢恐懼。母也勞苦，既長而教。出就于校，復因復好。克荷克紹，母也其耋。嗟嗟我母，如彼昊天。何以報之，維以永年。燁燁芳草，樹之于陰。翼翼高堂，匪高且深。維此芳草，其氣揚揚。母氏覯止，其憂乃忘。既忘其憂，其樂悠悠。無有灾咎，維康維壽。維壽其何，如山如河。不竭不磨，寢食具宜①。水有游鯉，陸有粳米。烹炙淅洗，甘膏②瀡瀡。酌此春醴，于堂之北。于堂之北，旦旦若是。曷其有既，我歌我詩。置之于楣，告爾後來。告爾後來，季也可儀。

① 原注：「叶。」
② 原注：「叶去。」

陶節婦詩

維費榮敏，江夏啟封。何以世家，户侯縣公。抑抑節婦，實維其孫。始由舊姻，遂此新婚。翁亦大族，内外百口。爰覿令儀，具曰賢婦。其賢維何，孝于姑嫜。凡百之爲，敬恭是將。夫良妻柔，敬之如賓。雍雍閨門，曾無間言。姻親之間，歲時問遺。榛栗棗修，罔敢遺墜。孰司其權，降此後災。昔如雨龍，相隨以飛。如何中途，羽翼忽乖。又如黄鵠，雍雍喈喈。一失其雄，雌將疇依？亦既逝矣，家亦毁矣。煢煢孤嫠，將復何倚。婉婉弱女，索索空宇。載枝載梧，越此寒暑。維此寒暑，厥維艱哉。人維我憂，我寧嘆嗟。如彼之白，涅亦不緇。如彼之堅，磨亦不虧，蓬首布衣，多歷年所。不懈不怠，有進無阻。天相厥德，女既有家。庶幾其門，不墮以遐。昔聞共姜，之死靡慝。亦有孝婦，終養不惑。人亦有言，千載一時。欲知古人，視此後來。山則有杞，隰則有芷。温温淑人，百福是履。我歌此詩，可配《國風》。實而不浮，觀者是恭。

徐氏建華亭學詩

渠渠新學，徐卿始作。伊誰克完，季子仲寬。維此新學，始亦甚隘。爰斤爰構，以就於大。其大維何，有門言言。有堂軒軒，有廡騫騫。有階平平，高墉連連。鑿池濺濺，樹木芊芊。凡民之俊，其來如雲。小心鞠躬，不墮以勤。維昔玄聖，訓言斯明。百工居肆，匪肆不成。嗟嗟爾俊，亦既知止。豈徒誦言。厥有微旨。其旨維何，曰仁與義。明明仁義，不遠甚邇。爾求其方，先我孝悌。維此孝悌，爲仁之始。始於家邦，終於四海。昔爲棫樸①，今則楩楠。昔爲碔砆，今焉璠璵。是蓄是儲，邦家之需。嗟嗟爾俊，克就茲美。誰其始之，徐氏父子。徐氏父子，可謂曰賢。我歌我詩，刻於學宫②。以告後人，以永其傳。

① 原注：「叶。」

② 原注：「叶。」

荒園

莽莽荒園，陰陰霧霾。剃以灌木，帶以蒿萊。鼷鼠踸踔，鵂鶹嘯哀。中有一士，憔悴形骸。三世不顯，終身無媒。冠裳綻裂，毛髮毰毸。食無餘糝，室有浮埃。朝餐井李，夕蔭園枝。奚有琴册，詠歌喧豗。亦有流泉，載沿載洄。豈不辛苦，聊用徘徊。昊天賦命，如彼之材。卑不可抗，高其能摧。貴賤賢愚，孰能遷推？尼父天縱，回亦奇才。厄陳屢空，曾無嘆嗟。明明聖軌，烈烈高懷。景行先哲，敢不欽哉。

賦耕隱

維古四民，次二曰農。雖及我私，豈忘于公。沮溺之徒，始爲隱淪。滔滔不歸，乃潔其身。温温黄生，在彼原畛。既耕既芸，遂名爲隱。其隱維何，無與於世。左饘右粥，聊以卒歲。人亦有言，可仕則仕。苟非其時，進退由己。嗟嗟衆人，不惟其危。朝趨夕奔，終蹈禍機。惟生之爲，彼善於斯。悠悠我心，樂且無災。

賦許思敬真率朝

邃古之初，民性質朴。不侈不靡，燔黍捭豚。汙尊抔飲，取足而已。淳風既瀉，日趨於卑。如彼流水，食必方丈。器必雕鏤，蕩然無紀。其或不然，是有後言。争笑迭毁，洛河之南。大賢是居，思整其圮。倡爲真率，以究其源。以窒其委，真則無僞。率則易成，亦克爲禮。惟許敬氏，恭儉和易。深用仰止，大書於家。朝夕是瞻，庶蹈其軌。悠悠之徒，既霑既濡。曾不知此，草木無章。發爲聲詩，敬贊德美。

與倪元鎮飲得江上雨

霢霂飄無際，憑闌千里陰。芳田沾泥泥，清波望沉沉。楚客帆已重，吴宫樹轉深。歸鴻無肅羽，别渚有哀吟。君知此時意，寧識故園心。

賦得泰伯廟送倪元鎮

剪商肇基迹，傳季思逮聖。兄弟逃荆蠻，讓德一何盛。千家聿來從，勾吴始開境。遥遥至裔孫，欲大心逾騁。深宫貯妖麗，高臺瞰遐迥。既拒伍胥忠，還甘太宰佞。鄰邦樹仇怨，上國肆争競。社稷終變遷，軒楹獨完正。相傳在閭里，灑掃改嚴净。歲時具牲醴，歌舞勞送迎。楚鬼久無食，越魄誰將禜。强暴有湮晦，聖哲無終竟。於焉送將歸，舟艫得依並。是時春氣和，氤氲滿芳徑。渚花動幽彩，汀莆發深艷。江水去不息，烟霞日將暝。斂衣拜階下，懷哉起孤詠。

賦得緑珠

于越山水秀，自古有名娃。緑珠雖後來，聲名天下誇。明珠動盈斛，輕綃亦論車。衆人不能得，獨向石崇家。名園臨紫陌，高樓隱丹霞。文犀飾窗檻，白玉綴檐牙。爲樂未及終，奇禍忽來加。厚意何可忘，微命何足多。委身泥沙際，終令後世嗟。殷女曾滅國，周褒亦亂華。古人已如此，今人將奈何。猶勝中郎女，清泪濕悲笳。

海叟再賦緑珠，殆爲楊完者聘丞相之女而作也。

題陶九成南村草堂

多士方見材，斯人乃梧檟。秉心自超越，當時識趨舍。迢迢溪南村，流水亦清寫。草木發深潤，里俗況淳雅。於焉事結構，面勢臨曠野。分明治畦町，日夕供灌灑。秋菰已堪煮，春菘行可謝。子真久在谷，幼安去諸夏。嚚雜既云遠，憂患茲爲寡。願謝鶩鵠侶，從君雞豚社。

題葛洪移家圖

當時司馬衷，愚騃回不慧。牝雞肆淫虐，骨肉互吞噬。淵聰乘時起，諸夏受其敝。琅琊遂東來，單弱何由濟。賴此晉夷吾，草草正神器。國步未盡康，禍亂亦湍至。王敦反上游，蘇峻復風悖。淵顗已云亡，超雅從茲斃。葛生當是時，幡然思遠逝。駕言覓丹砂，神仙或可致。青牛載妻子，舁册付奴婢。遥遥向南海，蓋欲避斯世。嬴秦亂黔首，留侯佐高帝。婉婉幕中畫，取勝千里外。韓彭既誅醢，相國下廷尉。辟穀謝人間，赤松乃吾契。明哲終保身，疇能測其意。生也雖後來，心迹頗相類。茫茫宇宙中，清風飄無際。斯人不可見，撫卷增嘆喟。

夜經胥浦鄉新被寇丙申冬

枯蒿茫茫雪初集，青泥小岸硬復濕。草鞋斷盡餘兩耳，十步九倒何由立。空村無人不敢入，野狗齸齸累百十。溝中死人血未乾，終夜冤魂自相泣。

夜歸

黑風漫天天雨汁，海水蕩潏如山立。沙頭舊屋四角崩，草茅無人不收拾。此時歸來夜將半，短衣無綿滿身濕。西鄰燈火喚不應，飯冷欲食何由食。

老夫五首

老夫避兵荒山側，三日無食在荆棘。鞋襪破盡皮肉碎，血被兩踵行不得。於時瘦妻實卧病，十聲呼之一聲應。夜深困絶倚枯樹，逐魂啼來雨如注①。

老夫避兵黄浦上，八月秋濤勢逾壯。蛟龍變化不自謀，鯨鯢偃蹇還漂蕩。舡中小兒懼且泣，婦女嘔吐無人色。我獨兀坐面向天，篙師疾呼更索錢。

老夫避兵三江口，江中夜夜蛟龍吼。砉然一聲腦欲裂，千尺長堤忽如走。須臾海門風雨來，江水震蕩如奔雷。同行百舡半沉溺，無力救之空嘆息。

老夫避兵三泖邊，泖水闊絶無人煙。惡風三日天正黑，濕雲臭霧相盤旋。草頭飛蟲嚙人肉，更有青蛇口尤毒。小兒無知恣奔走，我欲近前捉其手。

老夫避兵東海頭，海風吹衣夜颼颼。黄蒿斷岸少人迹，饑鳶無食聲啾啾。狐狸向人呼姓名，兩脚直立當前行。自信從來膽力壯，此日對之魂欲喪。

① 原注：「逐魂，怪鳥，啼則雨。」

賦朱煥章所畜鵜鶘鳥

朱家有鳥名鵜鶘，意度自與凡羽殊。冥蜚時時近丹穴，夜宿往往歸蒼梧。當時六翮須無禁，何乃困頓來庭除。玄雲飄蕭羽衣碎，俯仰飲啄隨人意。空檐燕雀亦何心，喧噪近逐無寧地。孤雌孤雌復何所，落日煙波隔吴楚。沉思當日伉儷初，豈料如今各羈旅。衆雛衆雛尤痛惜，父既不歸無可食。縱有弱母汝念深，浪高風急身無力。我言鵜鶘君莫嗔，忍耻含悲度此身。不見四海干戈際，多少思家失路人。

病阿速

阿速，蒙古别號也。

杭州阿速病可傷，况復四體多金創。口糧開除但乞丐，終日哀鳴行路傍。自言家在雲中住，兄弟既死惟爹娘。往年江南妖賊反，聖旨差我隨平章。同行二千五百輩，輩輩選用皆精强。孰知江南風土異，不比中原盡平地。中原地平好馳逐，一人騰驤萬人廢。江南地卑山林密，泥深馬滑無由立。角弓着雨軟如綿，咫尺相看不能射。九月十月歲云莫，賊兵突入觀音渡。平章脱身向東去，太半盡死無人顧。我幸不死病已危，丞相被逐無依歸。異鄉此日誰相慰，只似天邊孤雁飛①。

① 原注：「時甲辰歲，丞相答識帖木兒爲張士誠所逐。」

王叔明畫雲山圖歌

有客來自高句麗，遺我一幅丈二紙。纖白只如松頂雲，光明不減吴江水。藏之篋笥今七年，妻孥愛惜如紈綺。至正乙巳三月初，王郎遠來訪老夫。升堂飲茶禮未畢，索紙爲畫雲山圖。初爲亂石勢已大，橐駝連拳馬牛卧。忽焉披地高入天，欲墮不墮令人怕①。其陽倒掛扶桑日，其陰積雪深千尺。日射陰崖雪欲消，百谷春濤怒相激。林下丈人心自閒，被服如在商周間。問之不言唤不返，源花莫莫愁人顔。老夫見之重嘆息，何由致我共絶壁。王郎王郎莫愛惜，我買私酒潤君筆。

① 原注：「葉破。」

觀朱澤民所畫山水有感

朱公畫圖愛者衆，聲價端如古人重。王卿巨公數見尋，往往閉門稱腕痛。我時挾册遊郡城，朱公愛我詩律精。時時沽酒留我宿，共聽西窗風雨聲。清晨起來忘洗盥，短衣飄蕭臨幾案。太行中條眼底生，巖岫冥冥氣凌亂。禹鑿龍門疏洚水，根入黄河源不斷。南及衡陽抵桂林，東入會稽連海岸。是中置我一畝宫，正如浮萍在江漢。溪流涴涴石齒齒，夾岸桃花途遠邇。原頭烟霧散鷄犬，屋裏詩書雜童稚。扁舟遠來知是誰，豈是昔日鴟夷皮。五湖鰕菜殊可樂，千古功名何足奇。只今四十有三載，公竟不歸畫圖在。世間好手豈易得，終日紛紛勞五彩。感時念舊心獨苦，况我頭顱白如許。呼兒捲却不忍看，白髮高堂淚如雨。

徐子修畫山水歌

夏家高堂生畫寒，徐卿畫圖墨未乾。深山大澤貯煙霧，黑處似有龍蛇蟠。襄陽小米師董原，妙處不受繩墨牽。頃刻萬里皆自然，房山尚書世稱賢。化爲白雲滿晴巔，李家將軍極清妍。畏避退縮不敢前，至今海内人争傳。卿惟得此二家意，損益往往無凝滯。意思元居造化先，筆力正在蒼茫際。前年爲客寫林麓，百道飛泉出幽谷。老夫醉來不敢眠，深慮波濤捲茅屋。長堤曲阪路如綫，遠入深林時隱見。水上人家不閉門，門外幽花滿芳甸。徐卿徐卿我所慕，廿載相看髮垂素。安得瀟湘千尺水，更畫城東種瓜處。

陶與權宅觀張于正山水圖

陶翁畫圖眼見稀，自言愛之重珠璣。清晨掛向草堂上，已覺几案生煙霏。蒼梧雲深衆鬼泣，笠澤雨重群龍歸。崖深谷黝望不極，獨有黄鵠摩空飛。飛來潭上啄丹實，牽動百尺藤蘿衣。藤蘿飄蕭露石角，林西更見幽人扉。幽人長年不出户，薇蕨短小身常饑。嗟嗟此是誰氏筆？張君吾友精天機。君家祖父盡卿相，門户貴顯中衰微。讀書學古有至行，粉墨特用相娱嬉。憶昔東城飲春酒，汪家林木含春暉。當時揮灑每見及，破屋往往增光輝。自從喪亂盡失去，至今夢寐猶依依。偶來此處見此本，欲去不忍徒歔欷。行當買舡秋浦上，請君同作釣魚磯。

王若水爲畫秋江衆禽圖

錢唐王宰心思長，欲與造化争毫芒。下筆百鳥相趨蹌，前身豈是孤鳳凰。江頭芙蓉花正開，花下細浪亦縈迴。鴛鵝貼貼天際來，雄雌相隨氣和諧。一雙鴛鴦睡沙尾，野鳧翩翩唼菰米。群鷗争浴故未已，傾落枯荷葉中水。鶺鴒飛飛多急難，雎鳩意度誠幽閑。乃知良工有深意，不在丹青形似間。姑蘇臺前秋氣孤，五羊城下煙疏疏。此時此景真相似，獨少扁舟歸釣魚。宰也只今成老夫，愛我不辭爲此圖。我今親老無可養，慎勿重添反哺烏。

送曹生從師

白沙入泥沙自黑，蓬生麻中豈不直。生子當置鄒魯間，禮義薫陶易成德。三江雪花没馬牛，曹生扣門言遠遊。天地苦寒子何往，負笈從師清泖頭。魯君爲儒我所知，規矩進退無差池。座中弟子十餘輩，森森玉立多容儀。子往拜之聽教誨，師嚴友親各從類。一簣爲山古所聞，百川與海終相會。他時還鄉拜庭闈，百年門户頓光輝。里中父老皆稱嘆，勝似蘇家相國歸。

送齊文韶歸東阿

江上晴雲晴復濕，落絮飛花滿原隰。此時君扣主人門，七尺長身如鵠立。自言稷下舊諸生，奉命江南宰山邑。三年仕宦多變故，八口飄零少收拾。只今零落江海邊，終日遑遑但憂悒。主人聞之不暇沐，握發出户遽延入。净掃南軒催下榻，更開西第同宴集。時余挾册依主人，升堂再拜還相揖。一時愛厚忘爾汝，况肯瑣屑論階級。朝向春園恣遊衍，暮歸雪案同温習。邇來倏忽將五載，歲月荏苒如呼吸。君居北海我南海，馬牛之風豈相及。偶然相值若弟兄，信是前生有因襲。今晨忽言歸故鄉，主人錯愕余驚惶。干戈未息多盗賊，霜露既降無衣裳。君言狐死尚首丘，况我先隴安能忘。聞君此語良可傷，欲留不留空斷腸。殷勤勸爾一杯酒，明日思君江水長。

大醉後率爾三首

白頭儒生何所作，獨把塵編海邊坐。上書格君事已晚，殺賊救民力尤懦。四十無聞五十來，不如牛馬空長大。

身是江南儒家子，十五學經二十史。低回欲得聖賢心，浩蕩更覓先儒旨。當時自謂才可重，豈料中年人不用。白頭總得溪上田，手脚生疏不能種。

腐儒學經經不明，腐儒欲耕無地耕。讀書耕田兩無成，不如相隨劇孟輩，博錢吃酒洛陽城。

江上送高文起夫分韻得暮字

青春送客黄家渡，千里汀洲帶芳樹。烟中歷歷白鳥來，日晏翩翩綵舟去。主人置酒江上屋，遠客哦詩水邊路。明朝花落更思君，海東月上青山暮。

將帥

將帥多兒戲，朝廷望賊平。幾人思報國，何處有全城。未識龍蛇陣，頻遭犬彘驚。亞夫軍細柳，千古漢家營。

聞誅孛羅帖木兒乙巳十月

國步雖微蹇，天心自可稽。爪牙翻噬啖，宗社欲顛擠。蔽日朱旗入，連郊鐵騎嘶。紫垣通猰貐，玉座接鯨鯢。聖哲元無惑，晨昏且暫攜。濟河聲杳杳，幽薊色凄凄。密詔親傳罷，中軍氣欲迷。登壇惟慷慨，撫劍亦悲凄。敵愾心逾切，勤王力自齊。義聲驅海嶽，直氣決雲霓。減竈秋烟薄，吹笳夜月低。指麾容草草，進退合祈祈。忌器非忘鼠，憂苗更惜稊。逆徒從剪伐，元惡待屠刲。肘腋能無意，神靈况夾批。吕侯初受命，董卓已燃臍。雲雨蘇煩熱，江河濯障堤。萬方深慰望，九廟實安棲。天闕歸龍種，雲山識馬蹄。問安紆玉趾，視膳入金閨。膝下歡仍舊，中宫樂未暌。清秋多宴會，仙仗日東西。宫女花垂鬢，都人酒滿捭。里閭聞笑語，燈火雜孩提。白日依中道，青春入故畦。遠人來服食，絕域盡航梯。世祖功如在，今王敬日躋。鼎彝銘將相，衽席措黔黎。淮海休波浪，湖湘尚鼓鼙。既聞誅柙虎，莫自學醯鷄。桀逆忘身首，忠賢荷璧圭。休同隗囂輩，終誤一丸泥。

送孔提舉航海歸曲阜

宣尼老孫子，白皙更長身。家世誰能念，干戈獨愛貧。未聞興禮樂，還似泣麒麟。今日乘桴去，魚龍莫惱人。

客中除夜

今夕爲何夕，他鄉説故鄉。看人兒女大，爲客歲年長。戎馬無休歇，關山正渺茫。一杯椒葉酒，未敵淚千行。

出三江口有懷錢野人衮

處處無歸路，悠悠且逝波。渚花風外少，江樹雨中多。吹笛蛟龍聽，開窗鸛鶴過。高人著書手，頭白共蹉跎。

送李高士歸荆州

南京高宴罷，西土遂言歸。江路猶殘雨，荆門正落暉。蓬生仲蔚宅，秋入老萊衣。明日思君處，蕭條鴻雁飛。

懷陶叟

陶叟今何在，迢迢江水東。瓜田連暮雨，荷屋近秋風。本在羲皇上，聊遊鹿豕中。幾時春夜飲，還對燭花紅。

陪楊廉夫登朱涇法忍寺閣次壁間韻

伍子行師日，秦皇駐輦辰。英雄無處所，樓閣自天神。白鳥晴沙遠，雲山錦樹新。誰知千載後，凄惻吊斯人。

遷居

舊屋非吾有，新居亦借人。往來皆是客，到處只爲鄰。鷄犬遭羈縛，妻孥厭苦辛。長歌燈影下，命也復何嗔。

遠　客

野客頻經雨，深林獨閉門。故人俱殺戮，稚子共朝昏。城郭無歸路，江湖有斷魂。夜寒燈焰短，嗚咽對殘樽。

書寓所壁

野水連斜屋，秋林正壓床。把書驚眼暗，嗜酒覺身狂。王伯功名切，江湖戰鬬忙。分明故園路，歲歲欲相忘。

丙申歲書懷

素書猶在篋，白髮忽盈簪。空費千金學，何嘗一稱心。呼鷄秋岸遠，飲犢夜江深。欲問三遷術，陶朱不可尋。

贈張鳴善

白帝城中客，清秋碧海旁。乾坤方洶洶，身世獨遑遑。萬里空形影，全家墮虎狼。悲歌三百首，一一斷人腸。

寓所即事

沙水寒猶淺，江船遠未來。舉家憂米粒，終日走蒿萊。骨肉還相棄，交遊定莫猜。癡兒饑困久，愛父强徘徊。

寓所寄何彦明

門倚秋沙白，窗含野樹黄。稍能親雁鶩，已覺遠豺狼。舊髮從渠短，新詩頗自長。何郎最知我，酒熟定能將。

遊會稽山

山實楊州鎮，人逾浙水來。禹功縣白日，秦刻卧蒼苔。龍起梅梁去，神遊石洞開。明朝有餘興，更上越王臺。

懷張叟

説劍真無匹，論文亦有神。氣高真傲兀，頭白自漂淪。我正思前輩，誰當繼後塵。江南春草緑，何處覓行人。

夜泊鏌鋣城

江水春逾闊，山雲夕更深。移舟沙樹底，拄杖古城陰。鴻雁攙人去，蛟龍入夜吟。故園雙淚眼，拭斷更沾襟。

登浦上閣

高閣春波上，登臨獨愴然。故鄉從此去，久客未言還。花好誰家屋，帆輕何郡船。朝來有微雨，應灑郭西田。

送張七西上

楚客舟航小，吴門雨雪繁。兵戈方浩蕩，江海失攀援。濁酒非能醉，深交不易言。明朝空寂寞，獨對野人園。

江上早秋丙申歲作

靡靡菰蒲已滿陂，菱花菱葉共參差。即從景物看身世，却怪飄零枉歲時。得食野鳧争去遠，避風江鸛獨歸遲。干戈此日連秋色，頭白尤多宋玉悲。

江上書懷

滬瀆城邊秋氣高，駕鵝鴻雁各求曹。不眠更識匡牀穩，欲去還思小几牢。幾處尺書俱寂寞，百年雙鬢獨蕭騷。秋江欲渡愁難渡，風雨龍吟長怒濤。

和王叔善祀天妃有雪

酒正初傳内府醪，南來河伯避行舠。百年祀事崇邦典，半夜神光出海濤。花散曉風紛爛熳，禮成春殿肅清高。聖躬端爲蒼生禱，不比乘槎漢使勞。

聞笛

花發吴淞江上村，隔花吹笛正黄昏。風塵遠道歸何日，燈火高樓合斷魂。夜静幾家無别淚，雨聲終日過①閒門。天邊楊柳今無數，短葉長條非故園。

① 原注：「一作隨處有。」

滬瀆龍王廟晚眺

滬瀆高城今已殘，獨餘木葉灑驚湍。風雲浩蕩時將暮，江水蕭條龍亦蟠。千里吴鄉多戰伐，孤舟蜀客轉饑寒。弊裘涕淚兼新舊，終日思家敢怨嘆。

南　村

南村烟樹接蒹葭，白鷺翩翩滿白沙。此地遂成茅屋計，何人更識老夫家。即開斷壟行新竹，便接平皋樹雜花。戎馬紛紛終未已，此身泛泛獨長嗟。

兵後大醉陶與權宅丙申九日也

酒到愁腸味頗醇，花因白髮更精神。兒童休笑燈前舞，老子今存死後身。何處江湖爲樂土，誰家門户有閒人？多情獨有陶徵士，醉過清秋不厭頻。

春日溪上書懷丙申歲

溶溶春水雜蒹葭，裊裊晴風度落花。小巷幾時佳客至，新詩獨向野人誇。未聞汗馬收諸國，且逐閒鷗坐淺沙。春色酒杯俱在眼，底須辛苦欲還家。

久　雨

荒村處處聞流水，草閣時時自掩扉。庭樹葉深沙鳥宿，野藤花退蜜蜂稀。只將書卷消長夏，更倚漁舟送落暉。天意未教戎馬息，老夫漂泊敢言歸。

丙申三月一日北山雨望 時張士誠據吴。

凍雨蕭條江上來，隨風霑灑氣幽哉。陸機茅屋終難住，伍相祠堂亦可哀。獨客飄飄何處去，孤帆寂寂幾時回①。《竹枝》聲斷滄江暮，短髮無辜獨受催。

① 原注：「時浙省使臣由海道入京。」

池上書懷

野水寒冰上曲池，薄雲斜日下疏籬。黄蒿處處迷歸路，滄海年年少故知。北望朝廷非昔日，東來兒女更依誰。老年拄杖猶無力，况是饑寒氣血衰。

張叔温諸公攜酒至泖濱明日作此奉謝

八月風高鴻雁飛，三江潮落蟹螯肥。已拚白髮如秋水，不厭清尊共夕暉。氛祲遠連貙虎窟，波濤晴晃芰荷衣。揚雄舊宅城東住，騎馬歸來月滿扉。

大雨書寓所壁

五月六月雨綿綿，東望黃浦水連天。小溪漫漫不可渡，高岸兀兀何由全。家童種荷已穿壁，野老捕魚還滿船。南鄰少婦亦可惡，濁酒盈缸須見錢。

秋日海上書懷丁酉歲作

寡妹城西消息稀，老夫漂泊幾時歸。朝廷計議知何意，丞相征行事已非。東去鯨鯢方作横，南飛烏鵲正無依。可憐白髮孤村裏，終日哀哀賦《式微》。

舟次上海縣

海上驚風亂鶴飛，千村霜露亦霏霏。清砧自是逢秋起，白骨何由遠道歸。戈甲只殘螻蟻命，江山終屬虎狼威。自憐此日身將老，况復中宵淚滿衣。

孟陽曰：「可謂氣骨高妙。」

海上書懷丁酉歲作

十年不見鸛鵝軍，千里猶殘犬彘群。涕淚每從天際老，檄書誰道日邊聞。荆蠻戰克心猶忍，淮寇平來地已分。莫怪腐儒東海上，時時哀怨動秋雲。

寓所二首丁酉二月

草閣閒庭春水邊，雨蒲風柳自紛然。鄰翁對客還爭席，水鳥依人欲上船。西北朝廷無使節，東南城郭有烽煙。老夫避地非遊説，正少蘇家二頃田。

西齋春樹日陰陰，下有飛花一尺深。幽趣未容他處坐，新詩只向此中吟。鄰翁小圃春相接，漁父扁舟晚更尋。歸去故園應念此，他時懷抱亦難禁。

登虎溪閣

秋深時節雨霏霏，獨坐江樓看雁飛。煙火數家山郭晚，蓬檣幾處野航歸。謀生計畫人皆笑，投老鄉關事已非。聞道淮南新易將，江湖此日亦霑衣。

秋晚東海寓舍

落葉寒蟬小巷深，枯藤斜日半墻陰。讀書稚子當軒坐，爲客衰翁倚杖吟。滄海未知終老計，白頭難忘故園心。弊裘零落餘雙袖，清淚年來似不禁。

沙　邊

沙邊細路少人行，只有閒花樹樹明。水閣經春塵自滿，風簾終日鳥争鳴。躬耕豈願將軍顧，肥遁聊成處士名。白鷺晴烟滿平野，老夫於此最關情。

次楊廉夫先輩韻

吹笛春江烟霧稀，幽芳小草總相依。巫峽寧知雲雨夢，滄洲欲拭芰荷衣。花間鸛鶴迎人起，波上魚龍挾棹飛。不似南州庾開府，鄉關頭白苦思歸。

姚性存將歸鶴沙以詩見别次韻

十年避地誰知我，此日看君自可人。空谷正思駒皎皎，清溪還度石磷磷。韓公住處皆荒服，區册歸時及早春。聞道沙邊風俗好，老夫東望欲爲鄰。

壬寅九日

野老園籬江水東，溥溥夕露滿幽叢。已教短髮從天白，未厭秋花特地紅。身世只今惟仗酒，安危從此不關儂。神交賴有陶徵士，避地休官意頗同。

過楊右丞墓

鐵騎千群下九江，將軍才氣古無雙。誓傾淮海鯨鯢窟，痛洗東南禮義邦。關羽不防吴寇入，費禕終惑魏人降。腐儒憂國思家淚，獨向西風灑石缸。

寄南臺掾朱自明時初復役

世祖行臺列俊賢，掾郎家世本儒先。一時人物青雲上，十道風霜白晝前。最愛群公交薦日，正逢天子中興年。腐儒饑餓干戈際，欲買山陰雪後船。

白　燕

故國飄零事已非，舊時王謝見應稀。月明漢水初無影，雪滿梁園尚未歸。柳絮池塘香入夢，梨花庭院冷侵衣。趙家姊妹多相忌，莫向昭陽殿裏飛①。

① 原注：「別本起句云『老去悲來不自知』，是後人繆改。」

附見　時大本一首

大本名太初，常熟人。

白　燕

春社年年帶雪歸，海棠庭院月争輝。珠簾十二中間捲，玉剪一雙高下飛。天下公侯誇紫頷，國中儔侶尚烏衣。江湖多少閒鷗鷺，宜與同盟伴釣磯。

楊儀《驪珠雜録》曰：「時大本賦《白燕》詩，呈楊鐵厓，鐵厓極稱『珠簾』、『玉剪』之句。袁景文在坐曰：『詩雖佳，未盡體物之妙。』廉夫不以爲然。景文歸作詩，翌日呈之，鐵厓擊節嘆賞，連書數紙，盡散坐客，一時呼爲『袁白燕』。以此得名。李獻吉曰：『《白燕》詩最下最傳。』非通論也。」

送曹新民歸東州

十年西浙曳長裾，千里東歸指舊廬。原上鶺鴒終有託，旅中羸博近何如。朝廷未擬申公使，弟子猶傳伏勝書。江草江花總無限，爲君今日重嗟吁。

賦緑珠得車字

緑珠初嫁石崇家，細馬輕駝七寶車。已用明珠爲匼匝，更輸白璧教琵琶。日日東樓傾美酒，朝朝西苑看名花。只爲恩深不相棄，還將玉體委塵沙。

觀王生所藏王維畫

右丞小景樹參差，我有林塘實似之。日日欲歸還蹭蹬，時時借看解愁思。恨無黄鵠高飛去，獨奈沙鷗静不移。明日江頭候春水，典衣沽酒待篙師。

浦上木芙蓉盛開約黄鶴山人共觀

江浦芙蓉色正深，清霜點染更沉沉。孤舟向日曾親見，短褐于今欲遠尋。已擬携樽同野客，不妨展席對沙禽。明年臂痛應全愈，移遍東園野木陰。

野航爲范子俊賦

一舸夷猶野水邊，渚禽沙鳥各紛然。幽花滿棹初維岸，春水連堤忽上天。世上風波終未已，江南烟雨正堪眠。他日匏尊留我飲，更憑孤鶴問坡仙。

鏡中梅

的皪孤芳野水濱，折來應是曉妝人。瑶池風暖香初散，銀漢春回跡未真。奔月定知猶有影，凌波却喜不生塵。緑毛么鳳無棲處，來往蘭房不厭頻。

題趙王夜宴圖

玉户金缸夜未央，邯鄲宫裏奏絲簧。鄭姬已醉韓姬倦，誰拂君王白象牀。

題吴王内凉圖

微月斜侵響屧廊，芙蓉清氣滿金塘。鴛鴦只傍闌干宿，也愛君王水殿凉。

題吴宫衰柳圖

遠岸依依落日明，吴王醉處少人行。多情獨有垂楊樹，猶送深宫夜雨聲。

遣懷

白髮三江一腐儒，長年耽酒不耽書。偶逢世亂無生計，落日烟中自把鋤。

日莫即事

茅屋秋來破不勝，野雲沙樹自層層。老夫生理今抛廢，日日江潭去採菱。

費夫人

官軍應賊着紅巾，苗獠來時更不仁。若道南州無節婦，請看東海費夫人。

楊員外

群盜南奔日月昏，諸公臣節不須論。白頭惟有楊員外，不負從來天子恩。

聞山東消息三首

王事私恩不共天，益都城下枕戈眠。鯨鯢戮盡爲京觀，子孝臣忠億萬年①。

① 原注：「李忠襄死益都城下，在壬寅六月。」

縱道三東柱石傾，華夷黎庶不須驚。張皇國勢如平日，詹事新來總父兵①。

① 原注：「是擴廓初總兵圍益都之日也。」

從今父老不須悲，詹事英名四海知。漢室中興吴楚破，絛侯元是絳侯兒。

陪鄭明德倪元鎮遊天平山四首

官河春水緑悠悠，水上人家盡畫樓。買取吴娃三日酒，放船直到百花洲。
高臺千尺對層巒，只許吴王醉裏看。山色不隨勾踐去，遊人還得倚闌干。
鄭監風流老不衰，倪寬頭白更應癡。吴越英雄已泥土，欲從江海問西施。
百花洲上百花開，花是吴王舊日栽。吴王去後無消息，歲歲看花人自來。

醉後口號二首

新書欲獻帝王家，奈此家貧道路賒。醉卧江村風雪裏，時時自比賈長沙。
誰人更識賈長沙，老作江南百姓家。但使瓶中有春酒，不勞慟哭與長嗟。

馬益之邀陳子山應奉秦景容縣尹江上看花二公竹枝歌予亦作數首

吴淞江上好春風，水上花枝處處同。得似鴛鴦與鸂鶒，時時來往錦雲中。
水上花枝日日開，行人頭白不能來。請看門外東流水，流向滄溟更不回。
江水東流更不回，行人白髮苦相催。只恐明朝風雨惡，夜深燈燭亦須來。
千株雲錦照江沙，沙上青旗賣酒家。莫怪狂夫狂得徹，吴姬玉手好琵琶。

吴姬玉手好琵琶，少小聲名到處誇。但使主人能愛客，年年來此看江花。

江花紅白最堪憐，莫惜看花費酒錢。他時白髮三千丈，縱使頻來不少年。

黄家渡西多好春，黄家渡上酒能醇。看花吃酒唱歌去，如此風流有幾人。

寒食清明正好春，看花須着少年人。少年看花花自喜，白髮看花花亦嗔。

松江水碧碧如天，水上行人坐畫船。記得吴兒《竹枝》調，爲君高唱百花前。

日日花前金叵羅，百年能得幾經過。花開花謝人還老，狂客狂吟莫厭多。

寄語看花江上人，清明時節好來頻。清明節後多風雨，風雨顛狂惱殺人。

口號一首丁酉歲作

白沙鄉裏今年熟，清酒家家味頗醇。明日杖藜行處醉，只愁齁睡惱比鄰。

集外詩一首

蚊

群蛇戢戢方鬭争，蝦蟆螻蛄相和鳴。百足之蟲行無聲，毒氣着人昏不醒。蚊蚋雖微亦從横，隱然如雷吁可驚。東方日色苦未明，老夫閉門不敢行。

列朝詩集甲集第三

袁御史凱《在野集》古今詩一百八十八首

新除監察御史辭貫涇别業

側席念賢俊，旁求逮凡鄙。謬當南宫薦，重此柏臺委。命嚴孰敢後，中夜去田里。鄰友贈予邁，切切語未已。妻孥獨無言，揮泪但相視。於時十月交，悲風日夜起。輕舟溯極浦，琴瑟向枯葦。驚鳧亂沙曲，孤獸嘷荒市。回首望舊廬，烟霧空迤邐。撫膺獨長嘆，胡爲乃至此。顧予久縱誕，遠迹隨鹿豕。及兹年已邁，精氣固銷毁。趨事深爲難，速戾將在是。皇恩倘嘉惠，還歸卧江水。

下直懷北山隱者

載筆侍雲陛，向夕始餘閑。撫彼清泠觴，慰此憂戚顔。出軒月才皓，臨街露已繁。廣庭行且止，修檻去復攀。幽樹藹深翠，餘花發微殷。俯仰不知久，星漢匆西還。歸來空房卧，嚴城漏欲殘。雅鳴九井動，劍佩亦珊珊。將隨夔龍後，祗肅謁重關。緬懷息心侣，遺世在雲山。焉能從之去，逍遥巖桂間。

答禮部江主事漸

谷鳥嚶其鳴，求友聲亦屢。況生烝民間，豈不念朋助。齊魯久咨訪，梁宋亦馳騖。末路値伊人，歡然樂平素。文既義馴雅，操存復貞固。輔仁將在斯，有挾非所慮。欣然得嘉會，終嘆少暇豫。爾贊宗伯禮，予牽中臺務。俱限清切地，日夕徒思慕。玆辰委篇什，衷情極披露。綢繆卜鄰意，委曲耕稼訴。靖節休官辭，安仁歸田賦。二子不可見，千載同軌度。嗟予甚蹇劣，豈復希高步。聊伸菲薄意，用答賢俊顧。東歸果能遂，林廬得依附。杉榆輝映帶，鷄犬互來去。開園每賞新，散帙共温故。玆意幸勉旃，歲久恐遲暮。

察院夜坐

吏散車馬寂，月色東城上。斂衣高堂坐，重門靜無響。文奏屏在篋，朱墨委虛幌。檐影望參差，霜氣紛蕩漾。耳目幸無役，心意多遐想。園廬日應敝，蘿蔦春還長。況玆綱紀地，王事方鞅掌。安得春江棹，東原歸偃仰。

淮安道中

花明野館靜，樹暗流鶯語。行雲千里來，凌亂傷心緒。傷心復何事，家在江南渚。日暮莫回頭，脈脈江南雨。

適揚州

淮海表兹郡，東南誠要津。近代亦雄藩，親王莅斯民。荆吴自兹入，燕趙亦來臻。舟車無停運，孳貨若丘墳。冠蓋充鄽里，歌吹咽城闉。美酒既如澠，粱肉夾道陳。休養近百年，富庶難具論。大道無恒處，榮悴每相因。風煙一披拂，奄忽同埃塵。空屋嘯蹲鴟，崩垣走驚麇。萑蒲交四野，骴骼儼若新。貴賤不復知，賢愚安能分。予有山陽遣，經過屬秋辰。憑高肆遐覽，落日無行人。欲繼蕪城作，薄劣愧參軍。

京師歸別業

郊園草已遍，雜卉駐餘春。游絲牽木杪，孤鶯鳴水濱。羈人懷舊居，日夕自傷神。遥遥千里途，豈復念苦辛。欣然入場圃，兒女各來親。當軒釋負檐，拂去衣上塵。老夫行役久，歸來志復伸。陶潛愛清風，張生思故蓴。援筆爲此詩，示我鄰里人。

新得谿上茅屋

食肉賤糠核，饑人安敢辭。狐貉輕短褐，寒士爲固奇。自予遭世故，舉室盡流離。東臨滄海岸，北度三江湄。蛟螭時作横，鯨鼉屢見欺。展轉及衰暮，始見此門楣。徒壁類司馬，上漏似原思。既無陳平席，豈有董生帷。覆簣或成墻，編葦聊當籬。迢迢白沙岡，當户勢逶迤。遥遥秋浦波，臨軒散漣漪。翻翡野鳥群，參差灌木枝。賦此平生意，庶爲百世規。湫隘誠可哂，欣幸方在兹。

新治圃成

隙壤所自治，剪剃去蘢茸。幸無莠穢雜，况此清泉涌。灌滋竟朝夕，勾萌各森聳。青蒲已瀰澤，黄瓜方卧隴。春菁向堪把，秋梨日應重。自余通宦籍，職事勞紛冗。禄食雖云美，私心恒自恐。歸來得蕭茅，采擷聊自奉。且遂丘園樂，永謝承明寵。

出西郊

谷陽門西路，瀰汨澍清川。舟艫相縈帶，蒲荷亦芊綿。依依望江渚，漠漠眄湖田。湖田今有秋，老稚飯紅蓮。此實父母邦，亂離乃棄捐。垂老幸得歸，不識陌與阡。卜築願兹始，逍遥終百年。

復出西郊

步出城西門，春岸多流水。嗈嗈沙雁去，茷茷江雲起。居民亦何事，南畝將耘耔。提携汀沙際，吴語烟霧裏。自予離兵燹，廿載勞轉徙。歸來展遊眺，泫然懷我里。餘年幸有待，萑菅終可理。

遊西墅

吴王逐獸地，士衡聞鶴亭。古人不可見，荒原今獨行。遺堵儼若存，阡陌復縱横。依稀望極浦，迢遞盼春城。江樹既晻靄，原花復晶熒。長煙覆漁屋，白水亂鳧汀。山川豈云異，人事有消停。即此傷往時，聊復樂其生。寄言後來士，此理可自明。

懷廣西省朱郎中熙

洞庭秋色晏，蒼梧雲氣深。夫君萬里去，山水迴沉沉。竟日凌浩渺，連天逃岑崟。鼃鼉遊近渚，猿狖戲遥林。荏苒杜若香，蕭條楓樹陰。皇朝重兹土，遠氓方致琛。而我將何念，歲莫獨離心。離心一何極，日夕遲徽音。衡陽雁不到，搔首更沉吟。

自楊子舍舟步入常熟縣

水行已兼旬，舟檝苦馳逐。晨昏侶鮫鱷，出入同雁鶩。黑風無終竟，白浪仍反覆。鏗鍧絶天樞，㵎湃折地軸。旋淵屢傾墜，利石時抵觸。淪喪固非遠，哀吁寧辭黷。皇天實陰騭，兹辰遂平陸。神魂息漂蕩，手足散頑木。徒侶紛來慶，酒胾及奴僕。况兹春氣和，百草回新緑。山桃亦多花，逶迤自相屬。枌榆已在邇，曠隔無再宿。從兹謝奔走，且飯東皋粟。

書北山精舍壁

夙昔慕幽曠，中年值奔走。及兹始知返，顧已成皓首。兹爲山水選，風氣固深厚。崒嵂皆巇崿，綿邈盡林藪。清泉瀉幽磴，白雪被層阜。既多緇素流，况有耕釣叟。初心已云協，雅言得兼受。始來疏梅墮，復此山櫻剖。庶幾去日遲，誰謂行當久。揮手謝朋侶，吾將寄衰朽。

送吴本立歸吴門

九月氣已肅，蟋蟀入牀下。嗈嗈南來雁，寂歷江上雨。傷哉遠歸人，斯時不遑處。豈惟懷鄉里，塋域久蓁莽。樵蘇無可禁，奠謁曠時序。長年抱憂感，憶鬱將誰語。兹行遂初志，况復念勤苦。勾吴不可見，迢迢望烟渚。

久旱雨後行園

旱雲不可沮，丘園生意窮。旨蓄已無遺，何以禦吾冬。昊天無終極，玄化沛神功。密雲興四郊，飛雨蔽遥空。涸池既堪蕩，長溝復淙潨。衰茄漸回紫，梨亦高垂紅。堤柳更薄陰，汀花還短叢。荒壠愛登陟，平林望青驄。即此已愉悦，固知慰疲農。愧無詩人德，何由歌屢豐。

送縣學生顧立夫歲貢入京

霰雪殊未已，山川氣方沍。千里向蕭條，胡爲事奔赴。明廷策多士，歲貢有程度。海隅蒼生地，慎選恐違誤。況兹生民秀，聲聞見庠序。居然瑚璉器，匪但才華富。兹行協輿論，拭目俟騫翥。朋遊極追仰，張設臨浦漵。疏柳凝晚色，幽花抱寒素。嗟余久衰邁，復此動離緒。悵望天際帆，徘徊郭西路。

池　上二首

秋池行樂去，池樹色已暝。霧下夕衣凉，月上風簾静。饑禽墮疏竹，鳴蛩出深井。夜久人事息，蕭然諸念屏。

振衣書齋客，逍遥池上步。林隈薄霧起，石隙幽泉度。鷗迷夕樹返，魚觸秋荷去。清聲水上來，欲去更延佇。

偕友人早出郊

離群寡遊豫，得朋殊繾綣。相將度春水，散漫入芳甸。班荆煙乍斂，摘花露猶泫。林鶯坐未出，沙鳥飛還見。遥山浮空翠，晴雲曳輕練。一聽野人言，復起滄洲願。

席上懷吴善卿

荒城下餘照，高樹留殘雨。林静微花落，梁空孤燕語。美人事征討，日夕嚴虎旅。接袂竟何由，持杯望烟渚。

題東齋壁

林廬寄幽曠，墟落但烟霏。澤葵依廢井，秋瓜生故籬。左右皆鹿場，水鳥終夜飛。我來歲云久，似與世相違。讀書不聞道，聊復自娱嬉。濁酒雖不多，酌之亦忘饑。仲父雖云仁，樹塞猶見非。小人固有分，儉陋乃其宜。原思坐鳴琴，允也百世師。

鄉友攜酒至舍下

野老何所將，春醪及園蔬。遥遥適我舍，相與爲歡娱。上談羲皇際，下逮唐與虞。秦漢無足論，且復話樵漁。樵漁雖微賤，頗似淳古初。戒之勿易言，相顧但嗟吁。且盡一日樂，焉能念其餘。

茅　宇

丘中有茅宇，賤子所自治。東西貯筐釜，中堂誦書詩。鷄豚各有家，蒲荷亦有池。農器更相貸，種樹及時爲。朝出在田中，日暮還此歸。鄰里相往來，春醪亦共揮。老夫年既邁，筋力固當衰。厚禄非所慕，好爵不願縻。但願衡門下，長無寒與饑。

置　酒

今日非昨日，置酒衡門前。林花發光彩，飛鳥亦翩翩。弱女時往來，小兒誦詩篇。細君亦不惡，中饋能周旋。春蔬前後至，炮鱉味亦鮮。自我來此居，倏爾已三年。終歲不能安，憂患相纏牽。乃今得此樂，豈復爲偶然。壺盡汝當沽，醉來我自眠。

詠池上芭蕉

亭亭虚心植，冉冉繁陰布。既掩猗蘭砌，還覆莓苔路。卷舒今自知，衰榮隨所寓。默契方在兹，臨軒挹清酤。

早出田所

愧無經濟術，徒有茂異名。行遊三十年，不見有所成。歸來得荒地，僶俛始學耕。方春多雲氣，甘雨亦時行。大澤含澄瀾，溝澮皆滿盈。清晨出門去，路與烟霧并。庶幾望秋實，敢懷勤苦情。日午有濁醪，揮汗且復傾。

耕田

窳薄非令器，容受固不宜。六籍雖云誦，于道竟何如。晚途棄末學，農圃以爲師。方春治臺笠，南畝秉鎡基。出入田水間，沾濕豈暇辭。但願秋穀成，童稚有粥糜。沮溺自辭世，小人安敢期。

古意二十首

八紘何茫茫，千里復萬里。六馬方驕悍，踸踔終未已。東臨碣石岸，西涉流沙水。炎州氣煇赫，幽谷水迤彌。白日墮崦嵫，倉惶將何止。王良本賤工，善御徒云爾。焉能縶其足，伏櫪啖芻鼓。

翩翩爲學士，冠帶自成群。朝去莫來歸，終歲常辛勤。盈盈發春葩，燁燁競芳辰。飄風倏然來，零落成埃塵。黄鵠遊四海，日暮集崑崙。願言息爾駕，還居守蓬門。

團團明月珠，墮此濁水中。光彩雖未泯，淪没豈有窮。拔山固神力，舉鼎亦無雙。徒有千尋綆，挽之竟何從。顔生不遠復，斯爲蓋世雄。

楚人好魚目，越人薦明珠。一日三至門，主人行徐徐。相見才一言，薄送下前除。洛陽蘇季子，黄金滿後車。鄒軻誦堯舜，白首走道途。

蓐食出門去，慘慘踐嚴霜。問子將何之，千里赴洛陽。洛陽有劇孟，任俠世稱强。我願從之游，氣勢相頡頏。路逢二三子，被服儒衣裳。少長各有禮，講誦麋鹿場。中心忽愛慕，與彼遂相忘。

中夜治舟楫，越海遠遊遨。遊遨將何爲，萬寶聚岩坳。珊瑚七尺餘，珠樹羅蓬蒿。持之向中國，可以金張豪。出門忽不樂，欲進心恒慅。但恐蛟龍怒，骨肉淪波濤。人生亦有命，聖賢莫能逃。遺穗尚可拾，言歸卧林皋。

秦師困邯鄲，趙氏旦夕危。魯連山中來，排患在重圍。折衝不復言，辭金忽焉歸。清風映東夏，千載以爲奇。我思鄒孟氏，處世一何宜。被髮雖可救，閉户終可爲。斯言足明訓，賢獨未之思。

茫茫古人中，我愛原子思。食粟豈云飽，衣裘豈應時。憔悴衡門下，彈琴唱逸詩。大夫適何來，駟馬行騑騑。入門即長嘆，念子病何危。貧病固不同，發言忽若斯。誰爲同門生，白首不見知。

莊周善著書，汪洋不可禁。時時詆仲尼，何况賜與參。南金鑄刍狗，隋珠彈微禽。自昔多横議，言高罪彌深。

李斯遊洛陽，名遂身亦危。一人具五刑，于古豈有之。呼兒語黄犬，相顧涕交頤。斯時夏黄公，商山方採芝。

段生方逾垣，泄柳方閉門。二子豈獨善，蓋亦避世喧。種粟在南野，種葵在東園。日夕飯一盤，萬鐘何加焉。周孔有遺書，學士有遺言。吟詠荒園裏，聊以終歲年。

朝坐高堂上，白飯鯉魚羹。暮歸高堂上，華燭送清觥。况有四海人，相愛如弟兄。彈琴析疑義，歡樂各有情。以兹度一世，聊重不爲輕。不學狂圖子，空山望長生。

登高望八荒，未見不死人。徒看後來冢，累累傷我神。伯僑與安期，于今亦不存。如可學仙侣，服食正紛紜。獨羡顏氏子，陋巷以爲仁。

陶潛不願仕，既仕亦爲貧。遥遥去鄉曲，當時已酸辛。衣冠對俗吏，自卯直至申。終日惟一飧，濁醪豈沾唇。歸來荒園裏，此志乃復伸。清風坐北窗，鷄黍會四鄰。茫茫宇宙中，我思見其人。

白日生東海，倏忽墮崦嵫。皓月方滿盈，斯須亦已虧。淮陰有奇功，赫赫在一時。焉知束縛去，還爲兒女欺。天道每如此，人事安足悲。獨羡鴟夷子，輕舟去江湄。

迢迢青雲上，自昔爲亨衢。亨衢豈無極，下視乃泥塗。商君變法時，寧知裂其軀。貴賤更迭來，榮辱在須臾。願爲雙黄鵠，遊戲江與湖。

關中論功業，相國稱發踪。一朝清苑地，廷尉忽相逢。免冠且徒跣，局促如兒童。陸生雖竪儒，進退頗從容。

文皇好直言，容受無留停。鄭公在當時，頗得諫諍名。□稱田舍翁，千載傷我情。嬰鱗固爲難，回天亦非輕。先人有薄田，歸與長沮耕。

幽谷有貧士，白髮被兩肩。人事既乖互，年運亦迍邅。敝屣久不縫，短褐夙已穿。讀書雖聞道，好酒況無錢。常遭富人笑，豈有貴人憐。我聞齊景公，千駟亦徒然。夷齊餓西山，後世稱聖賢。

十五志爲學，四海訪巨儒。低回梁宋郊，浩蕩齊魯區。庶從父老問，得親交遊徒。惜哉戎馬起，中道乃趑趄。歸來卧荒園，白首成下愚。

鄒園十詠

釣磯

白石自團團，春流亦漾漾。閑漚兩邊至，輕絲風外揚。既寡羨魚情，還聞濯纓唱。嗟彼磻上翁，投竿復何向？

柳堤

柔條被晴莎，密陰覆芳杜。逶迤起沙際，寂寞連水滸。鷗眠雨未歇，鶯叫煙初曙。還將竹竿去，從爾釣春渚。

棋墅

矗矗林影静，白石况如砥。幽幽青苔色，離離見屐齒。豈無橘中叟，還逢爛柯士。日入始言歸，相送青川涘。

瀑布

青崖瀉流淙，蜿蜒在窗户。臨風噴輕雪，穿林散飛雨。高源出無盡，餘潤沾還溥。羨彼軒中人，似坐匡廬下。

桃蹊

繁花亦何言，人至迹愈顯。因石自高下，緣源屢回轉。鶯啼陰久匝，雨霽苔猶淺。漁父欲問津，烟中聞鷄犬。

魚淵

幽壑湛虚静，衆鯈遠來歸。游泳方自得，沉潛亦其宜。既無網罟憂，荇菜復參差。辟彼翔集鳥，悠然竟何疑。

濯清

潭自川上來，泓澄復淪漪。涵虚既皛皛，度遠方粼粼。番番中林叟，長纓久埃塵。臨風且浩歌，似念滄浪人。

蓼灘

衍迤近横塘，陂陀間幽渚。輕穗含夕霏，叢條偃秋雨。縱横覆魚隊，闃寂來鷗侶。杖策時一臨，逍遥更延佇。

松壑

矯矯千歲姿，生此衆石間。微颸度巖阿，殷殷起波瀾。幽人一壺酒，日夕自怡顔。安得川上舟，與子相往還。

杏塢

窈窕石徑深，參差繁英滿。發采已云奇，生香殊未斷。依依午橋路，粲粲朱陳阪。月色散疏景，時時坐横管。

辛酉大醉書東郊主人壁洪武十四年

人生百年中，疢疾與災危。風雨愆期至，歡樂能幾時。仲春二三月，桃李正華滋。胡蝶滿東郊，倉庚鳴且飛。招我同心人，策馬試輕衣。東家飲美酒，西第彈鳴絲。鳴絲未及已，四座賦聲詩。日暮始歸來，明旦復如斯。君看多財子，計惜在毫釐。終夜不成眠，握算至晨曦。一朝籍縣官，雖悔何所追。

采石春望

夜泊青山渚，朝登采石磯。蜀雪應消盡，吴船猶未歸。五湖花正落，三江鶯亂飛。同行王主事，此日亦霑衣。

泗上書懷

爲客山川遠，封侯歲月遲。後生方爾汝，吾輩復驅馳。豈是逢迎倦，深知氣力衰。還將歸老意，先報白鷗知。

泗州書懷

白髮三吴客，清秋泗水邊。官途隨老馬，歸夢逐風鳶。酒盡尋僧舍，書來問客船。淮南與淮北，漂泊過年年。

思歸兼簡嚴八

天高風正急，鴻雁傍人飛。江外無來使，淮南盡擣衣。悲歌聊當泣，遠望亦同歸。爲報嚴夫子，滄洲與願違。

送李千户時將有海東之役

中國人俱化，東夷貢未修。聖君能大勇，滄海即浮漚。貔虎當前隊，魚龍據上游。人言漢飛將，今日定封侯。

京師歸別墅

政拙辭驄馬，身閑問緑蓑。此生人共棄，長日自行歌。野圃啼鶯滿，春江鬭鴨多。黄家酒壚近，風雨亦來過。

春日偶書

罷官御史府，屏迹五湖東。江水□□□，山花費酒筩。野情方浩蕩，高論入虚空。明日春田事，還尋荷蓧翁。

宴王主簿宅

故人王短簿，老未即歸田。賓客尊耆艾，園池有歲年。好花留舞蝶，高柳宿啼鵑。最愛西亭好，時時得醉眠。

懷王道士

宣城王道士，愛着芰荷衣。一自清江别，三年白雁飛。酒徒隨處有，沽客向來稀。最憶青城夜，狂歌不肯歸。

王仙人遠過

聞道神仙侣，來尋野客園。談玄終未悟，對酒且忘言。接樹朱櫻密，緣坡紫笋繁。醉餘春水上，坐聽白鷗喧。

春園

春園江水上，江霧日昏昏。沙暖常垂釣，花深不閉門。家童鋤壟麥，野客共盤飧。衰老仍耽酒，經年懶出村。

村居懷京下一二友生

罷職非能吏，歸田即老農。有詩聊度日，無字可書空。白髮將誰念，黄粱且自春。故人能問訊，家在五湖東。

馬氏西園宴別吴進士善卿

竹陰連水屋，荷氣集池臺。南國佳人去，西園高宴開。好風因樹起，新月渡河來。別後江潭上，離腸日九回。

別　墅

春園含薄霧，野水散輕陰。落絮隨風舞，啼鶯坐樹深。旅情方自遣，幽意待人吟。獨少揚雄客，時時載酒尋。

送任李二高士歸越

老去任公子，重來李少君。仙凡初不遠，江海自離群。水繞吴宫樹，山連禹穴雲。汀洲有長笛，日暮不堪聞。

飲馬氏東園

烏衣東苑内，春色正芳菲。上客調詩律，佳人試舞衣。夭桃連雨發，鸚鵡入簾飛。況是多春酒，厭厭夜不歸。

賦陶與權雲所二首

豈有從龍意，還同野老居。覆花初冉冉，度水亦徐徐。隴上時相逐，溪邊或自鋤。猶能作霖雨，沾灑及鄰墟。

斯人肥遁士，高卧亦無心。野樹留餘潤，春花帶遠陰。近牀衣欲冷，拂石坐還深。爲問陶弘景，何如隴上吟？

懷王生

王生本静者，郡邑少經過。家住清江曲，春來白鳥多。親庖餘酒肉，官賦入菱荷。歲莫兼相憶，臨流獨詠歌。

立春日飲任氏西園

把釣歸東海，開筵近北臺。千林殘雪盡，萬里好春回。中散調琴坐，山公待酒來。更須花滿樹，終日此銜杯。

飲田家醉後書王生壁

勳業心逾懶，耕鋤意頗長。牛衣方自臥，麟閣聽渠忙。瓜果鄰家席，詩書野客堂。醉餘還講誦，未見老夫狂。

水鄉寒氣早，未暮掩柴扉。籬落無人過，鷄豚各自歸。老妻熏鼠穴，稚子臥牛衣。安得盈缸酒，深杯日日揮。

聞張處士竹林甚盛欲觀未能兼簡王一秀才

聞道南村竹，春來接遠坡。色侵沽酒旆，聲送濯纓歌。甚欲敲門看，須憑拄杖過。餘陰過西沼，應覆右軍鵝。

陪陳應奉諸公宴馬氏西園

畫樓臨曉日，青蓋度行雲。歌吹三春好，賓朋四海聞。絮嫌飛燕態，花妒緑珠裙。曲誤誰能顧，周郎思不群。

京師懷吴中黄道士

吴下黄師我所憐，江湖離别又三年。家貧似爲耽詩句，世亂誰能與酒錢。溪上瓜田應蔓草，沙邊茅屋正風顛。稍待東南春水緑，老夫書札寄吴船。

治亭寓目

百尺孤亭落照間，六朝遺迹草斑斑。榮華有盡英雄去，江水無窮鷗鷺閒。商女晚來猶自唱，行人春盡不知還。故園遥在三江外，烟樹微茫獨倚闌。

喜洪山人恕復至

烟巷鷄鳴曙色開，秋林鵲噪遠人回。老夫自掃風前葉，稚子兼鋤雨後苔。近市酒漿渾易得，傍溪魚蟹亦須來。鷗邊野水明如鏡，更坐寒山共一杯。

京師歸至丹陽逢侯生大醉

白下西風吹夜凉，五湖秋草着微霜。千家砧杵初凌亂，獨客關山正渺茫。歸去定應殘臘盡，飄零猶幸此身强。丹陽郭裏盈樽酒，且爲侯芭發醉狂。

歸來

淮甸西風送客歸，江潭落木正飛飛。屋邊鸛鶴鳴高垤，道上狐狸笑弊衣。濯足每嫌秋岸冷，攤書還趁夕光微。倦遊季子真相似，獨有賢妻肯下機。

郭外寄王録事

白鷗黄鳥動春聲，緑樹清波稱晚晴。何用城中走塵土，只消江上過清明。深村濁酒還堪醉，野老狂歌亦有情。寄語東門王録事，底須辛苦過平生。

過黄耳墓有感 陸士衡在洛被禍時，寄書犬也。墓在華亭南。

黄耳墓前春日遲，柳條花蕚正參差。多才已逐浮雲去，異物猶令後代思。顧養有恩終不背，交遊何事獨相欺。春風緑酒人皆醉，落日孤舟自詠詩。

春日溪上謾書

白髮何煩試鶡冠，清江久欲把漁竿。涓涓濁酒須成醉，裊裊晴花已倦看。不忍燕鶯頻往復，且留鷗鷺與盤桓。東家野老渾知我，日日相過却自歡。

賦黄葉漁村

澤國西風霜樹多，蕭條茅屋倚江波。家人酒饌兼蝦菜，野老衣裳雜芰荷。東海任公時問信，滄浪孺子亦來歌。白鷗亦有忘機意，清影相看奈爾何。

懷曾彦魯

不見曾公白髮侵，酒杯棋局最關心。年華冉冉情何限，江海悠悠水正深。欲買小舟隨雁去，便從幽壑聽龍吟①。明年春滿長洲苑，拄杖穿花處處尋。

① 原注：「聞其恒往來龍井。」

詠溪上所栽桃

桃樹移栽近淺沙，呼兒插竹護欹斜。秋來擬吃垂垂實，春到還看浩浩花。旋置酒旗深處掛，更將漁艇密邊遮。老夫未是文章手，故少新詩對客誇。

寄題馬氏草堂兼柬黄一秀才

江上草堂風物幽，江花紅白滿汀洲。鳴鳩呼婦東西去，麋鹿將兒遠近遊。已有軒窗成晚趣①，更無舟楫散春愁。東林早晚櫻桃熟，應與黄香數勸酬。

① 原注：「草堂有晚趣軒。」

江上櫻桃甚盛而予寓所無有忽蘇城友人惠一大盒故賦此

野店荒蹊紅滿枝，暖煙微雨共離披。忽思西蜀勻圓顆，正值東吴遠送時。老子細看方自訝，兒童驚喜欲成痴。拾遺門下曾沾賜，此日飄蓬也賦詩。

得馬叟書作此遠寄

洛陽馬叟世稱賢，童稚相看四十年。只道詩名傳宇内，寧知酒債滿江邊。蓬蒿久没揚雄宅，蝦菜聊隨范蠡船。此日將書付歸雁，不勝清淚濕吴箋。

浦上寓所

我有茅堂南浦潯，回崗千尺晝陰陰。繁花映帶墟烟密，弱竹留連海氣深。寂寂軒窗惟鳥下，蕭蕭風雨亦龍吟。東家野老猶淳朴，酒熟瓜香數見尋。

横溪寓所

高林深竹氣冥冥，野色波光更滿汀。草閣雨晴鳴翡翠，花畦風暖入蜻蜓。書成已與山公絶，賦就惟教阿買聽。猶未忘情是杯酒，尚煩鄰里致盆瓶。

飲謝氏東園

謝氏池臺多好春，風簾水檻不凝塵。千鍾緑酒能留客，滿樹黄鸝更可人。蝶翅乍驚歌扇遠，柳花輕觸舞衣頻。醉餘蕩槳城東去，正值南湖月色新。

次圭法師過金秀才隱居二首

墟里人家煙霧深，背岡茅屋自陰陰。不愁逸竹妨嘉谷，自愛繁枝集衆禽。田父耰鋤時得借，漁人舟楫莫相尋。舊開鷄犬桃源裏，仿佛溪邊花樹林。

幽人讀書黄浦上，蕭條茅屋倚溪傍。霜霑木葉深深赤，潮雜溪流混混黄。旁舍杯盤多芋栗，秋園門巷亦馨香。爲語當時仲長統，輸君清曠自徜徉。

程孟陽曰：「金、元人亦多學杜，未有如此翁之自然者。妙在曠達，較劉青田尚多着意。」

清明獨坐

花柳千家郭外村，老夫官屋近荒園。晴林渺渺浮雲氣，細草油油叠浪痕。川上畫船争載酒，煙中長笛自銷魂。暮年况復追遊倦，落日泥墻獨閉門。

次廣西省朱郎中熙見寄韻二首

萬里蒼梧入望長，薇垣新治日馨香。已知南去無鶚獍，更擬西郊聽鳳凰。談笑定應多暇日，羈縻况復有成章。幕中還試鍾王帖，書遍闌干葉上霜。

衡陽南去與天長，荔子紅椒處處香。明月關門無虎豹，清風臺閣有鸞凰。包茅已入皆三脊，卉服新成有九章。幕下文書自稀少，醉餘崖蜜啗紅霜。

次方明謙指揮海上築城韻二首

城堞遥連北斗斜，島夷從此識中華。諸侯幕府多春酒，上將歌謡雜暮笳。别去幾時還下榻，興來何日欲乘槎。爲報安期頭白盡，更煩重覓棗如瓜。

旗影翩翩整復斜，中天星月動光華。千群貔虎方屯戍，萬里魚龍聽鼓笳。聖主自多開國老，小夷休恃上天槎。却煩上將頻思念，時問東門二畝瓜。

偕黄叔明王元吉錢伯雲張夢辰金彦振元夕觀燈會於蕭塘隱居景元舉酒屬客曰七人四百九十歲爲首句以燈字爲韻予賦此時洪武乙丑也洪武十八年

七人四百九十歲，吴家堂上看花燈。皓首龐眉方滿坐，金杯玉碗出清冰。三寸黄柑渾似蜜，百壺春酒況如澠。今日相逢總知己，老夫歡喜欲飛騰。

京師得家書

江水一千里，家書十五行。行行無别語，只道早還鄉。

寄家書

白髮時時脱，青山處處同。人行千里外，書到五湖東。

龍江夜行

細雨過江頭，孤篷夜未休。歸心與煙浪，相逐下揚州。

江上二首

野屋藏春樹，江堤倚暮花。買魚留楚客，沽酒問吴娃。
日暮江風急，江花水上飛。吴船三十丈，載得夕陽歸。

無題五首

門外青青草，今年更覺深。前時玉釵墮，侍婢不能尋。
海内雖無事，朝中有諫書。大家猶未省，不敢候羊車。
羊車行樂處，歌吹隔蕭墻。賴有鄰房女。時來説故鄉。
月落長門去，千門夜色濃。夢間無限樂，不道在宫中。
春衣裁剪罷，密葉間穠花。縫到鴛鴦處，行行綫脚斜。

因何彦明賦八新效其體

新煙

覆堤初冉冉，渡水尚遲遲。一樹梨花色，猶能似舊時。

新水

柳外朝朝雨，平添過舊痕。往時桃葉渡，今日更銷魂。

新燕

乍拂芳池遠，還窺繡幕重。莫將花片蹴，飛舞滿筵中。

新草

水邊春尚淺，沙際葉才穿。拾翠雙雙女，迢迢度碧煙。

新鶯

芳樹何年到，西園夢裏驚。不須重聽汝，只是舊時聲。

新柳

淺色初含雨，輕陰未過池。黄昏畫樓畔，最是斷腸時。

新蝶

怯露依芳蕙，驚風入繡幃。莫將羅扇撲，更待滿園飛。

新月

既從碧雲上，復傍綺窗移。願得長如此，教人學畫眉。

江上二首

北固城頭夜雨，西津渡口煙波。白髮人人自老，青山處處還多。

山下旌旗閃閃，江邊楊柳依依。騎馬將軍遠戍，吹笛漁翁醉歸。

淮安道中

山陽城中細雨，廣陵堤上飛花。估客時時吹笛，行人處處思家。

郊居三首

西舍槽頭溜溜，南園鳥弄關關。數觥香醪獨酌，一樹梨花半殘。

日轉花陰傍户，雨餘山色沿堤。一雙蝴蝶對舞，幾箇鶯兒亂啼。
荒園處處閑步，小閣時時燕居。阮籍惟思飲酒，嵇康最懶讀書。

閑　步二首

春園偶爾獨往，晚徑蕭然自還。芳草煙中冉冉，落花風外斑斑。
半雨半晴天氣，半開半落山花。半醉半醒遊客，半村半郭人家。

南京口號五首

君王觀闕倚天開，晝出金山復壯哉。率土再瞻龍虎氣，高臺還見鳳凰來。
程孟陽云：「直學李、杜，天機豪放，他人不能及。」
聖帝明王德業尊，親爲清廟國西門。皇心自是超前古，况復貽謀及後昆。
放牛歸馬净塵埃，地北天南道路開。火鷄馴象時時貢，不數周家白雉來。
春雨初晴霽色開，天街風雨少塵埃。白面郎官調御馬，雙雙騎過午門來。
駕出東南正好春，山中草木更精神。揚雄老去才情減，羞見新來獻賦人。

即　事二首

洛陽大賈愛名姬，富樂園中飲酒歸。千步長廊好騎馬，不愁春雨夜霑衣。

天街酒好不須言，絃管春風處處喧。舊傳北地鳴珂巷，得似南京富樂園。

石頭城晚望

落日依依下石頭，亂雲東望是蘇州。人間何似歸心切，獨有春江不斷流。

題龍江酒家二首

金陵美酒玉光浮，父老相傳最解愁。安得身無官府事，長年高卧竺家樓。

江上青簾映白沙，壚頭美酒玉無暇。李白當年曾醉此，桃花落盡不思家。

朝天宫觀方道士所畫三山圖三首

東流弱水不勝塵，漢武樓臺空自陳。欲借横江孤鶴去，須憑南嶽魏夫人。

巨魚出没浪波腥，東望三山路杳冥。安得秦皇射蛟手，爲操强弩下滄溟。

方壺少小學爲仙，筆底三山豈偶然。見説麻姑頭總白，不知何用得長年。

揚州逢李十二衍二首

與子相逢俱少年，東吴城郭酒如川。如今白髮知多少，風雨揚州共被眠。
最憶東家《水調》聲，花前檀板雜流鶯。此時我醉君猶醒，舞到梧桐白露生。

重過黄渡有感

馬家宅畔無喬木，徐氏門前芳草多。留得白頭漁父在，年年長笛送滄波。

淮西夜坐

蕭蕭風雨滿關河，酒盡西樓聽雁過。莫怪行人白頭盡，異鄉秋色不勝多。

李陵泣别圖

上林木落雁南飛，萬里蕭條使節歸。猶有交情兩行淚，西風吹上漢臣衣。

客中夜坐

落葉蕭蕭淮水長，故園歸路更微茫。一聲新雁三更雨，何處行人不斷腸。

城西送鄧生

千山風雪正霏霏，君去金陵幾日歸。鳳凰臺上還吹笛，東望滄溟淚滿衣。

夜至瓜洲

瓜洲人家燈火微，瓜洲波上行人稀。敲門買得雙清酒，船在西陵逆浪歸。

寄三江王六秀才

滄洲荷屋晚秋時，橘柚青黄滿户垂。安得扁舟趁潮去，醉看江雨散輕絲。

調鄭老

鄭老曾爲前代官，江湖相見獨饑寒。不道夜深霜露重，猶將玉笛倚闌干。

送鄭老歸襄陽

我愛襄陽老鄭虔，高樓吹笛動秋煙。他時若有平安信，即寄江東估客船。

淮東逢張十二信

少年追逐共西東，吴邁文章馬亮弓。一自干戈零落盡，白頭淮海獨相逢。

觀沙鷗

門外群鷗我所知，終朝相見不相離。借爾橋東楊柳岸，明年春日更添兒。

江上寄嚴八

一春不見嚴夫子，底事城中不肯還。門外白鷗三萬箇，幾時相對緑波間？

江上寄書

湘南估客發西津，東入姑蘇花正春。獨有相思數行字，欲從江海問情人。

醉書壁

芙蓉花開滿高岸，還如杜老蜀江邊。田夫野客頻來看，白酒黄鷄不用錢。

憶南湖二首

我憶南湖春酒香，百錢亦可解愁腸。湖頭白藕猶堪愛，正似佳人玉臂長。

南湖沈叟愛吟詩，詩似當年杜牧之。一日干戈不相見，令人雙鬢欲成絲。

浦口竹枝

浦上荷花生紫烟，吴姬酒肆近人船。更將荷葉包魚蟹，老死江南不怨天。

寄瓢齋

不見瓢齋心自苦，金陵又復上金華。茫茫春草兼春水，腸斷東風日易斜。

訪張道士題壁

道士門前春日温，千重碧草睡鵝群。山風忽送桃花雨，濕遍牀頭白練裙。

歸來

京國歸來老更窮，短衣蕭瑟怕秋風。不知饑餓填溝壑，日日吟哦江水東。

寄錢彦德

故人别我山東去，千里長淮復大河。此日題詩付兒子，白頭清淚不勝多。

灌園

荒陂渺渺接連筒，葱葉青青芥葉紅。不道虞卿著書手，白頭衣食野人同。

送王御史東海監散竈丁工本

王郎五月赴鹽亭，十丈官船酒滿瓶。稍待涼風吹木葉，老夫東下看滄溟。

贈歌舞女童

漳河女子薦良童，名在先朝樂部中。記得教坊新隊子，江南江北舞春風。

己未九日對菊大醉戲作四首洪武十二年

老夫愛此黄金蕊，兒子須將白酒賒。直到殘陽下天去，更添燈火照欹斜。

遮莫鄰家酒已無，教兒更往遠村沽。老夫强健如平日，醉過三更不要扶。

只今何處無黄菊，醉着茅茨有幾人。賢婦稍能知此意，殺鷄爲黍莫辭貧。
縱道今年杼軸貧，乃翁才力不超群。明朝若賣《長門賦》，還爾黄金一百斤。

風雨宿蕭山

東來山郭晚秋時，白酒黄柑興不衰。欲倩山陰王逸少，爲書風雨渡江詩。

送賀九成歸浙東兼簡王若水

賀老秋來憶鑒湖，荷花楊柳正扶疏。西過錢塘見王宰，東門今少種瓜圖。

瓜步夜泊

千里長江雨乍晴，江頭燈火夜深明。爲報高樓莫吹笛，故園東望不勝情。

江上逢鄭老

鄭老形容今已衰，江頭相見涕漣洏。自説琴書零落盡，獨餘吹笛似桓伊。

題老蛟化江叟吹笛圖

吴頭楚尾老髯翁，千里煙波有故宫。日暮江亭不歸去，猶將玉笛倚秋風。

城西送鄧生

東望滄溟涕泗垂，閨中少婦亦霑衣。他時若有相思字，只寄春江燕子歸。

登閣

木落淮南秋色空，閒登高閣送歸鴻。白頭老婦痴兒女，盡在蕭條望眼中。

調王生

門外桃花落漸多，一雙新燕又來過。寄語城東王貢士，今年春酒味如何？

題妓展僧僧像

不見秋娘今幾年，水光山色自悠然。月明樓上天如水，猶憶《梁州》第四絃。

寄顧文昭

最憶顧家池水湄，千株苔石坐題詩。如今又是三年別，白髮蕭蕭只怕垂。

過潯陽

夜泊潯陽江上沙，扁舟何處載琵琶。西風不管水流去，依舊滿汀開荻花

諸公攜酒蘇臺餞別醉歸海上作此奉謝

吴王洲上百花開，花下人人勸酒杯。醉卧春江三百里，不知月過海門來。

附見 袁介一首

介字可潛，凱之父。其先自蜀來，占籍華亭。元末爲府掾，作《檢田吏》一篇，載於陶九成《輟耕録》，今録之於此。觀其詞旨，激昂沈痛，知海叟之詩法蓋有自來也。

檢田吏一作《踏災行》。

有一老翁如病起，破衲鬖毿瘦如鬼。曉來扶向官道旁，哀告行人乞錢米。時予奉檄離江城，邂逅一見憐其貧。倒囊贈與五升米，試問何故爲窮民？老翁答言聽我語，我是東鄉李福五。我家無本爲經商，只種官田三十畝。延祐七年三月初，賣衣買得犁與鋤。朝耕暮耘受辛苦，要還私債輸官租。誰知六月至七月，雨水絶無潮又竭。欲求一點半點水，却比農夫眼中血。滔滔黄浦如鈎渠，農家争水如争珠。數車相接接不到，稻田一旦成沙塗。官司八月受災狀，我恐徵糧吃官棒。相隨鄰里去告災，十石官糧望全放。當年隔岸分吉凶，高田盡荒低田豐。縣官不見高田旱，將謂亦與低田同。文字下鄉如火速，逼我將田都首伏。只因嗔我不肯首，却把我田批作熟。太平九月開旱倉，主首貧乏無可償。男名阿孫女阿惜，逼我嫁賣賠宫糧。阿孫賣與運糧户，即日不知在何處。可憐阿惜猶未笄，嫁向湖州山裏去。我今年已七十奇，饑無口食寒無衣。東求西乞度殘喘，無因早向黄泉歸。旋言旋試腮邊淚，我忽驚慚汗沾背。老翁老翁忽復言，我是今年檢田吏。

列朝詩集甲集第四之上

高太史啓《缶鳴集》樂府詩八十一首、五言古體三十五首、七言雜體三十三首。

啓字季迪，長洲人。至正丁酉，張氏開藩平江，承制以淮南行省參政饒介爲諮議，參軍事。季迪年二十餘，介覽其詩驚異，以爲上客。季迪謝去，隱吴淞江之青丘，自號青丘子。洪武初，召入纂修《元史》。尋入内府，教功臣子弟，授翰林院國史編修官。三年七月廿八日，與史官謝徽俱對。上御闕樓，時已薄暮，擢户部侍郎，徽吏部郎中。自陳年少不習國計，且孤遠不敢驟膺重任。徽亦固辭。並賜内帑白金放還。退居青丘。先是季迪以史事爲祭酒魏觀屬官，雅相知契。觀奉命守蘇，爲季迪徙居城中夏侯里，接見甚密。觀改修府治，季迪作《上梁文》，連坐腰斬，洪武七年也，年三十有九。季迪身長七尺，有文武才，無書不讀，而尤邃於群史。其詩有《鳳臺》、《吹臺》、《江館》、《青丘》、《南樓》、《槎軒》、《姑蘇雜詠》諸集，文曰《鳧藻》，詞曰《扣舷》。《鳳臺集》則洪武初爲史官時作也，詩凡十千餘篇。自選得《缶鳴集》十二卷，九百餘首。季迪没，無後，其妻周氏藏弆其遺稿，授其侄立，永樂元年，鏤版行世。景泰中，徐庸用理會梓爲《大全集》。王子充曰：「季迪之詩，雋逸而清麗，如秋空飛隼，盤旋百折，招之不肯下。又如碧水芙渠，不假雕飾，翛然塵外。」謝徽曰：「季迪之詩，緣情隨事，因物賦形，橫從百出，開合變化。其體製雅醇，則冠裳委蛇，佩玉而長裾也。其思致清遠，則秋空素鶴，迴翔欲下，而輕雲霽月之連娟也。其文采縟麗，如春花翹英，蜀錦新濯。其才氣俊逸，如泰華秋隼之孤騫，崑崙八駿追風躡電而馳也。」李東陽曰：「國初稱高、楊、張、徐，高才力聲調過三人遠甚，百餘年來，亦未見卓然有過之者。」

上之回

聖主重行幸，六虬法乾旋。北巡初避暑，東祠已祈年。群官從清塵，粲若星麗天。前揚豹尾竿，左靡魚須旃。瀚海通漢月，蕭關絶胡烟。願奉千齡樂，皇躬長泰然。

元世，每年孟夏駕幸灤京避暑，七月乃還。此詩云「北巡初避暑」，紀元事也。

李夫人歌

延年罷歌少翁望，蘭芬凄凄銷複帳。臨歿最難忘，欷歔不相向。陳杯觴，列燈火。是耶非，幄中坐。新宮漏殘星欲墮。

短歌行

置酒高臺，樂極哀來。人生處世，能幾何哉。日西月東，百齡易終。可嗟仲尼，不見周公。鼓絲拊石，以永今日。歡以別虧，憂因會釋。燕鴻載鳴，蘭無故榮。子如不樂，白髮其盈。執子之手，以酌我酒。式詠《短歌》，爰祝長壽。

宛轉行

宛轉復宛轉，宛轉日幾回。君賜鹿盧斷，我賜車輪摧。

長門怨

憎寵一時心，塵生舊屋金。苔滋銷履迹，花遠度鑾音。暮雀重門迥，秋螢別殿陰。君明猶不察，妒極是情深。

塞下曲

日落五原塞，蕭條亭堠空。漢家討狂虜，籍役滿山東。去年出飛狐，今年出雲中。得地不足耕，殺人以爲功。登高望衰草，感嘆意何窮。

折楊柳歌詞二首

高枝拂翠幰，低枝垂綺筵。春風千萬樹，此樹妾門前。
江頭横吹悲，北客休南去。聞道武昌門，愁人無别樹。

將進酒

君不見陳孟公，一生愛酒稱豪雄。君不見揚子雲，三世執戟徒工文。得失如今兩何有，勸君相逢且相壽。試看六印盡垂腰，何似一卮長在手。莫惜黄金醉青春，幾人不飲身亦貧。酒中有趣世不識，但好富貴亡其真。便須吐車茵，莫畏丞相嗔。桃花滿溪口，笑殺醒遊人。絲繩玉缸釀初熟，摇蕩春光若波緑。前無御史可盡歡，倒著錦袍舞鸜鵒。愛妾已去曲池平，此時欲飲焉能傾。地下應無酒罏處，何苦寂寞孤平生。一杯一曲，我歌君續。明月自來，不須秉燭。五嶽既遠，三山亦空。欲求神仙，在杯酒中。

羅敷行

陌上三月時，柔桑多緑枝。携筐行采葉，日暮畏蠶饑。君來駐車馬，相逢在桑下。謾説同心言，不是知音者。君貴多輝光，妾賤無紅妝。自信田間婦，難從天上郎。長安畫樓宇，無限如花女。使君當早歸，莫共羅敷語。

當鑪曲

光艷動春朝，妝成映洛橋。錢多自解數，筝澀未能調。花如秦苑好，酒比蜀都饒。深謝諸年少，來沽不待要。

古詞

妾刀不斷機，郎行當早歸。還將機中錦，作郎身上衣。

烏夜啼

啼烏驚我棲未久，半起疏桐上高柳。燈下佳人顰淺眉，機中少婦停織手。月入空閨夜欲深，數聲猶似聽君琴。

堂上歌行

堂上歌，歌南山，主人爲歡仰客顔。翠帷夜捲出兩鬟，移尊更飲花樹間。花樹間，有明月。客不醉，歌不歇。

隴頭水

人間何處無流水，偏到隴頭愁入耳。夜雜羌歌明月中，秋驚漢夢空山裏。隴阪崎嶇九迴折，聲隨到處長嗚咽。欲照愁顔畏水渾，前軍曾洗金創血。回頭千里是長安，征人淚枯流不乾。

少年行二首

官侍長楊拜夕郎，況憑内寵在椒房。賜金十萬身無用，乞作胡姬一日妝。

下直平明出禁門，笑提博局伴王孫。寶刀不敢將輸却，明日沙場欲報恩。

相逢行

沽酒渭橋邊，平陵俠少年。相逢各有贈，寶劍與金鞍。

妾薄命

寂寞復寂寞，秋風吹羅幕。玉階有微霜，桂樹花已落。昔爲卷衣女，承歡在瑶閣。棄魚感淚多，當熊慚力弱。寧知色易老，難求黄金藥。宮深去天遠，憂思將何託。君恩非不深，妾命自輕薄。微軀願有報，和親死沙漠。

結客少年場行

結客須結遊俠兒，借身報仇心不疑。千金買得利匕首，摩挲誓許酬相知。白馬縵胡纓，行行人盡止。朝游洛北門，暮醉秦東市。感君在一言，不惜爲君死。朱家曾脱季將軍，田光終酬燕太子。君不見魏其盛時客滿門，自言一一俱銜恩。魏其既罷誰復見，養士堂中塵網遍。始知結客難，徒言意氣傾南山。食君之禄有弗報，何況區區杯酒間。結客不必皆薦紳，緩急叩門誰可親。屠沽往往有奇士，慎勿相輕閭里人。

君馬黄

君馬黄，我馬玄。君馬金匼匝，我馬錦連乾。兩馬喜遇皆嘶鳴，何異主人相見情。長安大道可並轡，莫誇得意争先行。摇鞭共踏落花去，燕姬酒壚在何處？

楊白花

楊白花，太輕薄。不向宫中飛，却度江南落。美人踏踏連臂歌，山長水闊奈爾何。奈爾何，春欲晚，何不飛去仍飛返。洛陽樹，多啼鴉。愁殺人，楊白花。

門有車馬客行

門有車馬客，乃是故鄉士。昔别各壯顔，今見不相似。上堂叙情親，拜跪出妻子。對案未能食，歷歷問桑梓。當時同游人，十有八九死。松柏長新墳，荆棘生故址。歡言方未終，悲感還復始。因思興謝端，嘆息不能止。

擢歌行

溶漾漢潭清，搴荷趁浪平。船輕知體弱，簪滑見鬟傾。落日懸江思，浮雲結浦情。去從千葉隱，歸愛一花迎。吴歈并《子夜》，誰似棹歌聲？

鷄鳴歌

北斗城頭北斗低，萬家夢破一聲鷄。馬蹄踏踏車轆轆，闕下連趨市中逐。雄鷄安得噤爾聲，利名少息世上争，漫漫夜長人不驚。

征婦怨

良人不願封侯印，虎符遠發當番陣。幾夜春閨惡夢多，竟得將軍軍覆信。身没猶存舊戰衣，東家火伴爲收歸。妾生不識邊庭路，尋骨何由到武威。紙幡剪得招魂去，只向當時送行處。

襄陽樂

門前黄柳鴉雛宿，羅幌低垂婢擎燭。懸璫結佩略妝成，日莫相邀漢江曲。水静花寒月小明，舟中樓上鬬歌聲。腸斷年年大堤路，南商行過北商行。

飲酒樂

七絃五絃角奏，一觴兩觴羽行。且樂眼中人聚，莫憂頭上天傾。

長安道

長樂鐘聲動，平津樹色開。中郎長戟衛，丞相小車來。新成賜將第，更築候神臺。誰念公車客，空懷作賦才。

悲歌

征途險巇，人乏馬饑。貧少不如富老①，美遊不如惡歸。浮雲隨風，零亂四野。仰天悲歌，泣數行下。

① 原注：「别本云『富老不如貧少』。」

楚妃嘆

章華臺前楚江水，月色墮煙烏欲起。六宮不敢解羅衣，獵火照山君未歸。

白紵詞二首

白紵出自吴女工，著來色與素體同。舞時偏向江渚宫，長袖拂起微有風。觴催管促四座中，攬裾徘徊慘曲終，玉階夜寒零露濃。

出後閣，臨前楹，舞衣皎皎潔且輕。飄如白雲向空行，迴腰流目君已傾。華燈吐焰欺月明，喧嘩不聞遺佩聲。茱萸實，紅蘭葉。千秋歡樂長如此，妾身得向君前死。

呵那瑰

牛羊草漫野，大帳天山下。十萬控弦兒，聞笳齊上馬。

江南意

妾本南國姝，父母愛如珠。貌豈慚明鏡，身纔稱短襦。學成采蓮唱，曉出横塘上。舟小復身輕，隨風兩摇蕩。歸時曲岸傍，恰見貴遊郎。輟歌欲轉棹，花淺不堪藏。將嗔却成哂，相問那能隱。雖憐郎意深，終嫌妾家近。回首各盈盈，南湖月又生。煙波三十里，都是斷腸情。

猛虎行

陰風吹林烏鵲悲，猛虎欲出人先知。目光炯炯當路坐，將軍一見弧矢墮。幾家插棘高作門，未到日没收猪豚。猛虎雖猛猶可喜，横行只在深山裏。

湘中絃

凉風裊裊月粼粼，竹色蘭香秋水濱。一夜猿聲流淚盡，黄陵祠下泊舟人。

燕燕于飛

燕燕何處飛，相見江南路。薋香細雨春，柳色芳烟暮。才從箔外歸，復向舟前度。莫入未央宫，身輕有人妒。

浮遊花

宛宛庭中花，狂風忽吹去無涯。上入逍遥之雲天，下没慘淡之泥沙。開落本同何足嘆，升沉偶異自堪嗟。

野田行

白楊樹下誰家墳，火燒野草碑無文。路傍尚卧雙石馬，行人指是故將軍。當時發卒開陰宅，千車送葬城南陌。子孫今去野人來，高處牧羊低種麥。平生意氣安在哉，棘叢暮雨棠梨開。百年富貴何足恃，雍門之琴良可哀。

邯鄲才人嫁爲厮養卒婦

妾能擫趙瑟，舊得君王眷。更衣直夜房，侍酒登春殿。出宫非故顔，里婦猶相羡。叢臺罷往夢，破屋流螢見。末路多若斯，紛紛貴成賤。

凉州詞二首

蓬婆城下凈無花，慘慘黄雲漠漠沙。卷葉誰將番曲奏，白頭都護亦思家。

關外垂楊早换秋，行人落日旆悠悠。隴山高處愁西望，只有黄河入海流。

虞美人曲

明月帳中泣，悲風營外歌。彷徨夜驚起，何事楚人多。迴燈擁緑鬢，向劍蹙青蛾。效命自無恨，君王其奈何。

築城詞

去年築城卒，霜壓城下骨。今年築城人，汗灑城下塵。大家舉杵莫住手，城高不用官軍守。

秦箏曲

嬌絃細語發矸羅，臂動玉釧鳴相和。關雲隴月愁思多。愁思多，聽此曲。停蜀琴，罷燕築。

東飛伯勞歌

前飛蜻蜓後飛蝶，桃葉楊枝每相接。誰家季女弄春妍，披煙映日窗户前。金雀雙釵翠羽扇，縝屏黼帳文羅薦。妖羞年幾十五多，將呈復隱奈愁何。流暉倏没百花暝，空持可憐誰作並。

春江花月夜

皓月金波滿，奇花玉樹新。浮輝與流艷，併弄一江春。還持誰可比，結綺閣中人。

踏歌行

香塵和露踏成泥，花下風寒鬢脚低。夜静高樓有人聽，起頭一句唱教齊。

子夜四時歌

白白復朱朱，芳條罥繻襦。摘來隨女伴，賽鬭不曾輸。
紅妝何草草，晚出南湖道。不忍便回舟，荷花似郎好。
堂上織流黄，堂前看月光。羞見天孫度，低頭入洞房。
空幃擁鑪坐。夜冷微紅滅。郎意似殘灰，無因得重熱。

寒夜吟

月下凍痕生緑井，隔林霜片飛無影。樹枝風息轉迎寒，愁人如鳥棲未安。夜短夜長應獨覺，熒熒殘燭嗚嗚角。

小長干曲

郎採菱葉尖，妾採荷葉圓。石城愁日暮，各自撥歸船。

廢宅行

嗚珂坊裏將軍第，列戟齊收朱户閉。里媪逢人説舊時，有廬被奪廣園池。今年没入官爲主，散盡堂中義宅兒。厨烟久斷無粱肉，群鼠饑來入鄰屋。官封未與别人居，日日閑苔雨添緑。曲閣深沉接後房，畫屏生色暗無光。尋常不敢偷窺處，守卒時來拾墜璫。春風多少奇花樹，又有豪家移得去。

青樓怨

浴金熏爐鏤玉奩，蘭香今夜爲君添。烏棲黄昏烏起曙，才見道來還道去。

牧牛詞

爾牛角彎環，我牛尾秃速。共拈短笛與長鞭，南隴東岡去相逐。日斜草遠牛行遲，牛勞牛饑唯我知。牛上唱歌牛下坐，夜歸還向牛邊卧。長年牧牛百不憂，但恐輸租賣我牛。

捕魚詞

後網初沉前網起，夫婦生來業淘水。忽驚網重力難牽，打得長魚滿船喜。不教持賣去南津，且向江頭祭水神。願得年年神作主，無事全家卧煙雨。不論城中魚貴賤，换得酒歸儂不怨。

養蠶詞

東家西家罷來往，晴日深窗風雨響。二眠蠶起食葉多，陌頭桑樹空枝柯。新婦守箔女執筐，頭髮不梳一月忙。三姑祭後今年好，滿簇如雲繭成早。檐前繅車急作絲，又是夏稅相催時。

射鴨詞

射鴨去，清江曙。射鴨返，回塘晚。秋菱葉爛煙雨晴，鴨群未下媒先鳴。草翳低遮竹弓彀，水冷田空鴨多瘦。行舟莫來使鴨驚，得食忘猜正相鬪。背咹咹，毛縱縱，潛機一發那得知。

伐木詞

竹擔挑多兩肩赤，礪斧時尋澗邊石。老夫氣力秋漸衰，易斫喜有枯林枝。白雲無人暗空谷，遠聲丁丁如啄木。暮歸待伴不獨行，前途虎多荆棘生。長年不曾到城府，聞比山中路尤阻。

打麥詞

雉雛高飛夏風暖，行割黃雲隨手斷。疏莖短若牛尾垂，去冬無雪不相疑。場頭負歸日色白，穗落連枷聲拍拍。呼兒打晒當及晴，雨來怕有飛蛾生。卧驅鳥雀非愛惜，明年好收從爾食。

採茶詞

雷過溪山碧雲暖，幽叢半吐槍旗短。銀釵女兒相應歌，筐中摘得誰最多？歸來清香猶在手，高品先將呈太守。竹爐新焙未得嘗，籠盛販與湖南商。山家不解種禾黍，衣食年年在春雨。

賣花詞

緑盆小樹枝枝好，花比人家別開早。陌頭擔得春風行，美人出簾聞叫聲。移去莫愁花不活，賣與還傳種花訣。餘香滿路日暮歸，猶有蜂蝶相隨飛。買花朱門幾回改，不如擔上花長在。

洞房曲

洞房香吐合昏花，月轉勾闌啼乳鴉。今宵有酒留君醉，不信娼家勝妾家。

惜花嘆

惜花不是愛花嬌，賴得花開伴寂寥。樹樹長懸鈴索護，叢叢頻引鹿盧澆。幾回欲折花枝嗅，心恐花傷復停手。每來花下每題詩，不到花前不持酒。準擬看花直盡春，春今未盡已愁人。才留片蕚依前砌，全落千英過別鄰。懊惱園中妒花女，畫幡不禁狂風雨。流水殘香一夜空，黄鸝魂斷無言語。縱有星星在藓衣，拾來已覺損光輝。只應獨背東窗卧，夢裏相隨高下飛。

田家行

草茫茫，水汩汩。上田蕪，下田没。中田有禾穗不長，狼藉只供鳧雁糧。雨中摘歸半生濕，新婦舂炊兒夜泣。

憶遠曲

揚子津頭風色起，郎帆一開三百里。江橋水柵多酒壚，女兒解歌山鷓鴣。武昌西上巴陵道，聞郎處處經過好。櫻桃熟時郎不歸，客中誰爲縫春衣。陌頭空問琵琶卜，欲歸不歸在郎足。郎心重利輕風波，在家日少行路多。妾今能使烏頭白，不能使郎休作客。

金井怨

照水羞見影，汲水嫌手冷。閒立梧桐陰，烏啼秋夜水。

里巫行

里人有病不飲藥，神君一來疫鬼却。走迎老巫夜降神，白楊赤鯉縱横陳。男女殷勤案前拜，家貧無肴神勿怪。老巫擊鼓舞且歌，紙錢索索陰風多。巫言汝壽當止此，神念汝虔賒汝死。送神上馬巫出門，家人登屋啼招魂。

主客行

主人楚歌客楚舞，落日黄雲雁聲苦。笑拂腰間寶劍光，美人滿堂色如土。大兒北海人中奇，小兒能讀曹娥碑。相逢且莫嘆貧賤，但願有酒無別離。君不見平原墓上生秋草，國士無窮道傍老。

春夜詞

杏煙濕鬢秋千下，銀蠟光寒曲屏畫。數漏閑過每睡時，月明微見墮遊絲。欲歸自踏娉婷影，風動玉釵花亦冷。屋貯嬌愁鎖幔紗，青絲嘶騎醉誰家。管絃不動空臺榭，夢與烏衣語中夜。

新絃曲

舊絃解，新絃張，冰絲牽愁六尺長。寬急頻從指邊聽，金雁參差移不定。新絃響高調勿促，不如舊絃彈已熟。憐新厭舊妾恨深，爲君試奏《白頭吟》。他日愁如舊絃棄，泣向羅裙帶頭繫。

竹枝歌六首

蜀山消雪蜀江深，郎來妾去鬭歌吟。峽中自古多情地，楚王神女在山陰。
魚復浦上石累累，恰似儂心無轉回。船歸莫道上灘惡，自牽百丈取郎來。
江水出峽過夔州，長流直到海東頭。郎應若有思家日，應教江水復西流。
躑躅花紅鴨鳺飛，黄牛廟下見郎稀。大艑攤錢賣鹽去，短釵簪葉負薪歸。
妾愛看花下渚宫，郎思沽酒醉臨邛。春衣未織機中錦，只是長絲那得縫。
楓林樹樹有猿啼，若箇聽來不慘悽。今夜郎舟宿何處，巴東不在定巴西。

轉應詞二首

雙燕雙燕，去歲今年相見。往來東舍西家，銜得泥中落花。花落花落，又在暮寒池閣。
疏雨疏雨，緑滿蘼蕪洲渚。江南相憶故人，遠水遥山暮春。春暮春暮，風急晝船難渡。

聞長槍兵至出越城夜投龕山

列藩遏戎亂，駐鉞實此州。如何殺大將，王師自相仇。我來亂始定，城郭氣尚愁。又聞有鄰兵，倉卒豈敢留。促還出西門，天寒絶行輈。古戍暗雨雪，旌旗暮悠悠。野屋閉不守，澤田棄誰收。居人且奔逃，遊子安得休。逶迤蒼山去，泱漭玄雲浮。人虎争夜行，風榛嘯巖幽。我徒戒相親，一失未易求。饑拾谷口栗，寒燒澗中櫪。神迷路多迂，再宿達海陬。雖嘗登頓勞，幸免迫辱憂。聖尼畏於匡，嗟我敢有尤。但慚去越早，不遂名山遊。

登鳳凰山尋故宫遺跡

兹山勢將飛，宫殿壓其上。江潮正東來，朝夕似奔向。當時結構意，欲敵汴都壯。我來百年後，紫氣愁不王。烏啼璧門空，落葉滿陰障。風悲度遺樂，樹古羅嚴仗。行人悼降王，故老怨奸相。蒼天何悠悠，未得問興喪。世運今復衰，凄凉一回望。

過奉口戰場

路回荒山開，如出古塞門。驚沙四邊起，寒日慘欲昏。上有饑鳶聲，下有枯蓬根。白骨横馬前，貴賤寧復論。不知將軍誰，此地昔戰奔。我欲問路人，前行盡空村。登高望廢壘，鬼結愁雲屯。當時十萬師，覆没能幾存。應有獨老翁，來此哭子孫。年來未休兵，强弱事併吞。功名竟誰成，殺人遍乾坤。愧無拯亂術，佇立空傷魂。

春日懷十友詩

余司馬堯臣

列戟衛嚴關，應無休沐暇。群英罷追游，餘香掩空榭。飛花北郭晚，華月南園夜。清景不能同，蹉跎恐年謝。

宋軍咨克

看花西澗寺，憶子昔同行。蘭入華觴氣，波泛緑琴聲。兹歡隨節逝，離恨坐相嬰。安得重聯騎，射雉出東城。

陳孝廉則

徂春易爲感，復此棲孤寂。鶯啼遠林雨，悵望鄉園隔。客舍换衣晨，僧齋聽鐘夕。知君思正紛，雜英共如積。

王隱君行

共此一里居，誰令阻良覿。惆悵步芳園，山櫻還獨摘。風含駐花意，雨散流池迹。尊酒不來同，兹晨端可惜。

感舊酬宋軍咨見寄

我酒且緩傾，聽君放歌行。君歌意何苦，慷慨陳平生。少爲鬭鷄兒，鮮裘奪春明。走馬出飛彈，撇捩誇身輕。氣服諸俠徒，不倚父與兄。落花錦坊南，美人理妝迎。緑雲晚不度，樓上鳴瑶箏。酒酣迸五木，脱帽呼輸贏。及壯家已破，狂遊耻無成。太白犯紫微，三辰晦光精。金鏡偶淪照，干戈起紛争。中原未失鹿，東海方横鯨。遂尋鬼谷師，從之學言兵。石室得《陰符》，龍虎隨權衡。業成事燕將，遠戍三關營。巖谷雨雪霏，哀獸常夜鳴。撫劍起流涕，軍中未知名。奇勳竟難圖，回臨石頭城。石頭何壯哉，山盤大江横。黄旗想王氣，玉樹聞歌聲。晚登臨滄觀，惻愴懷古情。覽時識禍機，不因憶蓴羹。飄然别戎府，震澤還東征。歸來訪鄉閭，亂餘掩蓬荆。舊宅人已改，荒池泉尚清。瘦妻倚寒機，正嘆伊威盈。從兹謝行役，閑園事躬耕。懶求薦辟書，傲然揖公卿。衰蕙吊蟋蟀，柔桑唤鸝鶊。閉門節屢變，壯魄空潛驚。昔同徒步人，十年擁麾旌。鴻毛獨未順，蹭蹬違霄程。知音竟爲誰，四海嗟惸惸。齊竽不解奏，楚璞何由呈。顧余雖腐儒，當年亦峥嶸。小將説諸侯，捧槃定從盟。大欲千萬乘，獻策登蓬瀛。洪瀾阻川途，浮雲蔽天京。終焉困澤畔，日暮吟蘼蘅。賤貧此時居，復與喪亂並。何殊九月中，嚴霜折枯莖。頗聞君子心，道窮貴益貞。己志不獲施，安用軒裳榮。今晨喜逢君，有壺對前楹。風日初澹沲，櫻桃作繁英。適意不一醉，屑屑徒悲縈。達人若相遇，大笑絶冠纓。

答衍師見贈

衍師本儒生，眉骨甚疏峭。軒然出人群，快若擊霜鷂。早嘗垂長紳，挾册誦周邵。欲陳興壞端，往應乞言詔。乾綱會中頹，四海起擾剽。仰頭望天扃，氛祲匿羲曜。蕃邦日尋兵，纁玉罷朝頫。木顛豈繩維，長往遂淪耀。披緇别家人，欲挽首屢掉。超哉休遠徒，高躅願追紹。初來北城刹，駐錫問宗要。相逢共宵哦，篝火樹間照。篇成出叩鉢，鋒疾驚楚僄。我或勸之冠，不答但長笑。留連忽中離，名山赴佳召。頗知此行樂，夙志酬歷眺。吴峰戴襆登，楚水投文弔。江秋雨鳴瀨，海曙霞發嶠。靈奇務窮搜，不憚躡遐徼。東歸始安禪，幽谷斬蓬藋。坐敷雲中衾，薜屋一澗繚。前年逐戎旃，野出事田獠。是時陰飆作，山黑捲狂燒。不畏猛虎過，車宿傍楓廟。聞師隔烟嶺，無寐聽猿叫。晨興雪滿壑，衣濕寒木燎。空林斷樵踪，兀兀見來轎。相邀至岩扉，山竹穿窅窱。深房煮山藥，乾葉焰風銚。頓釋行旅顔，瓢緑欣飲醥。促還不能淹，喧寂嘆殊調。邇來竟何成，三十匪年少。恨無關弧力，結束從嫖姚。閑坊借書披，危坐似持釣。行憂釜見奪，竭恐冠遭溺。逢人戒談時，澀縮刀在鞘。軍鼙五月急，市閉無賤糶。壯氣漸欲磨，妻孥困纏繞。堂筵賓履疏，暑夕行熠耀。師來贈長句，有譽無鄙誚。組章眩芬旉，金奏聆要眇。據梧起豪誦，心疢渾可療。回顧平生吟，真咽蚯蚓竅。上天宰玄化，亂治方叵料。性命如窮鱗，倘或脱罾罿。卜居計已決，不待龜灼燋。過湖就稻蟹，静處容不肖。安能效群女，倚恃鬭妍妙。泳風或鳴橈，耕月還荷蓧。師當重見尋，東皋一舒嘯。

賦得真娘墓送蟾上人之虎丘

色相終壞滅，佳人能久妍。斷碑山寺裏，小冢竹林邊。蘭葉春風帶，苔花莫雨鈿。情留吳苑客，夢逐楚臺仙。高僧方宴坐，身在散花天。

雪夜懷周著作

燈照竹林雪，寢齋寒更空。窗間成獨坐，遥想故人同。不有孤吟興，寧度此宵中。

登西城門

登城望神州，風塵暗淮楚。江山帶睥睨，烽火接樓櫓。併吞何時休，百骨易寸土。向來禾黍地，雨露長榛莽。不見征戰場，那知邊人苦。馬驚西風笳，烏散落日鼓。嗚嗚城下水，流恨自今古。

期家兄宿東湖民家不至

東湖欲上月，寒烏已棲煙。何處相期宿，柴門汀樹邊。未嘗新漉酒，猶望遠來船。誰信姜肱被，今宵還獨眠。

宿幻住棲雲堂

窗白鳥聲曉，殘鐘度溪水。此時幽夢回，獨在空山裏。松岩留佛燈，葉地響僧履。余心方正寂，無使群動起。

賦永上人紙帳

剡藤裁素幬，坐使諸塵隔。冬室自生温，寒窗屢更白。不隨直省被，長覆棲禪簀。思曾雪夜時，宿伴山中客。

陳氏秋容軒

西郊莽迢遞，川樹凝烟景。雨過落紅蕖，斜陽半江冷。蟬鳴山欲暗，雁去天逾永。孤客對蕭條，應知鏡中影。

月林清影

疏林逗明月，散亂成清影。流藻舞波寒，驚虬翔壑冷。雲來稍欲翳，風動紛難整。圓魄忽西傾，愁看墮空境。

聞鐘

迢迢烟際發，隱隱岩中應。初來覺寺遥，乍歇看山暝。惆悵未眠人，空齋幾回聽。

醉歸夜醒聞雨

覺來聞雨聲，燈輝耿殘夜。窗間有危葉，暗助瀟瀟下。不記醉歸時，寢齋如客舍。

聞晚鶯時在圍城中

昨歲聞孤囀，緑陰山院行。今朝寢齋雨，重聽獨含情。西澗多喬木，何爲亦到城。

西齋池上三詠

葵花

艷發朱光裏，叢依緑蔭邊。夕同山蕣落，午並海榴燃。幽馥流珍簟，鮮輝照藻筵。群芳已謝賞，孤植轉成憐。

荷葉

楚服新裁得，吴筒舊製成。圓應問荇菜，密欲翳蓮莖。聲中亂雨至，陰下一魚行。桂棹還思折，江南日暮情。

桐樹

晴粉朝英墜，凉瓊夏葉舒。鳥啼高樹早，蟾轉薄疏虚。朱絃未薦曲，彤管屢題詩。坐恐銷華澤，商吹起前除。

遊靈巖賦得越來溪

越女遊未去，越兵嗟已來。青山舊溪上，無復見樓臺。過客空惆悵，荷花秋自開。

立春前一日喜雪

一冬才見瑞，三白詎須頻。未嫌遲送臘，唯憐預占春。積砌猶殘凍，妝苑已芳辰。留更明朝落，梅開欲鬭新。

始聞夏蟬

翾翾才得蜕，咽咽未成喧。翳葉誰能見，南風緑繞軒。乍驚變節物，還念别郊園。何待當秋聽，方令羈思繁。

我昔

我昔在家日，有樂不自知。及兹出門遊，始復思往時。貧賤爲客難，寢食不獲宜。異鄉寡儔侣，僮僕相擁持。天性本至慵，强使賦再馳。發言恐有忤，蹈足慮近危。人生貴安逸，壯遊亦奚爲。何當謝斯役，歸守東岡陂。

泛南溪二首

山折水暫旋，山開水仍往。東陂匯初成，秋色彌然廣。碧蘿花茸茸，月映石壁上。此夕試沿洄，一理烟中舫。

清輝泛悠悠，東與前溪合。菱葉間荷花，風來秋颯颯。久行愁寂境，忽有人煙雜。我欲發棹謳，漁師肯相答。

曉卧丁校書軒

窗月淡欲失，曨曨逼初曙。屋外鳥聲多，應知有嘉樹。殘香掩幽寢，未事澄紛慮。頗似宿東巖，僧齋竹深處。

水上盥手

盥手愛春水，水香手應緑。澐澐細浪起，杳杳驚魚伏。惆悵坐沙邊，流花去難掬。

贈漫客

畸人誠達生，聱叟亦曠士。漫客乃其徒，放意在雲水。有山即漫遊，有竹乃漫止。漫吟不求工，漫飲不須美。與物無留情，所適皆漫爾。人生本漫寄，何事紛戚喜。與子作漫交，逍遥論兹理。

秋日端居

秋意日蕭索，郊園霜露餘。出遊無山水，聊復守吾廬。巷轍久已斷，山瓢仍屢虚。非甘寂寞者，誰樂此閒居。

夢鍾離兩兄

淮水去不極，淮山與偕馳。鍾離兩遷客，路遠歸何期。孰云歸無期，此夕乃見之。握手説辛苦，杯觴復同持。須臾忽驚别，我夢方自知。雖夢亦足喜，况乃歸來時。

雨中留徐七賁

江寒宿雨在，落葉滿村濕。留君繫君艇，莫犯風潮急。試問欲歸城，誰家借蓑笠？

看刈禾

農工亦云劳，此日始告成。往獲安可後，相催及秋晴。父子俱在田，札札鐮有聲。黄雲漸收盡，曠望空郊平。日入負擔歸，謳歌道中行。烏雀亦群喜，下啄飛且鳴。今年幸稍豐，私廩各已盈。如何有貧婦，拾穗猶惸惸。

晚步遊褚家竹亭

落日猶半野，閒來潭上遊。非因戀幽賞，聊欲散煩憂。澄波魚喻夕，荒竹鳥吟秋。不是愚溪上，胡爲吾久留。

太白三章

太白初升北斗落，行人早起車鳴鐸。豈願身離父母邦，山川路遠非不惡。貧賤未知生處樂。

太白正高北斗低，行人出關鷄亂啼。他鄉無人是知己，欲歸未歸東復西。弊裘愧見家中妻。

太白猶懸北斗没，行人衣上霜拂拂。下馬飲酒歌苦聲，新豐主人莫相忽。人奴亦有封侯骨。

中秋玩月張校理宅得南字

八月望夜天如藍，海色卷霧山收嵐。玉盤元沉龍窟底，忽起萬丈誰能探。初來空中光尚濕，霜娥寒鬢風鬣鬖。人言一年此最好，金精水氣秋相涵。小星盡去大星在，芒角欲吐敢與參。天將洗眼照下土，啖食肯縱妖蟆貪。穿深窺暗不遺隙，罔兩忌影逃巖嵌。前年客中憶見之，家人怨別方喃喃。荒山不知佳節至，垂首憑案尋書蟫。但怪流輝入敗户，油燈失焰留孤龕。起行陰林不用炬，剥啄獨叩峰西庵。虬蛇亂踏心膽悸，怪影走石皆楓楠。即呼道人共載酒，放舟直下夫容潭。翻翻驚鶻落樹杪，吹笛正和烏飛南。今年在舍反寂寞，暗室困卧如僵蠶。乾愁無端負良夜，月固不言我則慚。人無賢愚競玩賞，況我清景性所耽。忽憶諸君隔河水，持被就宿聆高談。爲呼老婢婦庭宇，一席盤飣梨與柑。江城重閉萬家寂，樓鼓近聽才撾三。空階凄其覺露泫，虛牖窈窕疑煙含。婆娑欲留月伴影，素鸞西下煩停驂。明宵復出已難似，動别經歲嗟何堪。尊前此月又此客，世所難遇心應諳。關山幾處未解兵，擊柝不寐愁丁男。南鄰歌舞北鄰哭，月雖同照異苦甘。何人爲我揮天戈，乾坤多難俱平哉。行者得還居者樂，清光所及恩皆覃。懸知此願未易遂，憂來舉盞從沉酣。須臾衆散曉蟲急，古桂吹落自毿毿。

劉松年畫

樵青刺篙勝摇槳，船頭分流水聲響。青山渺渺波漾漾，白鷗飛過時一兩。載書百卷酒十壺，日斜出遊女兒湖。鄰舟買得巨口鱸，醉拍銅斗歌嗚嗚，此樂除却江南無。

練圻老人農隱

我生不願六國印，但願耕種二頃田。田中讀書慕堯舜，坐待四海昇平年。却愁爲農亦良苦，近歲征役相煩煎。養蠶唯堪了官税，賣犢未足輸米錢。虬鬚縣吏叩門户，鄰犬夜吠頻驚眠。雨中投泥東鑿塹，冰上渡水西防邊。幾家逃亡閉白屋，荒村古木空寒煙。君獨胡爲有此樂，無乃地邇秦溪仙。門前流水野橋斷，不過車馬唯通船。秧風初凉近芒種，戴勝曉鳴桑頭顛。短衣行隴自課作，兒子饁後妻耘前。白頭雖復勞四體，若比我輩寧非賢。旅遊三十不稱意，年登未具粥與饘。便投筆硯把耒耜，從子共賦《豳風》篇。

聽教坊舊妓郭芳卿弟子陳氏歌　時至正己亥歲作。

文皇在御昇平日，上苑宸游駕頻出。仗中樂部五千人，能唱新聲誰第一？燕國佳人號順時，姿容歌舞總能奇。中官奉旨時宣喚，立馬門前催畫眉。建章宫裏長生殿，芍藥初開敕張宴。龍笙罷奏鳳絃停，共聽嬌喉一鶯轉。遏雲妙響發朱唇，不讓開元許永新。繡陛花驚飄艷雪，文梁風動委芳塵。翰林才子山東李，每進新詞蒙上喜。當筵按罷謝天恩，捧賜纏頭蜀都綺。晚出銀臺酒未銷，侯家主第强相邀。寶釵珠袖尊前賞，占斷春風夜復朝。回頭樂事浮雲改，瘞玉埋香今幾載。世間遺譜竟誰傳，弟子猶憐一人在。曾記《霓裳》學得成，朝元隊裏藝初呈。九天聲落千人聽，丹鳳樓前月正明。狹邪貴客回車馬，不信芳名在師下。風塵一旦禁城荒，誰是花前聽歌者。從此飄零出教坊，遠辭京國客殊方。閉門春盡無人問，白髮青裙不理妝。相逢爲把雙蛾蹙，《水調》《梁州》歌續續。江南年少未曾聞，元是當時供奉曲。朝使今年海上歸，繁華休説亂來非。梨園散盡宫槐落，天子愁多内宴稀。始知歡樂生憂患，恨殺韓休老無諫。傷心不見昔人歌，汾水秋風有飛雁。此日西園把一卮，感時懷舊盡成悲。含情欲爲秋娘賦，愧我才非杜牧之。

憶昨行寄吴中諸故人

憶昨結交豪俠客，意氣相傾無促戚。十年離亂如不知，日費黄金出遊劇。狐裘蒙茸欺北風，霹靂應手鳴雕弓。桓王墓下沙草白，仿佛地似遼城東。馬行雪中四蹄熱，流影欲追飛隼滅。歸來笑學曹景宗，生擊黄獐飲其血。臯橋泰娘雙翠蛾，唤來尊前爲我歌，白日欲没奈愁何。回潭水緑春始波，此中夜遊樂更多。月出東山白雲裏，照見船中笛聲起。鷩鷗飛過片片輕，有似梅花落江水。天峰最高明日登，手接飛鳥攀危藤。龍門路黑不可上，松風吹滅巖中燈。衆客欲歸我不能，更度前嶺緣崚嶒。遠携茗器下相候，喜有白首楞伽僧。館娃離宫已爲寺，香徑無人欲愁思。醉題高壁墨如鴉，一半欹斜不成字。夫差城南天下稀，狂遊累日忘却歸。座中争起勸我酒，但道飲此無相違。自從飄零各江海，故舊如今幾人在。荒烟落日野烏啼，寂寞青山顔亦改。須知少年樂事偏，當飲豈得言無錢。我今自算雖未老，豪健已覺難如前。去日已去不可止，來日方來猶可喜。古來達士有名言，只説人生行樂耳。

明皇秉燭夜遊圖

華亭樓頭日初墮，紫衣催上宫門鎖。大家今夕燕西園，高爇銀盤百枝火。海棠欲睡不得成，紅妝照見殊分明。滿庭紫焰作春霧，不知有月空中行。新譜《霓裳》試初按，内使頻呼燒燭换。知更宫女報銅籤，歌舞休催夜方半。共言醉飲終此宵，明日且免群臣朝。只憂風露漸欲冷，妃子衣薄愁成嬌。琵琶羯鼓相追續，白日君心歡不足。此時何暇化光明，去照逃亡小家屋。姑蘇臺上長夜歌，江都宫裏飛螢多。一般行樂未知極，烽火忽至將如何。可憐蜀道歸來客，南内凄凉頭盡白。孤燈不照返魂人，梧桐夜雨秋蕭瑟。

黑河秋雨引賦趙王孫家琵琶蓋其名也

胡天夜襲天垂泣，雲壓鷹低翻翅濕。髯王醉影抱寒鶩，氈殿嘈嘈箭鳴急。紅冰淚落衰燈下，倒卷河流入絃瀉。瘦駝卧磧歇鈴車，撲朔陰沙鬼行野。漢魂私語鬢風凄，都護營荒咽凍鼙。蘭山木葉連愁起，散入塞門三萬里。夢斷金蟾隔煙小，青冢埋聲秋不曉。

答余左司沈別駕元夕會飲城南之作時在圍中

青帝行春氣初播，雲沍餘陰苦難破。江頭碧草生未長，戰馬寒嘶齕殘莝。炊煙泠落雨中濕，鄰屋時聞有啼餓。我愁鬱鬱但欲眠，肯以案書勤自課。却思去歲屬無虞，元夕共歡人幾箇。高堂細聽《落梅》歌，手擘黄柑香噴座。客酬主勸總忘曉，看盡繁燈逐星墮。只今照市但群烽，樂事凄凉誰復作。故人念我有二子，省内郎官府中佐。別離兩月不相逢，身佩弓刀從戍邏。欲尋舊賞慰勞役，弄拂尊前且安坐。老兵折簡走相呼，笑我閉門無乃懦。黄昏遠就向城南，敢惜春衫凍泥涴。軍中有會異尋常，牛肉粗肥酒卮大。胡奴帳下出琵琶，復拊銀箏與相和。燭殘未聽荒鷄號，弦斷忽驚哀雁過。須臾顔熱起叫噱，不紀亂離仍轗軻。更聲析析繞旗門，劍匣揞頭容醉卧。歸來又辱寄新詩，錦水湔腸珠落唾。豪吟自欲繼燕歌，悲調豈將同楚些。覽之幾度感深情，曲高和難非懶惰。我生無力本何用，衣食自來供馬磨。雖蒙鄉曲假虚名，正似南箕不堪簸。君才于世俱可珍，周賈東遊抱奇貨。艱危壯氣喜彌激，利器未施寧忍挫。頗聞原野多殺傷，風雪呻吟苦無那。吾儕斯樂豈易得，應愧皇天恩獨荷。明年此夕會昇平，把酒相邀更相賀。

江上晚過鄰塢看花因憶南園舊遊

去年看花在城郭，今年看花向村落。花開依舊自芳菲，客思居然成寂寞。亂後城南花已空，廢園門鎖鳥聲中。翻憐此地春風在，映水穿籬發幾叢。年時遊伴俱何處，只有閒蜂隨繞樹。欲慰春愁無酒家，殘香細雨空歸去。

兵後逢張孝廉醇

前年遠別君父子，遭亂相傳皆已死。今朝南陌忽逢君，爲識人中語音似。君言從親渡海濤，欲避兵禍辭官曹。間關僅得返鄉里，脱命羅罔真秋毫。問我胡爲亦憔悴，十月孤城陷圍内。艱難兩地得俱全，政荷皇天憐我輩。相看握手非偶然，痛飲豈得愁無錢。城中故舊散欲盡，君來使我忘憂悁。還思當年事未改，車馬紅塵浩如海。等閑列第化秦灰，試問主人誰復在。請君看此應感吁，世間富貴皆空虚。客遊且莫更彈鋏，讀書歸卧先人廬。

夜飲丁二侃宅聽琵琶

江月未出明星懸，主人飲客夜不眠。坐呼伶兒撥四絃，龍頭高撚玉軫圓。轉關未奏濩索先，勞嘈咽切斷復連。澀如清澗溜凍泉，細若碧樹吟秋蟬。忽然繁急何轟闐，風沙滿把撒四筵。雁行驚起飛不聯，浮雲落葉俱綿綿。一聲抹斷萬里煙，夢入紫塞愁胡天。問渠怨恨有幾千，口不能說指爲傳。令人悵望思往年，梁園楚榭長周旋。帷中曲宴羅綺鮮，夜遣飛騎迎嬋娟。低鬟出拜絳燭前，文絲香絲搭左肩。曲項紫鳳抱半偏，楓香一調妙入玄。好手正可羞紅蓮，座間豪客皆詞仙。舉杯邀我賦短篇，贈之醉寫蜀錦箋。可當十萬纏頭錢。如今遠客江海邊，欲聞絲音久無緣。故人已散陵谷遷，生死流落俱堪憐。今宵聽此真偶然，顧影憔悴非昔妍。長河欲曙落遠川，暫當歡娛反憂煎。向隅無言涕淚漣，此身如在潯陽船。

曉睡

野夫性慵朝不出，弊簀蕭然掩閒室。村深無客早敲門，睡覺長過半簷日。林聲寂寂鳥鳴少，窗影交交樹横密。此時欹枕意方恬，一任牀風亂書帙。昔年霜街踏官鼓，欲與群兒走争疾。如今只戀布衾温，悟從前計應多失。厨中黍熟呼未起，妻子嗔嘲竟誰恤。天能容老此江邊，無事長眠吾願畢。

美人撲蝶圖

花枝揚揚蝶宛宛，風多力薄飛難遠。美人一見空傷情，舞衣春來繡不成。乍過簾前尋不見，却入深叢避鶯燕。一雙撲得和落花，金粉香痕滿羅扇。笑看獨向園中歸，東家西家休亂飛。

青丘子歌

青丘子，臞而清，本是五雲閣下之仙卿。何年降謫在世間，向人不道姓與名。躡屩厭遠遊，荷鋤懶躬耕。有劍任羞澀，有書任縱横。不肯折腰爲五斗米，不肯掉舌下七十城。但好覓詩句，自吟自酬賡。田間曳杖復帶索，傍人不識笑且輕。謂是魯迂儒楚狂生，青丘子聞之不分意，吟聲出吻不絶咿咿鳴。朝吟忘其饑，暮吟散不平。當其苦吟時，兀兀如被酲。頭髮不暇櫛，家事不及營。兒啼不知憐，客至不果迎。不憂回也空，不慕猗氏盈。不慚被寬褐，不羨垂華纓。不問龍虎苦戰鬬，不管烏兔忙奔傾。向水際獨坐，林中獨行。斫元氣，搜元精，造化萬物難隱情。冥茫八極遊心兵，坐令無象作有聲。微如破懸虱，壯若屠長鯨。清同吸沆瀣，險比排崢嶸。靄靄晴雲披，軋軋凍草萌。高攀天根探月窟，犀照牛渚萬怪呈。妙意俄同鬼神會，佳景每與江山争。星虹助光氣，煙露滋華英。聽音諧《韶》樂，咀味得大羹。世間無物爲我娱，自出金石相轟鏗。江邊茅屋風雨晴，閉門睡足詩初成。叩壺自高歌，不顧俗耳驚。欲呼君山老父携諸仙所弄之長笛，和我此歌吹月明。但愁欻忽波浪起，鳥獸駭叫山摇崩。天帝聞之怒，下譴白鶴迎。不容在世作狡獪，復結飛佩還瑶京。

江上有青丘，予徙家其南，因自號青丘子。閒居無事，終日苦吟，閒作《青丘子歌》言其意，以解詩淫之嘲。

張節婦

誰言妾有夫，中路棄妾身先殂。誰言妾無子，側室生兒與夫似。兒讀書，妾辟纑，空房夜夜聞啼烏。兒能成名妾不嫁，良人瞑目黄泉下①。

① 原注：「靈壽張明府嫡母早寡守志。」

與客飲西園花下

一壺酒正滿，一樹花仍新。傾壺對花樹，日暮西園春。不愛枝上花，愛此花下人。相逢莫學花無賴，明日分飛隨路塵。

吴中逢王才南歸

江南草長蝴蝶飛，白馬新自燕山歸。燕山歸，不堪説，易水寒風薊門雪。朝邸空隨使者裾，禁闈不受書生謁。一杯勸君歌莫哀，歸時應過黄金臺。不見荒基秋來土花紫，伯圖已歇昭王死，千載無人延國士。

贈醉樵

川釣已遭獵，野耕終改圖。不如山中樵，醉卧誰得呼。採山不採松，松花可爲酒。酒熟誰共斟，木客爲我友。木客已去空石牀，舉杯向月邀吴剛。借汝快斧斫大桂，要令四海增清光。林風吹髮寒擁耳，獨枕空尊碧巖里。此時忘却負薪歸，猛虎一聲驚不起。世間萬事如浮煙，看棋何必逢神仙。青松化石鶴未返，酒醒又是三千年。

列朝詩集甲集第四之中

高太史啓《缶鳴集》五言今體一百八首、七言今體五十首、五言絶句六十二首、七言絶句八十首、六言七首。

詠夏冰

寒收疑凍井，晚薦納凉宫。抱潔存天質，銷炎奪化工。氣蒸金碗潤，色映玉盤空。弱藻含猶在，纖塵隔未通。非山寧可倚，是水復當融。照夜何須月，驚秋詎待風。製屏應不隱，作佩定難攻。客貌清誰並，仙肌瑩自同。宜涵筠簟素，愁逼桂爐紅。願解行人暍，分貽道路中。

賦得屨送衍上人

穩稱遊方脚，新編楚岸蒲。滑欺峰頂石，危怯世間途。輕曳愁妨蟻，高飛笑化鳧。上堂聲每衆，度嶺影還孤。著處朝行道，抛時夜結趺。空山欲相訪，落葉去踪無。

效唐人贈邊將

翩翩越騎將，負勇出山西。射虜誇猿臂，封侯賭馬蹄。候烽河外暗，伏幟草中低。欲雪憑陵耻，須禽左谷蠡。

送董湖州

五馬貴專城，花兼赤綬明。政條民乍識，賦籍吏初呈。山籠輸茶至，溪船摘芰行。非將苕霅水，誰比使君清？

晚次西陵館

匹馬倦嘶風，蕭蕭逐轉蓬。地經兵亂後，歲盡客愁中。晚渡隨潮急，寒山舊驛空。可憐今夜月，相照宿江東。

送顧别駕之邊郡

故人雖盡别，相去獨君賒。緣路雲千堠，臨邊樹一家。渡江船載馬，到館燭驚鴉。莫嘆孤城廢，春來尚有花。

送僧恬歸靈隱

遊方應未久，柳色變新年。在路逢春雪，還山訪冷泉。鐘催投寺錫，燈照泊江船。法意休多問，無言即是禪。

江上寄王校書行

寥落日歡違，江邊獨掩扉。鄰家聞暮笛，客舍試春衣。宿鳥歸山亂，行人渡水稀。相思比花絮，斜日繞城飛。

送越將罷鎮

楚客佩吴鴻，臨邊最有功。讀書圜壁裏，賭酒射堂中。旆出莎城雨，笳吹柳浦風。越人相感意，應與暮潮東。

送王稹赴大都 至正庚子作。

王郎歌莫哀，且酌姑蘇臺。獨客自傷别，諸侯誰愛才。關河千里去，宫闕五門開。未肯輕齊虜，新從下土來。

送孫主簿之德清孫善琴

山水匝秋城，君行思已清。道逢迎吏拜，田雜戍人耕。地遠知邊信，家貧稱縣名。應携一琴去，相和長官鳴。

留别李侯

梅發津亭壯，春隨使節回。綫多遊子服，酒滴故人杯。鐘送横江雨，車盤出峽雷。平生感知己，臨别更徘徊。

寄熹公

禪居紫閣陰，欲去問安心。野岸隨流曲，山門隱樹深。千燈燃雨塔，一磬出風林。想見跏趺處，雲多不可尋。

送王才歸錢塘

南歸猶落魄，北上已蹉跎。草草官亭酒，勞勞客路歌。親知今日少，山水故鄉多。匕首空留在，酬恩竟若何？

送長洲周丞陞吴縣令

青山隔苑橋，改邑去非遥。官食新添俸，民傳舊布條。稻花迎午放，荷葉待秋凋。寂寞長洲路，空聞五袴謡。

冬至夜喜逢徐七

君來同客館，把酒夜相看。動是經年别，能辭盡夕歡。雪明窗促曙，陽復座銷寒。世路今如此，懸知後會難。

送史丞之海門史淮東人

黄茅連霧雨，此地久荒凉。月出嵎夷逦，江通渤澥長。改官非謫宦，到邑是還鄉。海上遥聞説，歸人已裹糧。

夜訪苢蟾二釋子因宿西澗聽琴

清夜獨幽尋，岩扉落葉深。許携陶令酒，來聽穎師琴。人醉月沉閣，烏啼風滿林。應留西澗水，千載寫餘音。

錢塘送馬使君之吴中

樟亭離席散，遥發畫幡車。飛雉新阡麥，啼鶯故苑花。望山登郡閣，行水到田家。莫道凝香句，前人獨可誇。

與劉將軍杜文學晚登西城

木落悲南國，城高見北辰。飄零猶有客，經濟豈無人。鳥過風生翼，龍歸雨在鱗。相期俱努力，天地正烽塵。

和周山人見寄寒夜客懷之作

亂世難爲客，流年易作翁。百憂尋歲暮，孤夢怯山空。門掩雲峰裏，燈明雪竹中。無因乘夜訪，相慰一尊同。

哭臨川公

身用已時危，衰殘况病欺。竟成黄犬嘆，莫逐白鷗期。東閣圖書散，西園草露垂。無因奠江上，應負十年知。

草堂夜集

山家具鷄黍，夜與故人期。暫喜逢歡會，都忘在亂離。火寒移坐密，燭盡得詩遲。莫聽高城角，明朝別又悲。

過胡博士郊居胡善箎

頭白蘭陵客，幽居共一村。老來吟力退，貧去告身存。夕吹鳴梨葉，秋泉注稻根。時因來問箎，獨叩樹間門。

送茅侯

欲知離別意，孤棹去還停。候吏分遥邇，離人雜醉醒。城臨秋水渡，樹帶夕陽亭。後夜看吟燭，憐君宿郡廳。

孤雁

衡陽初失伴，歸路遠飛單。度隴將書怯，排空作陣難。呼群雲外急，弔影月中殘。不共梟鷟宿，蒹葭夜夜寒。

曉步園池

髮隨秋葉落，心共曉雲舒。稍改新題句，渾忘舊讀書。林争移樹鳥，池響食萍魚。無限悠然意，凉天獨步餘。

次韻過建平縣

縣雖三户小，地僻罷兵防。茶市逢山客，楓祠祭石郎。雲埋鳴澗斧，沙膠度溪航。應愛青山好，經過駐旅裝。

送胡鉉遊會稽

山水獨行遍，苕溪仍剡溪。衣逢新火减，舟度雜花迷。黄絹尋碑讀，紅裙賭墅携。清遊不能共，腸斷聽猿啼。

月夜遊太湖

欲尋林屋隱，還過洞庭遊。遠水初涵夜，長天盡作秋。湖如青草闊，月似白蓮浮。萬壑風傳笛，三更斗挂舟。葉應隨鳥散，山欲趁波流。浩蕩吾何適，鴟夷不可求。

送陳則

挾策去誰親，侯門不禮賓。愁邊長夜雨，夢裏少年春。樹引離鄉路，花驕失意人。一杯歌短調，相送欲霑巾。

暮春送陳郎中出守醉李

出幕方爲郡，行車動畫輪。圖書歸省吏，風俗問州人。塘水龍鱗細，城槐兔目新。莫言花已盡，君到自陽春。

送楊從事從軍

南風薰燕麥，送子悵如何。迢遞戎車役，凄涼横笛歌。天籠平野迥，山繞古關多。莫笑書生怯，能當曳落河。

送王員外遷崇教

崇教，典僧官。

能書晋公子，清宦稱高情。海樹朝帆遠，江風夏服輕。官從三省去，僧出萬山迎。誰説簪纓累，名林得按行。

吴中送顧生歸海陵

涼風初變柳，歸興片帆孤。家向三秋到，田經幾歲蕪。舊音猶帶楚，新夢未離吴。明日江南北，相思有雁無？

園中

席暖林中憩，衣涼水上歸。腐瓜蟲食遍，空樹鶴巢稀。邂逅幽尋得，參差薄願違。喜無來往者，秋草没園扉。

城西客舍送周著作祗

客中寒食後，惆悵送君違。花隱歸城旆，風吹渡水衣。夜窗炊黍散，春苑鬬茶稀。誰念西齋雨，相思獨掩扉。

兵後出郭

俯仰興亡異，青山落照中。民歸鄰樹在，兵去壘煙空。城角猶悲奏，江帆始遠通。昔年荆棘露，又滿闔閭宫。

送張羽後夜坐西齋

閑齋聽鐘坐，憂緒悵多端。鳴雁雨中急，離人江上寒。秋燈下木葉，夜艇隔風湍。別後情蕭索，方知舊會歡。

徐山人別墅

茶香孤墅發，竹色四鄰分。掃地侵蟲字，開窗散鳥群。樹涼池過雨，苔潤石生雲。我出無車馬，偏宜訪隱君。

客館秋懷

獨卧愁空館，墻陰野豆開。暑將潮氣斂，秋與竹聲來。身賤多違志，時清少棄材。慚非張仲蔚，門户有蒿萊。

秋夜宿周記室草堂送王才

相別還相戀，秋宵暫對牀。人情貧後見，客况醉中忘。池柳疏含吹，江雲薄護霜。離舟待明發，愁思劇茫茫。

江上雨

冥冥衆樹昏，浩浩一江渾。急有回風韵，輕無入霧痕。鳥啼叢竹嶺，人卧落花村。門巷春泥滑，誰來共酒尊。

送賈二進士歸省

年少擅詞華，曾看手八叉。晨裝歸路雨，春酒别筵花。馬帶雲過嶺，人同燕到家。罷官趨覲好，不是謫長沙。

送錢氏兩甥度嶺

東送投荒去，應歸下瀨營。一家十口散，萬里兩身行。洞獠欺商市，山魈唤客名。江邊南望泣，不盡渭陽情。

送客歸閩省覲

秋城聞暮砧，歸思忽盈襟。客久依人遍，親衰念子深。青山分嶺路，紅荔到鄉林。菽水還堪樂，何須季子金。

圓明佛舍訪呂山人

憐君不出院，結夏與僧同。陰竹行廊遠，香花掩殿空。飯分齋鉢裏，書寄藏函中。茶宴歸來晚，西林一磬風。

答宗人廉夜飲王氏池亭見懷

遥聞池上酌，凉夜失炎天。酒碧傾當竹，衣香坐近蓮。沿波人弄月，翻樹鳥鳴烟。座上誰相憶，唯應是惠連。

賦得蟬送别

疏槐細柳中，凉占一枝風。蜕出形猶弱，驚飛響未終。雨來林館静，日下驛門空。離管尊前發，凄凉調正同。

何隱君小墅

移家營别墅，一徑竹扉開。泉滿疏渠放，花多借地栽。壁間田器挂，窗裏浦帆來。自戀居幽樂，誰言是棄材。

贈張明府

聞道彈琴處，門前柳帶沙。海珍通估市，湖税減漁家。暮港迷荷葉，秋田開豆花。亂來無此地，君政亦堪誇。

送唐博士肅移家醉李

楊柳發初齊，春陰廢苑西。故人乘醉别，新鳥傍愁啼。舟重全家去，詩多一路題。杏花開北郭，誰復共招携。

贈妓

樂籍小名收，侯家舊主謳。笑能撩客喜，醉肯逐人留。蝶識薰香氣，鶯慚度曲喉。更憐諳酒令，少日住揚州。

送顧倅之錢塘

之官即勝游，送别漫多愁。草色荒宫燕，槐陰遠驛騶。湖通朝汲井，潮動夜眠樓。早向臨平過，荷花已欲秋。

答高廉同飲後見寄

竹林清暑宴，客散獨歸時。愁寄歡餘別，醒慚醉後詩。蟬催斜景急，鳥度廣川遲。何事聞鐘處，勞君尚遠思。

沈徵士鉉野亭

清時猶在野，獨卧見高情。移艇聞烟唱，鈎簾看雨耕。江晴雙鸛下，樹晚一牛鳴。回首徒相憶，柴車不入城。

贈朱山人

老來嫌衆累，依澗獨開房。積雨苔生桁，迴風葉滿牀。學僧持浄律，避客録奇方。若問塵中事，無聞不是忘。

溪　上

秋色共溪長，遊人笑語凉。萍開天倒影，蓮墮水流香。魚罶和星漉，禽罝帶雨張。從今摇桂棹，不必問瀟湘。

次韻楊儀曹雨中

雨中池閣曉，清簟薦文漪。陰恐晴期遠，寒疑暑候遲。荷高擎欲折，柳重舞難欹。應阻陪高詠，開簾看散絲。

寄錢塘諸故人

年少客名都，狂遊每共呼。荷深筝在舫，竹静矢鳴壺。明月潮千里，殘陽雨半湖。故人能念否，歡意近來無。

送烏城馮明府

青山若下南，一騎入晴嵐。縣治琴聲古，泉香酒味甘。竹欄春護鴨，葦箔夏分蠶。大小馮君後，傳家爾最堪。

病目

閉目洗黄連，深窗坐兀然。未忘聽鳥興，暫絶看花緣。問女知簷日，嗔奴畏竈烟。願因無見處，得證定心禪。

病目不飲

患目未全明，醫教謝曲生。暫從彭澤止，恐學左丘盲。壁下蘭尊掩，林間藥臼鳴。坐聽連日雨，何物慰閒情。

賦得蟹送人之官

吐沫亂珠流，無腸豈識愁。香宜橙實晚，肥過稻花秋。出簖來深浦，隨燈聚遠洲。郡齋初退食，可怕有監州。

江上早發

蒼蒼汀霧起，何處望高城。遊子曉初發，居人寒未耕。犬鳴林月落，魚躍浦風生。已有先行者，煙中聞棹聲。

客舍喜侄庸至

客裏逢人喜，相過况阿宜。遠遊驚歲晚，多難惜門衰。帆落江橋近，鐘來野店遲。一杯燈下語，渾似在家時。

哭周記室

萬里一羈臣，悲歌楚水春。漫期重會面，竟作永傷神。主祭唯孤侄，收詩有故人。獨揮聞笛淚，斜日下西鄰。

過永定廢寺

亂後僧何去，門閒落葉時。晝昏秋蠹老，齋斷午禽饑。罷説傳心法，猶看賜額碑。不知興壞理，來此豈無悲。

楓橋送丁鳳

紅葉寺前橋，停君晚去橈。醉應忘世難，歸不計程遥。山隱初沉日，風催欲上潮。離魂來此處，還似灞陵銷。

盗發漢侍中許彧墓

古冢竟誰穿，虚傳錮最堅。玉魚宵已出，石獸曉猶眠。長夜俄看月，幽臺不掩泉。須知摸金者，亦到漢陵前。

過海昌贈李侯

閑廳晝下簾，秋色滿疏髯。久戍殘兵老，多貧長吏廉。陰風潮動郭，晴日地生鹽。三老相逢説，年來户牘添。

送易從事祖飲南渚

疏楊映老荷，别處最秋多。送客年年路，愁人日日波。霞明添醉色，風急斷離歌。莫爲官程促，青山易看過。

題張静居畫

楚客寫荆岑，秋雲隔浦陰。人家連橘塢，水廟映楓林。亂後清游歇，愁邊遠色深。相看休向晚，怕有峽猿吟。

夜懷王校書

燈暗獨吟餘，疏桐月滿除。蟲寒初入户，鼠餓欲侵書。河漢三更望，江湖兩地居。相思無去夢，今夜恨何如。

答陳則見寄

何由慰遠思，獨詠寄來詩。行路方難日，清秋欲盡時。江多驚雁火，樹少宿烏枝。早晚如相見，應憐有鬢絲。

煮藥

葉燥井泉清，山窗藥在鐺。燈前看火候，枕上聽潮聲。月上吟方就，香來病已輕。何時采芝朮，養得羽翰成。

夜投西寺

江月上秋衣，來敲遠寺扉。棲禽驚客至，睡僕訝僧歸。鐘度行廊盡，燈留浴院微。非無招旅館，禪寂願相依。

送石明府之崑山

茂苑行春罷，携琴又向東。潮聲數里外，山色半城中。帆帶桃花雨，衣翻柳葉風。島夷聞善政，爲有舶船通。

過城西廢塢

亂前遊最熟，亂後問都迷。園散栽花塢，林荒採菊蹊。廢泉流圃淺，斜月下城低。唯有煙中鳥，迎人似舊啼。

送范架閣赴嘉禾兼簡李使君

陸相祠前路，孤舟欲上時。空江難晚別，荒郡易秋悲。月送潮聲早，雲隨雁去遲。幕中知有子，太守只題詩。

喜呂山人見過江館

非君憐夙契，誰肯顧柴門。日短清江路，風高大樹村。交呈新著稿，同發舊藏尊。莫便尋歸棹，心懷未盡論。

贈鄰友

同居一塢中，只隔水西東。林近書燈露，溪迴酒舫通。放梟長合隊，移竹每分叢。只恐君徵起，難期作兩翁。

宿道王蘭若

借榻到僧扉，雖安未是歸。瞑禽愁雪意，夜篠助風威。燭盡思燃帶，衾寒起覆衣。不知孤棹去，明夕更何依。

與詩客七人會飲余司馬園亭居皆在北郭

情與酒兼和，園亭駐晚珂。家同榆社近，人比竹林多。短景催長宴，醒吟雜醉歌。亂離歡易失，無厭數相過。

登西澗小閣

層檻構雲牢，清寒灑客袍。石棱添澗險，閣勢借峰高。風竹驚棲鳥，霜藤縋飲猱。欲題因境勝，不敢易揮毫。

江上答徐卿見贈

烟樹近松陵，扁舟晚獨乘。江黄連渚霧，野白滿田冰。往事愁人問，虚名畏客稱。無才任蕭散，敢望鶴書徵。

除夕客中與家兄守歲

雨雪遠村中，猿鳴旅館空。守爐消夜漏，停燭待春風。有恨能催老，無文解送窮。却憐今夕酒，還與弟兄同。

南溪晚歸

流水出雲根，遥通古寺門。山深僧少俗，人静市如村。馬渡知長淺，魚行見不渾。多情溪上月，歸路照黄昏。

丁孝廉惠冠巾

知試山人服，冠巾遠寄重。佳名因子夏，舊製學林宗。裹映秋吟鬢，欹宜晚醉容。朝簪今已解，期上華陽峰。

西園閒興二首

看到竹過鄰，園林獨卧身。鳥聲閑似野，人意倦知春。殘雨驚池樹，斜陽照隙塵。如何堂上客，不及燕來頻。

當路闕追攀，端居自掩關。聽鐘知近寺，看畫憶登山。曉櫛風林下，宵吟雨閣間。天應憐我懶，獨與少年閒。

送謝恭

涼風起江海，萬樹盡秋聲。摇落豈堪别，躊躇空復情。帆過京口渡，砧響石頭城。爲客歸宜早，高堂白髮生。

步至東臯

斜日半川明，幽人每獨行。愁懷逢暮慘，詩意入秋清。鳥啄枯楊碎，蟲懸落葉輕。如何得歸後，猶似客中情。

郊墅雜賦十六首

江水舍西東，鄰家是釣翁。路痕深草没，井脈暗潮通。籬隔蔬邊雨，門開竹下風。不因時賣畚，何事入城中。

此鄉堪避地，亂後户翻增。俗美嫌欺客，年豐愛施僧。帶星耕處軛，照雪紡時燈。且作求田計，元龍豈我能。

幽事向誰誇，孤吟對晚沙。浣衣江動月，繫艇岸垂花。行蟻如知路，歸鳧自識家。一尊茅屋底，隨意答春華。

春泥桑下路，孤策自扶行。身賤知農事，心閑見物情。魚鳴風欲起，牛飯月初生。漸喜無人識，何煩易姓名。

移家到渚濱，沙鳥便相親。地僻偏容懶，村荒却稱貧。犬隨春饁女，鷄喚曉耕人。願得無愁事，閒眠老此身。

紛紛謝人役，寂寂戀吾居。細雨春雩後，斜陽社飲餘。岸花飛趣蝶，池葉墮驚魚。好了公家事，休令吏到廬。

路迂橋斷處，門静犢眠時。孤墅藏群柳，諸田灌一陂。僮閒春作少，婦懶午炊遲。誰道花源好，還令太守知。

虚閣近鳴湍，應宜把一竿。雨傷春麥爛，風折晚蒲乾。抱甕臨江汲，携書入寺看。自慚何獨幸，世難此偷安。

亂渚交交白，平蕪漫漫青。賣薪沙店遠，祈穀水祠靈。密雨侵蓑重，微風過網腥。江邊多酒伴，春去不曾醒。

入夜潮侵户，經秋雨壞垣。里人淳少訟，田父醉多言。稻蟹燈前聚，莎蟲機下喧。自應耽野趣，不是忘鄉園。

欲沽嗟市遠，煙火隔江波。客到寒齋少，人歸晚渡多。污書燈燼落，驚枕櫓聲過。豈敢愁荒寂，時危免負戈。

野色迥蒼蒼，開門葉滿塘。僧來雙屐雨，漁卧一船霜。静裏修香傳，閒中録酒方。平生當世意，到此坐成忘。

紅樹南江近，青山北郭遥。江清目渺渺，林冷髮蕭蕭。食鱠知晨釣，聽歌識暮樵。尋常送歸客，不過水西橋。

何處可徘徊，林間共水隈。夜歸家犬識，春睡野禽催。有地唯栽藥，無村不見梅。興來慚獨飲，時唤老農陪。

狂多愛出遊，日日問江頭。小草皆春意，遥山自晚愁。酒中時有得，物外復何求。不詠騷人調，蘼蕪任滿洲。

居似臨邛宅，耕非鄠杜田。已償輸税米，未覓賣文錢。把卷憐長日，看花愧少年。翛然閉門處，楊柳桔槔邊。

送何記室遊湖州

暮雨闔城獨去遲，少年心事劍相知。故人當路輕貧賤，倦客逢秋惡别離。疏柳一旗江上酒，亂山孤棹道中詩。水嬉散後湖亭廢，此去煩君弔牧之。

江上寄丁校理昆季

望裏烟生是子家，草堂應近脊令沙。江汀每恨無舟渡，野墅空憐有酒賒。半雨暮城風外雪，孤梅春動臘中花。相思尚隔前村遠，獨倚柴門數去鴉。

送顧軍咨歸梁溪

新柳休攀短短條，離愁似雪未能銷。春回廢苑還芳草，人渡空江正落潮。德曜宅前今獨去，平津門下舊相招。重來莫在花開後，擬聽狂歌醉幾朝。

白蓮寺次韻杜進士喜予見過話舊之作

不辭鳴棹遠相尋，欲向江齋伴旅吟。百事未成年已長，幾時才别夏將深。萱留倦蝶連池緑，樹帶殘鶯滿寺陰。恐被老僧嫌滯礙，舊遊休説更傷心。

期徐七遊雲巖

憶與青山别幾時，雲松應恨鶴歸遲。少知學道貧非病，閑愛談禪偈是詩。女浣曉江煙渺渺，人行暮苑麥離離。明朝風雨還同往，恐負高僧石上期。

賦得寒山寺送別

楓橋西望碧山微，寺對寒江獨掩扉。船裏鐘催行客起，塔中燈照遠僧歸。漁村寂寂孤煙近，官路蕭蕭衆葉稀。須記姑蘇城外泊，烏啼時節送君違。

聞朱將軍戰歿

江浦戈船赤幟稀，孤軍落日陷重圍。鏡中蛇墮占應驗，牙上梟鳴事已非。殘卒自隨新將去，老親空見舊奴歸。聞鷄此夜誰同舞，西望秋雲淚灑衣。

送何明府之秦郵

何，淮東人。已三爲縣令。

馬前風葉助離聲，楚驛都荒不計程。一令尚淹三縣事，幾家曾見十年兵。夕陽遠樹烟生戍，秋雨殘荷水繞城。父老不須重嘆息，君來應有故鄉情。

過野寺次韻徐廉使琰舊題

使節城東按部回，曾將從吏到香臺。秋林數騎蕭蕭去，晚澤孤鴻嗷嗷來。蘿雨濕衣溪路轉，柏風吹燭殿門開。當年物色難留與，題壁慚無子美才。

送滎陽公行邊

風捲雙旌雪覆韉，遠騎白馬出行邊。兵馳空壁三千幟，客宴高堂十萬錢。屏裏舊圖魚復陣，燈前新注《豹韜篇》。功成他日論諸將，只有荀郎最少年。

婁江寓舍喜王七隅見過却送還郭

送君只過孝廉橋，不似君來訪我遥。路未同歸鴻杳杳，門方孤掩竹蕭蕭。遠愁忽與鐘聲至，殘醉微兼燭燼銷。莫道扁舟難重過，寒江日日有回潮。

送葉卿還隴西公幕兼簡周軍咨

落石關城動鼓笳，遠遊憐汝尚無涯。壯身謾託三公府，歸夢難尋萬里家。投驛暮山燈照葉，待潮秋渡棹粘沙。軍中記室能相問，只説愁吟對菊花。

西　塢

空山啄木聲敲鏗，花落水流縱復横。松風吹壁鶴翎墮，梅雨過溪魚子生。尚有人家機杼遠，更無塵土衣裳輕。斜陽已没月未出，樵子歸時吾獨行。

過海雲院贈及長老

衲擁寒雲老一丘，遊方無夢轉悠悠。茶香吹過前林晚，菜葉流來別澗秋。舊拂講餘懸壁上，殘經定後落床頭。紫藤塢裏歸逢雪，煨芋曾煩慰客愁。

送錢塘守

繁華莫嘆異昇平，到郡初煩露冕行。幕下吏書催署字，湖中妓舫歇歌聲。潮來兩渡皆侵岸，日落諸山半入城。休沐南屏煩一到，松間尋我舊題名。

張山人見訪留宿草堂

夕陽欲没静沙墟，喜子能來慰索居。生事蕭條慚客裏，交情契闊嘆兵餘。買魚急唤臨江艇，炊黍深開映竹厨。屈指故人能幾在，莫辭同醉卧田廬。

陪臨川公遊天池

騎馬尋幽度嶺遲，老僧不識使君誰。門開紅葉林間寺，泉漫青山石上池。殘果已收猿食少，枯松欲折鶴巢危。壁間不用題名字，無限蒼苔没舊碑。

客舍歲暮

空江寒雨送淒涼，離舍無多即異鄉。井臼尚勤慚德曜，音書未至憶平陽。心輕别歲憑年少，夢喜還家及夜長。自笑病來詞賦拙，懶從枚叟客遊梁。

江上晚眺懷王著作

渡頭西望足離情，晚水寒山雪後清。鷗立斷冰流漸遠，鴉隨殘照去還明。漁人笛過風生浦，估客帆回樹隔城。范蠡祠前春意動，思君欲放酒船行。

答徐七記室病中作

空齋孤枕積書間，清瘦憐君變舊顔。累少亦憂今日亂，病多應賴此身閒。朝辭鄰友看花去，晚候家僮買藥還。知是苦吟猶未廢，水邊深樹掩柴門。

遊雲巖值雨

深殿幽廊映竹開，鳥聲忽斷雨聲催。蘚生偏上題詩壁，花落還臨説法臺。林下聞鐘諸客散，澗邊汲水一僧來。晚晴更好看山色，西閣憑闌獨未回。

宿張氏江館

極浦荒雲一棹行，遠投江館駐宵程。客中得酒銜悲喜，亂後逢人説死生。木葉未空寒鳥聚，海潮欲上曙鷄鳴。政憐此地無驚擾，歸夢如何又入城。

送李使君鎮海昌　州有雙廟。

海風千里捲雙旌，按轡初聞屬部清。人雜島夷争午市，潮隨山雨入秋城。鳴狐不近睢陽廟，突騎猶屯廣利營。肯掃帳中容我辭，夜深燃燭卧談兵。

賦得惠山泉送客遊越

雲液流甘潄石牙，潤通錫麓樹增華。汲來曉冷和山雨，飲處春香帶澗花。合契老僧煩每護，修經幽客記曾誇。送行一斛還堪贈，往試雲門日注茶。

寄題張著作菁山隱居

霞映青山似赤城，歸棲聞已謝時名。半湖殘雨收虹影，幾樹斜陽帶鳥聲。竹下逢僧投杖揖，蘿間候客抱琴行。平生應笑王夷甫，末路方言少宦情。

送胡孝廉布東遊

春色偏傷楚客心，日斜芳草鷓鴣吟。山遮故國千重影，雲度長江一片陰。少婦自挑燈下錦，諸侯誰贈橐中金。送行只恨華觴淺，不似同袍別意深。

送任兵曹赴邊

少年耻着惠文冠，幕下時時把劍看。官燭未銷鷄送曉，軍笳忽動馬嘶寒。關連遠樹征途迥，塞接霜蕪戰地寬。見説長平門下客，奇材唯有一任安。

秋日江居寫懷七首

每看摇落即成悲，况在漂零與别離。爲客偶當鱸美處，思兄正值雁來時。天邊暝爲秋陰早，江上寒因歲閏遲。莫把豐姿比楊柳，愁多蕭颯恐先衰。

葭菼連秋渺渺長，歸舟猶嘆滯江鄉。客衣欲冷鄰機急，農事初成野飯香。千里斷雲隨雁鶩，半村殘照送牛羊。有愁不解登高賦，空使頻回宋玉腸。

舌在休誇術未窮，且將蹤跡託漁翁。芙蓉澤國彌漫雨，禾黍田苗掩冉風。身計未成先業廢，心懷欲説舊交空。楚雲吴樹無窮恨，都在蕭條隱幾中。

風塵零落舊衣冠，獨客江邊自少歡。門巷有人催税到，鄰家無處借書看。野蟲催響天將夕，籬豆垂花雨稍寒。終卧此鄉應不憾，只憂飄泊尚難安。

桑苧翁家次近居，人煙沙竹自成墟。移門欲就山當榻，補屋唯防雨濕書。貧爲湖田長半没，拙因世事本多疏。當時亦有求名意，自喜年來漸已除。

喪亂將家幸得全，客中長耻受人憐。妻能守道同王霸，婢不知詩異鄭玄。借得種蔬傍舍地，分來灌菊别池泉。却欣遠迹無相問，一棹秋風笠澤邊。

秋塘門掩竹穿沙，爲客鄰酤未易賒。閒裏壯年慚白日，愁中佳節負黄花。漁村靄靄緣江暗，農徑蕭蕭入圃斜。薄俗相輕吾敢怨，魯人猶自笑東家。

寄倪隱君元鎮

名落人間四十年，緑蓑細雨自江天。寒池蕉雪詩人畫，午榻茶烟病叟禪。四面荒山高閣外，兩株疏柳舊莊前。相思不及鷗飛去，空恨風波滯酒船。

與杜進士寅登白蓮閣對雨

遠愁高樹共離離，風逆潮聲上浦遲。海客市中煙起處，江僧閣外雨來時。船歸杳靄唯聞櫓，店隱蒼茫不見旗。回首南朝今幾寺，可堪重詠牧之詩？

與侄常遊東庵

水樹圍庵緑幾層，陰中敲户晝登登。十年重到猶爲客，半日纔閒且訪僧。舊履塵生趺後席，亂幡風颭供餘燈。高齋對作忘言坐，此事堪憐汝亦能。

謝周四秀才送酒

不忍醒愁只欲眠，幾日花發自江邊。欲沽百錢未易得，忽送一壺真可憐。梳頭好鳥語窗下，洗盞流水到門前。今朝得醉已無恨，不使春光空一年。

上巳有懷

春寒渾未減征衣，愁對佳辰坐掩扉。江上琴書留滯久，水邊車馬祓除稀。閑園細雨梅花落，廢苑平蕪燕子飛。欲覓涼亭會中友，幾人邊謫未能歸。

徐記室賁北歸見訪南渚復送還城

初辭楚澤到吴村，訪舊嗟君古道存。欲治匆匆歸後計，難留款款坐中論。雪遲似讓梅先白，月早如愁樹已昏。此別終非前別遠，孤舟江上莫銷魂。

被召將京師留別親友

長送遊人作遠行，今朝還自別鄉城。北山恐起移文誚，東觀慚叨論議名。路去幾程天欲近，春來十日水初生。只愁使者頻催發，不盡江頭話別情。

過故將第

甲第如雲紫陌東，當年得意負邊功。美人笑客登樓上，假子將兵衛閣中。深計謾誇三窟固，游魂難返九原空。門前車馬今誰到，零落槐花向晚風。

雨中寄劉沈二別駕

漠漠春寒水繞城，誰家可作看花行。一杯不得三人共，二月都能幾日晴。夢逐鶯聲風外斷，愁兼草色雨中生。畫船載妓南湖上，不似年時放浪情。

丁校書見招晚酌

正坐羈愁不自聊，遠煩舟楫暮相邀。江懸落日猶三尺，風折垂陽定幾條。流水入花村杳杳，幽人對酒屋翛翛。此鄉不得君同客，應是春來更寂寥。

梅花六首

瓊姿只合在瑶臺，誰向江南處處栽。雪滿山中高士卧，月明林下美人來。寒依疏影蕭蕭竹，春掩殘香漠漠苔。自去何郎無好詠，東風愁寂幾回開。

縞袂相逢半時仙，平生水竹有深緣。將疏尚密微經雨，似暗還明遠在煙。薄暝山家松樹下，嫩寒江店杏花前。秦人若解種當時，不引漁郎入洞天。

翠羽驚飛别樹頭，冷香狼藉倩誰收。騎驢客醉風吹帽，放鶴人歸雪滿舟。淡月微雲皆似夢，空山流水獨成愁。幾看孤影低徊處，只道花神夜出遊。

淡淡霜華濕粉痕，誰施綃帳護香温。詩隨十里尋春路，愁在三更挂月村。飛去只憂雲作伴，銷來肯信玉爲魂。一尊欲訪羅浮客，落葉空山正掩門。

獨開無那只依依，肯爲愁多減玉輝。簾外鐘來初月上，燈前角斷忽霜飛。行人水驛春前早，啼鳥山墻晚半稀。愧我素衣今已化，相逢遠自洛陽歸。

斷魂只有月明知，無限春愁在一枝。不共人言唯獨笑，忽疑君到正相思。歌殘别院燒燈夜，妝罷深宫覽鏡時。舊夢已隨流水遠，山窗聊復伴題詩。

觀軍裝十詠

胄

黄金胄虎頭,乍免走豪酋。還有從容處,綸巾按壘遊。

鎧

絲串鏤文銀,高城日照鱗。擐來曾攙陣,一鏃不傷身。

纛

髮亂野牛驚,神專大將營。師行當禡祭,壇卜戮番生。

刀

大食購千金,妖精泣太陰。燈前開匣看,無限許君心。

弓

燕角號良材,樓煩劈未開。秋風懸臂出,何處一鶬來。

箭

流星逐飛羽，鏃利能穿札。三發定邊歸，箙中休滿插。

麾

彩帛曳長虹，悠悠捲塞風。三軍齊陷陣，應在一揮中。

矛

畫幹似蛇長，誰論半段鎗。日斜親鬬罷，高宴卓沙場。

袍

雕錦剪花團，三邊總認看。尋常不肯着，風雪念兵寒。

馬

羅帕覆春風，連鞍賜有功。蹄高騎得稱，身出萬軍中。

尋胡隱君

渡水復渡水，看花還看花。春風江上路，不覺到君家。

淵源堂夜飲

懸燈照清夜，葉落堂下雨。客醉已無言，秋蛩自相語。

和陳左司夜泊桐江

月出釣臺樹，長灘秋更喧。深如宿巫峽，唯少一聲猿。

過師子林

雨餘鳥語涼，斜陽竹深見。頻來非看花，借讀《高僧傳》。

過舊送別處

前時送畫船，西港柳株邊。别處愁猶在，鴛鴦不肯眠。

懷陳寅山人時居西山昭明寺

聞看西澗月，秋閣與僧開。正是相思夜，鐘聲君處來。

略上人房竹

幽篠半梢横，山窗颭月明。上人禪定久，不怕有秋聲。

别吕隱君

孤舟晚溪口，欲去重回首。不忍别青山，况此山中友。

隔簾聞歌

葉逐散聲飛，湘雲隔妓衣。誰能偷卷看，認是小叢非？

黄氏延緑軒

葱葱溪樹暗，靡靡江蕪濕。雨過曉開簾，一時放春入。

端午席上詠美人綵索釵符二首

臂頭長命縷，百結更雙蟠。怕有痕生肉，教依玉釧寬。
靈篆貯紗囊，熏風緑鬢傍。從今能鎮膽，不怯睡空房。

江寺雨中訪杜二

幾日纜歸舟，同君野寺遊。舊懷言未盡，不是雨相留。

喜從兄遠歸

聞汝歸舟到，相迎只恐遲。方當見時喜，還憶别時悲。

寒夜與家人坐語憶客中時

茅屋夜燈青，竹庭寒雪白。不對室中人，依然去年客。

江上漫成

春色到江濱，江花樹樹新。行吟憔悴客，誰道亦逢春。

雨中過玉遮山二首

松頭急風回，飛雨不到面。何處豁清愁，千山一人見。
尋鐘入蒼茫，一澗復一崦。落葉去方深，山扉雨中掩。

得家兄在遠消息

江上有歸舟，傳兄在石頭。知安雖暫喜，念遠更成愁。

赴京道中逢還鄉友

我去君却歸，相逢立途次。欲寄故鄉書，先詢上京事。

泐禪師室中晚坐

緑陰欲滿寺，禽鳴春雨餘。聊因簡牘暇，窗下閱僧書。

白葵花

素彩發庭陰，凉滋玉露深。誰憐白衣者，亦有向陽心。

馬氏東軒

陽和受最多，爽氣看應少。晞髮此窗前，鷄鳴海天曉。

得家書

未讀書中語，憂懷已覺寬。燈前看封篋，題字有平安。

期陳則不至聞宿清隱蘭若

幽禽雨中響，門掩春塘緑。思君暮不來，應伴山僧宿。

碧筒飲

緑觴捲高葉，醉吸清香度。酒瀉正何如，風傾曉盤露。

曉發山驛

風殘杏花曉，馬上聞啼鳥。茅店未開門，山多住人少。

焚香

斜霏動遠吹，暗馥留微火。心事共成灰，窗間一翁坐。

榴花

日炙態常醺，香生若自焚。夜來端午宴，淡却美人裙。

階前苔

莫掃雨餘緑，任滿閒階路。留着落來花，春泥免相汙。

題李迪畫犬

猧兒偏吠客，花下卧晴莎。莫出東原獵，春來兔乳多。

僧舍訪吕隱君爲學上人題墨竹

山房竹雨過，簾影靄春雲。得與幽人會，何殊見此君。

題孫卿家小畫二首

高嶺冒層嵐，疏林逗殘照。何處覓孫登，雲間聽長嘯。

前林遠杵歇，別院疏鐘起。行人與居人，同在秋雲裏。

叢竹圖贈内弟周思敬就題

窈窕復蒙蘢，千山萬竹中。幽人夜驚起，秋雨共秋風。

題張來儀畫贈張伯醇

風起澗聲亂，景寒雲氣深。山人歸卧晚，詩意滿秋林。

次韻及禪師懷王水曹

千峰一寺遠，雲跏趺處。無客伴孤禪，懸燈照深樹。

夜聞雨

窗燭泠殘夜，聞蛩更聞雨。秋館總多愁，猶勝在羈旅。

題方壺小畫

夕陽數峰遠，靄靄江南思。煙外有鐘聲，山僧獨歸寺。

大癡小畫

溪水雖多曲，舟行不憚賒。山山秋樹赤，猶復似桃花。

扇上竹枝

寒梢雖數葉，高節傲霜風。寧肯隨團扇，秋來怨篋中。

吴仲圭枯木竹石

叢篠倚喬柯，秋陰雨尚多。風霜莫搖落，留蔭石邊莎。

題倪雲林畫贈因師

含暉峰下路，樹石盡垂藤。欲認莓苔迹，相尋行道僧。

題徐山人畫贈内弟周思恭

複澗兼重嶺，雲嵐處處生。君家還可認，爲有讀書聲。

訪因師而師適詣余兩不相值

我去尋幽院，師來訪小園。休信不相見，相見本無言。

題張校理畫

寒色初凝野，秋聲忽在林。遥山不能見，只爲晚煙深。

題畫贈别

扁舟暮歸去，别路江南樹。愁指楚山遥，明朝望君處。

龍門飛來峰

風吹峨眉雲，東依此山住。我來不敢登，只恐還飛去。

待渡

渡子未回舟，立傍沙頭樹。天寒雪欲來，莫滯人歸去。

西澗訪衍上人

日暮冒餘雪，望烟西澗陰。不因師住遠，何事到山深。

送人遊湘中

離恨掛帆檣，隨君遠入湘。飛花蕩春影，江水不勝長。

蔡村田家

田中耒聲歇，烟火西林起。獨立候歸人，柴門夕陽裏。

夢中作

悠悠衆擾去，寂寂孤吟歇。雨過滿窗涼，高林上明月。

馬周見太宗圖

封事朝聞夕拜官，新豐無復客衣寒。書生未有鳶肩相，只説君臣際會難。

聞舊教坊人歌

渭城歌罷獨凄然，不及新聲世共憐。今日岐王賓客盡，江南誰識李龜年。

山中別寧公歸西塢

一上香臺看落暉，沙村孤樹晚依依。老僧不出青山寺，只有鐘聲送客歸。

秋柳

欲挽長條已不堪，都門無復舊毿毿。此時愁殺桓司馬，暮雨秋風滿漢南。

送賈麟歸江上

別淚紛紛逐斷猿，貧交無贈只多言。離愁正似蘼蕪草，一路隨君到故園。

秋夜同周著作宿婁浦

小解寒依竹浦雲，酒闌相對說離群。一聲新雁誰先聽，今夜江南我共君。

方匡師畫

畫圖忽見白雲峰，茶屋香臺樹幾重。身若在師行道處，晚來唯訝不聞鐘。

送陳秀才歸沙上看墓

滿衣血淚與塵埃。亂後還鄉亦可哀。風雨梨花寒食後，幾家墳上子孫來。

送呂卿

遠汀斜日思悠悠，花拂離腸柳拂舟。江北江南芳草遍，送君併得送春愁。

答陳校理尋花已落之作

君來春去不相期，空有新愁繞舊枝。總得花看能幾日，最難留惜是芳時。

舟中聞歌

水栅孤燈照客舟，江南誰解唱《甘州》。尋常醉賞尊前曲，何似今朝聽得愁。

春　思

愁兼楊柳一絲絲，客舍江南暮雨時。自入春來才思減，杏花開過不題詩。

入郭過南湖望報恩浮圖

雨過春波柳浪香，布帆歸緩怕斜陽。漁人爲指江城近，一塔船頭看漸長。

廢宅芍藥

昔年花發要人催，今日無人花自開。猶有園丁憐國色，時容閒客借看來。

登江閣遠懷徐記室與杜進士同賦

憑闌兩客怨斜曛，此日同吟只欠君。江閣雖高猶不見，幾重山水幾重雲。

夏夜宿西園酒醒聞雨二首

飛蟲繞燭夢回遲，荷葉齊鳴雨一池。不爲素紈猶在手，定疑秋夜乍寒時。
人睡蕭蕭院落空，未秋愁已怯梧桐。夜長猶幸西軒雨，一半聽時在醉中。

聞笛

橫吹才聽淚已流，寒燈照雨宿江頭。憑君莫作關山曲，亂世人人易得愁。

慰周著作悼亡

笑披紗扇憶當年，只有卿卿最得憐。今日料應花不住，夜燈相伴室中禪。

山寺冒雨還西郭

栗葉翻翻滿寺秋，出門風雨未全收。自慚騎馬非閒客，可是山僧不解留。

蘇李泣別圖

丁零海上節毛稀，幾望南鴻近塞飛。泣盡白頭相別淚，少卿留虜子卿歸。

江上偶見

阿姬不畏晚寒多，緑舫紅衣柳下過。滿浦秋衣已零落，如何猶唱採蓮歌。

過保聖寺

隔江寒霧隱樓臺，遠逐鐘聲放艇來。亂後不知僧已去，幾堆紅葉寺門開。

王七招飲余遊紫藤塢值雪失期

孤舟山水雪晴時，看到梅花一萬枝。東崦題詩西崦醉，等閒忘却故人期。

江上送客

春風江上蕩舟過，垂柳垂楊拂浪波。惆悵今年頻送客，長條欲折已無多。

期諸友看范園杏花風雨不果

欲尋春去怕春休，又值春陰不得游。寂寞西園風雨裏，杏花比客更多愁。

逢張架閣

花落江南酒市春，逢君歸騎帶京塵。一杯相屬成知己，何必平生是故人。

山中春曉聽鳥聲

子規啼罷百舌鳴，東窗卧聽無數聲。山空人静響更切，月落杏花天未明。

與親舊飲散出抵城西客舍賦寄

吴王廢苑草青青，一騎今朝發野亭。誰道别君行路遠，去時人醉到時醒。

過山家

流水聲中響緯車，板橋春暗樹無花。風前何處香來近，隔崦人家午焙茶。

雲山樓閣圖

碧樹香臺錦綉連，畫師應見亂離前。如今風景那堪寫，廢寺空山鎖暮煙。

始自西山移寓江渚夜聞雨有作

客身移宿浦雲東，孤館殘燈與舊同。夜静空江無落葉，雨聲驚不似山中。

晚過浦西橋

春水何長春日短，沙鴨交眠緑莎暖。晚過橋西不見人，野梅零落江梅斷。

嘆庭樹

偶移弱質傍庭皋，風露離離已便高。翻笑園中栽樹者，十年猶未出蓬蒿。

雨中春望 時在圍中。

郡樓高望見江頭，油壁行春事已休。落盡棠梨寒食雨，只應啼鳥不知愁。

夜齋見螢火

拂竹緑莎復點臺，夜窗無月見飛來。舊書亂後都抛却，懶就微光更展開。

湖上見月憶家兄

望月思兄意轉迷，孤帆應宿楚雲西。夜深愁向湖邊立，爲有寒鴻相並棲。

逢吴秀才復送歸江上

江上停舟問客踪，亂前相别亂餘逢。暫時握手還分手，暮雨南陵水寺鐘。

送劉將軍

朔風吹沙復吹雪，笑解吴鈎初欲别。酒酣擊筑和悲歌，將軍出關車騎多。

次韻春日謾興四首奉酬外舅達翁

老去風情似樂天，恨無張態抹朱絃。一春酒病稀遊賞，啼鳥驚花共悵然。

水邊簾幕遠籠花，游女時時出浣沙。記得横塘沽酒處，畫船明月載琵琶。

雨多池館草毵毵，酒色寒銷舊舞衫。燕子似憐花落地，殷勤長帶軟泥銜。

菖蒲葉老芷花新，地暖鴛鴦護水紋。不上高樓無遠恨，江南春盡草如雲。

迴文

風簾一燭對殘花，薄霧寒籠翠袖紗。空院别愁驚破夢，東闌井樹夜啼鴉。

春日懷江上二首

一川流水半村花，舊屋南鄰是釣家。長記歸篷載春醉，雲籠殘照雨鳴沙。

薪蒲正緑乳鳧鳴，水没漁梁宿雨晴。看近清明沉種日，野人何事不歸耕。

醉仙圖

酒滿長生癭木瓢，花開仙館宴春宵。飛瓊何事堅辭飲，應恐清都誤早朝。

觀弈圖

錯向山中立看棋，家人日暮待薪炊。如何一局成千載，應是仙翁下子遲。

江村即事

野岸江村雨熟梅，水平風軟燕飛回。小舟送餉荷包飯，遠旆招沽竹醞醅。

偶　睡

竹間門掩似僧居，白豆花開片雨餘。一榻茶煙成偶睡，覺來猶把讀殘書。

舟歸江上過斜塘

漫漫村塘水没沙，清明初過已無花。春寒欲雨歸心急，懶住扁舟問酒家。

西齋庭前海棠

寂寥銀燭與金盤，睡足簾前怯曉寒。不是詩人賞幽興，雨中深院有誰看。

次張仲和春日漫興

蘇小墳前柳似煙，秋千人静夕陽天。獨騎款段尋詩去，懶逐看花衆少年。

與内弟周思敬晚過雁蕩僧舍

同過溪橋日欲晡，遠林殘葉似棲烏。照公院裏堪留宿，已有梅花有酒無？

白傅湓浦圖

相逢淪落總天涯，舟泊湓江近荻花。逐客青衫自多淚，傷心不用怨琵琶。

客夜聞女病 時在錢塘。

歲盡歸期尚杳然，不知汝病復誰憐。隔鄰兒女燈前笑，客舍愁中正獨眠。

秋江晚渡圖

鷓鴣飛盡一洲蘋，帆帶秋雲度遠津。底事愁看畫中景，昨朝曾送渡江人。

夜中有感二首

少壯無歡似老時，身窮寧坐苦吟詩。卧思三十年來事，一半間關在亂離。

倦僕厨中睡已安，吹燈呼起冒霜寒。酒醒無限悲歌意，不覓書看覓劍看。

過北塘道中四首

未得看春愁不禁，此日聊復試幽尋。行人入村花宛宛，吠犬隔水樹深深。

春水滿田如一湖，入田放艇看鵁鶄。女郎祠下野花雜，老子門前沙樹孤。
若欲看春春色稀，亂後何處有芳菲。晚鶯啼歇野寂寂，雙樹溪邊人獨歸。
渺渺一徑兩陂間，楊柳初發水潺緩。驚魚忽散人影盡，啼鳥時來春意閒。

夜雨江館寫懷二首

愁解尋人不得辭，小窗疏竹雨來時。江湖今夜全家客，猶勝飄零兩處思。
漠漠春寒水繞村，有愁無酒不開門。青燈畫角黄昏雨，客共梅花併斷魂。

金徵士玟雨中見過留宿二首

夜窗同聽雨中猿，風物凄凉異故園。舊事堪愁今懶説，相看不是解忘言。
莫辭同宿掩書幃，亂後蕭條故舊稀。預恐明朝風雨歇，滿江春水送君歸。

過流通院二首

僧懶開門見客遲，空林流水日斜時。欲留詩句知曾過，我後來看竟是誰。
橘柚林中薜荔垣，幽尋幾度入秋園。雖然老衲無聞見，猶勝相逢俗客言。

送丁孝廉之錢塘就簡張著作方員外

江邊同客亂離餘，遠別那堪近歲除。若見故人詢旅況，知君解説不煩書。

遊幻住精舍

寒扉斜向竹間推，此日重來是幾回。行遍空林僧不見，慰人憐有一株梅。

效香奩二首

青瑣初空别恨長，綉茸留得唾痕香。簾前月出無人拜，只有秋千影過墻。
開過東窗百葉桃，瑟琶塵滿縷金槽。欲呼小字敲妝閣，誰出相迎放剪刀？

江上逢舊妓李氏見過四首

玉箏紅燭艷春羅，慣向高堂聽汝歌。今夕相逢爲重唱，孤舟江冷月明多。
多謝停舟共一卮，石州歌罷各低眉。南園舊日同聽客，零落如今剩有誰。
誰識能歌舊散聲，愁中聽處尚分明。玲瓏酒罷休催去，月落江潮尚未平。
平常歌舞不能閑，多在青春甲第間。借問年來還到否，朱門風雨幾家關。

九月八日對菊

預向離邊把一杯，黄花多意已能開。不憂風雨明朝阻，懶逐時人鬬折來。

舟行晚過張林

望山幾欲去尋幽，此日雖來不暇遊。一棹黄昏過山下，疏燈絡緯滿林秋。

送葉山人

歲晚麻衣冒雪寒，高歌欲去醉長安。山瓢行負知何有，半是詩丸半藥丸。

看梅漫成三首

江草初生江水流，便覺春色惱人愁。雪晴家家扣門去，不見梅花應不休。

江邊寺裏一梅樹，幾度勞人相候開。無情今日未肯發，有興明朝還看來。

野人不省愛梅好，棄在荒籬荆棘邊。細雨東風欲零落，我來相見一潸然。

夜至陽城田家

東津渡頭初月輝，南陵寺裏遠鐘微。主人入夜門未掩，蒲響滿塘鵝鴨歸。

江村樂四首

荷浦張弓射鴨，柳塘持燭叉魚。天隨子宅同里，陶朱公祠近居。
一犬行隨餉榼，群蛾飛繞繰車。江邊女去摘荈，城裏人來賣茶。
罾挂漁郎舍外，船維酒媪橋邊。烟波五湖朝渡，風雨孤村晝眠。
日斜深塢牛卧，潮落平沙蟹行。秋社未開緑醖，夜炊初碓紅粳。

讀道旁舊冢碣上題曰宋黄澹翁先生之墓

古路斜陽廢城，斷碑荒草殘塋。莫嗔童豎樵牧，不識先生姓名。

楊氏山莊

斜陽流水幾里，啼鳥空林一家。客去詩題柹葉，僧來供煮藤花。

陶秘書廣陵送別圖

暮雨潮生瓜步，春山樹繞蕪城。惆悵離舟欲發，江南煙寺鐘聲。

列朝詩集甲集第四之下

高太史啓《缶鳴集》古今詩二百五十九首

送陳四秀才還吴

君是故鄉人，同作他鄉住。同來不同返，惆悵臨分處。手把長干花，回望長洲樹。恐起憶家心，愁題送君句。

贈楊滎陽

嘉陵美山水，亦復富文彦。楊君産其邦，材拔性高狷。布衣走名都，早入藝林選。客屈稷下談，王邀鄴中宴。出門得名聲，不假親舊援。匣劍未久埋，囊錐已先見。吐詞實瑰奇，讀者心欲顫。刀鳴翾夫勇，花妥笑女倩。如觀廣場中，百戲張曼衍。平生眼無人，遇我獨相善。陌頭每並出，兩騎無後先。喜從兔園遊，慚受狗監薦。君歌我固服，我賦君亦羡。墮筵吟帽烏，踏席舞裙茜。醉中共笑語，往往雜諧諺。有時出城西，山水恣攀踐。岩眠曙猿驚，澗飲夏鶯囀。吴宫妓去榭，蕭寺僧開殿。龍門剥陰苔，高什記題遍。歡游正相酣，世事忽驚變。朋儔半生死，一世如激電。我棹返江潯，君車赴淮甸。旋聞逐流人，居濠又移汴。一身去何資，空橐唯破硯。危途晚行疲，欲進足如罥。狼來樹杪避，蝎走燈下見。渡河自撑篙，水急船斷纖。及至秋已深，舊褐風裂片。難尋高陽飲，空弔鄢陵戰。聖恩忽加憐，收拔佐山縣。卑曹敢云辭，執版謁府掾。官庖盡炊藜，民賦半輸絹。低飛蓬蒿間，不異雉帶箭。有親寓京師，年老闕供饌。欲奉朝夕歡，去職胡敢擅。晨上宰相書，得歸遂微願。上堂具珍鮭，呼婦賣釵釧。我時別君久，問訊愧無便。空題憶君詩，細字書滿卷。今春被詔起，前史預編撰。始來長干門，楊柳正飛燕。逢君風塵餘，不改舊顔面。握手話苦辛，悲喜雜慶唁。客中雖無錢，自寫賒酒券。邀來卧東閣，月出初鎖院。君言涉艱難，壯志今已倦。回頭悟前非，更名慕蘧瑗①。我聞棠谿金，不畏經百煉。胡爲暫失路，遽欲老貧賤。吾皇奮神武，四海始安奠。棧通諭夷文，驛走徵士傳。時巡抗霓旌，肆覲冠星弁。功成萬瑞集，禮欲議封禪。君才適時需，正若當暑扇。手持照國珠，胸出補衮綫。便應上金鑾，立對被天眷。嗟余忝載筆，鼠璞難自衒。幸兹際昌辰，魏闕寧不戀。但憂誤蒙恩，不稱終冒譴。秋風楚潮滿，歸舸帆欲轉。君若念故交，殷勤一相餞。

①原注：「君近改名去非。」

送周四孝廉後酒醒夜聞雁聲

別時酒忽醒，客去唯空舍。風雪雁聲來，寒生石城夜。遥憶渡江船，正泊楓林下。

過白鶴溪

昨發白鷺洲，今過白鶴溪。溪流幾回轉，只在晉陵西。月出女猶浣，雲深猿自啼。茅峰雖咫尺，無計躡丹梯。

睡覺

罏熏靄宿潤，秋滿牀屏裏。曙色透窗來，幽人眠未起。風驚露樹怯，日出烟禽喜。却憶候東華，朝衣寒似水。

效樂天

誰言我久賤，明時已叨禄。誰言我苦貧，空倉尚餘粟。辭闕是引退，還鄉豈遷逐。舊宅一架書，荒園數叢菊。俗緣任妻子，家事煩僮僕。性懶宜早閑，何須暮年促。猶著朝士冠，新裁野人服。杯深午醉重，被暖朝眠熟。旁人笑寂寞，寂莫吾所欲。終老亦何求，但懼無此福。功名如美味，染指已云足。何待厭飽餘，腸胃生疢毒。請看留侯退，遠勝主父族。我師老子言，知足故不辱。

初入京寓天界西閣對辛夷花懷徐七記室

去年寺裏開辛夷，君來憶我曾題詩。今年我來君已去，思君還對花開時。欲尋花下君行迹，日暮空庭古苔碧。殷勤把酒問花枝，看過春風幾行客？

答余新鄭

即余堯臣也。可補余傳之闕。

前年吴門初解兵，君别故國當西行。有司臨門暮驅發，道路風雨啼孩嬰。倉皇不敢送出郭，執手暫立懷憂驚。我時雖幸脱鋒鏑，亂後生事無堪營。移家江上託地主，閑園借得親鋤耕。春朝起沐日照屋，野卉雜發鳴鸝鶊。思君萬里不可見，對此涕淚如盆傾。有壺當軒忍自酌，有句在卷邀誰評。走役北郭問消息，一客爲我言分明。君初隨例詣闕下，有旨謫徙鍾離城。貲無裹金從無僕，棄家獨去何惸惸。長淮粘天趣前渡，牙眼怖客浮鼉鯨。到州鞠躬謁太守，脱去官籍儕編氓。城荒無屋寓來客，旋乞廢地誅蓬荆。異鄉何人恤同患，喜有楊子兼徐卿。日高破竈煙未起，閉户不絶哦詩聲。去年聖恩念逐客，特賜拔拭加朝纓。敕君赴汴聽銓擢，路算舊驛猶千程。沙河無雨夏雲熱，茅葦夾岸多蚊虻。舟中感癘得下泄，刃攪腸腹聞呷嚶。荒途無藥相救療，伏枕兩旬幾殞生。終藉神明佑吉士，疾勢漸脱身强輕。一官署作新鄭簿，棒檄已去詢田更。我雖歷歷聽客語，虚實未察憂難平。初春天子下明詔，欲纂前史羅儒英。非才亦辱使者召，辭謝不得來南京。日斜出局訪君舍，草滿陋巷春泥晴。入門小女識父友，延拜學訴艱難情。且云父意念家遠，新遣兩卒來相迎。須臾出君寄我札，上有秀句如瑰瓊。自陳前事頗一一，與客舊説無虧盈。讀終呼卒問彼土，卒言幾年經戰争。河山蕭條縣雖小，民少奸詐多淳誠。春秋古稱郈子國，溱洧水活魴魚赬。雌兔咻咻草間走，雄雉角角桑顛鳴。谷深稀逢種田者，時有射户棲山棚。霜大赤棗收幾囷，剥食可比江南粳。官來撫民務無事，鞭掛壁上無敲搒。寒廳吏散獨坐肅，遠對嵩少當檐楹。聞之離抱頓舒豁，如吸清露醒朝酲。便因卒還寄君語，此邑小鮮聊試烹。幸逢昌朝勿自棄，願更努力修嘉名。吾皇親手擁高篲，灑掃六合氛塵清。海中夷筐已入貢，隴外户版初來呈。大開明堂議禮樂，學士濟濟登蓬瀛。大廟冬烝薦朱瑟，千畝春藉垂青紘。用材不肯略疏賤，銖寸盡上天官衡。況君磊落抱奇器，不異一鶚秋空横。豈容久屈簿領下，天道始塞終當亨。文章期君歸黼黻，借問報政何時成？

送證上人住持道場

訢公昔年住寶坊，龍象蹴踏騰毫芒。袈裟曾侍玉座旁，萬衆闐聽講仁王。弟子如雲來四方，朝鐘暮鼓鳴高堂。西歸葱嶺今幾霜，鉢傳曇師道彌昌。叢林主教遇聖皇，紫衣朝闕隨班行。上人繼吐三葉芳，衲中長繫摩尼蒼。人間萬念俱已忘，獨好游戲談文章。我來京師寄禪房，每邀看月開修廊。手横蠅拂坐繩牀，竹間風吹煮茗香。侍僮觸屏睡欲僵，高殿宿鳥驚琅璫。詩成金磬韵尚揚，清才未必慚支湯。有時夜剪園韭嘗，燈懸西齋雨浪浪。人生聚散不可常，翩然東游主道場。道場乃在雲水鄉，碧瀾堂前去路長。江湖寒縮蛟蜃藏，楓柏正赤橙柑黄。烟銷日出聞漁榔，洲渚宛轉山低昂。蕭然瓶錫隨經囊，留宿肯戀林中桑。兵餘莫嗟梵宇荒，勝景未逐樓臺亡。寺門無人閉夕陽，芋栗收作山中糧。好說千偈恢禪綱，麾斥佛祖誰敢當。我方無用糜太倉，叨逐劍佩趨明光。醉歌欲覓玄真狂，懷恩未得尋歸航。明朝舉首空相望，雲飛笠澤天茫茫。

唐昭宗賜錢武肅王鐵券歌

妖兒初下含元殿，天子仍居少陽院。諸藩從此擁連城，朝貢皆停事攻戰。岐王已去梁王來，長安宫闕生蒿萊。天目山前異人出，金戈雙舉風煙開。羅平惡鳥啼初起，犀弩三千射潮水。歸來父老拜旌旗，釃酒槌牛宴鄉里。擊毬駿馬驕春風，錦袍玉帶真英雄。詔書特賜誓終始，黄金縷字旌殊功。虎符龍節彤弓矢，後嗣猶令赦三死。盡言恩寵冠當時，天府丹書未逾此。摩挲舊物四百年，古色滿面凝蒼烟。天祐宰相署名在，尋文再讀心茫然。古來保族須忠節，受此幾人還覆滅。王家勛業至今傳，不在區區一方鐵。人生富貴知幾時，泰山作礪徒相期。行人曾過表忠觀，風雨斷蘚埋殘碑。

穆陵行

樓船載國沉海水，金槌晝入三泉裹。空中玉馬不聞嘶，日落寢園秋色起。魚燈夜滅隨户開，弓劍已出空幽臺。髡胡暗識寶氣盡，六陵松柏悲風來。玉顱深注駝酥酒，誤比戎王月支首。百年帝魄泣穹廬，醉骨飲冤愁不朽。幸逢中國真龍飛，一函雨露江南歸。環佩重遊故山月，冬青樹死遺民非①。千秋誰解錮南山，世運興亡覆掌間。起輦谷前馬蹄散，白草無人澆麥飯②。

① 原注：「世傳有士嘗竊諸帝骨，埋屏處樹冬青爲識。」

② 原注：「永穆陵，宋理宗陵也，在會稽。元至元初，西僧楊發輦真住請發宋諸陵，許之。既取其殉寶，復以理宗頂骨爲飲器。後籍入官，以賜帝師。天兵克元，詔求得之，命有司歸葬焉。□起輦谷，元諸陵所在。」

題美人對鏡圖

曉院鹿盧鳴露井，玉人夢斷梨雲冷。起開妝閣笑窺奩，月裏分明見蛾影。白對猶憐況主家，春風一面惱腸花。何由鑄入青銅內，不遣秋霜換娥翠。

客舍雨中聽江卿吹簫

客中久不聞絲竹，此夕逢君吹紫玉。斷猿哀雁總驚啼，我亦無端淚相續。數聲臯臯復嗚嗚，散入寒雲細欲無。愁望洞庭空落木，夢遊秦苑總荒蕪。曲中識訴君心苦，不道人聽更凄楚。關山燈下嘆羈臣，江浦舟中泣嫠婦。憶昨閶門費酒貲，玉人邀坐弄參差。彩霞深院花開處，明月高樓鶴去時。如今忽在他鄉外，風雨寒窗兩憔悴。恨無百斛金陵春，同上鳳凰臺上醉。始知嶰谷枯篁枝，中有人間無限悲。願君袖歸挂高壁，莫更相逢容易吹。

詠苑中秦吉了

不獨能言異凡鳥，最愛佳名呼吉了。雕籠幾度學鷄鳴，驚起烟花六宫曉。駕來别院未知迎，先聽遥呼萬歲聲。願把春風一杯酒，從今莫聽上林鶯。

夏珪風雪歸莊圖

江雲粘波晚模糊，青山忽失如亡逋。乾坤瑩浄冰作壺，春意散入千林枯。野橋古渡行人無，清響瑟索鳴殘蘆。江天萬里一老夫，短蓑如蟻舟如鳧。魚寒入泥不上罛，歸來遠識漁村孤。柴門夜叩聞犬呼，徑竹壓折誰相扶。山妻自炊稚子沽，不羡炙肉圍紅爐。嗟余客遊歲屢徂，詩囊隨驢走髯奴。長安何處覓酒徒，飛花撲頭帽不烏。旅舍無夢還江湖，慚對《風雪歸莊圖》。

夜聞謝太史誦李杜詩

前歌《蜀道難》，後歌《逼仄行》。商聲激烈出破屋，林烏夜起鄰人驚。我愁寂寞正欲眠，聽此起坐心茫然。高歌隔舍與相和，雙泪迸落青燈前。李供奉，杜拾遺，當時流落俱堪悲。嚴公欲殺力士怒，白首江海長憂饑。二子高才且如此，君今與我將何爲？

贈金華隱者

我聞名山洞府三十六，一一靈迹紀真籙。金華秀出向東南，遠勝陽明與勾曲。樓臺縹緲開煙霞，天帝賜與神仙家。靈源有路不可入，但見幾片流出雲中花。子房之師赤松子，三千年前亦居此。飛行恍惚誰解尋，漫説至今猶不死。松花酒熟何處遊，瑶草自緑春岩幽。群羊卧地散如石，老鹿耕田馴似牛。聞有隱君子，乃是學仙者。自從入山中，不曾到山下。世人莫知其姓名，以山呼之不敢輕。樵夫忽見苦未識，識疑便是黄初平。嗟我胡爲在塵網，遠望高峰若天壤。茯苓夜煮倘許飡，鐵杖來敲石門響。

登金陵雨花臺望大江

大江來從萬山中，山勢盡與江流東。鍾山如龍獨西上，欲破巨浪來長風。江山相雄不相讓，形勝争誇天下壯。秦王空此瘞黄金，佳氣葱葱至今王。我懷鬱塞何由開，酒酣走上城南臺。坐覺蒼茫萬古意，遠自荒煙落日之中來。石頭城下濤聲怒，武騎千群誰敢渡。黄旗入洛竟何祥，鐵鎖横江未爲固。前三國，後六朝，草生宫闕何蕭蕭。英雄來時務割據，幾度戰血流寒潮。我生幸逢聖人起南國，禍亂初平事休息。從今四海永爲家，不用長江限南北。

聖壽節早朝

天啟聖圖昌，流虹葉夢祥。飛龍起江左，戰馬放山陽。御柳乘閶闔，仙桃熟建章。遠人陳貢篚，近侍浥爐香。金鏡千秋録，瑶池萬歲觴。小臣歌拜手，堯日正舒長。

禁中雪

君王元尚儉，臺殿忽瓊瑶。環素凝宫沼，飛花綴苑條。坊鷄驚曙早，仗馬喜寒驕。金扇開時看，丹墀掃後朝。臺司呈賀表，樂部奉仙謡。須信陽光近，都先别處消。

早春侍皇太子遊東苑池上呈青坊諸公

銅輦出紆徐，春宫晝講餘。戟煩郎將衛，簡授大夫書。草長園鳴鹿，冰開照躍魚。從遊伴商皓，忝竊愧何如。

謝賜衣

臚呼遥捧賜，拜服望蓬萊。香帶爐煙下，光迎扇月開。奇文天女織，新樣内宫裁。被澤徒深厚，慚無奪錦才。

西清對雨

楚臺雲起遠，漢苑雨來微。曉濕宫城旆，寒霑陛楯衣。溝中隨葉墮，爐畔帶煙飛。坐詠西清暇，君王召對稀。

夜宿太廟齋宫

烏散廟堧空，清香肅閟宫。太常齋禁密，列祖享儀崇。井叩銅瓶月，墀鳴玉佩風。聽鐘候車駕，庭燎已炯炯。

送秦主客遷侍儀使

蕃客來曾識，衣冠上國風。承恩趨北闕，罷直出南宫。導駕爐煙裏，催班漏點中。時清多奏頌，還向閤門通。

春日退直呈禁署諸公

待詔直東華，歸休每日斜。職連詞客苑，俸入酒胡家。檐網長縈絮，庭磚欲過花。知君未出院，應草侍中麻。

送張司勳寶慶同知

乍出司勳幕，還乘别駕車。按圖猶漢地，輸布盡蠻家。出熱蛇懸樹，江晴鶴浴沙。郡樓回首處，北斗近京華。

寓天界寺

雨過帝城頭，香凝佛界幽。果園春乳雀，花殿午鳴鳩。萬履隨鐘集，千燈入鏡流。禪居容旅迹，不覺久淹留。

送前進士夏尚之歸宜春

凄涼庾開府，老去復如何。故國歸鴻少，新朝振鷺多。菊荒應自嘆，麥秀竟誰歌。相送堪愁思，蕭蕭楚水波。

早出鍾山門未開立候久之

闕吏收魚鑰，趨朝阻向晨。忘鳴鷄睡熟，倦立馬嘶頻。柝静霜飛堞，鐘來月墮津。可憐同候者，多是未閒人。

雪夜宿翰林院呈危宋二院長

偶伴王摩詰，寒宵宿禁林。院鈴風外静，宫漏雪中沉。絳蠟銷吟燭，青綾擁賜衾。明朝陪賀瑞，銀闕曉光深。

夜逢故郡賀冬至使胡普二博士同宿

會宿本無期，欣逢兩舊知。問年驚别久，候曉畏朝遲。寒澀高城漏，陽回上苑枝。明朝使事畢，歸騎又天涯。

送鮑翰林遷官陝右

鑾坡初罷直，西去惜離群。載筆唐供奉，褰帷漢史君。濁流河驛雨，高樹岳祠雲。公暇應懷古，登臨賦夕曛。

送曾主簿之平樂

路出桂江東，鄉音想未通。蛇飛山苦霧，鵬運海多風。木魅長欺客，花蠻少學農。縣廳何處在，椰葉晚陰中。

桓簡公廟

荒林慘淡中，石馬欲嘶風。功在山留碣，威存廟挂弓。饑鴉迎祭客，走鼠駭巫童。千載宣城道，人憐内史忠。

送前國子王助教歸臨川

去國獨依依，羈臣淚濕衣。夢中燕月冷，望裏楚山微。世變人驚老，身全詔許歸。舟前楓葉落，應到故園扉。

送潘巡檢之閩中

京師到閩海，秋色幾程餘。莎栅山兵守，榕林島户居。曉衙鷄應鼓，晚邏騎隨車。清世元無盗，將軍好讀書。

送思上人

名林雖盡廢，南去只隨緣。野飯晨留鉢，城鐘夜到船。虎馴應畏法，鳥唤不驚禪。他日期相見，高峰舊塔前。

宴王將軍第

流水通侯第，行雲傍妓臺。雨催牙仗散，風引羽觴來。曲學移聲按，詩隨得韵裁。莫令遊宴歇，次第過花開。

送朱從事之吴興

釋褐方從宦，青山故郡鄰。草深湖帶雨，花暗驛藏春。鼓聚祈蠶女，舟逢射鴨人。幕中應待久，徒此惜離辰。

和友人過采石

山暝斷磯頭，猿聲兩岸愁。柳間娼女酒，月下估人舟。擒虎嗟横渡，騎鯨憶醉遊。停橈正懷古，風急葦花秋。

謔　柳

何恨苦長顰，纖姿嫵媚春。慣愁行路客，羞比舞筵人。亂葉斜斜雨，狂花衮衮塵。殘蟬來噪日，應落漢潭濱。

無題

顧影出中堂，長眉學内妝。本爲戚里婦，不是狹斜娼。扇撲園中蝶，箏彈《陌上桑》。相逢不敢笑，只恐斷君腸。

京師寓廨三首

誰言舊隱非，静里且相依。緑樹城通苑，青山寺對扉。官閒休直早，客久夢還稀。是物春來典，唯存舊賜衣。

幾夜頻聽雨，經春不見花。蘼蕪青渚燕，楊柳白門鴉。拙宦危機遠，工吟癖性加。閒坊車馬少，不似住京華。

寂莫過芳時，幽懷只自知。袖無投相刺，篋有寄僧詩。鼠迹塵凝帳，蛙聲雨到池。疏慵堪置散，不敢怨名卑。

送舒徵士考禮畢歸四明

寄語關門吏，休輕尚布衣。叔孫聊應召，周黨竟辭歸。赤日京城遠，蒼煙海樹微。送君還自嘆，老却故山薇。

送周復秀才賦行李中一物得紈扇

不畫乘鸞女，應憐素質新。霜機驚落早，風塵尚揮頻。席上曾歌怨，窗間或掩顰。何如爲君子，遠路障埃塵。

送流人

漢條應偶觸，蠻俗未能諳。海近風多颶，山昏瘴似嵐。行衝哀甸虎，食畏蠱家蠶。鄉國何年返，縣知老日南。

贈張省郎

漢署早爲郎，長遊鳳沼傍。鷄知壺水候，馬識火城光。每載趨曹筆，時熏直省香。邊書無一羽，冠蓋得翱翔。

送宿衛將出守鄧州

中郎身領仗，宿衛在承明。舊射雙雕落，新乘五馬行。紅雲遥魏闕，白水近穰城。好勸諸年少，春來賣劍耕。

甘露寺

勝地江山壯，名林歲月遥。刹藏京口樹，鐘送海門潮。月黑龍光發，天清蜃氣銷。何當尋狠石，閒坐話前朝。

大駕親祀方丘選射齋宫奉次御製韻

蕆壁方壇曉祝釐，豹竿風動從靈祇。獻符多士歌昌運，扈蹕諸蕃睹盛儀。郊射貫侯初復古，汾祠獲鼎未雲奇。山川效静年多穀，神答皇心定有期。

奉迎車駕享太廟還宫

鳴蹕聲中曉仗回，錦裝馴象踏紅埃。半空雲影看旗動，滿道天香識駕來。漢酎祭餘清廟閉，舜衣垂處紫宫開。禮成海内人皆慶，獻頌應慚自乏才。

晚登南岡望都邑宫闕二首

落日登高望帝畿，龍蟠山下見龍飛。雲霄雙闕開黄道，煙樹三宫接翠微。沙苑馬閒秋獵罷，天街車鬥晚朝歸。明朝欲獻昇平頌，還逐仙班入瑣闈。

秦金不厭氣佳哉，紫蓋黄旗此日開。殘雪已銷鳷鵲觀，浮雲不隱鳳凰臺。山如雒下層層出，江自巴中渺渺來。六代衣冠總塵土，幸逢昌運莫興哀。

奉天殿進元史

詔預編摩辱主知，布衣亦得拜龍墀。書成一代存殷鑒，朝列千官備漢儀。漏盡秋城催仗早，燭明春殿卷簾遲。時清機務應多暇，閣下從容幸一披。

九日陪諸閣老食賜糕次謝授經韻

叨陪講席按詞曹，曉禁霜花點素袍。院貯圖書西掖静，雲連宫殿北山高。故園莫憶黄花酒，内府初嘗赤棗糕。最愛鳳毛今復見，便令池上一揮毫。

送沈左司從汪參政分省陝西汪由御史中丞出

重臣分陝去臺端，賓從威儀盡漢官。四塞河山歸版籍，百年父老見衣冠。函關月落聽鷄度，華嶽雲開立馬看。知爾西行定回首。如今江左是長安。

吴僧日章講師赴召修蔣山普度佛事既罷東歸送別二首

萬人擁坐聽潮音，寶刹曾迂玉駕臨。佛法曉敷三藏秘，帝恩春及九原深。鍾山坐處花頻雨，練浦歸時樹欲陰。擬問楞伽嗟已別，楚江飛錫暮沉沉。

故鄉未解識清容，却在金陵闕下逢。中禁曾分齋鉢飯，上方時叩講筵鐘。一帆細雨迢迢浦，半塔斜陽靄靄峰。相送師歸忽多感，飛雲亦戀舊依松。

清明呈館中諸公

新煙著柳禁垣斜，杏酪分香俗共誇。白下有山皆繞郭，清明無客不思家。卞侯墓上迷芳草，盧女門前映落花。喜得故人同待詔，擬沽春雨醉京華。

金陵喜逢董卿併送還武昌

兵後匆匆記别離，兩年音問不相知。武昌樓下初來日，幕府門前忽見時。上國花開同醉少，大江潮落獨歸遲。莫嗟握手還分手，此會從前豈有期。

送易左司分省廣西

朝廷特念遠民深，晝省分官出桂林。油幕乍開依漢節，卉衣時到貢蠻金。四時花發山多暖，半日嵐開市尚陰。虞帝祠前黄竹裏，相思莫聽鷓鴣吟。

送王檢校錡赴北平

十年同舍客京華，看遍龍河寺裏花。才進史書朝日下，便紆官綬去天涯。平蕪遠塞秋驅騎，衰柳遺宫晚噪鴉。莫道窮邊成久别，待君歸草玉堂麻。

京師秋興次謝太史韻

柳外秋風起御河，京華客子意如何。仗同北郭知應濫，俸比東方愧已多。梁寺鐘來殘月落，漢宫砧斷早鴻過。不材幸得同趨闕，幾度珊珊候曉珂。

送祠江瀆使者

源發岷峨萬里通，函香迢遞問齋宫。神馳白馬靈光近，祝奉玄牲禮秩崇。驛下换船潮涌日，廟前沉璧水迴風。重煩使者徼多福，南國無疵黍稌豐。

送葉判官赴高唐時使安南還

銅柱崖前使節過，貢隨歸騎入京多。一官暫遣陪成瑨，片語曾煩下趙陀。曉拜賜衣辭絳闕，秋催征棹渡黄河。政餘好賦登臨詠，聞説州人最善歌。

衍師見訪鍾山里第

風雨孤舟寄一僧，遠煩相覓到金陵。青衫愧逐塵中馬，白拂看麾座上蠅。事去南朝猶有恨，夢歸北郭已無憑。文章何用虚叨禄，只合從師問上乘。

寄題安慶城樓

層構初成百戰終，憑高應喜楚氛空。山隨粉堞連雲起，江引清淮與海通。遠客帆檣秋水外，殘兵鼓角夕陽中。時清莫問英雄事，回首長煙滅去鴻。

送鄭都司赴大將軍行營

上公承詔出蓬萊，立馬風煙萬里開。賜履已分無棣遠，舞戈還見有苗來。牙前部曲多收績，幕下賓僚更倚才。後夜軍門知子到，郎星應是近三台。

送朱謝二博士進賀冬至表赴京師聽宣諭畢還吴

驛騎雙馳捧緑章，都門逢舊喜洋洋。小儒方幸瞻天近，遠使初來賀日長。仗下丹墀晴雪盡，朝回紫陌曉塵香。承宣歸去難留駐，乞報平安到故鄉。

送丕上人還四明育王寺

解夏還尋舊寺棲，滿船黄葉過長溪。袈裟影入秋山遠，舍利光懸夜塔低。鵜識講時常繞聽，猿知定後不驚啼。却慚擾擾塵中客，覺路如今去尚迷。

送吴生赴汴省其父指揮

都亭槐雨凈朝埃，彩服逢秋試剪裁。定遠未歸雙節在，孝廉初去一船開。城依梁苑煙中閉，河繞隋堤樹裏來。家慶拜餘尋舊迹，夕陽騎馬過繁臺。

客舍夜坐

樓角聲殘鎖禁城，燈花半落夜寒生。啼鴉井上驚風散，殘雪窗前助月明。清世莫嗟人寂寞，中年漸怯歲峥嶸。酒懷詩卷吾家物，客裏相親倍有情。

送鄭山人聽宣諭後歸東陽

閤門傳詔山人拜，清曉蓬萊望彩霞。布褐朝天才赴闕，蒲帆帶雨又還家。沈侯詠罷樓沉月，婺女妝殘廟掩花。無限朝廷仁恤意，殷勤歸向老農誇。

春來

客愁擬向春來減，春到愁翻倍舊時。走馬已無年少樂，聽鶯空有故園思。日光皛皛濃熏草，風力揚揚緩墮絲。辟歷溝南酒家路，共誰來往問花枝。

送賈文學以郡薦赴禮部試畢歸吴

匹馬都門候曉開，吴公新薦賈生來。郡中方待傳經業，闕下先稱射策才。寒食杏花江店雨，春衣柳絮驛程埃。慚予東掖叨陪講，難把長干送别杯。

休沐日期衍公遊北山不果獨卧齋中

休沐欣逢一日閒，擬邀禪客共登山。兩笻未許尋蘿徑，孤枕應須掩竹關。歷歷遠峰塵土外，蕭蕭深屋草萊間。安眠却勝清遊樂，覺看斜陽燕子還。

送内兄周誼還江上

憶奉綸音趨赴朝，曾煩遠送過楓橋。雲山方恨成睽阻，雪夜俄來伴寂寥。吴苑疏鐘沉晚樹，楚江歸雁逐寒潮。情親海内如君少，敢惜離魂爲一銷。

夜聞吴女誦經

雲窗月帳散花多，閑讀金經夜若何。嬌舌乍彈鶯學語，芳心已定井銷波。尼師曾教青蓮偈，女伴徒爲《白苧歌》。聽處若迷空色相，應須愁殺病維摩。

送趙史君致仕歸别業

久仕江湖白髪長，今年得許乞身章。吏收封印朝辭郡，人賀懸車晚在鄉。家篋已添新著稿，官衫未歇舊熏香。南風别墅初歸處，應坐肩輿看種秧。

遊南峰寺有支遁放鶴亭

每向人間望碧峰，石門今得問幽踪。路緣風磴泠泠策，寺隔煙蘿杳杳鐘。窗下鳥來多墮果，亭前鶴去只高松。一龕願借依香火，莫道詩人非戴顒。

次韻楊署令雨中卧疾

雙桐分蔭曉池清，乍喜新晴覺病輕。蛛曳林風吹欲斷，鷺經沙雨洗偏明。吟多稍怯臨窗寫，卧久渾忘出市行。不道春出逾一月，起聞歌鳥尚疑鶯。

送胡簿之陽朔

幾年桂館去人稀，白髮憐君獨遠違。過海定尋回估船，出京才脱舊儒衣。祠羞荔子傳巫語，縣閉榕陰放吏歸。亦欲居夷嗟未得，漫看鴻鵠向南飛。

謁甫里祠

衣冠寂寞半塵絲，想見江湖獨卧時。遁迹虚煩明主詔，感懷猶賦散人詩。釣魚船去雲迷浦，鬭鴨闌空草滿池。芳藻一杯誰爲奠，鼓聲只到水神祠。

送恩禪師弟子勤歸開元寺

山衲經寒補雜繒，白雲高寺遍尋登。法身已見浮來佛，宗旨曾傳化去僧。歸過江城誰施飯，定依舊院自懸燈。明朝應恨千峰阻，欲問楞伽已不能①。

①原注：「寺有二石佛，自海上浮至。」

辭户部之命東還始出都門有作

詔貳民曹出禁林，陳辭因得解朝簪。臣材自信元難稱，聖澤誰言尚未深。遠水江花秋艇去，長河宫樹曉鐘沉。還鄉何事行猶緩，爲有區區戀闕心。

歸吴至楓橋

遥看城郭尚疑非，不見青山舊塔微。官秩加身應謬得，鄉音到耳是真歸。夕陽寺掩啼烏在，秋水橋空乳鴨飛。寄語里閭休復羡，錦衣今已作荷衣①。

①原注：「舊有塔，今廢。」

送徐山人還蜀山兼寄張静居

我因解紱遠辭京，君爲修琴暫入城。偶爾相逢春酒熟，飄然忽去暮煙生。山頭學嘯猶聞響，世上留詩不寫名。西澗煩詢張静者，年來注《易》幾爻成。

寄題内弟周思敬野人居

野人何處是幽棲，聞在天隨舊宅西。半屋圖書春落蠹，一村花柳晝鳴鷄。分泉自給烹茶水，待雨惟耕種藥畦。日暮扁舟欲相訪，恐驚鷗鳥過前溪。

徐記室謫鍾離歸後同登東丘亭

同上高亭一賦詩，喜逢君是謫歸時。不然此日登臨處，應望天涯有遠思。

將赴金陵始出閶門夜泊二首

烏啼霜月夜寥寥，回首離城尚未遥。正是思家起頭夜，遠鐘孤棹宿楓橋。
烟月籠沙客未眠，歌聲燈火酒家前。如何才出閶門外，已似秦淮夜泊船。

舟次丹陽驛

沽酒來尋水驛門，鄰船燈火語黄昏。今朝始覺離鄉遠，身在丹陽郭外村。

正月十六日夜至京師觀燈

天街争唱《落梅》歌，絳闕珠燈萬樹羅。莫笑遊人來看晚，春風還似昨宵多。

夜聞雨聲憶故園花

帝城春雨送春殘，雨夜愁聽客枕寒。莫入鄉園使花落，一枝留待我歸看。

早至闕下候朝

月明立傍御溝橋，半啓宫門未放朝，騶吏忽傳丞相至，火城如晝曉寒銷。

春日寄張祠部

烏衣巷口燕來時，楊柳風多颭酒旗。遠客金陵遊伴少，看花慚比去年遲。

宫女圖

女奴扶醉踏蒼苔，明月西園侍宴回。小犬隔花空吠影，夜深宫禁有誰來。

吴中野史載季迪因此詩得禍，余初以爲無稽，及觀國初昭示諸録所載李韓公子侄諸小侯爰書及高帝手詔豫章侯罪狀，初無隱避之詞，則知季迪此詩蓋有爲而作。諷諭之詩，雖妙絶古今，而因此觸高帝之怒，假手於魏守之獄，亦事理之所有也。論者詳之。

左掖作

小殿珠簾散柳絲，東宮初退講筵時。不材未敢修封事，把筆閒題應教詩。

雨中登天界西閣

青山樓閣楚江東，身在蒼茫晚色中。故國自遥難望見，不關春樹雨溟蒙。

吴中親舊遠寄新酒二首

雙壺遠寄碧香新，酒内情多易醉人。上國豈無千日釀，獨憐此是故鄉春。

爲念春來客思悲，欲教一醉對花枝。那知飲量新來減，不似江亭看妓時。

宿圓明寺早起

客起燈前夢尚迷。滿樓殘月曉風西。應知野寺非山店，只聽鐘聲不聽鷄。

送郭省郎東歸二首

金陵兒女踏春陽，金陵客子正思鄉。一杯況復春將去，目斷飛花江水長。

桃葉渡頭聞唱歌，孤帆欲發奈愁何。君歸是我來時路，山水無多離思多。

四月朔日休沐雨中

送春風雨苦潺潺，得告今朝免綴班。卧聽鳩啼花落盡，此身如在故園間。

送哲明府之新淦

花落春衫試剪裁，石頭城下楚帆開。憑誰爲報清江吏，麥雉鳴時縣令來。

逆旅逢鄉人

客中皆念客中身，唯汝相逢意更親。不向燈前聽吴語，何由知是故鄉人。

寄丁二侃

江頭斜日草初薰，日斷歸鴻隔楚雲。舊日因居相近住，每思家處獨思君。

題虞文靖公書所賦鶴巢詩後

玉堂罷直髮如絲，華蓋當頭戴笠時。丁令去來滄海變，人間零落鶴巢詩。

戴叔鸞入夏江山圖

歸隱初辭薦辟章，西風黄葉滿車箱。青牛只識山中路，不是無心向洛陽。

客中憶二女

每憶門前兩候歸，客中長夜夢魂飛。料應此際猶依母，燈下看縫寄我衣。

晚晴遠眺

楚天無物不堪詩，登眺唯愁動遠思。秋樹江山人別後，夕陽樓閣雨晴時。

寄徐記室

惆悵江東日暮雲，我來君去苦離群。不知此日君思我，還似當時我憶君①。

① 原注：「徐久客京師，予至已東還。」

寄家書

底事鄉書累日修，路長唯恐有沉浮。還憂得到家添憶，不敢多言客裏愁①。

① 原注：「時客越城。」

聞人唱吴歌

楚人不解聽吴歌，我獨燈前感慨多。記得通波亭下路，畫船歸去雨鳴荷。

雨中過山

春雲晻靄澗奔渾，風雨行人過一村。不似家山深竹裏，乳鳩啼午未開門。

題　畫

落日青山影在沙，鏡湖波净過荷花。雲間樹底參差屋，借問誰家是賀家？

得故人書知未入京因寄

曾約春深到鳳臺，君今不到只書來。滿椷離恨牀頭放，一度相思一展開。

題王翰林所藏畫蘭

春到懷王舊渚宫，沙棠舟去水煙空。孤叢不有幽香發，應没江邊百草中。

不見花

看花無計作閒身，塵土餘杭暗度春。不見花開莫惆悵，花飛還得免愁人。

寒食逢杜賢良飲

楊柳無煙江水長，鄰家風雨杏餳香。逢君共把金陵酒，忙却今朝在異鄉。

風雨早朝

漏屋鷄鳴起濕煙，蹇驢難借强朝天。却思春水江南岸，閒聽篷聲卧釣船。

讀韋蘇州詩

掃閣焚香晝卷帷，緑槐疏雨夏初時。客憂何物能消遣，一帙蘇州刺史詩。

晚過青溪

王謝池臺兩岸空，水禽争哢夕陽中。麗華妖血流難盡，化作荷花别樣紅①。

①原注：「史言隋人殺張麗華於此。」

黄荃子母兔

陽坡日暖眼迷離，芳草春眠對兩兒。誰道姮娥曾作伴，廣寒孤宿已多時。

西園即事

緑池芳草滿晴波，春色都從雨裏過。知是鄰家花落盡，菜畦今日蝶來多。

吴别駕宅聞老妓陳氏歌

白髮相邀出後廳，莫辭爲唱《雨霖鈴》。如今人盡憐年少，誰肯同來特地聽。

出郭舟行避雨樹下

一片春雲雨滿川，漁蓑欲借苦無緣。多情水廟門前柳，遮我孤舟半日眠。

己亥初度時年三十四

風雨空齋誦蓼莪，今年初度客中過。人生七十尋常壽，未過還憐一半多。

二喬觀兵書圖

共憑花几倚新妝，玉女《陰符》讀幾行。銅雀那能鎖春色，解將奇策教周郎。

期袁卿見過因出失值寄詩謝之

非關遠出負幽期，自是江邊枉棹遲。誰道空回君恨切，未應如我到家時。

宿蟾公房

一禽不鳴深樹煙，明月下照高僧禪。獨開西閣詠清夜，秋河欲墮山蒼然。

陌上見梅

陌頭一樹帶風沙，零落寒香日欲斜。車馬紛紛誰暇看，當年只合種山家。

東歸至楓橋

故人當日送登畿，此地停舟醉落暉。慚愧臨河舊攀柳，尚留青眼看人歸。

江　行

家家漁網映迴橋，春水初生没樹腰。客路江南煙雨裏，緑蕪芳草恨迢迢。

戲和徐七見寄卧聞鄰槽酒聲之作

春瀉鄰槽入夜聞，遠疑泉響隔松雲。題詩爲問醒眠客，幾滴還能醉得君？

見　燕　至

初來如報社前春，好宿茅檐伴客身。莫入江南舊庭院，杏花風雨總無人。

背面美人圖

欲呼回首不知名，背立東風幾許情。莫道畫師元不見，傾城雖見畫難成。

對梨花

素香寂寞野亭空，不似鞦韆院落中。卧對一枝愁病酒，清明今日雨兼風。

和楊余諸君在謫中憶往年西園聽歌

花落名園罷醉遊，故人無復舊風流。吴鄉莫嘆無歌聽，若使聞歌意更愁。

重過南寺尋悟公不值

我是鈞天夢覺人，憶來松下是前身。老僧何去袈裟在，落葉斜陽滿室塵。

列朝詩集甲集第五之上

高太史啓 集外詩一百四十九首

詠殘燈和楊孟載

凝寒結重暈，逼曙零孤朵。膏空逐漏水，焰在同爐火。戀影未成眠，更就餘光坐。

柳絮

輕盈易飄泊，思逐春雲亂。已拂武昌門，還縈灞陵岸。沙頭雀啄墮，水面魚吹散。官樹曉茫茫，哀歌腸欲斷。

贈竹里子

弭楫望迷林，聞爲淇澳吟。君家不可見，但聽煙中禽。日落浦雲遠，雨餘江水深。非同抱清節，歲晏復誰尋。

送王推官赴官譙陽

久治亂所伏，國家失其防。初如決洪流，拱手遍四方。頻年勞訏謨，欲補千百瘡。子爲京師客，忠憤何慨慷。濯冠捧書函，平明獻朝堂。上言固大業，下言振頹綱。且爲有萬死，聖明察臣狂。臣言倘獲施，立能致時康。宸居豈云遠，遥指天中央。雞鳴列仙仗，九門洞開張。謂宜只召見，拜起隨班行。上殿笏畫地，論奏盡敷詳。如何竟報缺，不得瞻清光。一官非所願，欲令赴蠻荒。徘徊出都門，風雨濕曉裝。行行過吴洲，木葉秋始黄。逢予解鞍飲，激烈椎酒牀。平生憂時心，辛苦不自忘。頗聞到官所，此去路尚長。紅日出霧遲，孤城海茫茫。遺民似猿鹿，山谷多驚藏。繁英艷躑躅，瑣實推檳榔。瘴癘況時作，投老恐子傷。何不且少留，共驚豪華鄉。子笑不我顧，翩然決南翔。明朝指鯨波，高帆若雲揚。去矣各異國，有意徒相望。

剡原九曲九首

欲知溪流長，百轉來越嶠。舟行安能極，嵐路入斜照。清景不足娱，昔人豈辭詔。石硯久誰磨，空林閉遺廟。

羲之隱此，六詔徵之方起。有石硯存焉。

殿中初未仕，高節振衰謝。讀書在兹丘，蕭然竹間舍。王來有深言，留宿山水夜。誰云南陽翁，獨枉將軍駕。

五代陳文雅隱此，錢忠懿王親造起之，留旬日而去，後日至殿中監。

山折水暫旋，山開水仍往。東陂匯初成，秋色彌然廣。碧蘿花茸茸，月映石壁上。何時試沿洄，一理烟中舫。

《缶鳴集·泛南溪》之一。

密篠覆碕岸，石穴黝而深。居人負薪歸，駐聽風水音。回看蓮花峰，靄靄生夕陰。不有僧鐘來，高路誰能尋。

石洞篝火入，石室敷牀居。白雲開層巔，上有丹霞書。神仙不遠人，但使粗穢除。何必瀛洲外，茫茫問飆車。

山上有「丹霞」二字，若朱書，即丹山赤水洞天也。

危梁渡清瀨，逶迤入前渚。犬鳴樹蒙蘢，煙景暗虛聚。雨中耕叟歌，月下歸人語。欲尋仙尉蹤，凄涼一茅宇。

清暉泛悠悠，東與班溪合。菱葉間荷花，風來秋颯颯。久行愁寂寞，忽有人煙雜。我欲發棹謳，漁郎肯相答。

《缶鳴集·泛南溪》之二。

俗駕不可到，有地岙中小。迴迴別澗通，宛宛連崗繞。人家陵谷暗，不見旭光曉。東作起炊藜，惟應候啼鳥。

入江水稍決，霜降未可涉。頗聞往來人，出門即舟楫。前飛鷺鷥遠，下飲垂猻倢。何處問興公，風吹赤棠葉。

水通鄞江，晋孫興公嘗種甘棠於此。

夜起覩月

一春夜多雨，今宵初月明。窗間幽夢覺，起憶故園行。露下花微委，烟中鳥忽鳴。誰同賞清景，惆悵倚前楹。

舟中早行

隆隆津鼓動，江火留餘閃。人家未起耕，近水寒扉掩。船開鳧鴨散，樹吐煙霏斂。東郭去方遥，青山見孤點。

題曹氏春江雲舍

遥波靄微雲，禽寒少相語。君家在空闊，欲往迷洲渚。紛紛樹離霧，稍稍花滴雨。日暮坐相思，江東渺何許。

送黄主簿之湖洲歸安縣

我歌柳惲詩，送子南汀發，山城逢社雨，緑樹啼鶯歇。留連孤艇遲，惆悵雙瓶竭。高士尚爲簿，休慚府中謁。無事坐閒廳，彈琴看湖月。

書東圃老翁壁

燕雀各已乳，飛飛風日暄。一徑入桑苧，幾家同灌園。莫將當世事，閒與老翁言。

鑿渠謡

鑿渠深，一十尋。鑿渠廣，八十丈。鑿渠未苦莫嗟吁，黄河曾開千丈餘，君不見賈尚書。

題朱氏梅雪軒

石城山居梅萬塢，冒雪曾來扣僧户。爛然如見會群妃，白鳳繽紛下瑶圃。數片輕吹着鬢華，乍看是雪又疑花。迷魂亂眼春如海，那辨南枝映竹斜。獨披鶴氅穿林去，凍壓寒梢應幾樹。聽響方知夜灑時，聞香始識繁開處。回首春風憶舊遊，夢尋歸路隔羅浮。年來驢背無詩思，醉踏塵埃空自愁。聞道君家溪上下，玉蕊瓊英巧相亞。屐迹誰來東郭朝，笛聲不起南樓夜。翠羽驚啼莫怨猜，破寒宜共一樽開。

雪晴花發須相記，我亦扁舟乘興來。

宿蔡村夜起

四更鷄叫七星爛，獨起開門候天旦。月挂愁邊人影低，風驚夢裏鳥群散。孤舟嫠婦寒自泣，破屋老農貧屢嘆。早浛欲發未遑安，客路飄零正多難。

倒掛

綠衣小鳳啼愁罷，瘦影翻懸桂枝下。芙蓉帳裏篆消時，解斂餘香散中夜。鐘鼓迢迢鎖禁門，宵衣未得奉明恩。五更香冷羅浮月，想憶梅花應斷魂。

菜薖爲余唐卿賦

柱桐里中君始歸，菜花滿園黄蜂飛。桔槔倚樹長不用，江南雨多山土肥。方畦獨繞看新綠，晚食何須尚思肉。翠縷登盤春薤香，金釵出盎冬葅熟。我家亦在蓴菰鄉，秋風便應歸共嘗。潮州司馬成何事，回首空愁足萬羊。

夜泛湖至東舍

漁村港頭初月上，鵝鴨不驚菰荻響。隔湖煙寺遠鐘來，居人盡歸吾獨往。寒風蕭蕭寒浪生，舟中欠載酒壺行。東家未宿如相待，黄葉青燈機杼鳴。

約諸君遊范園看杏花

去年春色近清明，萬匝煙花夾曉城。西苑相逢車馬問，何人不是踏春行。今年人迷去年道，風雨不來花自掃。僧寺庭空半紫苔，侯家宅廢皆青草。縱然無主一株存，憔悴塵沙不可論。野外日斜啼鳥散，消愁無處却消魂。魏公園林芳塢下，聞有柔枝正堪把。休言亂後少花看，得到花前人亦寡。明日尋君莫違，共隨遊蝶弄晴暉。閉門夢斷江南晚，忍見迢迢春自歸。

鷗捕魚

秋江水冷無人渡，群鷗忍饑愁日暮。白頭來往似漁翁，心思捕魚江水中。眼明見魚深出水，復恐魚驚隱蘆葦。須臾銜得上平沙，鱗鬣半吞猶見尾。江魚食盡身不肥，平生求飽苦多饑。却猜人少忘機者，海上相逢不飛下。

題朱澤民荆南舊業圖

睢陽醉磨一斗墨，夢落荆南寫秋色。大陰垂雨尚淋漓，哀壑回風更蕭瑟。楓林思入烟霧清，湖水愁翻浪波白。溪上初逢野老航，山中遠見先生宅。秫田半頃連圩區，茅屋三間倚蘿薜。僧來看竹乘小輿，客去尋岑借高屐。任公臺下石可坐，周侯廟前路曾識。虎迹時留暮臺紫，蛟氣或化秋雲黑。城郭當年别已久，風塵此日歸不得。落日書齋半壁明，圖畫卧對空相憶。

次韻答朱冠軍遊西城之作

前年城西作冶遊，柳條拂蓋花迷舟。笑看明月問狂客，我舉太白君當浮。去年城西復偶住，酒伴家家邀即去。東鄰寺裏花正開，半醉半醒遊幾度。今年有花愁獨尋，閉門三月卧春陰。將軍小隊遊何處，日暮空聽車馬音。皋橋泰娘殊窈窕，爲我唤來歌《水調》。客愁草草不易除，世事茫茫本難料。玉壺一雙秋露傾，惟此可以忘吾情。醉歸共射草中石，笑劈弓弦霹靂鳴。

朝鮮兒歌

予飲周檢校宅，有二高麗兒歌舞者。

朝鮮兒髮緑，初剪齊雙眉。芳筵夜出對歌舞，木綿裘軟銅環垂。輕身回旋細喉轉，蕩月摇花醉中見。夷語何須問譯人，深情知訴離鄉怨。曲終拳足拜客前，烏啼井樹蠟燈然。共訝玄菟隔雲海，兒今到此是何緣？主人爲言曾遠使，萬里好風三日至。鹿走荒宫亂寇過，鷄鳴廢館行人次。四月王城麥熟稀，兒行道路兩啼饑。黄金擲買傾裝得，白飯分飡趁船歸。我憶東藩内臣日，納女椒房被褘翟。教坊此曲亦應傳，特奉宸遊樂朝夕。中國年來亂未鋤，頓令貢使入朝無。儲皇尚説居靈武，丞相方謀卜許都。金水河邊幾株柳，依舊春風無恙否？小臣撫事憶昇平，尊前淚瀉多於酒。

謁張中丞廟

延秋門上烏啼霜，羯奴曉登天子牀。江頭老臣淚暗滴，萬乘西去關山長。公卿相率作降虜，草間拜泣如群羊。當時不識顔平原，豈復知有張睢陽？孤城落日百戰後，瘦馬食尾人裹瘡。男兒竟爲忠義死，碧血滿地嗟誰藏。賀蘭不斬上方劍，英雄有恨何時忘。千年海上見祠廟，古苔叢木秋風荒。摩挲畫壁塵網裏，勇氣燁燁虯鬚張。巫歌《大招》客酹酒，忠魂或能來故鄉。

題趙希遠畫宋杭京萬松金闕圖

長松掀髯若群龍，下繞宫闕雲千重。鳳凰山頭望前殿，翠濤正涌金芙蓉。海門日出潮初上，白鶴飛來近仙掌。百官候綴紫宸班，露滴朝衣氣森爽。漢宫楊柳唐宫花，容易零落空繁華。何如可獻至尊壽，茯苓美似安期瓜。鑾輿因戀湖山好，樓閣清陰勝蓬島。不知風雨汴陵前，虜卒新樵幾株倒。當時榻前初進圖，黄金趣賜聞傳呼。何年流落在人世，父老猶看思舊都。客行近過吴山下，落葉空林惟敗瓦。

豈無畫史似前人，秋色凄凉不堪寫。

送貢士會試京師

國家文治今百年，多士孰賚皆知天。南宮坐試二三策，能使海内無遺賢。院門晨開官燭爛，白袍鵠立人五千。上談禮樂祖姬孔，下議制度輕䲷玄。臨軒曾看宰相賀，雲間盡見當臚傳。看花或騎太僕馬，錫宴每給司農錢。登朝出牧知幾輩，冠佩劍舄紛相聯。邇來國運屬中圮，争慕死節羞生全。潯陽老守血灑地，甬東大將魂沉淵。乃知儒術王政本，至此正賴扶傾顛。諸生區區抱遺籍，草萊竄亡亦可憐。南方上公境獨治，鹿鳴更欲興賓筵。張君幾年客夜雨，古檠空案親韋編。逢時頗欲見行事，豈但持作求魚筌。入場叉手萬言畢，衆目一葉驚先穿。辭家又隨計吏發，京城遠瞻北斗連。秋風吹衣别酒冷，枯楊淺水閶門邊。君行勿亟我有語，落日尚在車衡懸。竊聞天子正側席，此去爲拜彤庭前。揮毫休奏醴泉頌，給札莫賦凌雲篇。但當開口論世事，號令次第宜何先。坐令王綱復大正，乾樞共仰天中璇。我今有志未能往，矯首萬里空茫然。

京師苦寒

北風怒發浮雲昏，積陰慘慘愁乾坤。龍蛇蟠泥獸入穴，怪石凍裂生皴紋。臨滄觀下飛雪滿，横江渡口驚濤奔。空山萬木盡立死，未覺陽氣回深根。茅檐老父坐無褐，舉首但望開晴暾。苦寒如此豈宜客，嗟我歲晚飄羈魂。尋常在舍信可樂，牀頭每有松醪存。山中炭賤地爐暖，兒女環坐忘卑尊。鳥飛欲斷况無友，十日不敢開衡門。竭來京師每晨出，强逐車馬朝天閽。歸時顔色暗如土，破屋暝作饑鳶蹲。陌頭酒價雖苦貴，一斗三百誰能論。急呼取醉竟高卧，布被絮薄終難温。却思健兒戍西北，千里積雪連崑崙。河冰踏碎馬蹄熱，夜斫堅壘收羌渾。書生只解弄口頰，無力可報朝廷恩。不如早上乞身疏，一蓑歸釣江南村。

次韻楊孟載早春見寄

雪後西園韭初剪，流凘晚動春塘淺。閉門有客抱深愁，久不題詩硯生蘚。風塵健兒誇得意，獨坐寂寥誰所遣。應緣少學與時違，不習弓刀誦文典。城中物貴市門静，好事猶能具杯臠。琴堂朝夕共清歡，舉白頻浮不容免。鈴騶已遊賓客醉，深夜垣扉罷扃楗。一燈留照對牀談，沸鼎松聲烹緑荈。五更上馬子先去，擁被獨眠窗日晛。起聞啼鳥忽興發，欲往江邊雲隔巘。人家舊燕盡巢林，草滿長洲絶游輦。春耕咫尺阻歸計，野水自流閑澮畎。吾鄉繁華天下稀，花柳村村隨步轉。久聞離亂今始見，烟火高低變烽燹。登臨吹笛散群羌，此事空嗟千古鮮。朝來風雨況凄黯，雨濕城頭旗不展。鄰里衝泥備役夫，縣官不召憐疲喘。安居且復俟時寧，出豈無能非退卷。范莊紅杏幾株在，好待開時同折撚。對花憂患不須言，剩唤一杯供脚軟。

嫣雌子歌爲王宗常賦

嫣雌子，乃是軒轅之裔，虞鰥之孫。混沌既死一萬季，獨抱大存，竊伏在草野，冥心究皇墳。蚤逢三光五嶽之氣，乍分裂，天狼下地舐血流渾渾。鹿走秦中原，蛇鬬鄭國門。俎豆棄草莽，干戈欻崩奔。嫣雌子，便欲東遊渡弱水，沐髮滄海朝陽盆。又欲西行泝河漢，逾崑崙。山横川阻，兩地俱不可以往兮，歸來掩户卧旦昏。蒔黍一區，注醪一樽。妻給井臼，兒收鷄豚。不詰曲以媚俗，不偃蹇而凌尊。作爲古文詞，言高氣醇温。手提數寸管，欲發義理根。上探孔孟心，下弔屈賈魂。其質耀金石，其芳吐蘭蓀。叩虚答有響，斫險成無痕。陸珍雜水怪，變狀弗可論。幾年兀兀不肯出，坐待真主應運九五開乾坤。鶴書自天來，幽隱初見拔。使者遠造廬，鷄鳴起膏轄。興纂金匱編，尚書爲給札。奸魂泣幽冢，下恐遭誅殺。書成一代進紫宸，鸞旗羽衛夾陛陳。閤門導謁稱小臣，麻衣不脱拜聖人。捧函近前殿，龍顔喜回春，敕賚内帑之金與綺段，其文織作銀麒麟。蒙恩乞還家，以奉白髮親。戴古弁，垂長紳，自號山澤之臞民。嫣雌子，幸際明良時無爲，寂默坐老東海湄。青丘有客鈍且痴，與汝欲結同襟期。左鼓清瑟，右吹鳴篪，作歌共祝天子壽，五風十雨，萬國赤子同熙熙。

贈賣墨陶叟

龍井老人稱墨仙，有家近在荆溪邊。鐵臼秋鳴竹屋雨，瓦篝春掃桐窗煙。玄玉初成敢輕用，萬里豹囊曾入貢。日長小殿試烏絲，光迸驪珠欲浮動。世間潘李今已無，黄金滿篋争來沽。詞臣供寫《上林賦》，畫史用作瀛洲圖。文物年來頗凋弊，喪亂誰言少知貴。便須從子乞雙螺，醉草檄書磨楯鼻。

節婦吟

城頭黑雲如壞屋，車走争門折千軸。姚家新婦亦東逃，舅姑驚惶兒女嗥。自知數口難俱免，欲渡前溪舟尚遠。囑夫棄妾當奉親，獨赴清流不愛身。此日誰能問南史，如婦曾書幾人死？

晚步西郊見鴐鵝群飛

平煙漠漠天蒼蒼，牛羊不收野草黄。鴐鵝東來高作行，晴空忽墮數點霜。紫塞碧海遥相望，下視鳧鴨愁陂塘。書生見此心欲狂，便思呼鶻上馬馳。鸘鷫之裘自倒扶，箭聲脱弦鳴鵝鴟。遠翻正落雙參差，仰空拍手誇絶奇。豪氣服殺并州兒，也勝閉門坐詠詩。

贈煉師禱雨

白頭道士騎一鶴，手把青蓮下寥廓。人間又見海田枯，十丈黄塵没城郭。昔年服事茅長君，能役鬼神呼風雲。下爲群生掃旱沴，雨工驅起如羊群。陰雷填填天欲怒，靈飆吹旗紫壇暮。書入重關虎豹開，璧沉古井蛟龍護。須臾甘澍何滂沱，十日不雨應無禾。祠官空爲大雩舞，覡女羞作迎神歌。明朝師歸定何許，雲裏懸珠火如黍。更煩夜起把天瓢，翻作東南洗兵雨。

題黄大癡天池石壁圖

黄大癡，滑稽玩世人不知。疑似阿母傍，再謫偷桃兒。平生好飲復好畫，醉後灑墨秋淋漓。嘗爲弟子李少翁，貌得華山絶頂之天池。乃知别有縮地術，坐移勝景來書帷。身騎黄鵠去來遠，縞素飄落流塵緇。潁川公子欣得之，手持示我請賦詩。我聞此中可度難，玉枕秘記傳自青牛師。池生碧蓮花，千葉光陸離。服食可騰化，遊空駕雲螭。奈何靈迹久閟藏，荒竹滿野啼猩狸。尋真羽客不肯一相顧，却借釋子營茅茨。我昔來游早春時，雪殘衆壑銷寒姿。磴滑不敢騎馬上，青鞋自策桃筇枝。上有煙蘿披拂之翠壁，下有沙石蕩漾之清漪。晴天倒影落明鏡，正似玉女曉沐高鬟垂。飲猿忽下藤裊裊，浴鶴乍立風澌澌。匡廬有池我未到，未省與此誰當奇。掃石坐其涯，沿洄引流巵。醉來自照影，俯笑知爲誰。落梅撲香滿接䍦，暮出東澗鐘鳴遲。歸來城郭中，復受塵土欺。十年勝賞難再得，恍若清夢一斷無由追。朝來觀此圖，惻愴使我悲。當時同遊已少在，我今未老形先疲。人生擾擾嗟何爲，不達但爲高人嗤。漢南已老司馬樹，峴首已仆羊公碑。惟應學道悟真訣，不與陵谷同遷移。仙巖洞府孰最好，東有地府西峨嵋。高崖鐵鎖不可攀援以徑上，仰望白雲棲觀空峨巍。此山易上何乃遺，便與猿鶴秋相欺。欲借太乙舟，夜卧浩蕩隨風吹。洞簫呼起千古月，照我白髮涼絲絲。傾玉醪，薦瑶芝，招君來遊慎勿辭，無爲漫對圖畫日夕遥相思。

贈丘老師

長春之孫自仙骨，袖有蟠桃食遺核。平生不學燒汞方，唾視黄金等何物。滿城誰識舊庚桑，白髮人中似鶴長。時上高樓惟獨醉，榴皮書破壁塵香。

詠　夢

的的緣愁得，蒙蒙與醉和。輕隨雲浩蕩，暗越嶺嵯峨。夜店嗟偏短，春閨想最多。關山歸識路，江渚去凌波。梁落中宵月，樓横欲曙河。隔簾休警鵲，近燭任飛蛾。遊遠寧煩載，穿深豈畏訶。寒驚瑶作障，暖戀錦成窩。蝴蝶誰家信，鴛鴦别浦歌。静嫌風動竹，鬧怯雨鳴荷。寂歷窗扃紙，低遲帳捲羅。知情唯枕共，送恨忽鐘過。縞袂香猶在，朱絃字不磨。記來還彷彿，尋去已蹉跎。宿燼分餘麝，殘妝暈淺螺。憂歡情總幻，離合事皆訛。池上吟芳草，庭前覓舊柯。既因思是種，復念睡爲魔。易斷俄如此，難憑竟若何。陽臺莫重問，千古笑巫娥。

戲嬰圖

芍藥風欄側，梧桐露井傍。嬌嬰争晚戲，少婦鬬春妝。共詫珠生蚌，還憐玉産岡。半披文錦褓，斜佩紫羅囊。額髮葳蕤短，胸胞細膩光。庭前王氏子，陌上衛家郎。弱草身眠軟，芳英手弄香。隨人貪作劇，避伴學迷藏。莫撲花蝴蝶，宜爲蠟鳳凰。塗添雲母粉，浴試水沉湯。麟送徐卿宅，蘭生謝傅堂。愛均看總好，年並比誰長。驥種雖難匹，鵷雛已作行。欣君得此畫，真是夢熊祥。

雨篷

楚雨滿汀洲，瀟瀟灑客舟。夢驚孤枕夜，愁掩一篷秋。葦葉寒相戰，灘聲暗共流。此時湘浦上，同聽只沙鷗。

扇

皎皎復團團，何人剪素紈。驅螢臨几席，撲蝶近闌干。似月驚朝見，生風變夏寒。時移當日棄，莫怨網乘鸞。

新荷

如蓋復如鈿，初生雨後天。葉低浮水上，莖弱裊風前。乍覆遊魚戲，難藏宿鷺眠。佳人休便折，留蔭採蓮船。

冬至夜雨感懷

節序關何事，徒令百感生。升沉當世事，存殁故人情。寒在微陽氣，風疏緩漏聲。他年説今夜，聽雨宿南城。

過戴居士宅

江邊戴顒宅，地好愜幽尋。高樹藏卑屋，新篁補舊林。鳥成留客語，雲作護花陰。不負滄洲約，重來論夙心。

歸　鴉

啞啞噪夕輝，争宿不争飛。未逐冥鴻去，長先野鶴歸。荒村流水遠，古戍淡煙微。借問寒林樹，何枝最可依。

晚坐南齋寫懷

雁過南齋暮，魂消默坐中。賤貧長作客，愁病欲成翁。窗灑侵燈雨，庭翻走葉風。山妻猶解事，未遣酒樽空。

過劉山人園

欲問幽栖處，花蹊逐澗回。夕煙羅幕捲，春雨藥房開。野鶴知琴意，山蜂給酒材。城中少閒客，誰解引車來。

次韻楊禮曹移疾之作

養疾深扉掩，還應謝俗交。鳥多風和語，葵晚雨緘苞。印向閒廳鎖，鐘聞近寺敲。相思愁莫遏，高樹古城坳。

□顧使君東亭隔簾觀竹下舞妓

美人竹下舞，醉看隔簾櫳。仿佛瑶臺子，遊戲緑雲中。玉鈎正蕩月，羅袖忽驚風。莫跨青鸞去，尊前樂未終。

聞鄰家琵琶有感

清唱合琵琶，當年碧玉家。弄殘催酒急，抱重向燈斜。久别愁江樹，重聽隔院花。淚多思舊事，不是客天涯。

報恩寺逢蔣主簿就送還如皋

貪語酒寒頻，新年見故人。别時煙寺晚，歸路雪江春。造次燈前面，蒼茫船上身。明朝楚花發，莫嘆縣厨貧。

鄰家桃花

春色東家出，相窺似有心。曲垣遮自短，别院閉還深。影動疑人折，香摇妒蝶尋。好風時解意，吹片拂羅襟。

和王校理夜坐

池暝花如霧，蒼蒼月照開。梁空雙燕睡，簾暗一螢來。兵散誰家笛，人違此夜杯。如何對清景，愁思却相催。

答陳校書客懷

同患君尤甚，時難覺意真。愁邊長夜酒，夢裏少年春。遊遠荒家業，交疏困路塵。一杯歌短調，誰聽不霑巾。

酬余左司

門巷接垂楊，同鄰忘異鄉。兒親欣見熟，僕立厭言長。讀借風牀簡，炊分雨碓粱。亂來成久别，能不爲情傷。

春日懷諸親舊

楊柳燕差差，鄰家换火時。春寒添客思，夜雨減花枝。涉世悠悠夢，懷人的的思。出遊無舊侣，空館獨題詩。

寄余左司

何處吹愁角一聲，大江東岸吕蒙營。天隨流水茫茫去，月共長庚耿耿明。虜意有圖秋暫息，客魂無定夜還驚。欲陪釃酒樓船坐，借問風潮早晚平。

吴城感舊

城苑秋風蔓草深，豪華都向此消沉。趙陀空有稱尊計，劉表初無弭亂心。半夜危樓俄縱火，十年高塢漫藏金。廢興一夢誰能問，回首青山落日陰。

喜幼文北歸

風塵萬里損光輝，舊面相逢却訝非。在路定留經處詠，還家猶着去時衣。久留遠土蟲蛇雜，忽解高羅燕鴿飛。尚念梁園三二客，與君同去不同歸。

秋日江館詠懷

十年世事漸多更，自嘆而今豈復生。未有佳兒書謾讀，既無俗客酒頻傾。煙生遠塢聞鷄唱，潮落平沙見蟹行。秋後思歸凡幾度，夕陽江上望高城。

感懷次蔡參軍韻

擊筑無人識漸離，客依孤館獨淒其。著書未解成新語，把酒聊因覓舊知。燕塞風多寒水急，梁園雪早凍雲癡。年來只念江東去，下馬碑陰看色絲。

得亡友同記室在繫所詩次韻

擬出罝羅再卜鄰，死生俄判兩吟身。百年豈料逢今日，四海何由見此人。吴地有園花已盡，楚山無冢草空春。一篇幽憤時時讀，風雨寒燈夜獨親。

江上晚眺圖

一發青山斷雁邊，渚宫樓閣暮雲連。烟波仿佛江南意，風柳依稀峽外天。釣艇歸時風動葦，僧鐘起處日沉煙。觀圖忽起滄洲想，身墮黄塵又幾年。

江上春日遣懷

江上逢春已兩回，客中時序苦相催。蛛營户網蟲初出，雀借檐巢燕未來。年少即閑真信拙，詩成雖好可言才。如今欲向南鄰叟，旋乞垂楊繞舍栽。

送梅侯赴錢塘

一鶴隨車到郡朝，剩山殘水尚蕭條。碗藏秋冢金方出，箭插寒沙鐵未銷。重見花開非舊賞，初聞麥秀是新謡。幾時南作諸侯客，釃酒江亭看晚潮。

送周省郎之海虞判官

黄茅連野邑城荒，佐邑初煩舊省郎。雁起海風吹暮角，鷄鳴闗月照晨妝。讀書臺下逢人少，濡墨廳中憶尉狂。君到官曹無事日，一尊爲我酹斜陽。

雪中

舟絶寒江凍不潮，縈沙拂柳影翛翛。才從漁浦磯邊積，還向樵村竹外飄。撲馬憶從年少樂，點袍曾逐侍臣朝。如今獨坐吟詩句，茅屋茶煙冷未消。

過僧舍訪吕敏

幾欲相尋與願違，今朝始得過禪扉。磬聲穿竹山房遠，屐齒粘苔石徑微。幽鳥每同馴鴿下，高人閒與老僧依。談詩説偈俱堪喜，坐覺茶香上薜衣。

初夏江村

輕衣軟履步江沙，樹暗前村定幾家。水滿乳凫翻藕葉，風疏飛燕拂桐花。渡頭正見横漁艇，林外時聞響緯車。最是黄梅時節近，雨餘歸路有鳴蛙。

江村

南囿薰風吹葛衣，汀花未露岸花稀。水神廟下莎侵路，江叟門前柳映磯。犢卧已知耕耒歇，鷗驚長見釣船歸。天隨宅畔吾曾住，留得閑罾掛夕暉。

田園書事

西園春去緑陰成，已覺南窗枕簟清。簾捲斜陽歸燕入，池生芳草亂蛙鳴。葉過穀雨花猶在，衣近梅天潤易生。獨坐正知閒晝永，吟餘消盡篆煙輕。

漫成二首

柴門藥浦小江邊，早得閑居是偶然。兩岸晚風黄鳥樹，一陂春水白鷗天。悠悠往事空書卷，碌碌浮生只釣船。猶記京華爲客日，幾回聽雨憶歸田。

已分栖遲不自疑，江邊林下盡幽期。病惟好懶寧須藥，心未忘機偶對棋。閒館雨聲花落夜，深塘草色燕飛時。春來頗喜囊中富，添得新成幾首詩。

端陽寫懷

去歲端陽直禁闈，新題帖子進彤扉。太官供饌分蒲醑，中使傳宣賜葛衣。黄傘回廊朝旭淡，玉爐當殿午薰微。今朝寂寞江邊卧，閒看遊船競渡歸。

次韻楊禮曹秋日見贈

殘雨翛翛映彩虹，憐君獨詠楚臺風。遠江帆影秋蕪外，故苑砧聲晚樹中。壯歲漸如辭幕燕，閒身猶作蠹書蟲。雅音自古無能好，莫向人誇瑟最工。

次韻西園公詠梅二首

如何天與出塵姿，不得芳名入《楚辭》。春後春前曾獨采，江南江北每相思。微雲淡月迷千樹，流水空山見一枝。擬折贈君供寂寞，東風無那欲殘時。

雪中無伴只孤芳，倚竹元非翠袖妝。馬上忽逢臨水驛，鶴邊忽見向山房。春愁寂寞天應老，夜色朦朧月亦香。此地一尊聊自戀，揚州回首已淒涼。

暫宿行營舟中二首

蒹葭霜露冷侵船，落雁驚烏總未眠。戍卒獨明高栅火，居人同宿廢村煙。醉中遠夢欺長夜，亂裏窮愁折壯年。莫問身閒何到此，久思提劍學防邊。

角聲未起大星低，夜静寒營獨馬嘶。樹葉蕭蕭霜後堞，河流汩汩露中堤。一軍睡枕誰能穩，數里歸舟自欲迷。起望此時憂更切，邊烽不隔遠峰西。

首春感懷

初春風日自妍華，客意登臨只感嗟。陌上驚塵隨去馬，城邊遺柳斷棲鴉。亂來未覓無兵地，愁在空思有酒家。咫尺苑西誰解問，早梅還發去年花。

岳王墓

大樹無枝向北風，千年遺恨泣英雄。班師詔已來三殿，射虜書猶説兩宫。每憶上方誰請劍，空嗟高廟自藏弓。棲鴉嶺上今回首，不見諸陵白露中。

早春寄王行

江水江花只自春，不知容易解愁人。山川寂寞衣冠淚，今古消沉簡册塵。草草逢人空識面，匆匆爲客莫容身。十年憂患誰相慰，賴得君家是近鄰。

除夕客中憶女

别家非願久，回首已徂年。今夜寒齋雪，何人聽折絃。

歲暮

已嗟求道晚，復省濟時難。碌碌成何事，天涯又歲闌。

鴛鴦

兩兩蓮池上，看如在錦機。應知越女妒，不敢近船飛。

齋前芭蕉

静繞緑陰行，閑聽雨聲卧。還有感秋詩，窗前書葉破。

韭

芽抽冒餘濕，掩冉煙中縷。幾夜故人來，尋畦剪春雨。

十宫詞

吴宫

芙蓉水殿屟廊東，白苧秋來不耐風。教得君王長夜醉，月明歌舞在舟中。

楚宮

雨去雲來十二峰，渚宮樓閣暮重重。細腰無限空相妒，不覺瑶姬夢裏逢。

秦宮

宫閉驪山静管絃，翠華巡狩去經年。掖庭無用恩難報，願上蓬萊採藥船。

漢宮

酒醒金屋曙河流，願賜銅盤一滴秋。他日君王作仙去，瑶池猶幸得同遊。

魏宮

翡翠明珠入貢頻，承恩長占鄴宫春。至尊莫信陳王賦，那得人間有洛神。

晉宮

盡日南風永巷開，羊車去後玉階苔。誰知天上無人地，亦有城南小史來。

齊宮

帖地黃金襯襪羅，苑中市罷合笙歌。有人解誦《西京賦》，添得樓臺火後多。

陳宮

春風叁閣綉參差，狎客争陳璧月詞。幾度醉濃嬌不起，景陽樓上曉鐘時。

隋宮

五斛青螺一日銷，迷樓深貯萬妖嬈。衆中誰解留車駕，風浪如山莫渡遼。

唐宮

玉笛聲殘禁夜長，雲屏月帳醉焚香。五王宴罷皆歸□，大被空閒一夜凉。

讀史十首

晏嬰

一裘身着久經年，禄米分炊幾户煙。盡說大夫能養士，却於尼叟惜封田。

儀　秦

二子全操七國權，朝談縱合暮衡連。天如早爲生民計，各與城南二頃田。

藺相如

危計難成五步間，置君虎口幸全還。世人莫笑三閭懦，不勸懷王會武關。

平原君

朝歌長夜館娃春，總爲妖姬戮諫臣。何事邯鄲貴公子，能因躄者殺佳人。

范　雎

紛紛傾奪苦多謀，得勢還懷失勢憂。丞相不須嗔蔡澤，此時當問老穰侯。

董仲舒

早奏文章直殿廬，茂陵還復訪遺書。寂寥猶抱《春秋傳》，誰問江都老仲舒。

王　章

外家勢重直言稀，京兆書陳蹈禍機。合浦老妻須莫怨，絕勝卧病死牛衣。

孔　明

莫恨流星墮渭濱，出師未捷已霑巾。天應留取生司馬，歸作他年取魏人。

王　猛

軍門被褐異隆中，抱策歸秦竟事戎。猶喜遺言真有識，不教胡馬向江東。

韓　子

自古南荒竄逐過，佞臣元少直臣多。官來瀧吏休相誚，天要潮人識孟軻。

雨中閒卧

牀隱屏風竹几斜，卧看新燕到貧家。閒居心上渾無事，聽雨唯憂損杏花。

春日憶江上

柳下春潮没舊磯，草堂猶在掩荆扉。如今歸夢休爲蝶，化作輕鷗度水飛。

金進士宿江館阻雨連夕二首

落花風急野無舟，喜爲茅齋幾日留。却愧江邊春酒薄，不能慰子客中愁。
莫辭同宿掩書幃，兵後蕭條故舊稀。預恐明朝風雨歇，滿江春水送君歸。

登白蓮閣貽幼文

思君曾此望西州，誰信歸來得共遊。只是當時舊山水，如何重看不勝愁。

讀周記室荆南集

生别猶疑不再逢，楚天雲樹隔重重。愁來讀盡荆南稿，風雨空齋掩暮鐘。

江上晚歸

渺渺雙鳧落晚沙，一江秋色艷明霞。逢人不用停舟問，大樹村中即我家。

美人圖

秋千庭院閉青春，背立誰曾見得真。莫道不言思憶事，欲言還説與何人。

題芭蕉士女

秋宫睡起試生羅，閑向芭蕉石畔過。怪底早凉欺匣扇，夜來葉上雨聲多。

和王耕雲與愚庵倡和詩二首

灌花移石不辭勤，苔潤流泉雨後新。一塢緑楊鷄犬静，老來欣作太平人。
欲望城西禮白雲，數峰蒼翠晚粼粼。誰知邂逅東歸客，亦是香山社裏人。

夢余唐卿

路隔成皋萬里關，何由得見故人還。燈前夢裏匆匆見，猿叫楓林月在山。

過湖南舟中卧作

野客分携水店前，浪平舟穩稱酣眠。午鷄啼處前村近，過盡平湖幾曲天。

疏竹三禽圖

棘枝疏瘦竹枝低，三鳥寒多每並棲。月落山空秋夢斷，不知誰個最先啼。

見花憶故園

春色先從天上來，花枝盡發鳳凰臺。不知别後鄉園樹，寂寞書窗開未開。

題松雪翁臨祐陵草蟲

宣和遺墨畫難工，唯有王孫筆意同。莫問吴宫與梁苑，一般草露覆秋蟲。

客舍春暮

酒醒閒寫送春詩，細雨殘花尚一枝。莫向天涯望芳草，客愁多似去年時。

閏三月有感二首

非關騎馬踏塵埃，病眼昏昏自懶開。江上酒徒應共笑，經春不作看花來。

緑樹殘鶯偶一鳴，聽來方解憶山行。今年不是逢餘閏，已過春光半日程。

皋　橋　在閶門内，由漢皋伯通所居得名。唐妓泰娘亦居此焉。

閶門啼早鴉，拂面見飛花。緑水通鳊舫，紅橋過犢車。誰尋伯通宅，只問泰娘家。

題湘君圖

悵望南巡竟不還，淚和湘雨暮斑斑。須知竹死愁方盡，莫恨秦人鞭赭山。

倪元鎮墨竹

倪君好畫復耽詩，瘦骨秋來似竹枝。前夜夢回如得見，紙窗斜影月低時。

王架閣家畫馬

草草髯奴紺緑衣，王家好馬詫新肥。解鞍閑立斜陽裏，應是城南賭射歸。

慰人悼亡

朱字箜篌委網塵，月明不見理絲人。鏡臺窗下櫻桃樹，應是當時折剩春。

雨中曉臥二首

井桁烏啼破曙煙，輕寒薄被落花天。閑人晴日猶無事，風雨今朝正合眠。
香斷牀幃冷未開，雨窗寥落滿檽苔。休輕一枕江邊睡，抛却腰金换得來。

晚立西浦渡

鬢絲微映釣絲輕，水葉驚風細浪生。誰見晚凉人立處，數株楊柳一蟬鳴。

江上雨中

江漲隨漚欲到門，濕雲依樹易黄昏。幽居常日無來客，何况蕭蕭雨滿村。

客館夜見亮師畫上有余吕二山人詩

上人圖畫故人詩，相見燈前夜雨時。無限雲山與煙樹，總含秋色是相思。

海上逢王常宗雨夜同宿陳氏西軒

故人散盡獨君存，風雨相逢海上村。尊酒飲闌言不盡，更留餘燭照黄昏。

過北莊訪友

淺水平沙凍鴨眠，秋聲和過石橋邊。尋君兼得尋詩興，野樹江雲欲雪天。

夜寫家書

月淡梧桐雨後天，蕭蕭絡緯夜燈前。誰憐古寺空齋客，獨寫家書猶未眠。

效香奩體二首

揚州夢斷十三年，底事猶存未了緣。不見擁鬟簾下立，斷腸騎馬過門前。

曾看梳頭傍玉臺，後堂春曉曲屏開。重尋未省乘鸞去，只道羞郎不出來。

遊石湖

緑楊摇曳蘸湖波，鷗鷺頻驚畫舫過。《白苧》歌殘風欲起，美人應怯暮寒多。

涼　夜

一聲遠笛數聲砧，月滿江城夜正深。坐擄胡牀愛凉思，空階移盡桂花陰。

刺繡圖和楊孟載

翠絲盤葉碧玲瓏，小萼花鋪茜縷紅。夢裏鴛鴦留不得，分明却在繡牀中。

列朝詩集甲集第五之下

高太史啓《姑蘇雜詠》一百首

季迪《自叙》曰：「余歸自京師，屏居松江之渚。書籍散落，賓客不至，閉門默坐，無以自遣。偶得郡志，觀其所載山川、臺榭、園池、祠墓之處，向嘗得於烟雲草莽之間，求其盛衰興廢之故，不能無所感焉。遂采其著者，各賦詩詠之，合古今諸體凡一百二十三篇。洪武四年十二月，前史官高啓序。」

吴趨行

僕本吴鄉士，請歌《吴趨行》。吴中實豪都，勝麗古所名。五湖汹巨澤，八門洞高城。飛觀被山起，游艦沸川横。土物既繁雄，民風亦和平。泰伯德讓在，言游文學成。長沙啓伯基，異夢表休禎。舊閥凡幾家，奕代産才英。遭時各建事，徇義或騰聲。財賦甲南州，詞華並西京。兹邦信多美，粗舉難備稱。願君聽此曲，此曲匪誇盈。

長洲苑　在太湖北岸。

中國久無伯，闔閭思騁功。講蒐開別苑，訓武出離宮。辛韜應參乘，巫臣實御戎。虢鳴深谷應，罝掩廣場空。遠曳捎雲旆，高彎射月弓。三驅儀已畢，七伐步還同。甲騎從輿後，蛾眉侍幄中。煮胎須紫豹，臑掌得玄熊。樂事方難極，英圖忽易窮。城迷歌黍客，地屬採蕘童。輦道崩秋雨，旗門失晚風。犬亡毚肆狡，人去雉争雄。草樹迎蕭索，湖山罷鬱葱。猶疑見獵火，寒燒夜深紅。

姑蘇臺　在橫山西北麓。

金椎夜築西山土，催作高臺貯歌舞。文身澤國搆王基，却笑先人獨何苦。銅鋪玉檻盛繁華，幻作峰頭一片霞。望處直窮三百里，役時應廢幾千家。蟠空曲路迷仙仗，攀盡瑶梯才到上。外繞雕龍宛轉欄，中施繡鳳葳蕤帳。熏爐長爇鬱金香，共道千齡樂未央。茂苑月來秋佩冷，洞庭雨過夏綃涼。當窗衆妓如仙女，揚袂迎風欲輕舉。人從天上見經過，鳥向雲間驚笑語。日暮横塘花盡開，捲簾臺上望王來。宴舟初自觀魚返，獵騎還從射鹿回。從登不用持鈹隊，自列紅妝侍高會。香傳羅帕進黄柑，縷切鸞刀供玉鱠。燭光遠落太湖波，驚起魚龍出没多。城上烏啼河漢轉，此時誰問夜如何。管絃嘈嘈聒人耳，不聞兵來渡溪水。欲携西子走登舟，醉倚畫筵嬌不起。瞑目無因到甬東，可憐一炬綺羅空。獻棡竟墮仇人計，賜劍應辜諫士忠。客來試問遺宫路，物色荒涼總非故。搴衣始信不虚言，滿地荆榛風零露。

當年爭奪苦勞機，却把江山付落暉。聞説越王臺殿上，如今亦有鷓鴣飛。

百花洲　在姑蘇臺下。

吳王在時百花開，畫船載樂洲邊來。吳王去後百花落，歌吹無聞洲寂寞。花開花落年年春，前後看花應幾人。但見枝枝映流水，不知片片墮行塵。年來風雨荒臺畔，日暮黄鸝腸欲斷。豈唯世少看花人，縱來此地無花看。

採香徑　在香山之旁。

晨妝出采芳，零露濕羅裳。種徙山中品，熏傳海外方。抱筐歸蕙徑，焚鼎薦蘭堂。未足娱君寢，西施體自香。

玩花池　在靈岩山。

桃枝兼杏枝，春色繞宫池。正愛紅繁處，還憐緑净時。芳香泛幽沚，媚影照清漪。垂條看妓折，墮萼見魚吹。杯涵明月瀉，舟逐彩雲移。水流花落盡，君王醉不知。

響屧廊 在靈岩寺。

君王厭絲竹，鳴屧時清耳。獨步六宫春，香塵不曾起。那知未旋踵，麋鹿遊遺址。響沉明月中，迹泯荒苔裏。此夕意誰過，空廊有僧履。

走狗塘 在城西。

春堤長，春草淺，此地吴王曾走犬。獵場四面圍畫旗，紅炬照輦還宫遲。割鮮夕宴誰共食，臺上西子非樊姬。春苑年來草仍緑，韓盧已去多麋鹿。君不見漢皇縱狗殊有功，逐兔直到烏江東。

錦帆涇

水繞荒城柳半枯，錦帆去後故宫蕪。窮奢畢竟輸漁父，長保秋風一幅蒲。

吴王井 在靈岩山

曾開鑒影照宫娃，工手牽絲帶露華。今日空山僧自汲，一瓶寒供佛前花。

香水溪　在吳故宫。

粉痕凝水春溶溶，暖香流出銅溝宫。月明曾照美人浴，影與荷花相向紅。玉肌羞露誰能見，只有鴛鴦窺半面。絳綃圍掩怯新凉，歸卧芙蓉池上殿。空洗鉛妝不洗妖，坐傾人國幾良宵。驪山更有湯泉在，千古愁魂一種銷。

越來溪　在横山下。

溪上山不改，溪邊臺已傾。越兵來處路，流水尚哀聲。昨日荷花生，今朝菱葉死。亡國不知誰，空令怨溪水。

採蓮涇　在城西南。

青房戢多子，採得儂心喜。今夜水風凉，君王宿船裏。行處緑雲迷，歌聲一道齊。回頭調越女，何似若耶溪？

吳鈎行

吳鈎若霜雪，吳人重遊俠。尊前含笑看，上有仇家血。

死亭灣

貧賤衆所棄，豈惟愚婦人。圭組何重輕，能令變交親。翁子昔未逢，妻去耻負薪。五十非晚貴，不能待終晨。一旦謁帝閽，還家繡衣新。邸吏驚赤綬，邦人候朱輪。無顔見故夫，自殺此水濱。誰知孟德耀，元在爾東鄰。

毛公壇

欲觀漢壇符，東上縹緲峰。葛花墜寒露，夕飲清心胸。月出太湖水，鶴鳴空澗松。真境久寂寥，蒼苔閟靈蹤。嘗聞緑毛叟，變化猶神龍。世人豈得見，偶許樵夫逢。攀陰力易疲，探玄志難從。歸出白雲外，空聞仙觀鐘。

臨頓里十首

聞説橋東地，高人舊隱居。養生應有道，覓舉絶無書。愛救粘絲蝶，嗔驚出水魚。時尋戴顒宅，自駕短轅車。

應愛山齋好，秋風不捲茅。鑿渠侵蟻穴，移樹帶禽巢。人世真浮梗，吾生豈繫匏。不逢皮從事，誰結歲寒交。

載酒攜山榼，安琴製石牀。梟眠皆傍母，蜂去自從王。穀雨收茶早，梅天曬藥忙。不扶靈壽杖，筋力老能强。

自少圖名意，誰言世不知。僧求開寺記，客送買山資。細雨魚生子，斜陽燕哺兒。平生無事迫，心苦爲尋詩。

斬伐憑樵斧，經綸在釣車。薄雲還露月，小雨不妨花。酒債應多處，詩名自一家。虚煩時主召，懶脱故衣麻。

長物元無有，何勞犬護扉。借看高士傳，學製道人衣。窗破容螢入，船空載鶴歸。定緣幽事繞，不是宦情微。

澹泊心情在，蕭疏鬢影殘。引泉規作沼，留笋待成竿。自洗沾泥屐，誰收挂壁冠。毛公新有約，月夜禮天壇。

沐罷便輕幘，消摇詠晚天。清風蘇病鶴，驟雨集鳴蟬。舊史堆緗素，新經録洞玄。誰知城郭裏，别自有林泉。

汩汩泉通圃，蕭蕭柳映門。折花摇樹影，踏藕損蓮根。饑鴨呼歸檻，新蠶試浴盆。屋前高石在，知是鬱林孫。

茶租催未得，菊餌服還能。行古時人笑，文工造化憎。貧留漁艇載，老謝鶴書徵。誰識先生樂，悠然卧枕肱。

甫里即事四首

長橋短橋楊柳，前浦後浦荷花。人看旗出酒市，鷗送船歸釣家。風波欲起不起，煙日將斜未斜。絶勝苕中剡曲，金齏玉鱠堪誇。

唼唼緑頭鴨鬬，翻翻紅尾魚跳。沙寛水狹江穩，柳短莎長路遥。人争渡處斜日，月欲圓時大潮。我比天隨似否，扁舟醉卧吹簫。

江上漁郎晚祭，津頭估客朝過。鐘邊山近水近，篷底風多雨多。饑蟹銜沙落簖，黠禽映竹窺羅。丫頭兩槳休去，爲唱吴儂棹歌。

横網不遮過客，渡船時載歸僧。炊菰飯勝炊稻，採蓮歌和採菱。煙外晚村弄笛，沙邊夜店停燈。短蓑醉拍銅斗，我亦年來稍能。

聖姑廟 在洞庭黿頭山，晋王彪女得道。或云姓李氏。祈禱者不誠，則風回其舟。

湖心湧出黿頭山，白波翠島非人寰。清虚宜作水仙府，鱗堂荷屋居其間。淵都群靈孰爲主，烟鬟翛然一神女。柔姿誰敢狎相親，笑叱鼉龍起雷雨。玉骨蟬輕蜕幾秋，世緣已斷静無愁。采蘭每約湘濱會，拾翠時陪漢上遊。水禽翔鳴衛芝蓋，長在蒼茫杳冥外。鮫人獻綃裁作衣，螺女供珠綴爲佩。花落閑祠謝古春，蓮幃瑶席掩香塵。空山夜夜星河遠，芳渚年年蘅杜新。霞舒霧捲凝光彩，笑語無聞復誰待。

泠風幾度引舟迴，宛似蓬萊隔煙海。猿叫楓林魚躍波，桂旗翻翠暮寒多。女巫佇望飛裙度，獨奏空侯引曼歌。椒觴奠罷沉玄璧，鳥没遥天湛空碧。遺情不結楚臺雲，世人何處尋踪跡。

三高祠三首

范蠡

功成不戀上將軍，一舸歸遊笠澤雲。載去西施豈無意，恐留傾國更迷君。

張翰

洛陽忽憶鱠鱸肥，便趁秋風問釣磯。猶恨季鷹辭未早，不邀二陸共船歸。

陸龜蒙

鴨群無食水田荒，風雨孤篷載筆牀。猶有新詩驚太守，醉中揮翰木蘭堂。

短簿祠

下馬空林問廟扉，衣冠寂寞掩塵幃。不能復使桓公怒，莫怪年來祭客稀。

闔閭墓

水銀爲海接黄泉，一穴曾勞萬卒穿。謾説深機防盜賊，難令朽骨化神仙。空山虎去秋風後，廢榭烏啼夜月邊。地下應知無敵國，何須深葬劍三千。

要離墓

弱夫殺壯士，誰敢嬰餘怒。今日古城邊，耕人肆侵墓。

干將墓

干將善鑄劍，劍成終殺身。吴伯亦遂亡，神物豈不神。始知服諸侯，威武不及仁。徒勞冶金鐵，精光動星辰。莫邪應同埋，荒草千古春。青蛇冢間出，猶欲恐耕人。

石崇墓

虬鬚欲怒珊瑚折，步障圍春錦雲熱。真珠换妾勝驚鴻，笑踏香塵如踏空。酒闌金谷鶯花醉，家逐樓前舞裙墜。財多買得東市愁，綺羅散盡餘荒丘。猶憐白首同歸者，夜伴遊魂封樹下。

韓蘄王墓

宋室中興日，將軍武略優。功宜超賈鄧，名耻並張劉。白馬空前渡，黄龍竟北遊。誓擒諸部種，還報兩宫仇。朝使頒金册，邊人識錦裘。躍戈衝野陣，横楫截江流。殘虜亡魂走，中原指掌收。未終藩閫寄，已惑廟堂謀。坐散熊羆士，甘臣犬豕酋。和戎辭易屈，復漢志難酬。闕聳吴山曉，陵荒輦樹秋。廉頗歸未老，郭令罷誰留。折檻言徒切，藏弓勢可憂。俄看星隕壘，永使陸沉舟。感慨思前代，凄凉弔古丘。劍花埋虎氣，碑蘚剥螭頭。石獸嘶風雨，山僧護檟楸。鼓旗何寂寂，簡册漫悠悠。父老悲猶在，英雄事已休。棲霞嶺前墓，聞説更堪愁。

吴女墳

魚燈照艷魄，夜冷珠衣薄。白玉土中埋，紅蘭霜後落。不乘臺上鳳，空舞橋邊鶴。韓重未歸來，泉宫秋寂寞。

真娘墓

金釵葬小墳，楊柳寺前村。已斷花間信，空歸月下魂。山鶯留曲韵，草露帶啼痕。車馬逢寒食，還來酹酒樽。

瓊姬墓

夢別芙蓉殿頭，斷釵零落誰收。土昏青鏡忘曉，月冷珠襦恨秋。麋鹿昔來廢院，牛羊今上荒丘。香魂若怨亡國，莫與西施共遊。

弔七姬冢

疊玉連珠棄草根，仙遊應逐馬嵬魂。孤墳掩夜香初冷，几帳留春被尚温。佳麗總傷身薄命，艱危未負主多恩。争姸無復呈歌舞，寂寂蒼苔鎖院門。

虎丘次清遠道士詩韻

神仙不可羈，乘螭躡雲漢。豈將避嬴劉，荒山事窮竄。何年東觀海，一至此峰玩。悠悠清詩傳，窅窅遺迹漫。我來繼登臨，長嘯幘初岸。既秋煙蘿疏，欲雨風竹亂。夜深空潭黑，月吐石壁半。龍驚汲僧來，鳥喜遊客散。閣掩林下夕，鐘鳴巖中旦。勝賞誰能窮，今古賦篇翰。飛騰子何之，汩没余可嘆。安得契真期，超然豁靈贊。

天平山

入山旭光迎，出山月明送。十里松杉風，吹醒塵土夢。茲山凡幾到，題字遍巖洞。陽崖樹冬榮，陰谷泉下凍。怪石立誰扶，靈草生豈種。白雲翕然來，諸峰欲浮動。高鶻有危栖，幽禽無俗哢。凌蘚知履滑，披嵐覺裘重。嘗登最上顛，遠見湖影空。漁樵渡溪孤，鳥雀歸村衆。還尋老僧居，隔竹聽清誦。慰我躋攀勞，爲設茶笋供。幾年歷憂歡，造物若揶弄。迷途遠山林，遲暮堪自訟。難追謝公遊，空發阮生慟。身今解組紱，明時愧無用。閒持九節筇，尋訪事狂縱。石屋秋可眠，山猿許分共。

洞庭山

在太湖中，即包山。舊無蛇虎雉三物。有穴，乃林屋洞天。闔閭使靈威丈人入，探得禹所藏治水符并不死方。其中有銀房石室并白芝紫泉。又有兩圓石，扣之則鳴，謂神鉦云。

朝登西巖望太湖，青天在水飛雲孤。洞庭縹緲兩峰出，正似碧海浮方壺。嘗聞此山古靈壤，蛇虎絶迹歡樵夫。濤聲半夜恐魂夢，石氣五月寒肌膚。居人仿佛武陵客，户種橘柚收爲租。高風欲起沙鳥避，明月未出霜猿呼。中有林屋仙所都，銀房石室開金鋪。羅浮峨眉互通達，别有路往非人途。天后每降龍垂胡，神鉦忽響驚棲鼯。自懸日月照洞内，古木陰蔽空朝晡。風吹白芝晚易老，雲帶紫泉秋不枯。靈威丈人亦仙徒，深入探得函中符。玄衣使者不暇惜，欲使出拯蒼生蘇。後來好事多繼往，石壁篆刻猶堪摹。千年玉鼠化蝙蝠，下撲炬火如飛烏。玄關拒閉誰復到，似怪衣上腥塵汙。勿言神仙事恍惚，靈迹具在良非誣。我生擾擾胡爲乎，坐見白髮生頭顱。久欲尋真未能去，局束世故緣妻孥。何當臨湖借漁艇，拍浪徑渡先雙鳧。獨攀幽險不用扶，身佩五嶽真形圖。夜登天壇掃落葉，自取薪水供丹爐。此身願作仙家奴，不知仙人肯許無，狂語醉發應盧胡。

陽　山

在城西北，古名秦餘杭山，吴中山最高者。中有白龍湫，旱必禱焉。

我登此山巔，不知此山高。但覺群山總在下，坐撫其頂同兒曹。又見太湖動我前，洶湧三十萬頃煙波濤。長風吹人度層嶂，不用仙翁赤城杖。峰回秋凝海鶻飛，日出夜聽天鷄唱。中有一泉長不枯，乃是蜿蜒神物之所都。老藤陰森洞府黑，樹上不敢留棲烏。常年禱雨車，來此投令符。靈旗風轉白日晦，馬鬣一滴霑三吴。巖巒蒼蒼境多異，樵子尋常不曾至。探幽歷險未得歸，忽聽鐘來澗西寺。此時望青冥，脱略情塵世。白雲冉冉足下起，如欲載我昇天行。古來名賢盡何有，唯有此山長不朽。欲呼明月海上來，照把長生一瓢酒。浮丘醉枕肱，洪崖笑開口。天風吹落浩歌聲，地上行人盡回首。

五塢山五首

飛泉塢

山空響更遠，雨過流還急。餘沫灑迴風，一林紅樹濕。

修竹塢

色映溪沉沉，秋雲生夕陰。無限楚山意，鶴鳴風滿林。

丹霞塢

遥聞丹霞塢，中有飡霞者。絳綵發朝朝，還同赤城下。

白雲塢

雲開見山家，雲合失山路。聞語知有人，欲尋已迷誤。

芳桂塢

欲攀淮南樹，人去山寂寞。裊裊凉風生，疏花月中落。

卓筆峰 在天平山。

雲來初似墨，雁過還成字。千載只書空，山靈恨何事。

太湖

長溪如白虹，分走荆霅派。具區納群流，襟帶三郡界。太虚混鴻蒙，元氣流沆瀣。初疑溟渤寬，稍覺雲夢隘。茫茫雁飛遲，颯颯帆度快。雨來鼉報鳴，風起鷗鷺邁。神龍作淵都，豈復數鱗介。珠光照水府，不受白日曬。朝看炮車雲，雲浪動澎湃。聲吹地將浮，勢擊山欲壞。黄頭雖輕生，捩柁不敢懈。有時湛明鏡，峰吐青幾塊。煙中樹若莎，波上舟如芥。漁就沙岸炊，客來水祠拜。震澤思禹功，夫椒記吴敗。白魚逢夏出，黄柑待秋賣。我性好遊觀，夙負雲水債。欲尋鴟夷舸，不顧涉險戒。人生亦何爲，世故自拘械。萬事風飄花，百年露垂髲。何當叩林屋，秉炬訪仙怪。試探不死方，爲人起疴瘵。

天池 在華山。

靈峰可度難，昔聞枕中書。天池在其巔，每出青芙蕖。湛如玉女盆，雲影含夕虚。人静時飲鹿，水寒不生魚。我來屬始春，石壁烟霞舒。灔灔月出後，泠泠雪銷餘。再泛知神清，一酌欣慮除。何當逐流花，遂造仙人居。

劍池

干將欲飛出，岩石裂蒼礦。中間得深泉，探測費修綆。一穴海通源，雙崖樹交影。山中多居僧，終歲不飲井。殺氣凜猶在，棲禽夜頻警。月來照潭空，雲起噓壁冷。蒼龍已何去，遺我清絶境。聽轉轆轤聲，時來試幽茗。

練瀆

吴越水爲國，行師利舟戰。夫差開此河，艅艎試親練。十萬凌潮兒，材比佽飛健。鼓棹激風濤，揚舲逐雷電。當時意氣盛，謂已無句踐。鷗避去沙洲，龍愁閉淵殿。恃强非伯圖，倏忽市朝變。臺上失嬌姿，泉間掩慚面。至今西山月，恨浸秋一片。猶有網魚人，時時得沉箭。

太湖石

没人采石山根淵，投身不試饑蛟涎。馮夷不解護潛寶，幾片捧出如青蓮。寒姿本是湖水骨，波濤漱擊應千年。初疑鬼怪離洞府，珊瑚鐵網相鉤連。嵌空突兀多異態，雲吐夏浦芝生田。龍鱗含雨晚猶潤，豹質隱霧朝常鮮。清音叩罷磬韵遠，微靨洗出珠窩圓。坐移各岫置庭砌，日照仿佛生紫煙。三峰削成泰華掌，一穴透入仇池天。醉中時倒倚蒼蘚，秋風冷逼吟詩肩。洛陽園墅汴宫苑，當時駢列誇奇妍。黄羅封蓋素氈裹，萬里貢餉勞車船。奢游事歇家園廢，盡仆荆棘荒池邊。人生嗜此亦可笑，有身豈得如石堅。百年零落竟誰在，空品甲乙煩題鐫。又嗟此石何獻巧，自召鑿取虧天全。不如頑礦世所棄，滿山長作牛羊眠。

寒泉 在支硎山

遠絡叢峰間，平流盤石上。月照欲成潭，風吹不生浪。聲兼寒葉下，色映秋苔漲。野客照羸顔，曾來倚筇杖。

千人石

池上無陀石，千人列坐曾。如今趺夜月，唯有一山僧。

南園 在城南，吴越廣陵王錢元璙所闢，營之三十年，勝甲吴中。今郡學前菜圃也。

君不見平樂館，古城何處寒雲滿。君不見奉誠園，荒臺無蹤秋草繁。白日沉山水歸海，寒暑頻催陵谷改。皇天大運有推移，富貴于人豈長在。請看當年廣陵王，雙旌六纛何輝光。幸逢中國久多故，一家割據誇雄强。園中歡遊恐遲暮，美人能歌客能賦。車馬春風日日來，楊花吹滿城南路。叠石爲山，引泉爲池，闢疆舊園何足奇。經營三十年，欲令子孫永保之。不知回首今幾時，繁華掃地無復遺。門掩愁鴟嘯風雨，種菜老翁來作主。空餘怪石卧池邊，欲問興亡不能語。春已去，人不來。一樹兩樹桃花開，射堂踘圃俱青苔。何須雍門琴，但令對此便可哀。人生不飲胡爲哉？人生不飲胡爲哉？

松江亭　在吴江垂虹橋上。

泊舟登危亭，江風墮輕幘。空明入遠眺，天水如不隔。日落震澤浦，潮來松陵驛。綿綿洲漵平，莽莽葭菼積。憑欄不敢唾，下有龍窟宅。帆歸雲外秋，鳥下煙中夕。欲炊菰米飯，待月出海白。喚起弄珠君，間吹第三笛。

登丘操

驅車兮與馬，蹇吾行兮胡爲乎在中野？登彼兮崇丘，下茫茫兮九州，思君子兮不得與駕以遊。出有出雲兮木亦有柯，我將歸兮憂之如何？

登青丘，有懷而作。

齊雲樓

境臨烟樹萬家迷，勢壓樓臺衆寺低。斗柄正垂高棟北，山形都聚曲欄西。半空曾落佳人唱，千載猶傳醉守題。劫火重經化平地，野烏飛上女垣啼。

靈巖寺

閑上香臺望下方，漁村樵塢盡蒼蒼。傾城人遠苔生徑，歸寺僧稀葉滿廊。雲散池邊留塔影，雨來閣外失湖光。廢興皆幻何須問，獨自吟詩送夕陽。

涵空閣 在靈岩寺。

衮衮波濤漠漠天，曲闌高棟此山顛。置身直在浮雲上，縱目長過去鳥前。數杵秋聲荒苑樹，一帆暝色太湖船。老僧不識興亡恨，只向遊人説往年。

孤園寺 在洞庭山，梁散騎常侍吴猛古宅。

欲問南朝常侍宅，已爲西域化人宫。山僧歸帶漁舟雨，湖鳥來聞粥鼓風。橘柚垂檐秋殿暗，波濤驚座夜堂空。給孤長者誰曾見，應在煙雲杳靄中。

南峰寺

樵歸衆山昏，天峰尚餘景。欲投石門宿，更度西南嶺。遠聞雲間鐘，蘿徑入寺永。懸燈照静室，一禮支公影。鳥鳴澗壑空，泉響窗户冷。對此問山僧，何如沃州境？

再遊南峰

放鶴庭前落葉重，吟身獨上夕陽峰。遠村近浦分諸樹，後嶺前山應一鐘。高閣倚殘歸鳥過，空林行盡老僧逢。支公駿馬嗟何處，石上莓苔没舊踪。

楞伽寺

夕陽西下嶂，返照東湖水。來尋古寺遊，楓葉秋幾里。叩門山猿驚，維馬林鳥起。鐘聲出煙去，半落漁舟裏。楞伽義未曉，塵累方自耻。欲打塔銘碑，從僧乞山紙。

開元寺石鉢

寶石當年琢帝青，浮波不異木杯輕。傳靈已歷乾陀國，乞食曾來舍衛城。漁父得時初洗獻，法王在日每擎行。寺僧見客休頻出，恐有藏龍此内驚。

師子林十二詠

師子峰

風生百獸低，欲吼空山夜。疑是天目巖，飛來此山下。

含暉峰

演漾弄晴暉，江山秋斂霏。我吟康樂句，日暮澹忘歸。

吐月峰

四更栖鳥驚，山白初上月。起開東閣看，正在雲峰缺。

立雪堂

堂前參未退，立到雪深時。一夜山中冷，無人祇自知。

卧雲室

夕卧白雲合，朝起白雲開。惟有心長在，不隨雲去來。

問梅閣

問春何處來，春來在何許？月墮花不言，幽禽自相語。

指柏軒

清陰護燕几，中有忘言客。人來問不應，笑指庭前柏。

玉鑒池

一鏡寒光定，微風吹不波。更除荷芰影，放取月明多。

冰壺井

圓甃夏生冰，光涵數星冷。窗有定中僧，休牽轆轤綆。

修竹谷

翠雨落經牀，林鳩午鳴後。筭出恐人來，編籬遮谷口。

小飛虹

初看卧波影，應恐雨崇朝。過澗尋師去，端如度石橋。

大石屋

渾沌復輪囷，全無斧鑿紋。門臨五湖水，坐納四山雲。

之荆操

粤有我土，岐山之下。孰是營之，維我考祖。今我于邁，自岐徂荆。豈不懷歸，念我弟兄。民勿我思，我斯安只。國已有后，先君季子。

予思泰伯之德而作。

望虞山辭

虞山峨峨兮出雲油油，胡歛其施兮弗雨九州。下有蛟龍兮海波横流，誰使子來兮從伯氏以遊。朝于隮兮望岐周，國有祀兮有何求？唐虞逝兮道阻修，懈德輿兮干戈日休。思夫人兮心焉孔憂。

玉波冷雙蓮

金風暮剪雙頭蕊，啼臉辭秋嫣血紫。宫女三千罷笑喧，錦雲陣冷鴛鴦死。滿江煙玉流古香，尋魂弔影愁茫茫。吴天隊露衰紅濕，一夜波凉小龍泣。

唐處士李瀛，夜遊震澤，逢女郎，爲歌「玉波冷雙蓮」之曲，曰：「此哀吴宫二隊長之詞。」又歌其所製「芷秀蘂華」之曲，蓋龍女云。二曲世不傳，余戲爲補之。

王敬伯歌

舟初維，琴始薦。驛亭邊，夜相見。詞宛轉，情綢繆。解環佩，彈空筷。調易闌，情難歇。江波寒，墮明月。緑壺再傾，芳音欲違。譬彼林鳥，逢晨各飛。羅衣沾霜，城烏忽起。明日相思，孤棹千里。

叠韻吴宫詞

筵前憐嬋娟，醉媚睡翠被。精兵驚升城，棄避愧墜泪。

鵠媒歌

鵠媒獨步荒陂水，仰望雲間飛不起。遠看過鳥下南汀，鼓翼相迎似相喜。共爲羽族生水鄉，暫從飲啄無猜防。草盾俄開中潛弩，弋師歡笑媒矜舞。嗟爾高潔非凡禽，胡爲徇食移此心。受人馴養忘遠舉，好陷同類機腸深。嗚呼！世間幾人號君子，得利相傾亦如此。

鬬鴨篇

春波漾群鳧，戲鬬每堪玩。宛轉回翠吭，褵褷振文翰。聲兼江雨喧，影逐浦雲亂。唼喋隊初交，紛披勢將散。持敵忽同沉，呼儔更相喚。時陳水檻側，或聚湖亭畔。長鳴若賈勇，遠奮如追竄。荷葉觸俱翻，菱絲冒齊斷。魚駭没中流，鷗驚起前岸。心逾隴雉驕，氣壓場鷄悍。海客朝自驅，溪娃晚猶看。稍欲礙行舟，渾忘避流彈。苦争應爲食，幸勝非因算。微鳥昧全軀，臨川獨成嘆。

吴多緑頭鴨，性善鬬。

慧聚寺次張祐韻

煙斂城初出，朝來野欲吞。危樵緣磴角，倦衲憩松根。刹表藏林寺，鐘聞隔海村。晝龍飛去久，空掩殿堂門。

言公井

寥寥武城宰，遺井虞山陰。千載汲未竭，九仞功應深。藝圃自可灌，道源誰復尋。絃歌聽已歇，瓶綆看還沉。無爲渫弗食，惻惻起嘆音。一瓢樂未改，庶幾回也心。

偃松行 在天平山西，舊文正書院前。

龍門西岡魏公祠，祠前有松多古枝。長身蜿蜒横數畝，巨石作枕相撑持。春泥半封朽死骨，凍蘚全聚皺生皮。無心昂聳上霄漢，偃仰獨向荒山垂。蟄雷振嶽撼不動，一載一夢醒何遲。政如卧龍未起日，深意有待風雲期。太湖月出照夜魄，天峰雪積埋寒姿。濤聲時吼若鼾息，野老驚起山僧疑。左仰右屈各異態，天自出巧非人爲。畫師安能把筆寫，稚子豈敢操斤窺。杜陵枯楠已憔悴，蜀相老柏非瑰奇。何如此樹怪且壽，呵衛定想煩靈祇。不知已閲幾人代，遊客過盡今存誰。明堂屢興不見取，得全正愛同支離。我嘗來觀忍遽反，醉坐其上高吟詩。葛陂筇竹亦騰化，神物終去可久覊。何當一叱使飛起，載我萬里遊天池。他年還訪舊城郭，正是白鶴歸來時。

列朝詩集甲集第六

楊按察基《眉庵集》古今詩一百一十二首

基字孟載，先世蜀之嘉州人。大父仕江左。生於吴中，家天平山南赤城之下。幼穎敏絶人，九歲背誦《六經》。著書十萬餘言，名曰《論鑒》。試儀曹不利，會天下亂，歸隱赤山。淮張辟丞相府記室，未幾謝去。又客饒介所。王師下姑蘇，藉録諸陪臣，以饒氏客安置臨濠，旋徙河南。洪武二年，放歸。尋起知滎陽縣，謫居鍾離，閒居秣陵。久之，用薦爲江西行省幕官，坐省臣得罪，落職。四年，居句曲山中。六年，又起奉使湖南廣右。召還，授兵部員外郎，出爲山西按察副使，進按察使。後被讒，奪職供役，卒於工所。孟載少負詩名，會稽楊廉夫來吴下，於坐上屬賦《鐵笛歌》，即效鐵體。廉夫驚喜，與俱東，謂從遊者曰：「吾在吴又得一鐵，優於老鐵矣。」與高啟、張羽、徐賁爲詩友，人稱國初「吴中四傑」。所著詩名《眉庵集》，殁後多放失。吴人張習企翱訪求編次，得十二卷。

感懷十四首

璞玉宜深藏，白雪乃寡和。和寡非所悲，衒玉徒取禍。奈何刖足者，抱璞不知過。進非烈士忠，退恥愚夫懦。傭春匪利直，販鬻欲自涴。山中一尺雪，且復掩扉卧。

清霜凋百草，亦令脆者堅。士不遇患難，智慮何由全。玄德髀肉生，重耳十九年。一爲三國雄，一稱五霸賢。苟不辨菽麥，何足攬大權。至今巴蜀人，嘆息後主禪。

鄧禹南陽來，仗策歸光武。孔明卧隆中，不即事先主。英雄各有見，何必問出處。孫曹與更始，未可同日語。向非昭烈賢，三顧猶未許。君子當識時，守身如處女。

蝮蛇冬未蟄，蘼草寒更生。陽光泄爲雹，地雷忽有聲。上天號令乖，致此災異并。不然多殺傷，兵氣之所成。漢廷免三公，毋乃非政刑。願言調玉燭，仰見三階平。

三人乃成虎，衆口能爍金。流言雖不多，足移君子心。人心本無疑，理與勢所侵。奈何形似間，構結已駸駸。入耳即契合，不待間者深。陳平雖云智，羽有隙可尋。高祖誠豁達，卒亦誅淮陰。營營青蠅詩，示古猶示今。

位卑諫勿直，直諫君心疑。交淺言勿深，深言友誼虧。諤諤衆所惡，况復違逆之。豈不利於行，吐蘖而含飴。朝登千仞崗，振我身上衣。丈夫貴自潔，毋論他人非。

一女不得織，三人嘆無衣。一夫不暇耕，八口皆啼饑。饑寒迫於身，誰能不爲非。西伯善養老，仁人爲己歸。霜寒草木落，禽鳥相背飛。民心亦何求，在於得所依。此理勿暫失，君子慎其微。

鵲巢知避歲，終爲鳩所居。巧者勞不足，拙者安有餘。溪翁夜結網，山人朝煮魚。隆準入關中，不讀半卷書。當時微張韓，乃與勝廣俱。大拙乃至巧，巧者復何如。

驊騮日千里，亦在御者功。向無造父能，乃與凡馬同。韓彭耍駕材，驅策遇沛公。增本渥窪兒，意不與項通。豈獨知馬難，所貴御馬工。駕御苟失宜，鮮不敗乃翁。蕭蕭帳下騅，千駟何足雄。

鞲鷹斂六翮，棲息如鵪鶉。秋風颯然至，聳目思凌霄。英雄在承平，白首爲漁樵。匪無搏擊能，不與狐兔遭。長星亘東南，壯士拭寶刀。落落丈夫志，悠悠兒女曹。

善鬬須扼吭，善戰須搏膺。楚不都關中，卒爲漢所傾。洛陽非用武，况乃居彭城。曹公失荆州，致使吴蜀爭。五馬渡江南，神孫終莫平。元師破襄陽，宋社忽已更。制勝在得勢，勿云險可輕。

劍可敵一人，書足記姓名。學之十二年，書劍兩不成。歸來吴楚間，豪傑已起兵。攬鏡照鬚眉，一二白髮生。老母在高堂，未敢即遠行。太息長在夜，鷄鳴星斗横。

浮雲從何來，本是山川氣。寸陰不終朝，一雨浩無際。江河會交流，草木奮妍麗。但知潤澤功，不識真宰意。天風吹玄陰，白日照厚地。理亂自有常，千載可坐致。

東鄰夜從軍，西鄰曉上官。一爲死别愁，一爲知己歡。歡者承新恩，拂拭頭上冠。愁者囑妻孥，結束跨下鞍。悲歡何不同，一危復一安。黄塵障東華，平地生波瀾。朝榮夕賜死，轉盼異暑寒。寄語承恩人，莫嘆從軍難。

陳平

陳平素無行，終爲漢相國。陰謀固可鄙，奇計凡六出。後來諸吕難，卒賴陸賈力。豈緣富且貴，臨事意反詘。智者猶若斯，請爲愚者説。

秋夜言懷二首

鮮鮮籬邊菊，摵摵庭下蕙。蕙氣日已銷，黄花自妍麗。復恐清商激，幽芳亦凋瘁。褰衣步廣除，露白月在地。鵲飛林影空，蟲語墻陰細。昔賢悲絲染，往聖嘆川逝。少壯不我留，臨風發長喟。雅志諒難酬，蹉跎老將至。

西齋近寒徑，枯葦接深篠。秋風颯然至，索索鳴不了。拋書坐孤榻，眼澀燈暈繞。窗破斜隙明，漏斷餘更悄。平生所欣遇，此夕紛内擾。假寐入冥思，南枝有歸鳥。

送謝雪坡防禦出郭團練

朝催築城夫，暮點團結兵。民民皆動摇，一日十數驚。所賴官長賢，撫勞得衆情。防禦出郊來，父老拜且迎。垂髫及戴白，羅列車下聽。官家百萬師，自足與寇争。汝自守汝鄉，汝自保汝生。閑暇苟不虞，倉卒恐見傾。我當徼汝勞，薄爾賦税徵。父老共感激，闐然動歡聲。旌旗泊甲矛，五色稍鮮明。豈惟備抄掠，大敵固可嬰。問君何能然，子弟衛父兄。平川雨初收，馬嘶鼓鼙鼙。相送不同往，極目秋鷹橫。

送陳資深歸廣

丈夫輕別離，投老欲入廣。奈何干戈際，萬里涉沆漭。兹城頗阜庶，有女供奉養。世亂得粗安，胡勞問鄉黨。君言苦無家，一夕魂九往。鄉書昨日至，捧讀屢泚顙。四喪寄淺土，未得掩諸壙。雖云弊廬在，誰復修祀享。感兹歸意迫，無力猶勉强。齒髮固已衰，尚足嬰擾攘。敢忘鄉土情，偷安戀兹壤。吾聞重感激，惜别復加賞。天寒霜露繁，摵摵枯葉響。水宿慎蛟螭，山行避魍魎。田園雖荒蕪，果實羅栗橡。鄰居喜均還，相邀具醅盎。酒薄不得醉，且復歌慨慷。人生還鄉樂，無物堪比彷。喜極繼以悲，歡戚同反掌。番思蘇臺月，照女夜績紡。此時父子情，兩地同惚恍。安得混車書，妻孥共羅幌。兹事竟難期，淚眼一凄愴。我家嘉陵江，踪迹久飄蕩。亦欲問前途，逡巡覓西瀼。

贈跛奚　楊鐵笛奴也。

人笑跛奚蹩，我愛跛奚跛。蚿雖百跂速，夔亦一足可。履平疑屐齾，歷險若箕簸。立如鷺聯拳，行類鱉跛尯。形欹裙長前，肩脅韝短左。非斫涉寒脛，豈刖獻玉踝。附婁濟水厄，哂郤構兵禍。疢同哀駘佗，怒及趙女婐。觸屏屢思倚，守户每得坐。戒奚勿躁步，世路方坎坷。

登靈巖和韻周左丞伯温饒大參介之

單艫集群英，席窄坐每盍。煙横半掩寺，木落全見塔。斜流出渠分，曲徑轉溪合。村妝妍醜並，野話悲笑雜。童操吴音聞，僧作梵偈答。霜苔滑難躋，露棘朽易拉。磴紆蟻緣樹，扉敞蝸啓闔。娱賓列五豆，禮佛過三匝。晴崖暝憂雨，秋洞寒疑臘。窗攀盗果猿，檐入避鸇鴿。掬池萍沾袖，憩石蘚污衲。琴忘荒臺弄，屧響回廊踏。值險慮思筇，得奇即傾榼。感深怒鬚磔，愁極衰鬢颯。華年倏川駛，雅量浩海納。嘯歌激欷歔，雄辯肆交沓。禪寂虚無量，道祖清静蓋。訟鬨蝸觸蠻，變幻雀化蛤。狂遊類飲酎，薄宦避嚼蠟。終當謝塵鞅，掃屋分坐榻。

贈别龔行義

楚龔風雲姿，璞素玉不琢。隻身躡雙屐，十載食破研。麻衣閲冬春，睥睨狐貉賤。胸中何所蓄，經史子集傳。酒酣文思湧，强弩機發箭。清真謝鉛錘，越女巧笑倩。紆盤珠九曲，精粹金百煉。粲如星森羅，勇若軍後殿。吾黨多英雄，氣索皮肉戰。西風忽歸來，塵土吹滿面。從容問所歷，摇首不復辯。但云秋水清，吴松凈如練。方同華表鶴，遽作幕上燕。去住何太輕，弗得絆以綫。君材匪樗櫟，名字已交薦。淵泉暫蠖屈，霧雨終豹變。賢達坎坷多，豪傑窮乏先。嗟予書中蠹，髀消兩目眩。朝騎瘦馬出，夕飽藜與莧。志嘶點爾狂，質匪由也喭。猥遭周秦厄，不識舜禹禪。因君動遐想，翅塌足若罥。螺巵白甃罌，聊爲江渚餞。回首芙蓉花，紛紛落紅片。

與陳時敏别

近别會有期，遠别易慘凄。一人失意行，衆賓顔色低。相顧各無語，握手立大堤。白沙飛輕烟，赤草漫路蹊。竈户八九家，皮肉瘦且黧。再拜謁官長，鵠立無所賫。孤廳如荒郵，壁落新補泥。日没官吏散，角角野雉啼。歸來對寒燈，兒女相孩提。雖云去鄉國，喜不聞鼓鼙。官卑職易稱，牛刀用割鷄。回首華亭鶴，月白露凄凄。

雨中效韋體寄道衍

叢林翳重岡，迢遞僧居獨。憑軒一悵望，春雨靡蕪緑。泉香花落澗，窗暝松圍屋。憶爾諷經餘，袈裟坐深竹。

初夏過寧真道院

偶來高樹下，獨坐青苔石。澗雨落餘霏，衣裳淡生碧。道因微物悟，理向玄言析。習静自無營，何妨處囂寂。

賦得净瓶送衍上人

虚瓶湛靈泉，行住一鉢友。紅簪天女花，碧插大士柳。中圓涵真虚，外潔照萬有。自盛甘露漿，不貯聲聞酒。衍師時出定，提挈每在手。詞鋒當建瓴，禪寂宜守口。

賦得山逐放舟遲送王主簿

舟行山亦移，山盡舟亦住。青山無故人，行人自來去。初辭逶迤谷，復接參差樹。柁轉暮色分，帆駛秋嵐度。俄停風暫弱，既遠煙重護。別意即山情，依君屢回顧。

觀　魚

池陰樹影凉，白小紛成隊。吹絮圓漚續，觸荷清露碎。俄沉静却浮，忽遇驚還退。幸免釣絲憂，江鱸日充鱠。

賦得萍贈陳久中

浮蹤散寒星，一夕生無數。魚跳翠乍開，漚過青還聚。微風和影去，急雨連根露。惆悵別君時，楊花滿衣絮。

季迪病目醫令止酒因作此勸之

病目須飲酒，飲酒調微痾。氣血鬱不舒，賴此酒力和。所以雷公方，製藥用酒多。活血必酒洗，散鬱須酒磨。製藥既用酒，飲酒良匪他。酒可引經絡，酒能驅病魔。病目不飲酒，此蓋醫者訛。李白好痛飲，不聞目有痤。子夏與丘明，不爲飲酒過。飲酒既無害，不飲如俗何。清晨呼東家，買置數斗醝。爛醉瞑目坐，滿目春風酡。陶然物我忘，夢見孔與軻。此藥豈不佳，而乃止酒那。我今勸君飲，君意無婞婀。庸醫或見責，請示眉庵歌。

贈毛生

丈夫遇知己，勝如得美官。棲棲無聊中，握手意便歡。古來豪傑人，所就非一端。狂言與危行，初若不可干。從容兩陣間，一語九廟安。狐貉不外飾，而足禦大寒。嗟嗟隴西李，願識荆州韓。

長洲春

縠波流暖雲，花光艷緑蕡。津頭洗紅女，蝴蝶上羅裙。羅裙秋水上，明璫摇白槳。飛下雙鴛鴦，溘溘潮水響。

横塘晚

川氣夕氤氲，愁雲凝晚緑。蘭舟蕩秋水，東向横塘宿。横塘花正開，紅桃間竹栽。誰家織白苧，機聲度水來。

梧宫夜

桐階白露下，濕螢光炯炯。銅盤燒蠟黄，秋衾夢魂冷。粉淚鉛華滴，雲鬢秋蟬整。何處玉鑾聲，芙蓉笑孤影。

楓陵秋

楓樹落清曉，野煙結愁陰。聲傳燒竹火，人語滄波深。鳧飛秋水黑，蛩吟凉露白。江月參差光，芙蓉照芳魄。

越來溪

遠岫如蛾眉，紫菱蓋緑漪。小娃木蘭槳，採菱溪上歸。溪風摇白芷，撩亂蘋花起。疑是越兵來，旌旗照秋水。

滄浪波

入苑緑泱泱，縠紋融暖光。東風吹白浪，照見赤龍堂。龍堂負貝闕，陰火春波熱。鮫人賣髯綃，夜夜唱明月。

綺川遊

川水東北流，川花照青樓。龍船載鳳吹，日來川上遊。沙明屬玉止，茗香翡翠留。漁郎蒲葉底，網得雙吴鈎。

茂苑思

輦路秋蓬滿，野香團緑濕。嬪娥粉黛愁，嫣花鉛露泣。鶯聲舊時好，玉砌秋歸早。東家胡蝶飛，煙姿滿芳草。

以上元末在吴作。

食燒笋留題陳惟寅竹間

春雷一聲萬簪玉，參差亂迸莓苔緑。斬來掃葉當徑燒，何異燃萁煮秋菽。登盤查牙玉版肥，焦尾碎剥蒼龍皮。山人大嚼無以報，寫作林間燒笋詩。

詠七姊妹花

紅羅鬭結同心小，七蕊參差弄春曉。盡是東風兒女魂，蛾眉一樣青螺掃。三姊娉婷四妹嬌，緑窗虚度可憐宵。八姨秦國休相妒，腸斷江東大小喬。

清溪漁隱

清溪秋來水如練，歷歷漁蝦皆可見。緑蓑酒醒雁初飛，風急蘆花吹滿面。溪南一帶是青山，逢着垂楊便可灣。謾道白鷗閒似我，漁舟更比白鷗閒。

聞蟬

眉庵四十未聞道，偶於世事無所好。尋常惟看東家竹，屈指十年今不到。微軀之外無長物，寒暑一裘兼一帽。妻孥屢嘆升斗絶，不獨無煙亦無竈。身輕自笑可駕鶴，眼明豈止堪窺豹。人情世故看爛熟，皎不如污恭勝傲。有瑕可指未爲辱，無善足稱方入妙。此意于今覺更深，静倚南風聽蟬噪。

贈故人全王孫

兄爲柱國弟開府，門吏紛紛皆繡斧。敕賜龍河百畝宮，畫戟丹弓映朱户。金鳳盤胸白錦襦，面如紅玉紫虬鬚。六宮曉逐諸王入，八府春隨宰相趨。東風急念江南好，寶騎看花踏春草。茂苑鶯聲醉裏聽，建章柳色愁中老。回首瀛洲草木新，蒼顔白髮照烏巾。都將秋水蛇紋劍，贈與長安遊俠人。

白頭母吟

白頭母，烏頭婦，婦姑啼寒抱雙股。婦哭征夫母哭兒，悲風吹折庭前樹。家有屋，屯軍伍，家家有兒遭殺虜。越女能嘲楚女詞，吳人半作淮人語。東營放火夜斫門，白日横尸向官路。母言我儂年少時，夫妻種花花繞蹊。夫亡子去寸心折，花竇花窠成瓦埒。十年不吃江州茶，八年不歸姊妹家。蘭芽菊本已凍死，惟有春風薺菜花。只憐新婦生苦晚，不見當時富及奢。珠簾臺榭桃花塢，笙歌院落王家府。如今芳草野烏啼，鬼火磷磷日未西。儂如葉上霜，死即在奄忽。新婦固如花，春來瘦成骨。婦聽姑言淚如雨，妾身已抱橋邊柱。縱使征夫戍不歸，芳心誓不隨波去。

春風行

春風吹花快如剪，柳條婆娑顔色淺。四更急雨作輕寒，零落餘香上苔蘚。街泥污人不出户，强以一樽聊自遣。西家酒熟復苦貴，收拾春衣倩人典。齋厨久斷魚肉腥，細嚼芹菹勝禁臠。時平戚戚恐寒饑，況乃厄運愁不免。醜妻念我憂無薪，私鬻破簀炊户楗。客來嗟吁但枯坐，慚愧不得具茶荈。今朝棠梨開一花，天氣自佳日色晛。西南諸峰宛在望，暖靄晴煙張翠巘。去年驄馬虎丘前，醉折櫻桃隨步輦。只今咫尺烽火隔，高栅長營依塹轉。極目郊原草樹空，那得鋤犁到溝畎。東吳自經五世亂，四百餘年絶兵燹。物盛還衰滿則虧，此理甚明知者鮮。嗟予親老諸弟隔，晝夜蹙額眉不展。巷哭鄰呼不敢聞，何暇諄諄問牛喘。樓前旌旗芳草闊，紫燕未歸簾半捲。呼兒插花向晴昊，手把短鬢吟更拈。準擬青鞋到處遊，繞堤蒲柳春泥軟。

春愁曲

小樓十日聽雨卧，春雲作團拂簾過。金黄楊柳曉初匀，雪白梨花春半破。東家胡蝶飛無數，西鄰燕子歸兩個。玉關萬里尺書稀，春風不似春愁大。

結客少年場行

情如飛絮任悠揚，心與遊絲共短長。花底若教連日醉，座中猶可少年狂。新調錦瑟争傳譜，巧製羅囊別貯香。衣以鳳翎分縫織，帶將蛇角遍鞓裝。豪名獨擅秋千社，狹氣平欺蹴踘場。白璧一雙酬劍客，明珠百斛買胡娼。金丸挾彈章臺左，寶騎聞箏太液傍。梅子短墻羞擲果，桃花深塢笑分漿。每嘲春比人先老，不信愁如海叵量。猶有舊時桃李夢，尚隨胡蝶到遼陽。

毬場曲

軟紅十里平如掌，馬蹄踏沙輕不響。金袍玉帶五陵兒，飛騎擊毬珠作賞。身輕擘捷馬游龍，彩仗低昂一點紅。倏忽飛星入雲表，據鞍回袖接春風。有時隨地香塵滚，楊花亂撲桃花粉。就窩奪得笑歸來，月牙輕旋驪珠穩。一生嬌貴厭朝天，不信人間有倒懸。但得花間風月好，打毬場上自年年。

廢宅行

弓刀挂墻旗拂瓦，行人過門須下馬。日暮將軍縱酒歸，白棒横街人亂打。朱門一閉春草積，官印斜封泥涴壁。守卒收餵屋後池，鄰翁曬麥階前石。簾幕當年盡綺羅，網絲顛倒腐螢多。杏梁風雨丹青濕，時有野鳩來做窠。樓臺易成還易廢，前年猶是桑麻地。

雪中柳

春雪晚蕭蕭，隨鶯上柳條。漸將絲共結，終與絮俱飄。涙粉凝啼眼，珍珠壓舞腰。東風自憐惜，留映赤欄橋。

雪中燕

燕雪兩差池，相兼拂繡幃。玉樓迷故壘，珠箔見烏衣。斜訝銜花落，輕疑掠絮飛。曉寒人未起，還認畫梁歸。

秋齋雜賦五首

劉表知先主，懷王識沛公。未聞收夏口，先已入關中。今古車書異，興衰曆數同。方驚鷄作鳳，當信鷩非鴻。

今日長洲苑，秋風列羽旗。不圖新約法，復見舊威儀。鼓舞兒童樂，歌謠父老悲。煙埃方衮衮，禾黍正離離。

嘆息馮唐老，吁嗟李廣賢。窮通元有命，生死詎非天。鼓角西風裏，江湖短髮前。南飛有鴻雁，一字若爲傳。

晚樹霜猶碧，秋花雨未黄。戎衣輕綉錦，旅食尚糟糠。驛路千山隔，河流一葦航。毋憂兵不戰，已定法三章。

邏卒去不返，行人愁未回。正須犀作甲，毋用玉爲杯。清淚尋常落，丹心早晚灰。交仍期管鮑，書或似鄒枚。

秋日舟中見蝶

趁暖戲晴川，依人上畫船。粉銷煙翅薄，香冷露鬚拳。野菜疏籬外，山花小徑邊。夜深桃李夢，猶在綺羅筵。

荷葉

圓的破蓬笣，孤莖上藕梢。雨撑栖鷺屋，風捲蔭龜巢。溪友裁巾幘，虚人作飯包。小娃曾已折，新月裏湖坳。

雨

雨急愁雲黑，窗虚愛竹青。石泉流細細，山鳥去冥冥。醉裏傾荷葉，饑來煮茯苓。不知劉道士，何用换鵝經。

偶題

身懶交游絶，時危感慨新。清江催短鬢，芳草怨歸人。花落縱横雨，鶯啼淡蕩春。欲摇舟楫去，波浪没平津。

贈沈真仲徵士

花落滿煙莎，蘭舟喜見過。壯心丹未已，愁鬢緑無多。小燕斜斜舞，新鶯婉婉歌。都將舊遊意，一笑付江波。

送王仲容之上海

薄宦依東海，孤城隔戍煙。花疏寒食後，人遠暮帆前。深巷編蒲履，斜崗種木綿。毋煩厭荒寂，微禄有畬田。

寄葉德彰戴叔能

江遠樹層層，蒲荷葉漸增。酒樽池閣雨，棋局夜船燈。竹浄删逾瘦，花疏掃未能。亭亭川上鵠，風雨看飛騰。

寄海鹽楊寨官

海嶼通村險，邊城出敵遥。旗燈秋雨塞，鈴柝夜潮溝。士飽争投石，農閑數舞箾。毋令廢收獲，高隴有枯苗。

同祀碧鷄神，絲蘿又結姻。文如謝道韞，書逼衛夫人。冀缺終相敬，梁鴻不厭貧。還能事荆布，歸釣五湖濱。

贈婉素

方氏園居七首

北墅花連屋，東園菊繞莊。病長陪客坐，老不厭人狂。鵝鴨雙陂雨，楂梨小樹霜。他年倘相遇，里邑定名方。

多水少塵埃，經年不掃苔。竹繁頻洗菜，松老别求栽。雪竇看碑入，雲窗曬帖開。徐文與張羽，乘月想能來。

秋氣入效墟，新凉似雨餘。囊收試驗藥，稿集著成書。酒熟知愁減，花開覺病除。何曾廢錢買，山果及溪魚。

解佩酬琴價，將書當酒貲。竹樓聽雪夜，梅屋看花時。女嫁爲農婦，兒從作圃師。鄰翁無奈俗，招飲豈能辭。

舊物嗟孤劍，春風别五陵。未衰先遣妾，已静更疏僧。往事真騎虎，中年得縱鷹。兩溪千頃月，談坐不須燈。

由來種瓜地，隨處即青門。習俗羞營利，甘貧耻受恩。挂蓑秋樹濕，濯足晚溪渾。欲訪齠年友，漂零只自存。

回汀兼復渚，迢遞入漁邦。有港皆通楫，無山不到窗。疏煙春隴犢，深雪夜籬尨。過客停舟問，而翁恐姓龐。

送路季璉問聘河東時東駕出師太原

三晉封疆拱帝圻，兩河山色照戎衣。青虹貫日隨星出，赤烏如雲夾電飛。使者梅花春後折，王孫芳草夢中歸。入朝若問東南事，積粟如山萬馬肥。

聞官軍南征解圍有日喜而遂詠二首

兩河精騎向襄陽，全蜀材臣出鳳翔。天下風雲爭會合，江東子弟謾搶攘。人皆厭亂思平世，誰不將歸說故鄉。我有先塋依古井，十年不奠一壺漿。

官軍聞說下揚州，夢裏扶摇賦遠遊。天運未容人力勝，民心須順物情求。遭逢喪亂生何補，見得昇平死即休。沽取一壺花下酌，弟兄兒女笑相酬。

寄楊鐵厓先生

不見雲間楊鐵史，寮中七客近如何。老來詩句疏狂甚，亂後文章感慨多。長笛參差吹海鳳，小瓊楊柳舞天魔。春明且盡嬉遊樂，莫解梁鴻《五噫歌》。

先生所居名七者寮。

懷悼朱秦仲總制

力盡戈鋋援不回，猶揮赤手搏風雷。波濤失意蛟龍伏，肝膽如杠虎豹摧。謾使張遼説關羽，誰將全武易秦裴。煩君更緩須臾死，要對春風酒一杯。

郡齋養疴呈醉樵内史三首

江雲倏忽暝還收，五月猶寒著弊裘。芳草斜陽看易晚，緑荷疏雨聽如秋。池塘空闊蜻蜓喜，簾幕蕭條燕子愁。不是無言成獨坐，暫將心事静中求。

小軒新沐喜神清，短幘單衣覺漸輕。松下琴書晴亦潤，竹西窗户晚猶明。愁來對酒心先醉，病後看花意懶行。却憶故山深處立，緑蘿千樹叫流鶯。

和謝雪坡錢塘見寄

經旬不見謝宣城，小楷烏絲寄遠情。黄篋樓高春夢破，緑羅衣薄暮寒生。鶴臨沙渚鷗俱浴，花落江泥燕與争。亦欲雨蓑摇短楫，西湖新水蕩空明。

赤山書事寄軀巢謝隱君君南蘭陵人今避兵居吴長洲之獨樹湖

曾向溪南看藝麻，竹杠兜子一肩斜。秧苗尚短仍含穀，荷葉才高已上花。蠶屋柘迹朝焙繭，鵲爐沉火畫薰茶。而今風雨成拋絶，卧聽西園兩部蛙。

聞雪坡將還吴門

桑葉重重戴勝飛，行人多報故人歸。鬢從别後星星出，花到春深樹樹稀。詩喜官閑能不廢，身緣謀拙事多違。便須出郭相迎迓，遮莫南風雨滿衣。

江村寒食

預折楊枝插繞檐，豆糜香軟麥餳甜。春衣未染新絲織，午爨猶分舊火添。小雨送花青見蕚，輕雷催笋碧抽尖。不因人遠傷離别，那得春愁上短髯。

春日雜詠二首

偶自循籬出徑苔，刺桐花落野棠開。一年春已無多在，幾個人曾有暇來。浸穀陂塘科斗亂，浴蠶時節杜鵑哀。買山莫種閒花柳，多覓松栽與柏栽。

陋巷荒蕪野趣濃，小溪春水恰船通。無邊草色猶春雨，有幾梅花更晚風。文體敢期盧駱並，交情惟許范張同。欲將浪迹隨漚鳥，錯比溪南是瀼東。

殘雪

庭雪半消殘，猶存舊臘寒。春風如有意，留待隔年看。

陌上桑

青青陌上桑，葉葉帶春雨。已有催絲人，咄咄桑下語。

隔簾聽歌

低處最多情，聲遲拍轉停。坐中腸亦斷，況乃隔簾聽。

花開

花開醉不休，花謝莫深愁。縱使花長在，東風也白頭。

壺中二色桃花

素頰映紅腮，西園共折來。憐渠竟先落，知是最先開。

折花贈内并代答二首

人面玉娟娟，花枝更可憐。憑從畫眉手，折寄鏡臺前。

一朵折春風，花濃意更濃。而今映花面，不似向時紅。

瓶中插梨杏桃李四花有詠

各自媚春光，輕紅映淺妝。日融花氣暖，忘却是誰香。

彈琴高士

江静月在水，山空秋滿亭。自彈還自罷，初不要人聽。

白雲泉

泠泠白雲泉，漢向白雲邊。泉水流不斷，白雲飛上天。

夜坐

窗寒雪亂飛，雁帶邊聲過。對影却增愁，吹燈暗中坐。

示楊水西

親遠更家貧，將歸未有因。相逢難説與，君是故鄉人。

即景四首

長眉短眉柳葉，深色淺色桃花。小橋小店沽酒，新火新煙煮茶。
今年去年酒債，三月兩月春愁。看山看水出郭，聽雨聽風倚樓。
東家西家燕飛，明日後日春歸。多愁多病送客，無酒無錢典衣。
桃花杏花紅白，蒲葉芷葉參差。飛高飛下蝴蝶，行去行來鷺鷥。

天平山中　予家赤山，相去不五里許。

細雨茸茸濕楝花，南風樹樹熟枇杷。徐行不記山深淺，一路鶯啼送到家。

稱稱初度

我年六六鬢如絲，見汝三齡却兩期。願得汝長並我老，太平還説亂離時。

紅緑蕉二仕女圖

兩樹紅蕉隔禁扉，曉凉攜伴試羅衣。金鈴小犬迎人吠，應怪秋來出院稀。

十二紅圖

何處飛來十二紅，萬年枝上立東風。楚王宫殿皆零落，説盡春愁暮雨中。

故山春日　四首

千花萬蕚委塵埃，只有荼蘼獨自開。應是鄰家更零落，過墻蝴蝶又飛來。

梨花兩枝春可憐，下馬折花山徑邊。山中人家改新火，隔樹吹來榆柳煙。

寂寂青山一鳥啼，紫藤花落午風微。不知刻漏長多少，但覺桐陰半日移。
春來芳草踏成蹊，半是車輪半馬蹄。多謝清明三日雨，舊痕新緑一般齊。

寄陳惟寅惟允

坐有重氈食有魚，眼能識字手能書。山於秋水船頭看，家在春波門外居。

二美人圖

半晌無言却斂眉，玉簪斜墮翠鬟攲。相逢莫説傷心事，才入深宮自得知。